中國文學的千年韻律

從詩詞到現代小說，探索中國文學的藝術與文化

鄭振鐸——著

【古代至現代，涵蓋千年】

文學史與多位文學巨匠的交織

風格多樣，蓬勃發展，文學演進塑造中國文化

目錄

目錄

杜甫

杜甫是唐代詩壇的偉大改革者，他的詩歌風格獨具特色，深受後人推崇。杜甫的生平經歷了三個不同的時代，這些時代對他的詩歌創作產生了深遠的影響。

杜甫的詩歌充滿了真情和幽默，他對社會現實和人民疾苦的關懷深深體現在他的作品中。他的詩作反映了大曆時代的動蕩和變革，以及人民生活的苦難和希望。

除了杜甫，大曆時代還湧現了許多其他優秀的詩人，如韋應物、劉長卿、顧況、釋皎然、李嘉祐、秦系、嚴維、冷朝陽等，他們的詩歌作品豐富多彩，為唐代詩壇增添了瑰麗的一筆。

同樣，唐代還有眾多文學巨匠，如盧綸、吉中孚、韓翃、錢起、司空曙、苗發、崔峒、耿湋、李端、夏侯審、皇甫曾等，他們的文學作品在唐代文學史上占有重要地位。

此外，還有一些詩人群英如戴叔倫、戎昱、張繼、包何、包佶等，他們各自有獨特的詩風和作品，共同豐富了唐代詩歌的光輝格局。

杜甫作為唐代詩壇的代表人物之一，他的詩歌承載了時代的情感和價值觀，對中國文學的發展產生了深遠的影響。

一　杜甫：唐代詩壇的偉大改革者

杜甫既歸不到上面開元、天寶的時代，也歸不到下面的大曆十才子的時代裡去。杜甫是在天寶的末葉，到大曆的初期，最顯出他的好身手來的，這時代有十六年（西元 755 ～ 770 年）。我們可以名此時代為杜甫時代。這時代的大樞紐，便是天寶十四年（西元 755 年）十一月的安祿山的變亂。這個大變亂，把杜甫鍾煉成了一個偉大的詩人，這個大變亂也把一切開元、天寶的氣象都改換了一個樣子。

開、天有四十年的昇平，所謂「兵氣銷為日月光」者差可擬之。然昇平既久，人不知兵。霹靂一聲，忽然有一個大變亂無端而起安祿山舉兵於漁陽，統蕃、漢兵馬四十餘萬，浩浩蕩蕩，殺奔長安而來。破潼關，陷東京，如入無人之境。第二年的正月，他便稱帝。六月，明皇便倉皇奔蜀。等到勤王的兵集合時，主客之勢，差不多是倒換了過來。又一年，安祿山被殺，然兵事還不曾全定。自此天下元氣大傷，整個政治的局面，完全改了另一種式樣。中央政府漸漸失去了控御的能力，驕兵悍將，人人得以割據一方，自我為政。所謂藩鎮之禍，便自此始。杜甫便在這個兵連禍結，天下鼎沸的時代，將自己所身受的，所觀察到的，一一捉入他的苦吟的詩篇裡去。這使他的詩，被稱為偉大的「詩史」。差不多整個痛苦的時代，都表現在他的詩裡了。

這兩個時代，太不相同了。前者是「曉日荔枝紅」，「霓裳羽衣舞」，沉酣於音樂，舞蹈，醇酒，婦人之中，留連於山光水色之際，園苑花林之內，不僅萬人之上的皇帝如此，即個個平民們也無不如此。金龜換酒，旗亭畫壁，詩人們更是無思無慮的稱心稱意的在宛轉的歌唱著。雖有愁難，那卻是輕喟，那是沒名的感慨，並不是什麼深憂劇痛。雖有悲歌，那卻是出之於無聊的人生的苦悶裡的，那是嘆息於個人功名利達的不遂意的。但在後者的一個時代裡，卻完全不對了！漁陽鼙鼓，驚醒了四十年來的繁華夢。開、天的黃金時代的詩人們個個都飽受了刺激。他們不得不把迷糊的醉眼，回顧到人世間來。他們不得不放棄了個人的富貴利達的觀念，而去掛念到另一個痛苦的廣大的社會。他們不得不把無聊的歌唱停止了下來，而執筆去寫另一種的更遠為偉大的詩篇。他們不得不把吟風弄月，遊山玩水的清興遏止住了，而去西奔東跑，以求自己的安全與衣食。於是全般的詩壇的作風，也都變更了過來。由天際的空想，變到人間的寫實。由只有個人的觀念，變到知道顧及社會的苦難。由寫山水的清音，變到人民的流離痛苦的描狀。這豈止是一個小小的改革而已。杜甫便是全般代表了這個偉大的改革運動的。他是這個運動的先鋒，也是這個運動的主將。

二　杜甫：詩人的三個時代

杜甫字子美，京兆人。是唐初狂詩人審言的孫子。家貧，少不自振，客於吳、越、劉、趙間。李邕奇其材，嘗先往訪問他。舉進士不第，困長安，天寶三年，獻《三大禮賦》於明皇。帝奇之，使待詔集賢院。命宰相試文章。擢河西尉。不拜。改右衛率府冑曹參軍。數上賦頌，高自稱道。他這時似極想做「鳴朝廷之盛」的一位宮廷詩人。但祿山之亂跟著起來了。他的太平詩人的夢被驚醒了。跟了大批朝臣，避難於三川。肅宗立，自鄜州避羸服欲奔行在。為賊所得。至德二年，亡走鳳翔，上謁，拜左拾遺。嘗因救護房琯之故，幾至得罪。時天下大亂，所在寇奪。甫家寓鄜彌年難窶，孺弱至餓死。因許甫自往省視。從還京師。出為花州司功參軍。開輔饑，輒棄官去。客秦州，負薪，拾橡慄自給。流落劍南，營草堂成都西郭浣花溪。召補京兆功曹參軍，不至。會嚴武節度劍南、西川，因往依之。武再師劍南，表為參謀檢校，工部員外郎。武以世舊，待甫甚厚。相傳甫對武頗無禮。一日，醉登武床，瞪視道：「嚴挺之乃有此兒！」武心銜之，欲殺之。賴其母力救得免。但此說不大可靠。嚴、杜交誼殊厚，甫集中贈武詩至三十餘篇之多，皆有知己之感，而武死，甫為詩哭之尤慟，當絕不至有此事的。武死後，甫往來梓、夔間。大曆中，出瞿塘，溯沅、湘，以登衡山。因客耒陽，遊嶽祠。大水暴至，涉旬不得食。縣令具舟迎之，乃得還。為設牛炙白酒。大醉。一夕卒。年五十九（712～770）。

他的生平，可以分為三個時代，他的詩也因之而有三個不同的作風。第一期是安祿山亂前（西元755年前）。這時，他正是壯年，頗有功名之思，很想做一個「致君堯舜上」的重臣，不獨要成一個不朽的詩人而已。他又往往薰染了時人的誇誕之習，為詩好高自稱道，像：「讀書破萬卷，下筆如有神。賦料揚雄敵，詩看子建親。李邕求識面，王翰願卜鄰。自謂頗挺出，立登要路津。致君堯舜上，再使風俗淳。」《奉贈韋左丞丈》這不能怪他。凡唐人差不多莫不如此。在這時，他的詩，已是充分的顯露出他的天才。但像《樂遊園歌》：「此身飲罷無歸處，獨立蒼茫自詠詩！」像《官定後戲贈》：「耽酒須微祿，狂歌託聖朝」，其情調與當時一般的詩人，若李白、孟浩然等，是無殊的。

到了第二期，即從安、史亂後到他入蜀以前（西元755～759年），他的作風卻大變了。在這短短的五年間，他身歷百苦，流離遷徙，刻不寧息，極人生的不幸，而一般社會所受到的苦難，更較他為尤甚。他的情緒因此整個的轉變了。他便收拾起個人利祿的打算，換上了一副悲天憫人的心腸。他離開了李白、孟浩然他們的同伴，而獨肩起苦難時代的寫實的大責任來。雖只短短的五年，而他是另一個人了，他的詩是另一種詩了。在他之前，那麼偉大的悲天憫人之作從不會出世過。在他之後，才會有白居易他們產生出來。他的影響是極大的！在這五年裡，他留下了一百四十幾首詩，差不多總有一半是歌詠這次的大變亂的。我們不會看見過別一個變亂的時代曾在別一位那麼偉大的詩人的篇什裡留下更深刻，更偉大的痕跡過！

他在這時代所寫的歌詠亂離的詩，仍以寫自身所感受的為最多。好容易亂中脫賊而赴鳳翔，《喜達行在所》：「眼穿當落日，心死著寒灰。所親驚老瘦，辛苦賊中來。」然而家信還渺然呢！他的憶家之作，是寫以血淚的。後來，回家了。他回到家中時的情形，是很可痛的。《北征》：「經年至茅屋，妻子衣百結。慟哭松聲回，悲泉共幽咽。平生所嬌兒，顏色白勝雪。見耶背面啼，垢膩腳不襪。床前兩小女，補綻才過膝。海圖拆波濤，舊繡移曲折。天吳及紫鳳，顛倒在裋褐。」後來和家人同在遷徙流離著了，然而又苦饑寒《百憂集行》：「入門依舊四壁空，老妻睹我顏色同。痴兒未知父子禮，叫怒索飯啼門東。」《乾元中寓居同谷縣作歌七首》是總寫他的窮困的生活和家庭的生死流離的。他自己是：「歲拾橡慄隨狙公，天寒日暮山谷裡。中原無主歸不得，手腳凍破皮肉死。」是手把著白木柄的長鑱，掘黃精以為食。然雪盛，黃精無苗，只得空手與長鑱同歸，「男呻女吟四壁靜」。有弟在遠方，「三人各瘦何人強。生別展轉不想見，胡塵暗天道路長！」有妹在鍾離，婿歿遺諸孤，已是十年不想見了。在這樣的境地裡，恰好又是「四山多風溪水急，寒雨颯颯枯樹溼。黃蒿古城雲不開，玄狐跳樑黃狐立」，能不與「我生何為在窮谷，中夜起坐萬感集」之嘆麼？

但他究竟是一位心胸廣大的熱情的詩人，不僅對於自己的骨肉，牽腸掛腹的憶念著，且也還推己以及人，對於一般苦難的人民，玩告的弱者，表現出充分的同情來。茅屋為秋風所破歌最足以見出這個偉大的精神：「布衾多年冷似鐵，嬌兒惡臥踏裡裂。床頭屋漏無乾處，雨腳如麻未斷絕。自經喪亂少睡眠。長夜沾溼何由徹？」因了自己的苦難，忽然的發出一個豪念：「安得廣廈千萬間，大庇天下寒士俱歡顏，風雨不動安如山。嗚呼，何時眼前突兀見此屋，吾廬獨破受凍死亦足！」天下寒士們如果都有所庇了，自己便「吾廬獨破受凍死亦足！」這是甚等的精神呢！釋迦、仲尼、耶穌還不是從這等偉大的精神出發的麼？

他所寫當時一般社會的苦難的情形，可於《新安吏》、《潼關吏》、《石壕吏》、《新婚別》、《垂老別》、《無家別》等作中見之。《新安吏》、《石壕吏》、《新婚別》、《垂老別》所敘的都是徵兵徵役的擾苦。「客行新安道，喧呼聞點兵。……肥男有母送，瘦男獨伶俜白水暮東流，青山聞哭聲。莫自使眼枯，收汝淚縱橫。眼枯即見骨，天地終無情！」這是集丁應徵的情形。但農民們是往往躲藏了以避徵發的，於是如「石壕吏」者便不得不於夜中捉人。「老翁逾牆走」了，力衰的老嫗只好「請從吏夜歸，急應河陽役」。在這些被徵發的丁男裡，有的是新婚即別的，於「沉痛迫中腸」裡，新婦還不得不安慰她的夫婿道：「勿為新婚念，努力事戎行。」連老翁也不得不去。「子孫陣亡盡，焉用身獨完！」於是他遂「投杖出門去，……長揖別上官」，也願不得「老妻臥路啼」了。他在天寶十年所作的「兵車行」，也是寫這種生離死別的情形的。「生女猶得嫁比鄰，生男埋沒隨百草」，是沉痛之至的詛咒！但較之《新安吏》等篇，似尤未臻其深刻。人類的互相殘殺，是否必不得已的呢？驅和平的農民們，市人們，教他們執刀去殺人，是否發狂的舉動？一九一四年的歐洲大戰，產生了不少的非戰文學出來。安、史之亂，也產生了杜甫的這些偉大的詩篇。不過甫只是替被徵發的平民們說話，對於戰爭的本身，他還沒有勇氣去直捷的加以攻擊，加以詛咒。他的《潼關吏》是敘述士卒築潼關城的情形的，頗寓勸誡意：「請囑防關將，慎勿學哥舒。」這樣的風格，後來便為白居易的「新樂府」所常常襲用。《無家別》是敘述的亂後人民歸家的時的情形的，「寂寞天寶後，園廬但蒿藜。我裡百餘家，世亂各東西。存者無消息，死者為塵泥！」這場大亂，真的把整個社會的基礎都震撼得倒塌了。

第三期是從他於乾元二年的冬天到成都起，直到他的死為止（西元 759 ~ 770 年）。中間雖也曾由蜀播遷出來，但生活究竟要比第二期安定，舒服。所以他這十一年中的詩，往往都是很恬靜的，工緻的，蒼勁的，與中年時代的血脈僨張，痛苦呼號者不同。雖也有痛苦思痛之作，但不甚多。為了生活的比較安定，所以這時代的詩寫得最多，幾要占全集的十分之七八以上。在這時，他似又恢復了從容遊宴之樂。他的浣花裡的居宅似頗適意。可望見江流，又種竹植樹，以增其趣。他從酒嘯詠，與田夫野老相狎蕩，無拘檢。《秋興》八首，為這時期的代表作。茲綠其一：

聞道長安似弈棋，百年世事不勝悲。王侯第宅皆新主，文武衣冠異昔時。直北關山金鼓振，征西車馬羽書馳。魚龍寂寞秋江冷，故國平居有所思。

但他仍未忘懷於國家的大事。

三　杜甫：詩海巨浪中的真情與幽默

他是一位真實的偉大的詩人。不唯心胸的闊大，想像的深邃異乎常人，即在詩的藝術一方面，也是最為精工周密，無瑕可擊的。「文章千古事，得失寸心知。」他是執持著那麼慎重的態度來寫作的，而他的寫作，又是那麼樣的專心一意，「語不驚人死不休」，故所作都是經由千錘百練而出，而且是屢經改削的。（他自己有「新詩改罷自長吟」語。）他還常和友人們討論。《春日憶李白》：「何時一尊酒，重與細論文。」然而他還未必自滿。我們於「晚節漸於詩律細」一語，也可見其細針密縫的態度來罷。他最長於寫律詩，他的七言律，王世貞至以為「聖」。他的五言律及七言歌行以至排律，幾無不精妙。在短詩一方面，雖論者忽視之，但也有很雋妙的篇什，像《漫成一首》：

江月去人只數尺，風燈照夜欲三更。沙頭宿鷺聯拳靜，船尾跳魚潑刺鳴。

置之王、孟集中還不是最好的東西麼？所以後人於杜，差不多成了宗仰的中心，當他是一位「集大成」的詩人。離他不五十年的元稹，已極口的恭維著他：「至於子美，蓋所謂上薄風騷，下該沈、宋，言奪蘇、李，氣吞曹、劉。掩顏、謝之孤高，雜徐、庾之流麗，盡得古今之體勢，而兼人人之所獨專矣。使仲尼考鍛其旨要，尚不知貴其多哉。苟以為能所不能，無可無不可，則詩人以來，未有如子美者！」韓愈也說：「李杜文章在，光焰萬丈長！」

凡大詩人沒有一個不是具有赤子之心的，於杜甫尤信。他最篤於兄弟之情，而於友朋之際，尤為純厚。他和李白是最好的朋友，集中寄白及夢白的詩不止二三見而已。李邕識他於未成名之際，故他感之最深，嚴武助他於避難之頃，故他哭之尤慟。（他有《八哀詩》歷敘生平已逝的友人。）

也為了他是滿具著赤子之心的，故時時做著很有風趣的事，說著很有風趣的話。相傳有一天，他對鄭虔自誇其詩。虔猥道：「汝詩可已疾。」會虔妻痁作，語虔道：「讀吾『子璋髑髏血模糊，手提擲還崔文夫』立瘥矣。如不瘥，讀句某；未間，更讀句某。如又不瘥，雖和、扁不能為也。」他又有「戲簡鄭廣文」一篇：

> 廣文到官舍，繫馬堂階下。醉即騎馬歸，頗遭官長罵。才名四十年，座客寒無氈。賴有蘇司業，時時與酒錢。

也是和鄭虔開玩笑的。鄭虔是當時一位名士，有「鄭虔三絕」之稱，必定也是一位很有風趣的人物。惜他的詩，僅傳一首，未能使我們看出其作風來。

四　大曆時代的文學巨匠：韋應物、劉長卿、顧況、釋皎然、李嘉祐、秦系、嚴維、冷朝陽

杜甫死於大曆五年（西元770年）。他的影響要到了元和、長慶之間才大起來。大曆、貞元間的詩人們，對於他似都無甚關係。他亂後僻居西川，死於來陽。雖是時時得到京城裡的訊息，知道「同學少年皆不賤」，卻始終不曾動過東遊之念。

現在，為了方便計，姑將十幾位大曆的詩人們述於本章之後。

五七言詩的發展是很奇怪的，經了千百年的發展，只有一步步的向前推進，卻從不曾有過衰落的時期。變體是一天天的多了；詩律是一天天的細了；風格是一天天的更變幻了；詩緒是一天天的更深邃了。到了開元、天寶之時，體式與詩律是進展到無可再進展了，卻又變了一個方向。作家們都在不同的風格底下，各自有長足的進展。王、孟、李、岑、高，風格各自不同，杜甫更與他們相異，其他無數的開、天詩人們也都各自有其作風。照老規矩是，一種文體，極盛之後，便難為繼。但五七言詩體卻出於這個常例之外。經過了開、天的黃金時代，她依然是在發展，在更深邃，更廣漠的擴充她的風格的領土。繼於其後的是大曆時代。大曆時代的詩人們很不在少數，其盛況未亞於開、天。其中，最著者為韋應物、劉長卿、顧況、釋皎然、李嘉猷諸人，更有所謂大曆十才子者，也在這個時代的詩壇上活動著。

韋應物，京兆長安人，少以三衛郎事明皇。晚更折節讀書。建中三年，拜比部員外郎，出為滁州刺史。久之，改左司郎中，又出為蘇州刺史。應物性高潔，所在焚香掃地而坐，唯顧況、劉長卿、丘丹、秦系、皎然之儔，得廁賓客，與之酬唱。評者謂：「其詩閒澹簡遠，人比之陶潛，稱陶、韋雲。」白樂天謂：「韋蘇州五方言，高雅閒淡，自成一家之體。」蘇東坡也說：「樂天長短三千首，卻遜韋郎五字詩。」應物風格雖閒遠，但與其說他近淵明，不如說他較近於孟浩然。真實的淵明的繼人，應是王維而非應物。他和浩然相同，往往喜用自然景物來牽合攏來烘托自己的情緒。像：「流水赴大壑，孤雲還暮山，無情尚有歸，子行何獨難」《擬古詩》，「攜酒花林下，前有千載墳……聊舒遠世蹤，坐望還山雲」《與友生野飲效陶體》，「天邊宿鳥生歸思，關外晴山滿夕嵐。立刻欲從何處別？都門楊柳正毵毵」《送章八元秀才》等等都是。但像《上皇三台》：

不寐倦長更，披衣出戶行。月寒秋竹冷，風切夜窗聲。

之類，卻別有一種幽峭之趣。

劉長卿字文房，官至隨州刺史，皇甫湜嘗道：「詩未有劉長卿一句，已呼宋玉為老兵矣。」其為人所重如此。每題詩不言其姓，但言長卿而已。因人謂：「前有沈、宋、王、杜，後有錢、郎、劉、李。」乃道：「李嘉祐，郎士元焉得與予齊黎耶！」長卿詩，意境幽雋者甚多。像「柴門聞犬吠，風雪夜歸人」，「荒村帶返照，落葉亂紛紛。……野橋經雨斷，澗水向田分」「細雨溼衣看不見，閒花落地聽無聲」，「春草雨中行徑役，暮山江上捲簾愁」等等，何減於淵明、右丞。唯往往貪多務得，未免時多雷同的想像，用此為累耳。

顧況字逋翁，蘇州人。至德進士。性詼諧。與之交者，雖王公貴人，必戲侮之。竟坐此貶饒州司戶參軍。後隱茅山卒。皇甫湜序其集道：「偏於逸歌長名，駿發踔厲，往往若穿天心，出月脅，意外驚人語，非常人所能為，甚快意也！」這話並不是瞎恭維。就創作的勇氣上說來，他是遠在應物、長卿以上的。他什麼字都敢用，他什麼話都敢說。他不怕俗，不怕人笑。他不願意把很好的想像，很好的意思，葬送在「古雅」的墳墓之中。他有什麼便寫什麼，他並不是故意要求「語不驚人死不休」；他實在是落想便奇。有人單挑杜甫的幾首略帶詼諧的意味的詩來恭維，但像顧況才是真實的詼諧詩人。在這一方面，他是比之開、天諸大詩人都更有成就的。人家都是苦吟的雅語，他卻是嘻嘻哈哈的在笑，對於一切都要調謔，像《長安道》：

長安道，人無衣，馬無草，何不歸來山中老！

像《行路難》：「君不見擔雪塞井空用力，炊砂作飯豈堪食」「君不見古人燒水銀，變作北邙山上塵。藕絲掛在虛空中，欲落不落愁殺人。」又像《范山人畫山水歌》：

山崢嶸，水泓澄，漫漫汗汗一筆耕，一草一木棲神明，忽如空中有物，物中有聲；
復如遠道望鄉客，夢繞山川身不行。

又像《杜秀才畫立走水牛歌》：「江村小兒好誇騁，腳踏牛頭上牛領，淺草平田擦過時，大蟲著鈍幾落井。」又像《李供奉彈箜篌歌》：「指剝蔥，腕削玉，饒鹽饒醬五味足。弄調人間不識名，彈盡天下崛奇曲。胡曲漢曲聲皆好，彈著曲髓曲肝腦。往往從空入戶來，瞥瞥隨風落春草。草頭只覺風吹入，風來草即隨風立。草亦不知風至來，風亦不知聲緩急。爇玉燭，點銀燈，光照手，實可憎：只照箜篌弦上手，不照箜篌聲裡能。」又像《古仙壇》：

遠山誰放燒？疑是壇旁醮。
仙人錯下山，拍手壇邊笑。

這些話有誰曾說過呢？典雅的詩人們恐怕連想都不敢想到罷。他的田園詩也和一般田詩人們的詩不同：

帶水摘禾穗，夜搗具晨炊：
縣貼取社長，嗔怪見官遲。

——《田家》

板橋人渡泉聲，茆簷日午雞鳴。
莫嗔焙茶煙暗，卻喜曬穀天晴。

——《過山農家》

這樣的即情即景的話，為什麼別人便說不出來呢？更可怪的是，《上古之什補亡訓傳十三章裡》的《囝一章》：

囝，哀閩也。（原註：囝音蹇；閩俗呼子為囝，父為郎罷。）
囝生閩方。
閩吏得之，乃絕其陽。
為臧為獲，致金滿屋；
為髡為鉗，如視草木。
天道無知，我罹其毒。
神道無知，彼受其福。
郎罷別囝，吾悔生汝。
及汝既生，人勸不舉。
不從人言，果獲是苦。
囝別郎罷，心摧血下，隔地絕天，及至黃泉，不得在郎罷前。

這是最悲慘的一幅圖畫，卻出之以閩人的方言。到了現在，閩人還呼子為「囝」，呼父為「郎罷」，千年還不曾變。在方言文學裡，這真要算是最早的最重要的一頁。在那時，閩人還是被視為化外的罷，故可以任「吏得這，乃絕其陽」，當作奴隸他的哀歌，更是真情流露，像《傷子》：

老夫哭愛子，日暮千行血。

聲逐斷猿悲，跡隨飛鳥滅。

老夫子已七十，不作多時別。

白居易的詩，人以為明白如話，婦孺皆知；像顧況的詩才是真實的說話呢。他勇於應用俗語方言入詩，居易卻還不敢。

釋皎然名晝，姓謝氏，長城人，靈運十世孫。居杼山。文章雋麗。《因話錄》載：皎然嘗謁韋應物，恐詩體不合，乃於舟中抒思，作古體十餘篇為贄。韋公全不稱賞。晝極失望。明日寫其舊制獻之。韋公吟諷，大加嘆詠。因語晝云：「師幾失聲名！何不但以所工見投，而猥希老夫之意。人各有所得，非卒能致。」晝大服其鑑別之精。這是很有趣的一件故事。

李嘉祐字從一，趙州人，大曆中為袁州刺史。與劉長卿、冷朝陽、嚴維等為友。高仲武說他「往往涉於齊、梁。綺美婉麗，蓋吳均、何遜之敵也。」像《詠螢》：「映水光難定，陵虛體自輕。夜風吹不滅，秋露洗還明」；像《雜興》：「花間昔日黃鸝轉，妾向青樓已生怨。花落黃鸝不復來，妾老君心亦應變」，都很有齊、梁風趣。

秦系字公緒，會稽人，天寶末避亂剡溪。建中初住泉州南安，其後東度秣陵，年八十餘卒。南安人思之，號其山為高士峰。權德與道：「長卿自以為五言長城，系用偏師攻之，雖老益壯。」系所作，瘦瘠而高雋，確是隱逸者之詩。像「遊魚牽荇沒，戲鳥踏花擢」《春日閒居》，「鳥來翻藥碗，猿飲怕魚竿」《題石室山王寧所居》，似都是苦吟而出之的。

嚴維字正文，越州山陰人，終祕書省校書郎。冷朝陽，金陵人，登大曆進士第，為薛嵩從事。

五　唐代文學巨匠：盧綸、吉中孚、韓翃、錢起、司空曙、苗發、崔峒、耿湋、李端、夏侯審、皇甫曾

所謂「大曆十才子」，《唐書．文藝傳》縋指的是盧綸、吉中孚、韓翃、錢起、司空曙、苗發、崔峒、耿湋、夏侯審及李端。江鄰幾所志，則多郎士元、李嘉祐、李益、皇甫曾，而無夏侯審、崔峒及韓翃，凡十一人。嚴羽《滄浪詩話》所載，則又有冷朝陽。但在這十幾個詩人當中，值得稱述的也只有錢起、郎士元、盧綸、韓翃、二李及皇甫曾耳。

錢起，吳與人，天寶中舉進士，與郎士元齊名，時人稱之道：「前有沈、宋，後有錢、郎。」終考功郎中。高仲武稱其「詩格清奇，理致淡遠。」他少年時和王維、裴迪為友，故甚受他們的影響。像：「山色不厭遠，我行處深」《遊輞川》；「返照亂流明，寒空千嶂淨」（《題準上人蘭若》）等，皆是。唯像「鳥道掛疏雨，人家殘夕陽」，「長樂鐘聲花外盡，龍池柳色雨中深」（高仲武所特舉者）等語，未免雕琢的斧痕太顯露。

郎士元字君胄，中山人，天寶中擢進士第。歷右拾遺，出為郢州刺史。他的詩，流暢多趣，似當在

錢起之上，像《送張南史》：

雨餘深巷靜，獨酌送殘春。車馬雖嫌僻，鶯花不棄貧。蟲絲黏戶網，鼠跡印床塵。借問山陽會：如今有幾人？

盧綸字允言，河中蒲人。建中初為昭應令。貞元中卒。

韓翃字君平，南陽人，侯希逸表佐淄青幕府，終中書舍人。《本事詩》有「章台柳」的一段故事，即為關於翃者。明人曾以此故事，編作為雜劇及傳奇。他長於絕句，像《寒食》：「春城無處不飛花，寒食東風御柳斜」等詩，皆頗傳誦人口。

李益為盧綸的妹婿。他字君虞，姑臧人，大曆四年進士。長於歌詩。每一篇成，樂工爭以賂求取之，被聲歌供奉天子。又有寫《征人歌》、《早行詩》為圖畫者。但益有心病，不見用。淪落久之，後乃為禮部尚書，致仕卒。唐人蔣防有《霍小玉傳》。即敘益少年事。明湯顯祖也為作《紫簫》、《紫釵》二記。王世貞道：「絕句李益為勝，韓翃次之。」

李端字正已，趙郡人，大曆中進士。官杭州司馬卒。他短詩佳作甚多。明暢如話，時有奇趣，像《蕪城懷古》：

風吹城上樹，草沒邊城路。城裡月明時，精靈自來去。

皇甫曾字孝常，丹陽人，天寶中登進士第。其兄冉，字茂政，大曆初官至右補闕。二人並有詩名，時人比之張氏景陽、孟陽。冉詩，高仲武最所稱賞，謂其：「可以雄視潘、張，平揖沈、謝。」

吉中孚，鄱陽人，官戶部侍郎。司空曙字文初，廣平人，從韋皋於劍南，終虞部郎中。苗發終都官員外郎。崔峒終右補闕。耿湋終右拾遺。夏侯審終侍御史。

六　大曆時代的詩人群英：戴叔倫、戎昱、張繼、包何、包佶

「十才子」外，更有戴叔倫、戎昱、張繼及包何、包佶等，也挺生於大曆之際，負一時詩人之望。

戴叔倫字幼公，潤州金壇人，為撫州刺史，遷容管經略使，綏徠蠻落，威名遠聞。

戎昱，荊南人，建中中為辰、虔二州刺史。他的《苦哉行》（共五首），敘寫唐人利用蕃兵攻戰，結果是妻孥被擄，民間擾苦無已：

彼鼠侵我廚，縱狸授梁肉。鼠雖為君卻，狸食自須足。冀雪大國恥，翻是大國辱。羶腥逼綺羅，磚瓦雜珠玉。登樓非騁望，目笑是心哭。何意天樂中，至今奏胡曲！

這是杜甫所不及知，所不曾寫的；別的詩人們卻又是不敢放筆去寫。唐中葉利用蕃軍的成績，於他的此等詩中已沉痛的寫出。這是最好的史料，別的地方所不能得見的。

張繼字懿孫，襄州人，登天寶進士第，大曆末，檢祠部員外郎。高仲武謂其「秀髮當時，詩體清迥，有道者風。」像《歸山》：

心事數莖白髮，生涯一片青山。空林有雪相待，古道無人獨還。

似頗可以證實仲武的評騭之的當。

包何及其弟佶，為融子，皆能詩，世稱二包。何登天寶進士第，大曆中為起居舍人。他的詩像「雨痕連地綠，日色出林斑」（《秋苔》）是狀物工緻的。佶字幼正，也登天寶進士第。後為諸道鹽鐵輕貨錢物使，改祕書監，封丹陽郡公，為大曆諸詩人中最顯達者。其詩像《對酒贈故人》：

扶起離披菊，霜輕喜重開。醉中驚老去，笑裡覺愁來。月送人無盡，風吹浪不回。感時將有寄，詩思澀難裁。

轉折周旋，新意層疊，是大曆詩中罕遇的佳什。

韓愈與白居易

大曆時代後期的詩壇見證了韓愈和白居易的詩境開創。韓愈是文學大將，他的詩歌創新風格為後人所稱道。他的詩作充滿了豪放和激情，強調詩歌應具有社會責任感。在他的影響下，許多詩人如盧仝、孟效、賈島、劉乂、劉言史等也嘗試創造不同於傳統的詩境。

另一位重要的詩人是白居易，他是詩詞藝術的巧匠。白居易的詩作優美流暢，情感豐富，以抒情詩為主。他的詩風在唐代詩壇上獨具一格，影響深遠。與他同時代的詩人如元稹、李紳、劉禹錫等也在豐富唐代詩壇的多樣性中做出了貢獻。

此外，柳宗元是另一位值得關注的詩人，他的詩風獨特，思想深刻，對後人詩歌創作有著深遠的影響。

在唐代詩壇上，還出現了一些豔詩新風，由詩人張籍、李賀、王建等推動，這些詩人的作品豔情奔放，突破了傳統的詩歌風格，引領了唐代詩歌的新潮流。

此外，唐代還有女詩人薛濤，她的豔詩風采獨具魅力，為唐代詩壇帶來了新的色彩和情感表達方式。

一　大曆時代後期的詩壇：韓愈與白居易的詩境開創

上面已經說過，五七言詩的格律，到了大曆間，是已發展到無可再發展的了，其體式也已進步到無可再進步的了，詩人們只有在不同作風底下，求他們自己的深造與變幻。但大曆的諸詩人，除了顧況一人外，其他「十才子」之流，皆沒有表現出什麼重要的獨特的風格出來；他們彷彿都只在舊的詩城裡兜著圈子。最大的原因是，沒有偉大的詩人出來，其才情夠得上獨闢一個天地的。但過了不久，偉大的詩人們終於是產生了。其中最重要者便是韓愈與白居易。他們各自開闢了一個嶄新的詩的園地，各自率領了一批新的詩人們向前走去。他們完全變更過了齊、梁、沈、宋，乃至王、孟、李、杜以來的風格。他們嘗試了幾個古人們所從不曾嘗試過的詩境，他們闢出了幾個古人所從不曾窺見的詩的園地。但他們卻是兩條路走著的；他們是兩個極端。韓愈把沈、宋、王、孟以來的濫調，用艱險的作風一手拗彎過來。白居易則用他的平易近人，明白流暢的詩體，去糾正他們的庸熟。韓愈是向深處險處走去的白居易是向平處淺處走去的。這使五七言詩的園苑裡增多了兩朵奇葩；這使一般的詩的城國裡，更出現了兩種重要的嶄新的作風。

二　韓愈：文學大將的詩境創新

韓愈是一位古文運動的大將，他的詩似不大為人所重。當時孟郊的詩名，實較他為重，故有「孟詩韓筆」之稱。又宋人往往以為柳子厚的詩，工於退之。那大概是他的文名太大了，故把他的詩名也掩蔽住了。在他的同時，難深險瘦的作風，把捉到者固不止他一人，像孟郊、賈島、盧仝之流，莫不皆然。但他的才情實遠在他們以上。如同在散文上一樣，他在詩壇上也是一位天然的領袖人物。

愈字退之，南陽人。生三歲而孤，由嫂鄭夫人撫育。少好學。貞元二年（西元786年）始到京師。到貞元八年（西元792年）才登進士第。他頗銳意於功名，數投書於時相，皆不報，因離京到東都。後寧武節度使張建封聘他為府推官。貞元十七年（西元801年）調四門博士，遷監察御史。十九年以事貶陽山令。憲宗即位（西元806年），為國子博士，改都官員外郎。後裴度宣慰淮西，奏以愈為行軍司馬。吳元濟平，入為刑部侍郎。元和十四年（西元819年），憲宗遣使到鳳翔迎佛骨入宮。愈上表切諫。帝大怒，貶他為潮州刺史。穆宗立（西元821年），召他為國子祭酒。後又為京兆尹，轉吏部侍郎。長慶四年卒（768～824）。年五十七。有集四十卷。

他的詩，和他的散文的作風很不相同。他在散文方面的主張，是要由艱深的駢儷回覆到平易的「古文」的，他打的旗幟是「復歸自然」的一類。但他的詩的作風卻不相同了。雖然同樣的持著的反對濃豔與對偶的態度，卻有意的要求險，求深，求不平凡。而他的才情的弘灝，又足以肆應不窮。其結果，便樹立了詩壇上的一個奇幟，一個獨創出來的奇幟。故他的散文是揚雄、班固、《左傳》、《史記》等等的模擬，他的詩卻是一個創作，一個嶄新的創作。他在詩一方面的成就，是要比他的散文為高明的。唐書謂他「為詩豪放，不避粗險，格之變，亦自癒始焉。」歲寒堂詩話說：「柳柳州詩，字字如珠玉，精則精矣，然不若退之變態百出也。使退之收斂而為子厚則易，使子厚開拓而為退之則難矣。意味可學，而才氣則不可及也。」這評語頗為公允。他為了才氣的縱橫，故於長詩最為擅長，像《南山詩》是最著名的。他在其中連用五十幾個「或」字，以形容崖石的奇態，其想像的賓士，是遠較漢賦的僅以堆字為工者不同的：

或連若相從，或蹙若相鬥，或妥若弭伏，或竦若驚雊，或散若瓦解，或赴若輻湊，或翩若船遊，或決若馬驟，或背若相惡，或向若相佑，或亂若抽筍，或嵲若注灸，或錯若繪畫，或繚若篆籀，或羅若星離，或藹若雲逗，或浮若波濤，或碎若鋤耨。或如賁育倫，賭勝勇前購，先強勢已出，後鈍嗔詎譳。或如帝王尊，叢集朝賤幼，雖親不褻狎，雖遠不悖謬。或如臨食案，肴核紛飣餖。又如遊九原，墳墓包槨柩。或累若盆罌、或揭若登瓦梪，或覆若曝鱉，或頹若寢獸。……差不多把一切有生無生之物，捕捉進來當作形容的工具的了。又像《嗟哉董生行》：「壽州屬縣有安豐，唐貞元時縣人董生召南，隱居行義於其中……嗟哉，董生朝出耕，夜歸讀古人書，盡日不得息，或山而樵，或水而魚」，其句法是那樣的特異與不平常！難怪沈括要說，「韓退之詩乃押韻之文耳」了。在短詩方面，比較不容易施展這種非常的手段，但他也喜用奇字，發奇論，像《答孟郊》：「名聲暫羶腥，腸肚鎮煎妙。古心雖自鞭，世路終難拗。弱拒喜張臂，猛拏閒縮爪。見倒誰肯扶？從嗔我須咬。」又像《晚寄張十八助教周郎博士》：「日薄風景曠，出歸偃前簷。晴雲如擘絮，新月似磨鐮。」但他所刻意求工者，究竟還在長詩方面。他的許多長詩，差不多個個字都現出斧鑿錘打的痕跡來，一句句也都是有刺有角的。令人讀之，如臨萬丈削壁，如走危巖險徑，毛髮森然，汗津津然出，不敢一刻放鬆，不敢一步走錯，卻自有一個特殊的刺激與趣味。這是他的成功！

三　唐代詩人：盧仝、孟郊、賈島、劉叉、劉言史

和他同道的，有盧仝、孟效、賈島、劉乂、劉言史諸人。他們也都是刻意求工，要從險削，從寒瘦處立定足根的。盧仝，范陽人，隱居少室山，自號玉川子。韓愈為河南令，愛其詩，與之酬唱。後因宿王涯第，涯被殺，仝竟也罹禍。他的長詩，像《月蝕詩》，也是險峻異常的，但工力的深厚，較韓愈卻差得多了；且設想也幼稚得可笑。短詩卻盡有很可愛的，像《示添丁》：「泥人啼哭聲呀呀，忽來案上翻墨汁，塗抹詩書如老鴉。父憐母惜摑不得，卻生痴笑令人嗟。」又像《喜逢鄭三遊山》：

相逢之處花茸茸，石壁攢峰千萬重。他日期君何處好，寒流石上一株松。

孟效字東野，湖州武康人，少隱嵩山。性介，少諧合。韓愈一見為忘形交。年將五十，始得登進士第。調溧陽尉。鄭餘慶鎮興元，奏為參謀，卒（751～814）。張籍私謚之日貞曜先生。郊最長於五言，李觀說他：「郊之五言時，其高處在古無上，其平處下顧二謝。」他沒有寫過什麼很長的詩，但個個字都是出之以苦思的。他喜寫窮愁之狀，喜繪寒饑之態。像：《寒地百姓吟》：「無火炙地眠，半夜皆立號。冷箭何處來，棘針風騷騷。霜吹破四壁，苦痛不可逃」；《饑雪吟》：「饑烏夜相啄，瘡聲互悲鳴。冰腸一直刀，天殺無曲情」；《出東門》：「餓馬骨亦聳，獨驅出東門，少年一日程，衰叟十日奔」；《寒溪》：「曉飲一杯酒，踏雪過青溪，……獨立欲何語？默念心酸嘶」；《秋懷》：「秋至老更貧，破屋無門扉。一片月落床，四壁風入衣」；《答友人贈炭》：「驅卻座上千重寒……暖得曲身成直身」等等。豈便是所謂「郊寒」的罷？

賈島字浪仙，范陽人。初為僧，名無本。韓愈很賞識他，勸他去浮屠，舉進士。後為普州司倉參軍。會昌初，卒，年六十五（777～841）。島與孟郊齊名，時稱他們的詩為「郊寒島瘦」。像「鬢邊雖有絲，不堪織寒衣」（《客喜》），「坐聞西床琴，凍折兩三絃」（《朝饑》）等等，也頗有寒酸氣。相傳他初赴舉在京時，雖行坐寢食，苦吟不輟。嘗跨蹇，張蓋橫截天衢。時秋風正厲，黃葉可掃，遂吟道：「落葉長安」，方思屬聯，杳不可得，忽想到「秋風吹渭水」五字，喜不自勝。至唐突某官，被系一夕始釋。又一日在驢上得句云：「鳥宿池邊樹，僧敲月下門」，思易「敲」為「推」，引手作推敲之勢，至犯韓愈的車騎，他還不覺。這真是一位深思遺世，神遊象外的詩人了。他嘗自道：「二句三年得，一吟雙淚流」，可見其吟詠之苦。每至除夕，必取一歲年作，置幾上，焚香再拜，酹酒祝曰：「此吾終年心血也。」痛飲長謠而罷。

劉叉少任俠，因酒殺人亡命。會赦出，更折節讀書。聞韓愈接天下士，步歸之。作《冰柱》、《雪車》二詩。後以爭語不能下賓客，因持愈金數斤去，道：「此諛墓中人得耳，不若與劉君為壽！」遂行。歸齊、魯，不知所終。他的《雪車》，是很大膽的謾罵：「士夫困征討，買花載酒誰為適？天子端然少旁求，股肱耳目皆奸慝。……相群相黨，上下為蝥賊。廟堂失祿不自慚，我為斯民嘆息還嘆息！」

劉言史，邯鄲人，他的詩美麗恢贍。和孟郊友善。初被薦為棗強令，辭疾不受。後客漢南，李夷簡署司空掾。尋卒。他的詩頗近郊、島，像：「老性容茶少，羸肌與簟疏。舊醅難重漉，新菜未勝鉏。」（《立秋日》）

四　白居易：詩詞藝術的巧匠

要是說韓愈一派的詩，像景物蕭索，水落石出的冬天，那末，白居易一派的詩，便要說他是像秋水的泛濫，暢流東馳，顧盼自雄的了。韓愈派的詩是有刺的；白居易派的詩卻是圓滾得如小皮球似的，周轉溜走，無不如意。韓愈派的詩是刺眼澀口的；白居易派的詩，卻是爽心悅耳的，連孩子們念來，也會朗朗上口。

白居易字樂天，太原人。幼慧，五六歲時，已懂得做詩。以家貧，更苦學不已。登進士第後，授祕書省校書郎。元和三年（西元808年）拜左拾遺，元和九年（西元814年）授太子左贊善大夫。未幾，以事貶江州司馬。移忠州刺史。元和十五年升主客郎中，知制誥。長慶二年（西元822年）除杭州刺史。文宗開成元年（西元836年）為太子少傅，進封馮翊縣開國侯。後以刑部尚書致仕。卒年七十五（772～846）。有《白氏長慶集。》

他是最勤於作詩的人；他嘗序劉夢得的詩道：「彭城劉夢得，詩豪者出。其鋒森然，少敢當者。予不量力，往往犯之。……一二年來，日尋筆硯，同和贈答，不覺滋多。太和三年春已前，紙墨所存者凡一百三十餘首。其餘乘與伏醉，率然口號者不在此數。」僅僅一二年間，已有了那末多的成績！在他的長久的詩人的生涯裡，所得自然更多。他嘗自分其詩為四類：一，諷諭，包括題為「新樂府」者，這是他自己最看得重的一部分；二，間適，是他「知足保和，吟玩情性者」；三，感傷，是他「事物牽於外，情理動於內，隨感遇而形於嘆詠者」；四，雜律，是他的「五言七言，長短絕句，自一百韻至兩韻者」；

但他的詩，最重要者自是他的「新樂府」辭。他與元九書說：「文章合為時而著，歌詩合為事而作。」他是徹頭徹尾抱著人生的藝術之主張的。故他的詩「非求宮律高，不務文學奇；唯歌生民病，願得天子知。」（《寄唐生》）而許多題為「新樂府」者，便都是在這樣的主張底下寫成的。杜甫的許多歌詠民間疾苦的詩，是寫實，是後寫實裡彈出譏諷之意來的；他並沒有明白的說出他是諷諫。但居易卻是老老實實的把他的詩拿來做勸誡的工具了。他的「新樂府」，作於元和四年（西元809年），恰好是他做左拾遺的時候。全部「凡九千二百五十二言，斷為五十篇」。其自序道：「其辭質而徑，欲見之者易喻也；其言直而切，欲聞之者深誡也；其事核而實，使採之者傳信也；其體順而肆，可以播於樂章歌曲也。總而言之，為君，為臣，為民，為物，為事而作，不為文而作也。」已把他的主旨說得很明白。這樣徹底的人生的藝術觀，是我們唐以前的文學史上所極罕見的。在這五十篇中，有議論，像《海漫漫》，《華原磬》等；有敘事，像《新豐折臂翁》，《賣炭翁》等；但即敘事者，也往往以勸誡的議論結。《新豐折臂翁》最有名，是寫一個折了臂的老人的故事。其所以折臂者，蓋全為了逃避兵役之故。「此臂折來六十年，一肢雖廢一身全。」這和杜甫的《兵車行》等是同樣表曝了唐代徵兵制度的罪惡的。除了「新樂府」外，像《秦中吟》十首，也同是此意。唯「新樂府」多婉曲的勸諭，《秦中吟》則是不客氣的諷刺與責罵：「日中為樂飲，夜半不能休。豈知閿鄉獄，中有凍死囚」（《歌舞》）；「有一田舍翁，偶來買花處；低頭獨長嘆，此嘆無人喻：一叢深色花，十戶中人賦」（《買花》）。大約「新樂府」為了是居諫臣之位時所作，「願得天子知」的，故措辭不得不和平婉曲些罷。但此類的「新樂府」，實在未見得成功；天子知與不知，且不說，就文學而論，則五十篇中，起初的可算做好詩的，還不到十篇。無疑的，《新豐折臂翁》與《賣炭翁》乃是其中的最好的二篇。居易的好詩，實不在此而在彼。他自己所不大看得重的「閒適」和「感傷」

的二類的詩，其中盡有許多真實的偉大的作品在著。《長恨歌》是很成功的一篇敘事詩；《琵琶行》也是很偉大的一篇抒情詩。我們讀了：「大弦嘈嘈如急雨，小弦切切如私語。嘈嘈切切錯雜彈，大珠小珠落玉盤。間關鶯語花底滑，幽咽泉流水下灘。水泉冷澀弦凝絕。……銀瓶乍破水漿迸，鐵騎突出刀槍鳴。曲終收撥當心畫，四弦一聲如裂帛。東舟西舫悄無言，唯見江心秋月白。」（但這似有些受顧況《李供奉彈箜篌歌》的暗示的罷。）實在覺得韓愈的《南山》，盧仝的《月蝕》有些吃力不討好。其他長歌短什，好的也很不少。相傳他未冠時謁顧況，況恃才少年推可，見其文自失道：「吾謂斯文遂絕，今復得子矣！」居易作風，有一部分確近顧況，唯顧況較他更為逼近口語耳。居易他自己也很想做到婦孺皆能懂的地位。《墨客揮犀》曾記著：「白樂天每作詩，令一老嫗解之，」問曰：「解否？曰解；則錄之。不解；則又復易之。」他既這樣的要求通俗，所以當時他的詩流傳得也最盛。《豐年錄》：「開成中，物價至賤。村路賣魚肉者，俗人買以胡絹半尺，士大夫買以樂天詩。」（《唐音癸籤引》）《酉陽雜俎》也記著：當時有刺樂天詩意於身，詫白舍人行詩圖者的事。又，雞林行賈，售居易詩於其國相，率篇易一金。流行之盛，可謂自詩人以來所未曾有。

五　唐代詩人：白居易、元稹、李紳、劉禹錫

和白居易同時的詩人們，有元稹、李紳和劉禹錫諸人。他們都是居易的好友，雖然作風未必十分相同。居易和元稹先有元、白之稱。稹卒，又和劉禹錫齊名，號劉、白居易敘禹錫詩道：「予頃與元微之

唱和頗多，或在人口。嘗戲微之云：僕與足下二十年來為文友詩敵，幸也，亦不幸也。吟詠情性，播揚名聲，其適遺形，其樂老者，幸也。然江南士女，語才子者多雲元、白。以子之故，使僕不得獨步於吳、越間，此亦不幸也。今垂老復遇夢得，夢得得非重不幸耶？」把他們的關係，說得很明白。

元稹字微之，河南人。詩名與白居易相埒，天下傳諷，號「元和體」。往往播樂，妃嬪近習皆誦之。宮中呼元才子。嘗為工部侍郎同平章事。後官武昌軍節度使（779～831）。有《元氏長慶集》百卷。稹雖和居易相酬唱，但居易的流暢平易的作風，他卻未能得到。不過他的詩雖不能奔放，卻甚整煉，像：「荊榛櫛比塞池塘，狐兔驕痴緣樹木。舞榭攲傾基尚在，文窗窈窕紗猶綠。塵埋粉壁舊花細，鳥啄風箏碎珠玉。……蛇出燕巢盤鬥拱，菌生香案正當衙」（《連昌宮詞》），寫殘破的蕪宮是很盡了力量的。他的《和李校書新題樂府十二首》，顯然是受了白居易「新樂府」的影響的。他嘗謂：「近代唯詩人杜甫《悲陳陶》、《哀江頭》、《兵車》、《麗人》等，凡所歌行，率皆即事名篇，無復倚傍。余少時與友人樂天、李公垂輩，謂是為漢，遂不復擬賦古題。」（《樂府古題序》）這是「新樂府」的一篇簡史。他還寫了《代曲江老人百韻》《茅舍》、《賽神》、《青雲驛》、《陽城驛》以及《連昌宮詞》等，皆有諷勸之意。他還作了一篇傳奇《會真記》，成了後來的一個最有名的傳說的祖本。

李紳字公垂，潤州無錫人，與元、白為友，就是元稹《和李校書新題樂府十二首》裡所說的李校書。今紳所作的《新題樂府》（凡二十首）已不傳，而他詩傳者卻甚多。他於宗時為中書侍郎，同門下平章事。他的《鶯鶯歌》，失傳已久，近乃於金，董解元《西廂記諸宮調》中輯得之，可見出其敘事歌曲的作風的一斑。

劉禹錫字夢得，彭城人，貞元間登進士第，為監察御史。以附王叔文，貶為郎州司馬。落魄不自聊，吐詞多諷託幽遠。蠻俗好巫，嘗倚其聲，作《竹枝詞》十餘篇，武陵溪洞間悉歌之。後入為主客郎中，又出刺蘇州。遷太子賓客分司。會昌時，加檢校禮部尚書，卒（772～843）。年七十二。有集。他雖和樂天、微之相酬唱，但他卻不是他們的一群。他很少寫什麼諷勸的「願得天子知」的東西，他有他自己很特異的作風。他久在蠻方，其短歌，是很受少數民族的情歌的影響的，故甚富於南國的情調。像《竹枝詞》：

楊柳青青江水平，聞郎江上唱歌聲。東邊日出西邊雨，道是無晴卻有晴。

山桃紅花滿上頭，蜀江春水拍天流。花紅易衰似郎意，水流無限似儂愁。

山上層層桃李花，雲間煙火是人家。銀釧金釵來負水，長刀短笠去燒畬。

這些情歌的風趣，是我們的詩歌裡所不曾有過的。禹錫的模擬，可說是成功的。

六　唐代詩人柳宗元及其影響

和劉禹錫最友好的柳宗元，與韓愈同以古文鳴。但他的詩卻和他的散文同為我們所看重。他並不像韓愈那樣的善於鼓吹，宣傳，且又久竄蠻方，無召集一班跟從者的憑藉。所以他在當時，雖然文名甚著，卻是很寂寞的。除了老朋友們，像韓愈、劉禹錫等，時時還提到他外，別的人幾乎是都不會想到過有那麼一位詩人！他字子厚，河東人，登進士第。調藍田尉。王叔文用事時，待宗元甚厚，擢尚書禮部員外郎。叔文敗，與劉禹錫等並遭貶斥。他貶永州司馬。自此蹭蹬不振，以是益自刻苦為文章，養成了雋鬱而清幽的作風。元和十年移柳州刺史，後四年卒。年四十七（773～819）。有集。他的詩，像《柳州二月榕葉落盡偶題》：

> 宦情羈思共淒淒，春半如秋意轉迷。山城過雨百花盡，榕葉滿庭鶯亂啼。

以及「煙銷日出不見人，欸乃一聲山水綠」（《漁翁》）；「泉回淺石依高柳，逕轉垂藤間綠筠」（《過盧少尹郊居》）；「孤舟蓑笠翁，獨釣寒江雪」（《江雪》）；「蒹葭淅瀝含秋霧，橘柚玲瓏透夕陽」（《得盧衡州書因以詩寄》）等，都是精瑩如珠玉似的，與韓愈詩之大氣包舉，永珍森列者大不相同。

和柳宗元風格略同而影響更大者有姚合，陝州峽石人，登元和進士第，授武功主簿。後出為杭州刺史。終祕書監。他和張籍、王建諸人遊，詩名重於時，人稱「姚武功」。曾成了後一期詩人們的一箇中心。他的詩，頗具幽峭之趣，刻意苦吟，務求古人體貌所未到。像「童子病來煙火絕，清泉漱口過齋時」（《寄靈一禪師》）；「幽處尋書坐，朝朝閉竹扉。山僧封敬寄，野客乞詩歸」（《寄張徯》）；「秋燈照樹色，寒雨落池聲。好是吟詩夜，披衣坐到明」（《武功縣中作》）等，皆是足供清吟的。宋代的「永嘉四靈」便是奉他為宗主的。他曾選《極玄集》，錄王維至戴叔倫二十一人詩一百首，頗可見其意旨所在。有集。

七　唐代豔詩新風：張籍、李賀、王建

元和、會昌之間（西元806～846年）的詩人們裡，曾別有一群，挺生出來，為韓、白二派所不能包納；那便是張籍和李賀、王建等。他們是復興了宮體的豔詩，而更加上了窈渺之情思的。他們開闢了別一條大道，給李商隱、溫庭筠他們走。這一派的詩，關係既大，影響也極巨偉。唐、五代以來的「詞」的一個新詩體，其作風差不多都是由此而衍繹下去的。他們是繁弦細管的音樂，是富麗曖曖的宮室，是夏日晝光所反映的海水，是酒後模糊的譫語；若可解若不可解，若明又若昧，那便是他們的作風。

王建字仲初，潁川人，大曆十年進士。初為渭南尉。太和中，出為陝州司馬，從軍塞上。後歸咸陽，卜居原上。他工樂府，與張籍齊名。《宮詞》百首，尤傳誦人口。像：

> 水面細風生，菱歌慢慢聲。客亭臨小　，燈火夜妝明。
>
> ——《江館》

> 合暗報來門鎖了，夜深應別喚笙歌。房房下著珠簾睡，月過金階白露多。
>
> ——《宮詞》

都是很豔麗，且很富於含蓄之情的。已是開了張籍與溫、李的先路。他初作《宮詞》時，因與樞密使王守澄有宗人之分，故多知禁掖事。後因過燕飲，以相譏謔。守澄深銜之。忽曰：「吾弟所作《宮詞》，內庭深邃，何由知之？明當奏上。」建作詩以謝，末句云：「不是姓同親說向，九重爭作外人知？」守澄恐累己，事遂寢。

張籍字文昌，蘇州吳人。或曰和州烏江人。貞元十五年登進士第。韓愈深重之，薦為國子博士。仕終國子司業。他的詩，其作風甚類王建，往往要想留些「有餘不盡」之意，又往往喜寫怨女春情之事。像：「曲江亭上頻頻見，為愛鸕鶿雨裡飛」（《贈項斯》）；「梧桐葉下黃金井，橫架轆轤牽素綆。美人初起天未明，手拂銀瓶秋水」（《楚妃怨》）；「江南人家多橘樹，吳姬舟上織白苧。……清莎覆城竹為屋，無井家家飲潮水」（《江南曲》）等皆是。相傳朱慶餘受知於籍，籍為選定其詩。慶餘因之登第，尚為謙退，作《閨意》以獻籍道：「洞房昨夜停紅燭，待曉堂前拜舅姑；妝罷低聲問夫婿，畫眉深淺入時無？」籍和之道：「越女新妝出鏡心，自知明豔更沉吟。齊紈未足人間貴，一曲菱歌抵萬金。」全以「閨情」為象徵，這便是他們所最擅長之處。有集。

李賀字長吉，系出鄭王后。七歲能辭章。韓愈皇甫湜始離未信。過其家，使賀賦詩，輒就，乃大驚。自是有名。賀每日旦出，騎弱馬，從小奚奴，背古錦囊。遇所得，書投囊中。及暮歸，足成之。母道：「是兒嘔出心肝乃已耶？」然不能禁也。所作樂府，樂工皆合之管絃。仕為協律郎。卒年二十七。有集。他的詩句尚奇詭，絕去畦逕，但其大體，則近於王建、張籍。唯較為生硬耳。《蝴蝶飛》一詩，最足以見出其作風：

楊花撲帳春雲熱，龜甲屏風醉眼纈，東家蝴蝶西家飛，白騎少年今日歸。

又像他的長篇《昌谷詩》：「遙巒相壓疊，頹綠愁墮地。光潔無秋思，涼曠吹浮媚。……嘹嘹溼蛄聲，咽源驚濺起。」蓋並有退之之奇與建、籍之豔者。

八　唐代女詩人薛濤的豔詩風采

這時有一個女作家薛濤。其詩很可稱道。濤字洪度，隨父宦，流落蜀中為妓女。辨慧工時，甚為時人所愛。元稹嘗喜之。書皋鎮蜀，也時召令侍酒賦詩，稱為女校書。暮年屏居浣花溪，著女冠服。好制松花小箋，時號薛濤箋。其詩輕蒨而豔麗，時有佳句，像《題竹郎廟》：

竹郎廟前多古木，夕陽沉沉山更綠。何處江村有笛聲?聲聲儘是迎郎曲。

古文運動

在唐代文學中，古文運動代表了一種自然回歸的趨勢。這一運動突顯了對古代文學和文化的尊重，以及對自然、率真、質樸的追求。唐代文學的轉變在古文運動中得以體現，文壇上出現了新的趨勢和文風。

韓愈和柳宗元等文壇巨匠在古文運動中扮演了重要角色，他們的影響力深遠。他們主張文學應該回歸自然，摒棄繁複的修辭和難懂的詞藻，強調文字應該貼近人民生活，表達真情實感。

此外，蕭穎士、李華等文壇巨匠也在古文運動中嶄露頭角，他們的作品充滿了率真和質樸，反映了唐代文學的新風貌。

古文運動的影響還延續到後來的文學巨匠，如退之、李翱、皇甫湜等人。他們在文學創作中秉持古文運動的理念，為唐代文學的發展和傳承作出了貢獻。

在這一時期，陸贄也是一位傑出的文學家兼政治家，他的作品成為了古文運動的傳世之作，對唐代文學產生了深遠的影響。

一 古文運動：唐代文學的自然回歸

古文運動是對於魏、晉、六朝以來的駢儷文的一種反動。嚴格的說起來，乃是一種復歸自然的運動，是欲以魏、晉、六朝以前的比較自然的散文的格調，來代替了六朝以來的日趨駢儷對偶的作風的。原來自六朝以來，到了唐代，駢儷文的勢力，深中於朝野的人心，連民間小說也受到了這種的影響。連朝廷上的應用的公文也都是非用這種格調不可。馴至成了所謂「四六文」的一個專門的名辭。即上一句是「四言」下一句必須是「六言」的；其相對的第三句第四句，也都應是四方與六言的；總之，必須以「四」與「六」的句法交錯成文到底。這樣，與律詩的情形恰是一樣，成了一種最嚴格的文章公式，一點也不能變動。《舊唐書》敘李商隱從令狐楚那裡，得到了作「今體章奏」的方法，遂成為名家的一段話，是很可以使我們注意的。在正式的「公文程式」上，這種文體，自唐以後還延長壽命很久。但在文學的散文上，駢儷文的運命，卻自唐以來，便受了古文作家們最大的攻擊，以致於消聲匿跡，不再成為一種重要的文體。古文運動為什麼會成功呢？最大原因便在於駢儷文的矯揉做作，徒工塗飾，把正當的意思與情緒，反放到第二層去。而且這種駢四儷六的文體，也實在不能儘量的發揮文學的美與散文的好處。這樣，駢儷本身的崩壞，便給古文運動者以最大的可攻擊的機會。這和清末以來在崩壞途中的古文，一受白話文運動者的聲討，便立即塌倒了的情形，正是一毫也不殊。在大眾正苦於駢儷文的陳腐與其無謂的桎梏的時候，韓愈們登高一呼，萬山皆響，古文運動便立刻宣告成功了。

二　古文運動的滲透與興起：唐代文學的轉變

但古文運動也並不是一時的突現，其伏流與奔泉也由來已久。在六朝的中葉，北方淪陷於少數民族之後，少數民族的人根本上不甚明白漢文，更難於懂得當時流行之駢儷文體，所以當時在北方頗有反駢儷文的傾向，宇文泰在魏帝祭廟的時候，會命蘇綽為《大誥》奏行之。後北周立國，凡綽所作文告，皆依此體。然《大誥》實為模擬《尚書》之作，其古奧難懂的程度，似更在齊、梁駢體以上。故此體在當時不過曇花一現，終不能行。後隋文帝時，李諤又上書論正文體。他大罵了齊、梁文體一頓：「江左齊、梁，其弊彌甚，貴賤賢愚，唯務吟詠。遂復遺理存異，尋虛逐微，競一韻之奇，爭一字之巧。連篇累牘，不出月露之形，積案盈箱，唯是風雲之狀。世俗以此相高，朝據茲擢士。」這話是不錯的，確曾把齊、梁文體的根本弱點指出來了。他又說明，開皇四年，曾「普詔天下公私文翰，並宜實錄」。其年九月，泗州刺史司馬幼之為了文表華豔之故，還付所司推罪呢。然「聞外州遠縣，仍踵弊風」，故他更要文帝：「請勒有司普加搜訪，有如此者，具狀送台。」但這一場以官力來主持的文學改革運動，終於不久便消滅了。平陳以後，南朝文士們的紛紛北上，大量增加北朝文風的齊、梁化。自此至唐，風尚不改。武后時，陳子昂會有改革齊、梁風氣的豪志。他的《與東方左史虯修竹篇》的序言道：「文章道弊五百年矣。漢、魏風骨，晉、宋莫傳，然而文獻有可徵者。僕嘗暇時觀齊、梁間詩，彩麗競繁，而興寄都絕，每以永嘆。竊思古人，常恐逶迤頹靡，風雅不作，以耿耿也。」但他的所指，還在詩歌。至於散文方面，他是不大注意的。然其書疏。氣息也甚近古。同時有盧藏用、富嘉謨、吳少微者，也皆棄去徐、庾，以經典為宗。時人號嘉謨、少微之文為富、吳體。蕭穎士也盛推盧、富。然他們影響卻都不很大。

三　唐代文學新風：蕭穎士、李華等文壇巨匠的興起

到了開元、天寶之際，蕭穎士、李華出來，以其絕代的才華，力棄俳綺，復歸自然，才第一次使我們看見有所謂非駢儷的「文學的散文」。蕭穎士字茂挺，四歲屬文。十歲補太學生。開元二十三年（西元 735 年）舉進士，對策第一。天寶初，補祕書正字。後免官客濮陽。執弟子禮者甚眾，號蕭夫子。官至楊州功曹參軍，客投汝南，卒年五十二。門人共謚日文元先生。子存，字伯誠，亦能文辭。與梁肅、沈既濟等善。李華與穎士齊名，世號蕭、李。又並與賈至、顏真卿等同遊。華字遐叔，趙州贊皇人。天寶中嘗為監察御史。晚去官，客隱山陽，安於窮槁。然天下士大夫家傳墓版文及州縣碑頌，仍時時賚金帛往請。大曆初，卒。華作弔古戰場文，極思研榷；已成，汙為故書，雜置梵書之庋。他日，與穎士讀之。稱工。華問：「今誰可及？」穎士道：「君加精思，便能至矣。」華愕然而服。華的宗子翰及從子觀，皆有名。

賈至字幼鄰，長樂人，嘗從玄宗幸蜀，知制誥。與蕭、李善。又有獨孤及者，出李華之門。及字至之，河南人，官至常州刺史。梁肅又出於及之門。肅字敬之，一字寬中，陸澤人，官至右補闕。又有元結者，字次山，河南人，天寶十二載登進士第，官至道州刺史。他們皆衍蕭、李之緒，於乾元、大曆間，以古文鳴於時。

四　唐代古文運動興起：韓愈、柳宗元等文壇巨匠的影響力

但蕭、李諸人雖努力於古文，且也有不少的跟從者，卻還不曾大張旗鼓的宣傳著。他們似都不是很好的宣傳家；或只是獨善其身，自傳其家學的沒有鼓動時代潮流的勇氣的文士們。所以他們的影響並不大。到了貞元、元和的時候，大影響便來到了。一方面當然是若干年的伏流，奔洩而出地面，遂收水到渠成之功；但他一方面，也是因了當時有一二位天生的偉大宣傳家，像韓愈，出來主持這個運動，故益促其速成。所謂古文運動便在這個時代正式宣告成立。古文自此便成了文學的散文，而駢儷文卻反只成了應用的公文程式的東西了。這和六朝的情形，恰恰是一個很有趣味的對照。那時，也有文筆之分，「筆」指的是應用文。不料這時的應用文，卻反是那時的所謂「文」，而那時的所謂「筆」者，這時卻成為「文」了。

韓愈是一位天生的煽動家、宣傳家，古文運動之得成功於他的主持之下，並不是偶然的事。他最善於鼓吹自己，宣傳自己。他慣能以有熱力有刺激的散文，來說動別人。想來他的本身也便是一團的火力，天然的有吸引人的本領。所以當時的怪人們，像李賀、孟郊、賈島、劉叉等莫不集於他的左右。我們看他勸賈島放棄了和尚的生涯的一段事，便可知他的影響是如何的大。他在少年未得志的時代，便慣於呼號鼓吹，慣於自己標榜；像他的幾篇《上時相書》、《送窮文》、《進學解》等等，哪一篇不是「言大而誇」，哪一篇不是替自己標榜。為了這，——兼之，他是那樣的故意自己大聲疾呼的談窮訴苦！——所以天然的便容易得到一般人的同情，一般人的迷信。他嘗說道：

性本好文章，因困厄悲愁，無所告語，遂得究窮於經傳史傳百家之說。沉潛乎訓義，反覆乎句讀，礱磨乎事業，而奮發乎文章。

又說道：

學之二十餘年矣！始者非三代兩漢這書不敢觀，非聖人之志不敢存；處若忘，行若遺，儼乎其若思，茫乎其若迷。當其取於心，注於手也，唯陳言之務去！戛乎其難哉！

又自信不惑的說道：

用力深者，其致名也遠。若皆與世沉浮，不自樹立，雖不為當時所怪，亦必無後世之傳也。

這些，都是用最巧妙的宣傳的口氣出之的。難怪會吸引了多數的人跟隨著他走。他在貞元十八年為四門博士，元和初為國子博士，元和十五年為國子祭酒，元慶間為吏部侍郎，都是處在領導天下士人們的地位，所以他的影響更容易傳播出去。他還不僅僅要做一個文學運動的領袖，他還要做一個衛道者，一個在「道統」中的教主之一。他作《原道》以攻佛，又上表力諫憲宗的迎佛骨。他的所謂「道統」，乃是「堯以是傳之舜，舜以是傳之禹，禹以是傳之湯，湯以是傳之文、武、周公，文、周公傳之孔子，孔子傳之孟軻，軻之死不得其傳焉。荀與揚也，擇焉而不精，語焉而不詳。」而他自己卻儼然有直繼孟軻之後，而取得這個「道統」上的「傳統者」的地位的豪氣！他的《原道》並不是什麼了不得的大著作，只是以淺近的常識論來攻擊佛教的組織而已。（也許和勸賈島棄僧服的事有關係。）然其影響則極大。「文以載道」的一句話，幾與古文運動劃分不開，其引端便是從他起的。個個古文家都以肩負「道統」自任——到了今日還有妄人們在閉目念著道統表呢——其作俑也便是從他開始的。

但韓愈的古文運動，他自己雖諱言其所從來，實與開、天時代的蕭、李未嘗沒有淵源的關係。愈少時為蕭穎士子存所知。又和李華的從子觀同舉進士，相友善；而華之宗子翰，能為古文，愈每稱之。《舊唐書》也稱愈嘗從獨孤及及梁蕭之徒遊。晁公武《讀書志》引《唐實錄》，謂韓愈學獨孤及之文。這其間的影響是灼然可知的。

同時與愈並舉進士者，於李觀外，尚有閩人歐陽詹，字行周的，也會寫作古文。但觀與詹俱早卒，故名不得與愈同稱。其與愈並稱為古文運動中的兩大柱石者，唯柳宗元一人耳。

柳宗元是比較韓愈為孤介的。他並不怎樣宣傳他自己，他的境遇又沒有韓愈好。自王叔文敗後，他便被竄斥於荒癘之地，鬱鬱不得志以死。然他的古文，實在是整煉雋潔，自有一段不得掩飾的精光在著，故後學的人們也往往歸之。他嘗自敘其為文的淵源：

> 每為文章，本之《書》、《詩》、《禮》、《春秋》、《易》，參之《穀梁氏》以厲其氣，參之孟、荀以暢其支，參之《老》、《莊》以肆其端，參之《國語》以博其趣，參之《離騷》以致其幽，參之《太史》以著其潔。

這和退之的「非三代兩漢之書不敢觀」的話對照起來，足知古文家的復歸自然的程度是怎樣的。這當然要比蘇綽的擬仿《尚書》而寫作《大誥》的可笑舉動，是高明到萬倍的，故遂得以大暢其流。然究竟還是「託古改制」，還未忘有諸經典及《莊》、《騷》、《史記》的模範在著。故雖是一個文學改革運動，卻究竟還不是什麼真正的文學革命運動。為的是，他們去了一個圈套——六朝文——卻又加上了另一個圈套——秦、漢文。他們是兜圈子走的，並不是特創的，且不曾創造出什麼新的東西來。故其成功究竟有限。只是把散文從六朝的駢儷體中解放出來而已。

宗元的文字往往仿離騷，這是他境遇使然。他又喜作山水遊記，在永、柳諸州所作者，尤為精絕，往往有詩意畫趣，是古文中的真正的珠玉，足和酈道元的《水經注》並懸不朽。

五　唐代古文運動的傳承與影響：退之、李翺、皇甫湜等文壇巨匠的角色

子厚、退之齊名於世，而退之的影響獨大。有李翺、李漢、張籍、皇甫湜、沈亞之等，皆為退之這徒。樊宗師為文奇僻，也和退之相友善。子厚所交厚者，如劉禹錫、呂溫等也善為古文。

李翺字習之，韓愈的侄婿，元和初為國子博士。後官至山南東道節度使。韓愈的影響由他的傳播而益大張。皇甫湜字持正，睦州新安人，為陸渾尉，仕至工部郎中。沈亞之字下賢，蘇州人。元和十年進士，仕不出藩府，長慶中為櫟陽尉，太和中謫掾郢州。

後又能孫樵、劉蛻等也學退之為文。樵《與王霖秀才書》道：「樵嘗得為文真訣於來無擇，來無擇得之於皇甫持正，皇甫持正得之於韓吏部退之。」歷敘淵源，大類退之的敘述「道統」。這也是古文家的常態。（來無擇名擇。）大詩人李商隱也善為古文。大約從韓、柳以後，古文的一體，便正式的成為文學的散文了。凡欲為文士，欲得文名傳於後世，便非學做古文不可。而駢儷文在文壇上的運命遂告了一個結束。

六　陸贄：唐代政治家兼文學巨匠的傳世之作

但在這個古文運動的時代，卻有一位奇特的人物陸贄出現。他並不提倡古文。他還是寫著當時應用的對偶文字。但他的成就卻很可驚。他並不想成就一位文人。他只是一位大政治家。但他的關於政治的文章，使他在文壇上得了一個不朽的地位，使我們不能不記住。他的文章，雖出之以對偶，卻一點也不礙到他的說理陳情。他的滔滔動人的議論，他的指陳形勢，策劃大計，都以清瑩如山泉，澎湃如海濤的文筆寫出之。這乃是駢儷文中最高的成功，也是應用文中最好的文章。他的影響很大。宋代的許多才人們，例如蘇軾，其章奏大都是以他的所作為正規化的。

傳奇文的興起

唐代傳奇文的興起代表了唐代文學中一個引人注目的趨勢，這些傳奇作品以其獨特的魅力和豐富多彩的情節吸引了眾多文學愛好者。以下是唐代傳奇文的主要特點和成就：

古文運動的珠玉：唐代傳奇文繼承了古文運動的理念，強調文字應該貼近自然、表達真情實感，摒棄繁複的修辭和難懂的詞藻。這使得傳奇文更具率真和質樸的特色。

與古文運動的關聯：傳奇文興起在唐代古文運動的背景下，受到了自然回歸和情感真實性的影響。這些作品旨在通過故事情節和人物塑造來觸動讀者的情感，反映了當時文學的新風貌。

先驅作品：在唐代傳奇文興起之前，已經存在一些先驅作品，為傳奇文的發展鋪平了道路。這些作品包括《西遊記》和《遊仙窟》等，它們在故事情節和奇幻元素上具有獨特的特點。

《遊仙窟》的影響：《遊仙窟》是唐代一部重要的傳奇作品，它以奇幻的元素和富有想像力的故事情節而著稱。這部作品的影響深遠，為後來的傳奇文提供了啟示。

戀愛傳奇文：唐代的傳奇文中，戀愛題材的作品相當豐富。這些作品探討了夢幻和現實之間的情感，呈現了多樣化的愛情故事，並反映了唐代社會的價值觀。

劍俠幻想故事：唐末至宋初的文學中出現了劍俠幻想故事，這些作品豐富了文人的幻想世界，提供了一種逃避現實的方式，同時也反映了當時社會的變遷和文化交流。

故事重複和跨文化影響：唐代傳奇文中的一些情節和主題在不同作品中多次重複出現，同時受到外來文化的影響，如佛教、道教等，這使得傳奇文更加豐富多彩。

整體來說，唐代傳奇文的興起代表了唐代文學的一個重要時期，這些作品在文學史上留下了獨特的痕跡，豐富了唐代文學的多樣性和豐富性。

一　唐代古文運動的珠玉——唐代傳奇文的成就

自蕭、李、韓、柳所提倡的古文運動告了成功之後，古文的一個體制，便成為文學的散文，這在上文已經闡明過了。古文運動的主旨，原是論道與記事，其主要的著作為碑、傳、論、札之類。但那些作品，真有偉大的價值者卻很少。其真實的珠玉反為柳宗元的小品文，像他的山水遊記之類。若古文運動的成就，僅止於此，當然未免過於寒儉。但附庸於這個運動之後者，還有一個遠較小品文更為偉大的成就在著；——這是從事於古文運動者所不及料的一個成功，他是他們所從不曾注意到的一件工作，——那便是所謂「傳奇文」的成就。唐代「傳奇文」是古文運動的一支附庸；卻由附庸而蔚成大國。其在我們文學史上的地位，反遠較蕭、李、韓、柳的散文為更重要。他們是我們的許多最美麗的故事的淵藪，他們是後來的許多小說戲曲所從汲取原料的寶庫。其重要有若希臘神話之對於歐洲文學的作用。

而他們的自身又是那樣精瑩可愛，如碧玉似的雋潔，如水晶似的透明，如海珠似的圓潤。有一部分簡直已是具備了近代的最完美的短篇小說的條件。若將六朝的許多故事集置之於他們之前，誠然要如爝火之見朝日似的闇然無顏色。他們是中國文學史上有意識的寫作小說的開始。他們是中國短篇小說上最高的成就之一部分。他們把散文的作用擇施於另一個最有希望的一方面去。總之，他們乃是古文運動中最有成就的東西——雖然後來的古文運動者們未必便引他們為同道。

二　唐代傳奇文的盛世與起與古文運動的關聯

「傳奇文」的開始，當推原於隋、唐之際，但其生命的長成則允當在大曆、元和之時無疑。在隋、唐之際的「傳奇文」，只是萌芽而已；大曆、元和之間，才是開花結果的時代。而促成其生長者，則古文運動「與有大力焉」。蓋古文運動開始打倒不便於敘事狀物的駢儷文，同時，更使樸質無華的「古文」，增加了一種文學的姿態，俾得儘量的向「美」的標的走去。「傳奇文」便這樣的產生於古文運動的鼎盛的時代。其間的訊息當然很明白的可知的。「傳奇文」的著名作者沈既濟乃是受蕭穎士的影響的。又沈亞之也是韓愈的門徒，韓愈他自己也寫著遊戲文章《毛穎傳》之類。其他元稹、陳鴻、白行簡、李公佐諸人。皆是與古文運動有直接間接的關係。故「傳奇文」的運動，我們自當視為古文運動的一個別支。當時的文士們也往往有將傳奇文作為投謁時的行卷之用者。可見時人也並不卑視此體。（但清人所輯的《全唐文》則屏斥傳奇文不收。）宋洪邁嘗說道：「唐人小說不可不熟。小小事情，淒惋欲絕，洵有神遇而不自知者。與詩律可稱一代之奇。」這話不錯。從零星斷片的宗教故事，神異故事及《世說新語》，到唐人的傳奇文，其間的進步是不可以道裡計的。唐人傳奇文不僅是第一次有意的來寫小說的嘗試，且也是第一次用古文來細膩有致的抒寫人間的物態人情以至瑣屑的情事的。這種新鮮的嘗試，立刻便得到了成功。

三　唐代故事集與傳奇文之前的先驅作品

在沒有說到大曆、元和及其後的傳奇文以前，先須略略提起隋、唐之際的幾篇東西。那幾篇東西恰是介乎六朝故事集與唐人傳奇文之間的著作，也正是由故事集到傳奇文的必然要走的一個階段。他們乃是故事集的結束，而傳奇文的先驅者。

有一篇很有趣味的東西，在隋、唐之際出現，那便是：見於《太平廣記》卷二百三十的一篇《王度》，實即王度所自作的《古鏡記》。王度，太原祁人，文中子王通之弟，詩人王績之兄。大業中為御史，後出為芮城令，武德中卒。他在這篇《古鏡記》裡，先自述他的神鏡的由來，後詳敘神鏡的降魅驅妖之功。最後，敘其弟績（原作勣）遠遊，借古鏡以自衛，也歷在各地殺除怪物不少。歸後，還鏡於度。一夕，聞鏡在匣中悲唱，良久乃定。「開匣視之，即失鏡矣。」其中所敘古鏡的功績為：（一）使程雄家婢鸚鵡現出老狸原形而死；（二）這鏡「合於陰陽光景之妙」，與薛俠的寶劍較之，鏡上吐光，明照一室，劍則無復光彩；（三）度為芮城令時，令縣鏡於廳前妖樹上。夜中有風雨電光纏繞大此樹。至明，有一大蛇死於樹下；（四）治張龍駒家人的疫疾；（五）王績遠遊時，遇山公、毛生，以鏡照之，一化為龜，一化為猿，皆死；（六）除靈湫中妖魚；（七）殺大雄雞妖，治癒張珂家女子的病；（八）遇風濤大作，山鏡懸之，波不進，屹如雲立，然後面則濤波洪湧，高數十丈；（九）治癒李敬慎家三女的魅病，殺死一鼠狼，一老鼠，一守宮。這些故事原都是六朝故事集裡所見的東西，今則以一古鏡的線索，把他們連貫起來成為一篇了。這是《古鏡記》的嘗試的成功之一點。

又有《補江總白猿傳》，不知什麼人寫的，（見《太平廣記》卷四百四十四，題曰《歐陽紇》）也作於這個時代。敘梁將歐陽紇的妻，為白猿所奪。及救歸，已孕，生一子貌類猿。即後來有盛名的歐陽詢。因紇死時，詢為江總所收養，故以「補江總」《白猿傳》為名。這篇東西，與《古鏡記》不同，乃是單一的故事，頗具描寫的姿態，與後來的傳奇文很相同。唯此作有大可注意之處：紇妻被奪事，大類印度最流行的「羅摩衍那」(Ramayana) 的傳說，而若飛的神猿又是這個傳說中之所有的。或者，中土的講談者，把魔王的拉瓦那 (Ravana) 和救人的神猿竟纏合而為了一了罷。這故事在後來的影響極大。宋、元間的《陳巡檢梅嶺失妻》的話本、戲文等，皆系由此而衍出者。

四　唐代奇作《遊仙窟》及其文學影響

但在唐武后時，又有絕代的奇作《遊仙窟》出現。這是張鷟所作的。鷟字文成，調露初西元 679 年）登進士第，調長安尉。開元初，貶嶺南，後終司門員外郎 (660?～690?)。他所作有《朝野僉載》、《龍筋鳳髓判》，今皆傳於世。獨《遊仙窟》本土久佚，唯日本有之。此作在日本所引起的影響很大。《唐書》

謂「新羅日本使至，必出金寶購其文。」當是那時流傳出去的。相傳他作此文，隱約的說著他自己和武后的戀愛故事。一說已成，一說是幻想的描寫。總之這是我們文學史上的第一部有趣的戀愛小說無疑。他自敘奉使河源，道中夜投一宅，遇十娘、五嫂二婦人，姿為笑謔宴樂，止宿而去。文近駢儷，又多雜詩歌，更夾入不少通俗的雙關語，拆字詩等等；當是那時代通俗流行的一種文體。這種文體，其運命很長。敦煌發現的小說，體裁也甚近此作。明人瞿佑、李昌祺、雷變諸人所作，又明板的《國色天香》、《繡谷春容》、《燕居筆記》諸書中所錄的諸通俗的傳奇文，若《嬌紅記》等，殆無不是《遊仙窟》的親裔。而唐代的諸傳奇文，若《周秦行記》、《秦夢記》等，其情境和《遊仙窟》幾全同。又其中每雜歌詩，也大似有張鷟的影響在著。故《遊仙窟》的軀體，在中國雖已埋沒了一千餘年，而其精靈卻是永在的。《遊仙窟》中的詩，曾被輯錄入《全唐詩逸》中（有《知不足齋叢書》本），已先本文而被重傳到中土來。

五　唐代傳奇文及其影響

開元、天寶的全盛時代，只是一個歌詩的全盛時代而已。傳奇文反而感到寂寞。直到大曆（西元766～779年）的時候，方才有沈即濟起來，第一個努力於傳奇文的寫作。既濟為蘇洲人，曾和蕭穎士子存相友善。以楊炎薦，召拜左拾遺，史館修撰。貞元時，炎得罪，既濟也貶為蘇州司戶參軍。後官至禮部員外郎卒（750?～800?）。既濟所作有《枕中記》（《太平廣記》卷八十二題作《呂翁》）及《任氏傳》，皆大傳於世。《枕中記》敘盧生於一頓黃粱還未熟的夢境中，遍歷了人間的富貴榮華，亦嘗遇厄境；以此，醒後，便憮然若失，功名之念頓灰。元馬致遠的《黃粱夢》劇，明湯顯祖的《邯鄲記傳奇》，皆衍此事。但既濟也有所本。干寶《搜神記》中有楊林入夢事，與此悉同。盧生便是楊林的化身罷。《任氏傳》（《廣記》卷四百五十二）敘妖狐化為美女，嫁鄭生。不為強暴所屈。後出行，遇獵犬，現原形而殺死。鄭生購其屍葬之。宋、金間諸呂調有「鄭子遇妖狐」，即衍其事。

大曆間又能陳玄祐者，作《離魂記》。敘張鎰女倩娘與王宙相戀。但鎰別以女許嫁他人。宙鬱鬱別去。倩娘追之同行，後生二子，歸省鎰；大駭。蓋室中別有一倩娘在著，病臥已久；聞她至，自起相迎。兩身合為一。離去者原來是倩孃的魂。玄祐生平未知，而此記則流行甚廣。元鄭德輝有《倩女離魂》劇。

略後，元和間有沈亞之者，為韓愈門徒，字下賢，吳興人，元和十年進士第。後為南康尉，終郢州掾。集今存。集中有《湘中怨》，記鄭生遇龍女事；《異夢錄》，記刑鳳夢見美人及王炎夢侍吳王，作西施輓歌二事；《秦夢記》則自敘夢入秦為官，尚秦穆公公主弄玉，後弄玉死，秦穆公乃遣之歸事。亞之文名甚盛，李賀有《送沈亞之歌》，中有「吳興才人怨春風」云云，李商隱也有《擬沈下賢》詩。但他這幾篇傳奇文，都無甚情致；《秦夢》固遠在南柯下，而湘中怨也大不及柳毅傳。

南柯記為李公佐作。公佐亦元和間人，字顓蒙，隴西人。嘗舉進士，元和中為江淮從事。大中時猶在。南可敘淳於棼夢入古槐穴中，為大槐國王駙馬，拜南柯太守，生五男二女。後與檀蘿國戰敗，公主又死，王遂送之歸。既醒，則「斜日未隱於西垣，餘樽尚湛於東牖，夢中倏忽，若度一世矣。」和枕中記是此類傳奇文中的兩大傑作。而《枕中記》於情意的惝怳動人處似猶欠他一著。明人湯顯祖作《南柯記傳奇》，即衍其事。公佐還作《謝小娥傳》，敘小娥變男子服，刺殺其仇人事；《盧江馮媼》，敘媼兒女鬼事；《李湯》，敘水神無支祁事。皆無甚趣味，其情致都遜《南柯》。

《柳毅傳》為李朝威作。朝威，隴西人，生平不知。當也是這個時代的人物。《柳毅傳》敘柳毅下第，為龍女傳書，後乃結為姻眷事。元人戲曲敘此事者不少。尚仲賢有《柳毅傳書》劇，李好古有《張生煮海》，也敘龍女事，並與此有關。所謂「龍女」，在中國古代並無此物。可能是由印度所給予我們的許多故事裡傳達進來的。

相傳為牛僧孺所作的《周秦行紀》，也當寫於此時。李德裕嘗作《周秦行紀論》，欲因此文致僧孺罪。蓋此文字為德裕客偽作，正要用以傾陷僧孺者。但這個文字獄竟沒有羅織成功，徒成為牛、李交惡案中的一個談資而已。《周秦行記》託僧孺自敘，謂他於某夜旅中，夢見古帝王的后妃與之宴樂，並以昭君薦寢。其情境無殊於《遊仙窟》、《秦夢記》諸作，似更為淺露無聊。僧孺自有《玄怪錄》，今佚；《太平廣記》尚載若干則。其瑣屑無當，大類六朝故事集，置之唐傳奇文裡，其貌頗為不揚。

六　唐代戀愛傳奇文：夢幻與現實的故事

以上的那些傳奇文，都是欲於夢幻中實現其姿意所欲的享用與戀愛的；表面上似是淡漠的覺悟，其實是蘊著更深刻的裴哀。觀於作者們大多為落拓失意之士，便知其所以欲於夢境中求快意之故。大約他們多少都有些受《遊仙窟》的影響罷。（唯《倩女離魂》事別是一型；《任氏傳》也顯然是諷刺著世俗的妖姬蕩婦的。其作者或於愛情上受有某種刺激罷。）

但最好的傳奇文，存在別一個型式之中。夢裡的姻緣，空中的戀愛，畢竟是與人世間隔一塵宇的。真實的人世間的小小的戀愛悲劇的記載，卻更足以動人心肺，往往會給人以《淒婉欲絕》之無端的遊絲似的感慨。本來人世間的瑣瑣細故，已是儘夠作家們的取用的。

在這一型的傳奇文中，首屈一指者自當為元稹的《鶯鶯傳》（一作《會真記》）。此傳流傳最廣，影響最大，有衍這為詩歌者（《鶯鶯歌》，李公垂作，今存《董西廂》中）；為鼓子詞者（趙令畤《商調蝶變花》）；為諸宮調者（《董西廂》）；為雜劇者（王實甫《西廂記》）；為傳奇者（李日華、陸採諸人的《南西廂記》）；更有《翻西廂》，《續西廂》，《竟西廂》諸作，出現於明、清之交的，也不下十餘種。可謂為我們最熟悉的一個故事。唯《鶯鶯傳》裡，敘張生無端與鶯鶯絕，卻是很可怪的事，尤不近人情。董解元把後半結果改作團圓，雖落熟套，卻未為無識。

但寫得最雋美者還要算蔣防的《霍小玉傳》。防字子徵，義與人。為李紳所知。歷官翰林學士，中書舍人。長慶中貶汀州刺史。此傳寫詩人李益事，當不會憑空造出的。霍小玉為都中名妓，與李益交厚。但益竟負心絕之，從母命別婚盧氏。小玉因臥疾不能起。一日，益出遊，竟為黃衫豪士強邀至小玉家。小玉數說了他一頓，乃大慟而絕。其情緒的淒楚，令讀者莫不酸心。明人的平話《杜十娘怒沉百寶箱》，其所創出的情境，與此傳也略相同，而大不如此傳的婉微可喜。湯顯祖曾為傳衍作傳奇兩部——《紫簫記》與《紫釵記》。

白行簡的《李娃傳》，恰可與《霍小玉傳》成一對照。《小玉傳》為一不可挽回的悲劇，《李娃傳》卻是一個情節很複雜的喜劇。行簡字知退，詩人居易弟，與李公佐為友。元和十五年授左拾遺，累遷司門員外郎主客郎中。寶歷二年卒。此傳作於貞元十一年，是其早年之筆。敘李娃的多情，鄭子的能悔過，頗能諧合俗情；故劇場上至今猶學唱此故事不絕。（元石君寶有《曲江池》劇，明薛近兗有《繡襦記》傳奇，也衍此事。）行簡此作，文甚高潔，描敘也甚宛曲動人，與《小玉傳》同是唐人傳奇文裡最高的成就。他又有《三夢記》，敘次也很有趣，且是近代心理學上的很好的數據。

陳鴻的《長恨歌傳》，係為白居易的《長恨歌》而作。鴻字大亮，貞元主客郎中，與白居易為友。《長恨歌傳》敘述有皇、楊妃事。從她入宮起，到馬嵬之變及道人之索魂天上止，全包羅後來一切《天寶遺事》的綱目。以此傳為出發點而衍為諸宮調、雜劇、傳奇者不少。最著者為元王伯成《天寶遺事諸宮調》，白仁甫《唐明皇秋夜梧桐雨》劇及清洪昇《長生殿傳奇》。明人之《彩毫》、《驚鴻》諸記，亦並及太真事。唐人傳奇文之最為人知者，元氏《鶯鶯傳》外，便要算是此作了。

在此時前後，尚有許堯佐作《柳氏傳》，敘韓翃及柳氏事；薛調作《無雙傳》，敘王仙客及無雙事；皇甫枚作《飛煙傳》，敘趙象及飛煙事；房千里作《楊娼傳》，敘楊娼及某師事；皆是以人間的真實的戀愛的故事為題材者。在其中，尤以韓翃、柳氏及王仙客、無雙二事最為人所知。明陸採有《明珠記》，即衍仙客、無雙事。

七　唐末至宋初的劍俠幻想故事：文人豐富的幻想世界和現實逃避之作

但到了唐的末葉，時勢日非，軍人也益橫暴，各各割據了一個地方，不聽中央政府的命令。他們自己更各自爭戰，併吞，連橫，合縱，天下騷然，民間受苦益甚。於是，在無可奈何之中，有一班富於幻想的文人們，便造作出種種劍俠的故事，聊以自慰。劍俠是自己站在千妥萬穩的立場上，而以其橫絕無敵的精技，來除暴安良，或為人報仇雪恨的。為了直接抵抗的不可能，民間便自然的要造作出這些超人的劍俠們的故事，欲借重他們，以掃蕩自己之所惡的。這正和義和團及紅槍會之產生於清末及我們的時代中的情形頗為相同。更有一點，也足以促進劍俠思想的傳播，那便是這時的佛教故事的大量的宣揚。在佛教故事裡，超自然的故事是太多了，騰空而去，霎時而返，乃是他們的常談：「上窮碧落下黃泉」，更是他們的習用的故事結構。又，道士們也在此時大顯神通，恣話著不可能的情境。這些都更足以助長劍俠故事的氣焰。明人刊有段成式的《劍俠傳》一書，便是集合這些劍俠故事的大成的。但這《劍俠傳》，實是偽書，託段氏之名以傳者。在成式的《酉陽雜俎》裡，自有《盜俠》（卷九）一類；所敘自魏明帝時登緣凌雲台的異人起，凡九則。在其間，有敘術韋行規、黎幹、韋生及唐山人事的四則，最為奇詭可觀。這四則，都已被錄入《劍俠傳》中。韋行規的一則，寫韋行規自負勇武，乃遇京西店中老人，以劍術折其銳氣。段氏寫來，頗虎虎有生氣，自是《酉陽雜俎》裡最好的文字之一。成式字柯古，臨淄人，為宰相文昌子，以蔭為校書郎，終太常少卿。他的《酉陽雜俎》包羅的事物甚廣，似仍未盡脫張華《博物誌》的窠臼。

在裴鉶的《傳奇》裡，敘述這一類劍俠的故事也頗不少。最有名的是《崑崙奴》、《聶隱娘》二則。鉶為高駢從事。駢好神仙，所為多妄誕。故鉶之所敘，較其他同類之作，更多些詭奇之趣。像《聶隱娘》裡的黑白衛，用之則為活衛，收之則為紙剪的驢。又所謂妙手空空兒等等的故事和人物，皆已超出於劍俠故事的範圍以外，而入於神仙故事的範圍之中了。《崑崙奴》一作，也甚可注意。所謂「崑崙奴」，據我們的推測，或當是非洲的尼格羅人，以其來自極西，故以「崑崙奴」名之。唐代敘「崑崙奴」之事的，於裴氏外，他文裡尚有之，皆可證其實為非洲黑種人。這可見唐帝國內，所含納的人種是極為複雜的，又其與世界各地的交通，也是甚為通暢廣大的。在文學上說來，鉶的這兩則故事，對於後來作家們，皆甚有影響。明梅鼎祚有《崑崙奴雜劇》，清尤侗有《黑白衛雜劇》，所敘的事皆以此二故事為藍本。

袁郊的《甘澤謠》裡，有《紅線》一則，也極為流行。郊為唐末人，官刑部郎中。《甘澤謠》作於咸通戊子（西元 868 年），正是劍俠故事流傳極盛之時。故郊所寫的紅線，乃是典型的女俠之一。但也甚有些仙氣；「再拜而行，倏忽不見」，而「忽聞曉角吟風，一葉墜露」，紅線回矣。這種飛來飛去的行蹤，乃正是聶隱孃的同道。明梁辰魚嘗以此事寫為雜劇。約同時，又有有名的「虯髯客傳」。此作相傳為張說所寫。但《太平廣記》（卷一百九十三）所載，僅註明「出虯髯傳」，而不著其作者。明顧元慶《顧氏文房小說》乃著其為杜光庭作。其以為張說作者，蓋明末人的妄題。光庭字賓至，處州縉雲人，為唐末道士。入蜀，依王建。所作有《廣成集》（《四部叢刊》本）及《錄異記》。《虯髯傳》所言，頗多方士的氣息。他所寫的海外為王的事，後來陳忱的《後水滸傳》所敘的李俊稱王事，似即本於此。此傳流傳殊盛。梁辰魚有《紅拂劇》（今佚），張鳳翼有《紅拂記》，凌濛初有《虯髯翁》，又有《雙紅記》等，其故事皆本此傳。

無名氏《原化記》當也作於此時。其中像《嘉興繩技》、《車中女子》等故事，也並見收於《劍俠傳》。在詞人孫光憲的《北夢瑣言》裡，也有好幾則同類的記載，像《荊十三娘》等。這一類的故事，不僅由唐末而蔓延到五代，即到了宋初，也還有吳淑的一部《江淮異人傳》的出現。《江淮異人傳》全敘劍俠事，已把這一類幻想的復仇的故事當作一種專門的寫作的目標了。

八　唐人傳奇文中的故事重複與外來文化的珍奇揉合：文學中的情節共享與跨文化影響

這一類唐人的傳奇文，也和六朝的故事集相同，往往有陳陳相因的，同一個傳說，往往被好幾個作家們捉來寫下。像《太平廣記》卷四百九十所載的無名氏《東陽夜怪錄》，敘述成自虛於夜間遇見諸精怪吟詩事，和牛僧孺《玄怪錄》的《元無有》（《太平廣記》三百六十九），其情趣與結構幾全相同。而所謂成自虛、元無有也便是同為「烏有先生」的一流，固不僅是巧合而已。而更有甚者，作者們競寫此種大半空想的故事的結果，往往想像枯窘，不得不於古作或外來的傳說裡乞求些新的數據。《南柯》諸記之遠同《遊仙窟》固不必說。最有趣的是下面一事：段成式《酉陽雜俎續集》卷四《貶誤》一門裡，嘗相傳的中嶽道士顧玄績命一人看守丹竈，囑其慎勿與人言。不料歷諸幻境之後，其人乃突然失聲。因此，豁然夢覺，鼎破丹飛。這一則故事，成式以為此事系出於釋玄奘《西域記》。「蓋傳此之誤，遂為中嶽道士。」這已是夠可笑的了。而不料李復言《玄怪續錄》所載的《杜子春》（《太平廣記》卷十六引），卻又是明目張膽的抄襲這個印度的故事，而改穿上中國的衣裝。在《古今說海》裡又有《韋自東傳》（亦見《太平廣記》卷三百五十六，原出裴鉶《傳奇》），其所記載的故事，又和此完全相同。這竟是不厭一而再，再而三的輾轉傳述的了。想不到這個流傳於印度一個地方的傳說，偶然被儲存於《大唐西域記》裡的，乃竟會在中國引起了那麼大的一場波瀾。這很同於我們讀了著名的《魔鬼的二十五故事》（vikram and the vampire），看著那位徒勞無功的國王，屢次的因了失聲發言，而把前功盡棄的情形，而覺得發笑，頗同有些異國的情趣之感。像這樣的外來的數據，如果肯仔細的抓尋起來，在唐人傳奇文裡恐怕還有不少。

李商隱與溫庭筠

這一章探討了唐代詩壇上李商隱和溫庭筠的重要地位以及他們各自獨特的詩風，以及這一時期其他詩人的影響和成就。以下是本章的主要內容：

溫、李派的詩風演進：本章首先探討了從明白易曉到曖昧精微的詩歌演進，即溫庭筠和李商隱代表的詩風如何在唐代詩壇上嶄露頭角。

李商隱的詩：章節中專注介紹了李商隱的詩歌創作，以及他獨特的蝴蝶舞動文字的詩風。李商隱的作品常常充滿色彩和情感，以其豐富多彩而著稱。

溫庭筠的詩：另一方面，溫庭筠的詩歌以其錦繡文彩和華麗的詞藻而聞名。她的作品充滿了詩意和浪漫情感，展現出詩人的優雅風采。

五七言詩的多彩風貌：本章也介紹了五七言詩在這一時期的多彩風貌，包括溫庭筠及其影響者如何豐富了這個詩體。

其他詩人的影響：除了李商隱和溫庭筠，本章還提及了其他一些受到他們影響的詩人，如杜牧、張祜、趙嘏等，以及他們的詩風和成就。

姚合的影響：章節中還討論了深受姚合影響的詩人，包括殷堯藩、李頻、周賀等，以及他們的詩歌創作。

晚唐時期的詩人：最後，本章簡要介紹了晚唐時期的一些詩人，以及他們在詩壇上的崛起和影響力。

整體來說，本章深入挖掘了唐代詩壇上李商隱和溫庭筠的詩歌世界，以及這一時期其他詩人的重要貢獻，展現了唐代詩歌的多樣性和豐富性。

一　溫、李派的詩風：從明白易曉到曖昧精微的詩歌演進

從韓、白時代以後，便來到了溫、李的時代。溫、李時代當開起於唐文宗開成元年（西元836年）而終於唐代的滅亡（西元907年）；也即相當於論者所謂「晚唐」一個時期。

這個時代的詩人們，其風起雲湧的氣勢，大似開元、天寶的全盛時代。但其作風卻大不相同。這時代的代表作家們，無疑是李商隱與溫庭筠二人。其餘諸作家，除杜牧等若干人外，殆皆依附於他們二人的左右者。溫、李的作風，甚為相類，是於前代諸家之外獨闢一個奇境者。五七言詩到了溫、李，差不多可闢的境界也已略盡了。故其後遂也只有模擬而鮮特創的作風。但溫、李雖是最後的創始一種作風的一群，其影響與地位卻是特別的重要。原來，在詩的園地裡，作風雖多，總括之，卻不過數種。像陶淵明、王摩詰一類的田園詩，其作風不算不閒逸，卻不是人人所可得而學得者。韓愈、盧仝一類的奇險怪

誕的詩，其作風，不能不謂之闢一境，因過於險窄，走的人多了，也便走不通，會失掉其特性。李白一類的遊仙的與酒人的詩，其作風雖較為闊大可喜，可也不是一般詩人們所得而追逐於其後者。他們都只是小支與別派，不能說是詩壇的正體，與大「宗」。真實的說起來，只有兩派的作風，是永遠的在對峙著，也是永遠的給詩人們走不厭的兩條大路：一派是白居易領導著的明白易曉，婦孺皆懂的作風；一派便是溫、李所提倡著的曖昧朦朧，精微繁縟的作風了。白居易的一派唯恐人不懂他們的東西；溫、李派的詩什，則唯恐人家一讀就懂白居易派的詩，是可讀唱給老嫗聽的；溫、李派的詩，則就是好學深思的人讀之也要費些功夫。總之，白要明易，溫、李要晦昧；白要通俗，溫、李則但求「可為知者道耳」白是主張著為人生的藝術的，溫、李則是主張著為藝術而藝術的白派的詩，如太陽光滿曬著的白晝似的，物無遁形，情皆畢露；溫、李派的，則有如微雲來去不已的月夜，永珍皆朦朦朧朧，看不清楚。白派是托爾斯泰的一流。溫、李派則和近代的法國象徵派、高蹈派的詩人們，像麥拉爾梅（Mallarmé）、戈底葉（Gautier）諸人為同類。詩歌到底是要明白如太陽似的呢，還是要朦朧如月夜似的呢，這恐怕是要成為長久的爭端，不能在一朝一夕，以一言數語決之的。有人喜愛前者，也有人喜歡後者。正如在宇宙的恆久的現象裡，雖有人喜歡白天的金黃色的太陽光，但也有人會喜歡夜間的銀灰色的月光的。這，我們不能在這裡仔細討論。但溫、李派的出現，其為我們文壇上最重要的一件大事，則是無可置疑的。當然，也有時對溫、李派集矢，正如托爾斯泰派之集矢於鮑特萊爾（Baudelaire）諸人們一樣，但那並無害於溫、李的重要。我們的諸種文學，往往為了過於求明白，很少最崇高的成就，也就減少想像力的馳騁的絕好機會。溫、李派的終於產生，不能不說是一個十分重要的發展的事態。五七方詩的作風，進展到溫、李，也便「至矣，盡矣，蔑以復加矣」了。以後，溫、李的跟從者幾乎無代無之。而其更高的成就，則結果在五代與宋的絕妙好「詞」上。我們的抒情詩的一體，所謂「詞」者，其在五代與宋之間的造就，無疑的乃是我們的詩史裡的偉大的一個成就。而溫、李是他們的「開天闢地」的盤古、女媧！

在溫、李之前，王建、張籍他們已有走上這條大路的傾向，這在上文已經說到過。但王建、張籍究竟只是打先鋒的陳勝、吳廣，不能成大事，立大業。溫、李才是真正的得天下的劉邦。假如我們說，溫、李派的詩的作風，像深藏在重簾深幕之後的絕代美人，那麼，張籍諸人的風趣，只是像臉上蒙了一塊避風紗的近代北方的女郎們百已。張籍他們還是夕陽西下未黃昏的氣侯，溫、李則已是「月上柳梢頭」的夜晚的光景了。王建、張籍等只是劉、梁的風格的復活，再上了些朦朧的略具暗示的餘味。溫、李才是真正的「高蹈派」的開始。建、籍不過說的是閨怨，春愁，用的是含蓄的語氣，究竟還不難懂。溫、李則連題材和風格都是不大好了解的，有時簡直以《無題》二字了之，而其用字，也並是若明若昧，「不求甚解」的。所以溫、李不僅是建、籍的門楣的廓大，而建、籍終於不過是溫、李的勝、廣而已。

二　李商隱的詩：五彩繽紛的蝴蝶舞動文字

李商隱字義山，懷州河內人。令狐楚奇其文，召入幕中。開成二年，擢進士第。調弘農尉。王茂元鎮河陽，愛其才，表掌書記，以女妻之，得侍御史。茂元死，來遊京師，久不調。更依桂管觀察使鄭亞府為判官。亞謫循州，他從之，凡三年乃歸。後柳仲郢節度劍南、東川，辟判官，檢校工部員外郎。府罷，客滎陽卒（813～858）。商隱初自號玉溪生，有玉溪生詩三卷。評者謂其詩「如百寶流蘇，千絲鐵網，綺密環妍，要非適用之具。」這當然是由文學功利論者的眼光裡所看出來的。其實，商隱詩大體還不至如溫庭筠那麼曖昧難明呢。像《樂遊原》：

向晚意不適，驅車登古原。夕陽無限好，只是近黃昏。

還有點像澹遠一流的作品，不過意象卻已大為不同耳。在「夕陽無限好」之下，澹遠一流的作家，恐怕是不會加上那麼一句：「只是近黃昏」的。他的詩題，曖昧難知者頗多。像《錦瑟》、《為有》、《一片》、《日射》、《搖落》、《如有》等等，都與詩意毫不相干，只是隨意採用了詩中的頭二字為題而已。有的時候，簡直連這種題目也不用，只是乾脆的寫上「無題」二字。「無題」詩在玉溪生詩中，見不一見，最足以代表他的作風。姑舉幾首於下：

颯颯東風細雨來，芙蓉塘外有輕雷。金蟾嚙鎖燒香入，玉虎牽絲汲井回。賈氏窺簾韓椽少，宓妃留枕魏王才。春心莫共花爭發，一寸相思一寸灰。

想見時難別亦難，東風無力百花殘。春蠶到死絲方盡，蠟燭成灰淚始乾。曉鏡但愁雲鬢改，夜吟應覺月光寒。蓬山此去無多路，青鳥殷勤為探看。

大約所謂「無題」，便是給某某女郎的情詩的代名詞罷。（後來的人便皆以「無題」來作「情詩」的代名詞。）他還喜歡詠落花，詠垂柳，詠月，詠蜂，詠蝶等，而詠蝶者更不止一二見。他的作風還不和五色斑斕、粉光輝耀的輕蝴蝶似的麼？像「遠恐芳塵斷，輕憂豔雪融」；「為問翠釵釵上鳳，不知香頸為誰回」；「相兼唯柳絮，所得是花心」；「葉葉復翻翻，斜橋對側門」（皆《詠蝶》）；「色染妖韶柳，光含窈蘿」（《西溪》）；「花鬟柳眼各無賴，紫蝶黃蜂俱有情」（《二月二日》）；「蠟照半籠金翡翠，麝燻微度繡芙蓉」（《無題》）；「南塘漸暖蒲堪結，兩兩鴛鴦護水紋」（《促漏》）；又像：

三更三點萬家眠，露欲為霜月墮煙。斗鼠上堂蝙蝠出，玉琴時動倚窗弦。

——《夜半》

擬杯當曉起，呵鏡可微寒。隔箔山櫻熟，褰帷別燭殘。書長為報晚，夢好更尋難。影響輕雙蝶，偏過舊畹蘭。

——《曉起》

還不都是「五色令人目迷，五音令人耳亂」的繁縟之至，燦爛之至的篇什麼？我們要指義山詩的好處與特點，便當在這種粉蝶翩飛似的境地裡去尋找。

三　溫庭筠的詩：錦繡文彩的詩人

假如我們說李商隱的詩似粉光斑斕的蝴蝶，那麼，溫庭筠的詩便要算是綺麗膩滑的錦繡或採緞的了。溫詩是氣魄更大，色調更為鮮明文彩更為綺靡的東西。他的所述，更不容易令我們明白。他愛用《織錦詞》、《夜宴謠》、《曉仙謠》、《舞衣曲》、《水仙謠》、《照影曲》、《晚歸曲》等等的題目，而他的詩材便也似題目般的那麼繁縟而閃爍。我們且看他所抒寫的：「晴碧煙滋重疊山，羅屏半掩桃花月」（《郭處士擊甌歌》）；「江風吹巧剪霞綃，花上千枝杜鵑血」（《錦城曲》）；「金梭淅瀝透空薄，剪落交刀吹斷雲」（《舞衣曲》）；「繡頸金須蕩倒光，團團皺綠雞頭葉」（《蘭塘詞》）；「格格水禽飛帶波，孤光斜起夕陽多……水極晴搖泛灩紅，草平春染煙綿綠。玉鞭騎馬楊叛兒，刻金作鳳光參差」（《晚歸曲》）；「搗麝成塵香不滅，拗蓮作寸絲難絕」（《達摩支曲》）；「紅珠鬥帳櫻桃熟，金尾屏風孔雀閒。雲髻幾為芳劃蝶，額黃無限夕陽山」（《偶遊》）；「紅絲穿露珠簾冷，百尺啞啞下纖綆，……涼簪墜發春眠重，玉兔力香柳如夢」（《春愁曲》）；「日影明滅金色鯉，杏花唼喋青頭雞」（《經西塢偶題》）；「蟲歇紗窗靜，鴉散碧梧寒。……亂珠凝燭淚，微紅上露盤」（《詠曉》）等等，還不都是不平常的想像與鑄辭麼？還不都是如春夢似的迷惘，如蟬影似的倩空麼？就是他偶寫社會的苦難的光景，卻也仍是出之以這種的不平常的錦繡斑斕的文彩的，像《燒歌》：

> 起來望南山，山火燒山田。微紅夕如滅，短焰復相連。差差向岩石，冉冉凌青壁。低隨迴風盡。遠照簷茅赤。鄰翁能楚言，倚插欲潸然。自言楚越俗，燒畬為早田。豆苗蟲促促，籬上花當屋。廢棧豕歸欄，廣場雞啄粟……誰知蒼翠容，盡作官家稅。

這裡寫山上田家的光景是極為逼真可喜的。雖是詛咒「官家」，其氣象究竟和杜甫與白居易之作有別。他還喜用舊曲名，像《春江花月夜》、《敕勒歌》、《公無渡河》之類，然其所述則仍是溫馥綺豔，特具一體。

庭筠本名岐，字飛卿，太原人。少敏悟，才思豔麗，工為詞章小賦，與李商隱皆有名，稱溫、李。每人試，押官韻作賦，凡八叉手而八韻成，時號溫八叉。多為鄰鋪假手，日救數人。然行為輕薄，頗為縉紳所不齒。宣宗愛唱《菩薩蠻詞》，丞相令狐綯假其修撰，密進之。戒令勿洩，而遽言於人。由是疏之。他也有言道：「中書堂內坐將軍」，以譏相國的無學。宣宗好微行，嘗遇庭筠於逆旅；他不之識，傲然而詰之道：「公非長史司馬之流？」帝道：「非也。」又道：「得非六參簿尉之類？」帝道：「非也。」謫為方城尉，再遷隋縣尉卒。

四　五七言詩的多彩風貌：溫庭筠及其影響者

溫、李的作風，開闢了五七言詩的另一條大路給後人們走。而當時受其影響便已不少。其中最有名者為韓偓、吳融、唐彥謙等。

韓偓字致光，一雲字致堯，小字冬郎，京兆萬年人。好為縟綺之詩，李義山甚稱許之。龍紀元年（西元889年）擢進士第。佐河中幕府。歷翰林學士，中書舍人，兵部侍郎。以不附朱全忠，貶濮州司馬。天祐二年復原官。偓不赴，依王審知而卒。有《翰林集》一卷，《香奩集》三卷。他的作風，於義山為近，像《幽窗》：「刺繡非無暇，幽窗自鮮歡。手香江橘嫩，齒軟越梅酸」；《繞廊》：「濃煙隔簾香漏洩，斜燈映竹光參差」；《懶起》：「枕痕霞黯澹，淚粉玉闌珊。籠繡香薰歇，屏山燭焰殘」。又像《已涼》：

碧闌干外繡簾垂，猩色屏風畫柘枝。八尺龍鬚方錦褥，已涼天氣未寒時。

也都是像「樓閣朦朧煙雨中」（夜深）的光景的。他的《無題》數首，顯然也是受義山的影響的。

吳融字子華，越州山陰人。龍紀初（約西元889年）及進士第。後為翰林承旨卒。有《唐英集》三卷。他的作風雖說是學溫、李，卻沒有他們的燠暖縟麗，反時露淒楚之音，這是溫、李派中所罕見的。「不必繁弦不必歌，靜中相對更情多」（《紅白牡丹》），這二語便足以形容他的風格罷。像《野廟》：

古原荒廟掩莓苔，何處喧喧鼓笛來。日暮鳥歸人散盡，野風吹起紙錢灰。

淒涼欲泣，更哪裡有一絲一毫的溫、李的溫馥之感呢？他也作《無題》：「萬態千端一瞬中，心園蕪沒佇秋風。鴆鵲夜警池塘冷，蝙蝠晝飛樓閣空。」但已渾不是義山的《無題》：「風尾香羅薄幾重，碧文圓頂夜深縫。扇裁月魄羞難掩，車走雷聲語未通」一類的無思慮的繁縟昇平的氣象了。大約融隨了昭宗播遷受苦，擔驚受怕，無時不在驕兵悍將的刀光劍影之下討生活，已深感到了社稷殘破的悲悼罷。

唐彥謙字茂業，並州人。咸通中（西元860年以後）舉進士，十餘年不第。乾符末（約西元879年），攜家避地漢南。楊守亮鎮興元，署為判官。累官至副使，閬、壁、絳三州刺史。他博學多藝能，書畫音光，無不出於輩流，號鹿門先生。他少時師溫庭筠，故風格類之。而宋人楊大年又說他：「為詩慕玉溪，得其清峭感愴。」他也有無題十首（錄其一）：

夜合庭前花正開，輕羅小扇為誰裁？多情驚起雙胡蝶，飛入巫山夢裡來。似較近於義山。

此時又有皮日休、陸龜蒙諸詩人出，作風不同於溫、李，而自有所樹立。皮日休字襲美，一字逸少，襄陽人。性傲誕，隱居鹿門，自號間氣布衣。咸通八年（西元867年）登進士第。授太常博士。黃巢入長安，日休為所殺（?～880）。他頗受白居易的影響，曾作《正樂府》十篇，蓋即居易的《新樂府》

的同流；但他後來和陸龜蒙唱酬最多，未免也受了他的很深的影響，而寫著：「為說松江堪老處，滿船煙月溼莎裳」（《行次野梅》）；「孔雀鈿寒窺沼見，石榴紅重墮階聞。牢愁有度應如月，春夢無心只似雲」（《病後春思》）；「溪光冷射觸鸀鳿，柳帶凍脆攢欄杆。竹根乍燒玉節快，酒面新潑金膏寒」（《奉和魯望早春雪中作吳體見寄》）一類的話。

陸龜蒙字魯望，蘇州人。舉進士不第。闢蘇、湖二郡從事。退隱松江甫裡，多所論撰，自號天隨子。他和皮日休唱酬最多。日休序其集道：「近代稱溫飛卿、李義山為之最，以陸生參之，烏知其孰為先後也！」龜蒙詩確於溫、李為近，像：「行歇每依鴉舅影，挑頻時見鼠姑心」（《偶掇野蔬寄襲美有作》）；「鬢亂羞雲卷，眉空羨月生」（《寄遠》）；「黃蜂一過慵，夜夜棲香蕊」（《春曉》）。

李群玉字文山，灃州人。裴休薦為弘文館校書郎。未幾，乞假歸。其風格似溫、李而略為明暢，於《感春》一詩可知之：

春情不可狀，豔豔令人醉。暮水綠楊愁，深窗落花思。吳宮新暖日，海燕雙飛至。愁思逐煙光，空濛滿天地。

劉滄字蘊靈，魯人，大中八年（西元854年）進士第。調華原尉，遷龍門令。所作稍類溫、李，而較多爽的秋氣。像：「啟戶清風枕簟幽，蠶絲吹落掛簾鉤」（《秋日山劉書懷》）；「半夜秋風江色動，滿山寒葉雨聲來」（《秋夕山齋即事》）；「微微一點寒燈在，鄉夢不成聞曙鴉」（《晚春宿僧院》）；「雲鬟高動水宮影，珠翠乍搖沙露光。心寄碧沈空婉戀，夢殘春色自悠揚」（《洛神怨》）；「羸馬客程秋草合，晚蟬關樹古槐深」（入關留別主人）等等，都具淒清之意，若寒潭的水，冷碧之色，直撲人眉宇間。

馬戴字虞臣，會昌四年（西元844年）進士第。為龍陽尉。咸通末佐大同軍幕，終太常博士。他和賈島是朋友，常相往來，故其作風，於窈渺中也並具清瘦之態，像「寒雁過原急，渚邊秋色深。煙霞向海島，風雨宿園林」（《宿賈島原居》）；「微陽下喬木，遠色隱秋山」（《落日悵望》）；「亂鐘嘶馬急，殘日半帆紅」（《客行》）；「初日照楊柳，玉樓含翠陰……幽怨貯瑤瑟，韶光凝碧林」（《春思》）；「斜日掛邊樹，蕭蕭獨望間」（《隴上獨望》）；「落葉他鄉樹，寒燈獨夜人」（《灞上秋居》），都是其較好之作。

許渾字用晦，潤州人。大中三年（西元849年）任監察御史。終睦、郢二州刺史。所作於溫馥中也多愴楚之感，像：「松楸遠近千官塚，禾黍高低六代宮。石燕拂雲晴亦雨，江豚吹浪夜還風」（《金陵懷古》）；「芳草渡頭微雨時，萬株楊柳拂波垂。蒲根水暖雁初下，梅逕香寒蜂未知」（《初春雨中》）。

女作家魚玄機也在這個時代出現，寫著頗為大膽的情詩，和溫飛卿相酬答。玄機的生平很怪。她字幼微（一字蕙蘭），為長安裡家女。喜讀書，有才思。初為李億妾。後出為女道士，主持咸宜觀，和諸名士往反。以笞殺女童綠翹，被京兆溫璋所戮。有集。她的應酬詩，無甚可觀，但像《情詩寄李子安》：「書信茫茫何處問，持竿盡日碧江空」；《閨怨》：「春來秋去相思在，秋去春來訊息稀」；《冬夜寄溫飛卿》：「滿庭木葉愁風起，透幌紗窗惜月沉」；《暮春有感寄友人》：「鶯語驚殘夢，輕妝改淚容」云云，都很有濃情深意在著。她雖進不了溫、李的堂室，但在女流作家中是很傑出的。她是那麼坦白的披露出她的胸臆，那是她們所少有的。

五　超然於溫、李派的杜牧及其他詩人：張祜、趙嘏

超然於溫、李派影響之外者，有杜牧。牧字牧之，京兆萬年人，太和二年（西元828年）擢進士第。為牛僧孺淮南節度府掌書記，擢監察御史，移疾分司東都拜殿中侍御史，內供奉。歷黃、池、睦三州刺史，又為湖州刺史。踰年，拜考功郎中，知制誥，遷中書舍人卒。牧剛直有奇節，敢論列大事。他的詩也情致豪邁，與時流之競為枯瘠清瘦或繁縟溫馥之作者不同。人號為小杜，以別杜甫。有《樊川集》。他的作風，大類元、白。像《感懷詩》、《冬至日寄小侄阿宜詩》、《華清宮三十韻》、《昔事文皇帝三十二韻》，都是逼肖元、白之作。他很想用世：「處士有常言，殘虎為犬豕，常恨兩手空，不得一馬棰」（《送沈處士》）。但有時卻又頗頹唐自放：「但為適性情，豈是藏鱗羽。一世一萬朝，朝朝醉中去」（《雨中作》）。這兩種的矛盾心理的表現，在白居易的詩裡也是常常見之的，牧之還喜愛李、杜、韓、柳之作：「高摘屈宋豔，濃薰班馬香。李杜泛浩浩，韓柳摩蒼蒼。近者四君子，與古爭強梁」（《冬至日寄小侄阿宜詩》）。而尤推崇韓、杜：「杜詩韓集愁來讀，似倩麻姑癢處抓」（《讀韓杜集》），故他於韓的奇，杜的整練也頗得之。他的短詩，雋永的也不少，像《獨酌》：

窗外正風雪，擁爐開酒缸。何如釣船雨，蓬底睡秋江。

同進又有張祜、趙嘏二人，甚為牧之所稱許。牧之《贈張祜》道：「粉毫唯畫月，瓊尺只裁雲」；又《殘春獨來南亭因寄張祜》道：「仲蔚欲知何處在？苦吟林下拂詩塵。」又有《雪晴訪趙嘏街西所居》：「命代風騷將，誰登李杜壇？……今日訪君還有意，三條冰雪獨來看。」張祜字承吉，清河人，以宮詞得

名。關諸侯府，多不合，自劾去。嘗客淮南，愛丹陽曲阿地，築室卜隱。他的《宮詞》：「故國三千里，深宮二十年，一聲《何滿子》，雙淚落君前」，會流入宮禁。武宗疾篤，孟才人唱此詞，歌一聲《何滿子》，氣亟立殞。上令醫侯之，道：「脈尚溫而腸已絕。」祜因之為《孟才人嘆》，敘此事。趙嘏字承祐，終於渭南尉。他嘗家於浙西，有美姬，惑之。為浙帥所奪。後嘏中第，浙帥遺遺此姬歸之。嘏方了關，逢於橫水驛。姬抱嘏慟哭而卒。葬於橫水之陽。嘏的詩，像《長安秋望》：「殘星幾點雁橫塞，長笛一聲人倚樓。紫豔半開籬菊靜，紅衣落盡渚蓮愁」，是甚有張籍諸人的風趣的。

六　這個時代的詩人與張籍的影響

在這時，張籍的影響甚大。司空圖、項斯、朱慶餘、任蕃、陳標、章孝標等無不受其陶冶。然籍的作風，乃是溫、李的先驅，這可見這時風尚之所歸向。司空字表聖，河中人。咸通十年（西元 869 年）進士第。王凝為宣、歙觀察使，闢置幕府。後拜禮部員外郎。黃巢起義時，僖宗次鳳翔，以圖為知制誥，中書舍人。昭宗召為兵部侍郎，以足疾自己乞還。圖家本中條山王官谷，有先人田廬，遂隱不出。自號知非子，耐辱居士。後聞哀帝被殺，不食扼腕，嘔血數升而卒。年七十二（837 ~ 908）。有《一鳴集》。他嘗著《詩品》，以雋永之語，標舉古今詩的風格，是批評文裡空前的清俊之什。他也寫「伏溜侵階潤，繁花隔竹香」（《春中》）；「恰值小娥初學舞，擬偷金縷押春衫」（《楊柳枝》）。然最多的卻是嘆亂傷時之什，像《狂題》十八首，像《寓居有感》三首，像《偶題》三首，像《即事》九首等等，都是如杜鵑啼血似的哀吟。最可痛者，像《河湟有感》：「一自蕭關起戰塵，河湟隔斷異鄉春；漢兒盡作胡兒語，卻向城頭罵漢兒。」整個不良社會，都已被映寫出來了。為了環境的不同，他已不是張籍派所可包羅的了。章孝標，桐廬人，元和十四年（西元819年）進士第。太和中試大理評事。他是張籍的好友，這時代的老詩人。又有任蕃、陳標、項斯、朱慶餘諸人，皆為依附張籍而成名者。他們所作，風格皆不大相殊，上文年舉朱慶餘的「待曉堂前拜舅姑」一詩便可作為代表。相傳項斯始未為聞人，因以卷謁楊敬之，楊苦愛之，贈詩道：「平生不解藏人善，到處逢人說項斯。」明年斯遂擢士第。這恰和朱慶餘與張籍的遇合之際有些相似。

七　李洞、唐求、喻鳧等詩人追隨賈島的詩風

追逐於賈島的左右而力擬其作風者有李洞、唐求及喻鳧。李洞字才江，京兆人。唐宗室。慕賈島為詩，至鑄其像，事之如神。昭宗時不第，遊蜀卒。他因模擬賈島過度，故有僻澀之誚。獨吳融甚稱之。他的詩，像：「醉眼青天小，吟情太華低」（《贈唐山人》）；「臥語身黏蘚，行禪頂佛松」（《宿鳳翔天柱寺》）；「冷築和雪倚，朽樂帶雲燒」（《維摩暢林居》）等，都是斫句甚苦的。唐求居蜀之味江山。王建帥蜀，召為參謀，不就。放曠疏逸，邦人謂之唐隱居。為詩捻稿為丸，納之大瓢。後臥病，投瓢於江，道：「斯文苟不沉沒，得者方知吾苦心爾。」流至新渠，有識者道：「唐山人瓢也。」接之。十才二三。他的詩都是從苦吟與體驗中得到的，像：「為雨疑天晚，因山覓路遙」（《塗次偶作》）；「竹和庭上春煙動，

花帶溪頭曉露開」（《題李少府別業》）。喻鳧，毗陵人，登開成五年（西元 840 年）進士第，終烏程尉。他和賈島是朋友，作風也甚清瘦，像「鐘沉殘月塢，鳥去夕陽村。搜此成閒句，期逢作者論」（《龍翔寺言懷》），卻沒有賈島那樣的精練與拗強了。

八　深受姚合影響的詩人：殷堯藩、李頻、周賀等

與姚合為一群而深受其影響者，有殷堯藩、李頻、周賀諸人。李頻是姚合的女婿。他字德新，睦州壽昌人。時合為給事中，有時名，士多歸重。頻走千里，丐其品。合大稱賞，遂以女妻之。大中八年（西元 854 年）擢進士第，終於建州刺史。他所作詩，工力甚深，像「沙渚漁歸多溼網，桑林蠶後盡空條」（《鄂州頭陀寺上方》）；「架書抽讀亂，庭果摘嘗稀」（《過嵩陰隱者》）等等。

周賀字南卿，東洛人。初為浮屠，名清塞。姚合為杭州太守時，愛其詩，加以冠巾，改名賀。所作像：「出定聞殘角，休兵見壞鋒」（《送省已上人》）；「亂雲迷遠寺，入路認青松。鳥道緣巢影，僧鞋印雪蹤」（《入靜隱寺途中作》）；「蠹根停雪水，曲角積茶煙」（《王芝觀王道士》）等等，都是出之以清吟與深思的。

殷堯藩，蘇州嘉興人。元和中登進士第。闢李翱長沙幕府，加監察御史，又嘗為永樂令。他和姚合、雍陶、馬戴、許渾等相酬和，所作多清婉可喜，像：「踏碎羊山黃葉堆，天飛細雨隱輕雷」（《遊山南寺》）；及《經靖安》裡：

巷底蕭蕭絕市塵，供愁疏雨打黃昏。悠然一曲泉明調，淺立閒愁輕閉門。

九　晚唐時期的諸多詩人們

咸通左右，又有李咸用、來鵬、陳陶、曹鄴、方干諸人，雖詩名重於一時，皆命薄如雲，流落以終（唯曹鄴較顯達）。李咸用與來鵬同時，工詩不第，嘗應闢為推官，有《披沙集》。咸用的詩顯然可見是受多方面的影響而不名一家的，——許多晚唐詩人大概都是這樣的——像：「須知代不乏騷人，貫休之後，唯修睦而已矣」（《讀修睦道上人歌篇》），宛然韓愈的口氣。「淅淅夢初驚，幽窗枕簟清」（《聞泉》），又有些像姚合了。來鵬（一作鵠），豫章人，咸通中舉進士不第。他詩思清麗，像：「冷酒一杯相勸頻，異鄉相遇轉相親。落花風裡數聲笛，芳草煙中無限人」（《鄂渚清明日》）；「新曆才將半紙開，小庭猶聚爆竿灰」（《早春》）等等，皆頗能狀日常情況入詩。

方干字雄飛，新定人。嘗謁杭州太守姚合。合視其貌陋，甚卑這。坐定覽卷，乃駭目變容，館之數日。咸通中，一舉不得志，遂遁會稽，漁於鑒湖。他的詩名，滿於江之南，後進私謚曰玄英先生（?～888?）。像「未明先見海底日，良久遠雞方報晨。古樹含風長帶雨，寒巖四月始知春」（《題龍泉寺絕頂》）；「坐牽蕉葉題詩句，醉觸藤花落酒杯」（《題越州園袁秀才林亭》）等等，也頗情致疏蕩。曹鄴字業之，桂州人，登大中（西元847～859年）進士第，終洋州刺史。他的詩頗能表現出唐末喪亂頻仍的時代的內幕來，像《築城》、《戰城南》、《甲第》、《官倉鼠》、《薊北門行》、《秦後作》等，都有些一白居易的《新樂府》相類。但居易還以勸誡為名，他則直抒哀怨了。他也有清雋異常之作，像《早起》：

月墮滄浪西，門開樹無影。此時歸夢闌，獨立梧桐井。

陳陶字嵩伯，嶺南人（一作鄱陽人，又作劍浦人）。大中時遊學長安。南唐升元中，隱洪州西山，後不知所終。他的詩也多淒楚之音，雖間作超世語，卻多用世意。像：「可憐無定河邊骨」（《隴西行》）是最為人所傳誦者。又像：「近來詩思清於水，老去風情薄似雲」（《答連花妓》）等等也殊可喜。

同時又有曹唐的，曾作《遊仙詩》百首，卻都膠執無聊，一點也沒有靈雋飛動之意緒，可說是這一類詩中的最下者。他字堯賓，桂州人，初為道士，後舉進士不第。

同時又有所謂「芳林十哲」者，唱答往還，自成一派。這「十哲」是：鄭谷、許棠、任濤、張蠙、李棲遠、張喬、喻坦之、周繇、溫憲（庭筠子）及李昌符。而鄭谷、許棠、張喬、張蠙尤有名。鄭谷字守愚，袁州宜春人。幼穎悟絕倫，七歲能詩。光啟三年（西元 887 年）第進士。乾寧四年為都官郎中，詩家稱鄭都官。又嘗賦鷓鴣，警絕，復稱鄭鷓鴣。未幾告歸，卒於北巖別墅。他的詩清婉明白，不俚而切。齊已攜詩捲來表謁谷：《早梅》云：「前村深雪裡，昨夜數枝開。」谷道：「數枝非早也，未若一枝佳。」已不覺設拜道：「我一字師也！」谷詩頗多警策之什，像：「雨昏青草湖邊過，花落黃陵廟裡啼」（《鷓鴣》），而也時有訴老談窮之作，像：「流年俱老大，失意又東歸」（《送進士盧棨東歸》）。許棠字文化，宣州涇縣人。咸通十二年（西元 871 年）登進士第。授涇縣尉，又嘗為江寧丞。也多談窮訴苦之作，像：「連春不得意，所業已疑非」（《留別友人》）；「卻吟先落淚，多是怨途窮」（《客行》）；「飛塵長滿眼，衰發暗添頭」（《遺懷》）之類。張喬，池州人，咸通中（西元 866 年左右）進士。黃巢起義時，罷歸，隱九華。化的詩像「秋山清若水，吟客靜於僧」（《題鄭侍藍田別業》）；「憑檻見天涯，非秋亦可悲。山水分鄉縣，干戈足別離」（《江樓作》）等，皆於澹遠之中，見出喪亂之感的。張蠙字象文，清河人，初與許棠、張喬齊名，登乾寧二年（西元895年）進士第，為犀浦令。入蜀，終金堂令。相傳王衍與徐後遊大慈寺，見壁間題云：「牆頭細雨垂纖草，水面迴風聚落花」，深喜之。問寺僧，知為蠙作，欲大用之。而讒者以蠙輕忽傲物為言，遂止。

十　唐末通俗詩人的崛起和影響力

但在這個溫、李、杜、韓的影響著唐末的詩壇上的時候，卻有另外一群的詩人們起來，打著通俗的旗幟，做著自以為是的詩歌，闖進典雅秀致的書室裡，把一切的陳設都撕下了，摔壞了，任意放歌，任意舞踏，頗富粗豪諧俗的意興。但他們卻並不是突然的從天掉落下來的。他們的淵源是很古遠的。從王梵志到顧況，到他們，那是一條直線的路逕。不過中間常受典雅的沙石所壓迫，故他們遂常成為地中的伏流，偶一遇土質鬆動處才得噴流出來，成為清泉，或成為小溪。唐末是喪亂頻仍的時代，科第已失了羈縻人心的效力，個個才士都要自謀出路，自求發展。這一層壓力一去，於是那一股伏流便滾滾滔滔湧出地面上來了。在這一股伏流裡，三羅、杜荀鶴、李山甫及胡曾是其代表。他們慣是以俗意淺言，來作民間能懂的詩句。他們的詩，真的是常在民間的口頭上說著，至於今千年未絕。且也成了民間生活常識的一部分，分離不開，影響極大白居易詩每以歸孺皆懂為目的，然究竟還是過於典雅，未必真的能夠深入民間；像羅隱、杜荀鶴、胡曾等人，才是真正的民間詩人呢。

三羅，為羅鄴、羅隱及羅虬，而羅隱之名最大。羅隱字昭諫，餘杭人。光啟中，依浙江錢鏐。鏐闢他為節度判官副使。朱溫召之，不行。年八十餘卒。隱是民間自己的真實的詩人，至今浙人尚流傳者他的許多聰明的故事；且有「羅隱皇帝口」云云的俗諺，說他是「言無不中」。《詠齊閒覽》道：《唐人詩句中用俗語者，唯杜荀鶴、羅隱為多。羅隱詩，如曰：『西施若解亡人國，越國亡來又是誰』；曰：『今宵有酒今宵醉，明日愁來明日愁』；曰：『能消造化幾多力，不復陽和一點塵』；曰：『只知事逐眼前去，不覺老從頭上來』；曰：『時來天地皆同力，運去英雄不自由』；曰：『採得百花成蜜後，不知辛苦為誰甜。』；曰：『明年更有新條在，繞亂春風卒未休。』今人多引此語，往往不知誰作。」蓋這些詩句也已深入民間而成為他們自己的日常的成語的了。他所作有《羅昭諫集》。

羅鄴也是餘杭人。楊慎推他為三羅之首，大約因為他的詩在三羅中是最典雅的之故罷。但像：「不愁世上無人識，唯怕村中沒酒沽」（《自遣》）；「萬里山河星拱北，百年人事水歸東」（《春晚渡河有懷》）等等，也還是很諧俗的。羅虬，台州人，依鄜州李孝恭為從事。他狂宕無檢束。嘗在孝恭坐，殺了一個妓女，名杜紅兒。後悔之，乃作《比紅兒詩》百首，當時盛傳。像《比紅兒詩》中的「不似紅兒些子貌，當時爭得少年狂」，「若同人世長相對，爭作夫妻得到頭」云云，也是近於俗語方言的。

杜荀鶴字彥之，池州人，有詩名，自號九華山人。景福二年（西元 893 年）進士第。或以他為杜牧出妾之子。朱溫受禪，拜他為翰林學士，數日而卒（848～907）。他自序其詩為《唐風集》。他的詩也以類乎格言的成語，為最得民間歡迎，像：「舉世盡從愁裡老，誰人肯向死前休」；「世間多少能言客，誰是無悉行睡人」；「逢人不說人間事，便是人間無事人」；「易落好花三個月，難留浮世百年身」等等。

李山甫，咸通中數舉進士被黜，依魏博幕府為從事。他有不羈才，能為青白眼。往往不得眾情，以陵傲之，以此無所遇。時人憐之，後不知所終。山甫詩也喜用淺語，不避俗談，像：「有時三點兩點雨，到處十枝五枝花」（《寒食》）；「南朝天子愛風流，盡守江山不到頭」（《上元懷古》）；「老逐少來終不放，辱隨榮後直須勻。勸君不用誇頭角，夢裡輸贏總未真」（《寓懷》）等等，在古典的批評家眼中，都是很粗卑的。

胡曾有《詠史詩》百篇，盛傳於世。凡通俗小說，像《三國志演義》，《隋唐志傳》等等，殆無不引入曾的《詠史詩》。辛文房謂：《詠史詩》皆題古君臣爭戰廢興塵跡，經覽形勝，關山亭障，江海深阻，一一可賞；人事雖非，風景猶昨。每感輒賦，俱能使人奮飛。至今庸夫孺子，亦知傳誦。他，長沙人，咸能中舉進士，不第。嘗為漢南節度使從事。他的《詠史詩》能以淺近之辭，表達歷史上的可泣可歌之事，像《夾谷》：

夾谷鶯啼三月天，野花芳草整相鮮。來時不見侏儒死，空笑齊人失措年。

為的是頗能諧合一般民眾的口味，故得以傳誦不休。

詞的起來

這一章深入探討了唐代詞的起源、發展和影響因素，特別聚焦於早期詞作家和詞的興起。以下是本章的主要內容：

五七言詩與唐代歌詞的關係：本章首先闡述了五七言詩和唐代歌詞之間的關係，以及歌詞如何逐漸發展成為獨立的文學體裁。

詞的來源：胡夷之曲和里巷之曲的影響：章節中討論了胡夷之曲和里巷之曲對唐代詞的影響，這兩者在詞的發展中起到了重要作用，尤其是在音樂性和歌謠傳統方面。

唐代詞的發展：本章探討了唐代詞的發展歷程，包括早期詞作家如何開創詞的新篇章，以及詞在唐代文學中的地位。

溫庭筠：詞壇的開創者：章節中詳細介紹了溫庭筠，她被認為是詞壇中「花間派」的開創者，並深刻影響了詞的發展。

唐昭宗時期的詞人和五代文學的興起：最後，本章提及了唐昭宗時期的詞人和五代文學的興起，預示了詞在晚唐和五代時期的繁榮。

整體來說，這一章關注了唐代詞的形成和早期詞作家的貢獻，揭示了詞作為一種獨特文學體裁的起源和發展。

一　五七言詩與唐代歌詞的關係

五七言詩在唐代，時見之歌壇，但並不是每一首詩都可歌。詩人們每以其詩得入管絃為榮。開元中王昌齡、高適、王之渙旗亭畫壁的故事，即是其一例。唐代可歌的曲調，有辭傳於世者絕少。崔令欽的《教坊記》，共錄曲名三百二十五，為詞人所襲用者不過十一而已。在這三進二十五曲中，究竟有多少是用五七言詩體來歌唱的，今已不可得而知。所可知者，即唐代的歌壇上，所用的歌曲是極為繁夥的，在其間，五七言詩體，也往往「合之管絃」。到了後來，便專名這種可以入樂或「合之管絃」的歌曲為「詞」。故後來「詞」中，也有《南柯子》、《三台令》、《小秦王》、《瑞鷓鴣》、《竹枝》、《柳枝》、《阿那》等曲，原是七言的律絕體。所以，我們可以說，「詞」乃是可歌的樂頁的總稱，而五七言詩則未必全是可歌者，必須要「合之管絃」，方能被之聲歌。

論者每以「詞」為「詩餘」。沈括在《夢溪筆談》裡說：「詩之外又和聲，則所謂曲也。唐人乃以詞填入曲中，不復用和聲。」朱熹也說：「古樂府只是詩，中間平添許多泛聲。後來人怕失了那泛聲，逐一添個實字，遂成長短句，今曲子便是。」（《朱子語類》百四十）他們是主張詞由詩變的。其實不然。詞和詩並不是子母的關係。詞是唐代可歌的新聲的總稱。這新聲中，也有可以五七言詩體來歌唱的。但五七言的固定的句法，萬難控御一切的新聲。故嶄新的長短句便不得不應運而生。長短句的產生是自然的進展，是追逐於新聲之後的必然的現象。清人成肇麐說：「其始也，皆非有一成之律以為範也。抑揚抗隊之音，短修之節，運轉於不自己，以蘄適歌者之吻。而終乃上躋於雅頌，下衍為文章之流別。詩餘名詞，蓋非其朔也。唐之詩，未能胥被管絃，而詞無不可歌者。」（《七家詞選序》）這話最有見地。

二　詞的來歷：胡夷之曲與里巷之曲的影響

詞的來歷，頗為多端。但最為重要者則為「里巷之音」和「胡夷之曲」。一種新文體的產生，往往有其很悠久的歷史。若蝴蝶然，當其成蟲之前，必當經過了毛蟲和蛹的階段。詞雖大行於唐末、五代，然其醞釀的時期，則已久了。中國音樂受外來的影響最深。漢代樂歌已雜西域之聲。及六朝而更盛行「胡夷之曲」。《隋書．音樂志》敘此種情形甚祥。《唐書音樂志》也說：「自周、隋已來，管絃雜曲將數百曲，多用西涼樂；歌舞曲多用龜茲樂。其曲度皆時俗所知也。」這可見「胡夷之曲」的如何流行於世。詞調中，受這種影響最深。我們或可以說，唐、五代、宋詞的一部分，便是周、隋以來「胡夷之曲」的被儲存下來的歌辭。可惜唐以前，那些胡曲的歌辭皆已不傳，或竟往往是有曲而無辭的。故我們於唐末、五代詞外，便絕罕得見以前的樂「詞」。

因為受了新的「胡夷之曲」的排斥，「古曲」在唐代幾乎盡失。《唐書．音樂志》謂：「自長安已後，朝廷不重古曲，工伎轉缺。能合於管絃者唯《明君》、《楊伴》……等八曲。」

「里巷之曲」亦是「詞」的來歷之一。如《竹枝詞》、《楊柳枝》、《浪淘沙》、《調笑》、《欸乃曲》等皆為南方的民歌。劉禹錫說：「裡中兒聯歌《竹枝》，吹短笛，擊鼓以赴節。歌者揚袂睢舞，以曲多為賢。」（《劉賓客集竹枝詞序》）又如張志和有名的《漁歌子》，也當是擬仿當時的漁歌而作者。

初期的「詞」，大約只是胡夷、里巷之曲的擬仿。但到了後來，便有自制的新聲出現。歐陽炯說道：《楊柳》、《大堤》之句，樂府相傳；《芙蓉》、《曲渚》之篇，豪家自制。（《花間集序》）所謂「豪家自制」，便指的是音樂家們的創作了。這些創作的新聲，在詞調裡也有不少。宋人嘗寫「自度曲」。直到清代，也還有所謂「自度曲」者出現。

三　唐代詞的發展與早期詞作家

最早的「詞」，或追溯到六朝時代的「長短句」。但「長短句」，即在《詩經》裡也有之。這裡所謂「詞」，則是專指唐以後所產生的可歌的新聲而言，故不必遠溯到唐以前。武后的時代，是重新聲而「不重古曲」的時代。李景伯、沈佺期和裴談所作的《回波樂》，恰好是「詞」的前驅。稍後，有張說的《舞馬詞》六首，崔液的《蹋歌詞》二首。唐明皇（李隆基）最好新聲，他自己且是一位大音樂家，其所作《好時光》：「彼此當年少，莫負好時光」，正足以表現出那個花團錦簇的開、天時代的背景來。

這時代的大詩人李白，相傳也作詞。《尊前集》收他的詞十二首，《全唐詩》則收十四首。在這十幾首詞裡，誤收者當然不少，像《清平樂令》等顯然是不會出於他的手筆之下的。至於《菩薩蠻》：「平林漠漠煙如織」，《憶秦娥》：「西風殘照，漢家陵闕」的二首，則辨難者尤多。但這二首「絕妙好辭」雖未必是白所作，其為初期詞中的傑作，則是無可致疑的。

元結有《欸乃曲》五首，張志和也有《漁歌子》五首，當都是擬仿里巷之歌的。志和字子同，婺州金華人。唐肅宗時待詔翰林。後被貶，遂不復出仕，自號煙波釣徒。著有《玄真子》。像《漁歌子》裡的：

西塞山前白鷺飛，桃花流水鱖魚肥。青箬笠，綠蓑衣，斜風細雨不須歸。

一首，是最為吟誦在人口頭的。其兄張松齡見其浪遊不歸，也嘗和其韻以招之。

詩人韋應物、王建、戴叔倫、劉禹錫及白居易皆嘗作詞。應物作《三台》二首，《調笑令》二首。建寫《三台》六首，《調笑令》四首。叔倫作《調笑令》一首。叔倫的「山南山北雪晴，千里萬里月明」，是詞中罕見的詠吟邊情的名作。

劉、白二人擬作民間的《竹枝詞》、《楊柳枝》、《憶江南》諸詞不少。像禹錫的一首《竹枝詞》：

山桃江花滿上頭，蜀江春水拍山流。花紅易衰似郎意，水流無限似儂愁。

連其意境也全是襲之於民間情歌的了。居易的《浪淘沙》：

借問江潮與海水，何似君心與妾心？相恨不如潮有信，相思始覺海非深。

也似是由渾樸真摯的民歌改寫而成的。

河南司隸崔懷寶曾作《憶江南》一首，「平生願，願作樂中箏」云云，也甚富於六朝的《子夜》、《讀曲》的情趣。

唐末，鄭府、段成式與張希復三人酬答的《閒中好》三首，清雋可喜。像：「閒中好，塵務不縈心。坐對當窗木，看移三面陰」（成式作）云云，後來的詞裡便很難見到這樣渾樸的東西了。

四　溫庭筠：詞壇「花間派」的開創者

唐末大詩人溫庭筠是初期的詞壇上的第一位大作家。他的詞，和他的詩一樣，也是若明若昧，若輕紗的籠罩，若薄暮初明時候的朦朧的。他開啟了詞的一大支派，意以綺靡側豔為主格，以「有餘不盡」「若可知若不可知」為作風。所謂「花間」派，實經以他為宗教主。故《花間集》錄他的詞至六十六首之多；可見其中的訊息了。庭筠原是一位大音樂家。《唐書》謂他「能逐弦吹之音，為側豔之詞。」所著有《握蘭》、《金荃》二集。惜今《握蘭》已佚，《金荃》也全非本來面目。欲見溫氏之全，已不可能。這是很大的損失！但即就《花間》、《金荃》諸集所錄者觀之，也已略可見出他的風格的一斑了。

詞中的「側豔」一派，先已是見之於杜牧之的《八六子》：「聽夜雨冷滴芭蕉，驚斷紅窗好夢」一詞。然庭筠則是第一個以全力赴於此的詞人。他所寫的是離情，是別緒，是無可奈何的輕喟，是無名的愁悶。劉禹錫、白居易諸人的擬民歌，全是渾厚樸質之作。到了庭筠，才是詞人的詞。全易舊觀，斥去淺易，而進入深邃難測之佳境。庭筠詞的作風，可於下列諸詞裡見之：

水精簾裡頗黎枕，暖香惹夢鴛鴦錦。江上柳如煙，雁飛殘月天。藕絲秋色淺，人勝參差剪。雙鬢隔香紅，玉釵頭上風。

——《菩薩蠻》

柳絲長，春雨細，花外漏聲迢遞。驚塞雁，起城烏，畫屏金鷓鴣。香霧薄，透簾幕，惆悵謝家池閣。紅燭背，繡簾垂，夢長君不知。

——《更漏子》

手裡金鸚鵡，胸前繡鳳凰，偷眼暗形相。不如從嫁與，作鴛鴦。

——《南歌子》

他所述的是煙，是月，是春雨，是香霧，是水精簾，頗黎枕，是鴛鴦，是鳳凰，是金鷓鴣，金鸚鵡，他連選取的對象，也是那末親的綺靡絢煌，金碧眩人！

五　唐昭宗时期的詞人和五代文學的興起

唐昭宗（李曄）時代，是一個動亂的時代。中原全陷於可慘怖的悍將們的攻掠的鐵掌之中。這位詩人皇帝是一籌莫展的。他是唐懿宗的的第七子，以西元 889 年即皇帝位。在朱全忠的旗影刀光之下，偷生苟活了幾年，終於在西元 904 年，為全忠所害（867 ~ 904）。其生活是很可慘的。但正因了這種慘怖的生活數度的播遷，他的詞境便更是深邃動人。惜今所傳的篇什極少。像《菩薩蠻》：「登樓遙望秦宮殿，茫茫只見雙飛燕」，其淒涼悲壯，似有過於著名的傳為李白所作的《憶秦娥》：「咸陽古道音塵絕」的一首。

韓偓為昭宗的翰林學士承旨，相得極歡，終見惡於朱全忠，貶濮州司馬。後復被召，竟不敢應命，避地於閩以卒。他的詞，和他的詩相同，也深受溫庭筠的影響，像《生查子》：

侍女動妝奩，故故驚人睡。那知本未眠，背面偷垂淚。懶卸鳳頭釵，羞入鴛鴦被。時復見殘燈，和煙墜金穗。

同進有皇甫松者，字九奇，為湜之子，牛僧孺之婿。《花間集》錄其詞十一首。獨具朗爽之致，不久側豔一流，像《浪淘沙》：

灘頭細草接疏林，浪惡罾舡半欲沉。宿鷺眠鷗飛舊浦，去年沙觜是江心。

此後，便入五代了。詞成了五化文學的中心，顯出極絢爛的光彩來。唐詩到了溫、李已是登峰造極。後乃降到三羅及胡曾、杜荀鶴輩的通俗的體格。物窮則變，大詩人們便皆掉轉頭來，在另一種的新體的詩，即所謂「詞」的當中討生活。因了採取了嶄新的詩體之故，詩壇上便一時更現出異彩新光來，不因五季的喪亂而黯淡下去。這將在下文詳提到。

五代文學

這一章深入探討了五代時期的文學，詳細介紹了五代文學的特點、詞風的繁榮和其他文學作品。以下是本章的主要內容：

五代文學的風雨飄搖：本章開始闡述了五代時期的文學風格，強調這一時期文學的多變和風格的瑰寶。

五代詞風華獨秀：章節中重點討論了五代詞的蓬勃發展，特別強調了花間派的文學輝煌，以及詞風的獨特之處。

五代詞人風采：這部分介紹了蜀中文壇和花間派的光輝傳承，以及一些優秀的詞人和他們的詩詞藝術。

花間派詞人與其詩詞藝術：章節中深入討論了花間派詞人的作品，並探討了他們的詩詞藝術風格。

五代南唐詞人：本章還介紹了五代南唐詞人及其詩詞藝術，展示了五代詞風的多彩風采。

敦煌石室的漢文民間雜曲：這一部分提到了在敦煌石室中發現的漢文民間雜曲，揭示了五代時期文學的多樣性。

五代詩壇的多彩風景：章節中討論了五代詩壇的多元風景，包括各種詩人和他們的作品。

五代時期的散文與史書：最後，本章提及了五代時期的散文和史書，突顯了五代文學的多樣性和豐富性。

整體來說，這一章將讀者引入了五代文學的世界，深入探討了詞風、詩詞藝術以及其他文學作品，展示了五代文學的豐富多彩。

一　五代文學：風雨飄搖的文學瑰寶

所謂五代文學指的是：從朱溫的即皇帝位（西元907年）到南唐的被宋所滅（西元974年）的六十餘年間的文學。在這短短的六十餘年間，中原不曾有一天太平過。我們看見了五次的改姓換代的事。國祚之長者，如梁，如後唐，皆不過十餘年。國祚之短者，如後漢，前後二主，僅只享國四年。又加之以外寇的強梁，石晉至稱子稱孫於契丹。倒是中原以外的幾個偏遠的地方，如蜀，如江南，如閩，如越，還可以略略的保持著太平的局面。因之，一個部分的文人學士便往往避地於彼間。漸漸的，那些偏遠之地，也成了文藝的中心。在其間，尤以西蜀及江南為最重要。

二　五代詞風華獨秀：花間派的文學輝煌

五代的文壇，以新體的詩，所謂「詞」者為主體。詞人們雄據著當代的各個文藝中心的騷壇上，氣焰不可一世。然畢竟逃脫不了溫庭筠的影響。溫氏的作風幾如太陽似的在當代的詞壇上無所不照射到。即高才的詞人們，像南唐二主，也多少總受有溫氏的煦暖。而所謂「花間派」的，則其影響尤為顯著。《花間集》以溫氏為首，未始沒有微旨。總之，以直率淺顯為戒，以深邃曲折，迷離惝怳為宗，則是五代詞人們所同具的作風。這一流派的勢力，長久而且偉大，幾乎成了「詞」的一體的特色。明白曉暢的「詞」，反而成了別調。《花間》一集在中國文學史上乃是一個可怪的詩的熱力的中心。

《花間集》為蜀人趙崇祚所編，有歐陽炯的序。序末署著：「時大蜀廣政三年（即西元 940 年）夏四月日。」《花間》之編成，當即在其時。這時，已在五代的後半葉了。所錄於溫庭筠、皇甫松外，幾全為蜀人，僅一孫光憲是荊南的作家，和凝是中原的詞人耳。（又有張泌，但與南唐的張泌，似是二人）崇祚字弘基，仕後蜀為衛尉少卿。五代詞之傳於世，端賴有此《花間》一集。全書所錄「詩客曲子詞五百首，分為十卷。」（歐陽炯序）所選凡十八人：

溫庭筠六十六首　薛昭蘊十九首　毛文錫三十一首　和凝二十首　魏承班十五首　尹鶚六首　皇甫松十一首　牛嶠三十三首　牛希濟十一首　顧敻五十五首　鹿虔扆六首　毛熙震三十首　韋莊四十七首　張泌二十七首　歐陽炯十七首孫光憲六十一首　閻選八首　李珣三十七首

這十八個詞人構成了所謂「花間派」，開啟了中國詩中的一條大路，灌溉了後來的無數的詩人的心田，創始了一個最有影響，且根柢最為深固的作風。五代詞固不止是「花間派」的作家們，在江南，尚有中、後二主與馮延巳的三位「大手筆」的詞人們在著。然南唐二主詞與《陽春集》，風格過高，仿之者往往畫虎不成，影響究竟不若「花間派」的偉大。他們是大詩人，但並不是影響最大的作家們。故論五代詞，究當以《花間》諸作家們為主體。

三　五代詞人風采：蜀中文壇與花間派的光輝傳承

「花間派」詞人們的作風，並不純然如一。也有很淺陋的，像毛文錫、閻選諸人。但追蹤於溫庭筠之後者究為多數。茲先述蜀中諸詞人，然後再及非蜀地的作家們。

蜀中詞當始於韋莊。韋莊是一位偉大的詩人，他在五七言詩的領域裡，所建樹的也很重要。《秦婦吟》為詠吟這個變動時代的長詩，時有《秦婦吟》秀才之稱。他的詞也充分的表現出他的清蒨溫馥，雋逸可喜的作風。在他之前，蜀中文學，無聞於世。蜀士皆往往出遊於外。李、杜與蜀皆有關係，但並沒有給蜀中文學以若何的影響。到了韋莊的入蜀，於是蜀中乃儼然成為一個文學的重鎮了。從前後二位後主起，到歐陽炯等諸人止，殆無不受有莊的影響。《花間》的一派，可以說是，雖由溫庭筠始創，而實由韋莊而門庭始大的。莊字端已，杜陵人，唐乾寧元年（西元 894 年）進士。天復元年（西元 901 年）赴蜀，為王建書記。建自立為帝，以莊為丞相。他的詞集，名《浣花詞》原本已佚，今人嘗輯為一卷。莊的詞以寫婉孌的離情者為最多。相傳他的姬為王建所奪，莊曾作《荷葉杯》一詞。姬見此詞，不食而死。然此語殊無根。《荷葉杯》的全詞如次：

記得那年花下，深夜。初識謝娘時：水堂西面畫簾垂，攜手暗相期。惆悵曉鶯殘月，相別。從此隔音塵。如今俱是異鄉人，想見更無因。

觀其「如今俱是異鄉人」語，似非指被奪之姬；且建似也不至奪莊之姬。莊之所憶，或別有在罷。像《女冠子》：

昨夜夜半，枕上分明夢見，語多時；依舊桃花面，頻低柳葉眉半羞還半喜，欲去又依依。覺來知是夢，不勝悲！

之類，其情調大都是一貫的。又像莊的《菩薩蠻》：「洛陽城裡春光好，洛陽才子他鄉老」云云，也是甚有家國之思的。他雖避難於蜀，為建寮屬，其不忘「洛陽」故鄉的情緒，自然的會流露出來。莊的詞可以說是都在這種思鄉與憶所戀的情調之下寫成了的。

與韋莊同樣的由他處入仕於蜀者有牛嶠。嶠字松卿，一字延峰，隴西人，唐乾符五年（西元878年）登進士第。入蜀為王建判官。建即帝位，嶠為給事中。有集三十卷。非詞傳於今者僅《花間集》中所錄的三十餘首而已。其風格頗淺迫，非溫、韋的同群，像《更漏子》：「閨草碧，望歸客，還是不知訊息；孤負我，悔憐君，告天天不聞。」乃是民間情歌的同道。

但嶠之兄了希濟，其詞雖存者不過十餘首，卻可看出其為一大詩人。希濟仕蜀為御史中丞。降於後唐，明宗拜他為雍州節度副使。其《生查子》數首：「語已多，情未了，回首又重道。記得綠羅裙，處處憐芳草」，「紅豆不堪看，滿眼相思淚」，皆是蘊藉有情致。

前蜀後主王衍（不在《花間集》中）也喜作詞，今存者雖不多，卻可充分的看出他的富於享樂的情調，正如他的《宮詞》所道：「月華如水浸宮殿，有酒不醉真痴人。」著名的《醉妝詞》：「者邊走，那邊走，只是尋花柳。」便是在這種情調之下寫出的。

薛昭蘊字裡勻無考。仕蜀為侍郎。《花間集》列他於韋莊之下，牛嶠之上，當為前蜀的詞人。他所作，其情調也皆為綺靡的閨情詞，像《謁金門》：「斜掩金鋪一扇，滿地落花千片。早是相思腸欲斷，忍教頻夢見」，和溫、韋諸人的風趣是很相同的。

張泌字裡也無考。《花間集》稱之為「張舍人」。南唐亦有詩人張泌，字子澄，淮南人。初官句容尉。仕李煜為中書舍人，改內史舍人。煜降宋，泌亦隨到中原，仍入史館。然此張泌當非《花間集》中之張泌。《花間》不及錄南唐人所作。中主、後主固不會有隻字入選；即馮延巳也未及為趙崇祚所注意，何況張泌？南唐的張泌，當後主時代（西元963～975年）始為中書舍人，內史舍人。而《花間集》則編於蜀廣政三年（西元940年），前後至少相差二十餘年，如何《花間集》會預先稱他為「舍人」呢？唯初期的蜀中詞人：類多為外來的遷客，泌或未必是蜀人。泌的詞，作風也同溫、韋，像「含情無語倚樓西」，「早晨出門長帶月。可堪分袂又經秋！晚風斜月不勝愁」，「天上人間何處去？舊歡新夢覺來時，黃昏微雨畫簾垂」（《均浣溪沙》）；「滿地落花無訊息，月明腸斷空憶」（《思越人》），都是溫柔敦厚，與溫氏的《菩薩蠻》諸作可以站在一條線上的。而《南歌子》：

柳色遮樓暗，桐花落砌香，畫堂開處遠風涼；高卷水精簾額襯斜陽。

一首，尤為《花間》中最高雋的成就之一。

毛文錫是《花間》詞人們裡最淺率的一位。但他結束了前蜀的詞壇，又開始了後蜀的文風。在他以前，蜀中文學是「移民的文學」，在他之後，方才是本土的文學。他的地位也甚重要，他字平珪，南陽人，仕蜀為翰林學士，進文思殿大學士，拜司徒。貶茂州司馬。後隨王衍降於後唐。孟氏建國，他復與歐陽炯等並立以詞章供奉內廷。葉夢得評文錫詞，謂「以質直為情致，殊不知流於率露。」像「相思豈有夢相尋，意難任」（《虞美人》），「昨日西溪遊賞，芳樹奇花千樣」（《西溪子》），「堯年舜日，樂聖永無憂」（《甘州遍》）云云，誠有淺率之譏。夢得又謂：「諸人評庸陋詞，必曰此仿毛文錫之《贊成功》而不及者。」然《贊成功》：

> 海棠未坼，萬點深紅，香包緘結一重重。似含羞態，邀勒春風。蜂來蝶去，任繞芳叢。昨夜微雨，飄灑庭中，忽聞聲滴井邊桐。美人驚起，坐聽晨鐘；快教折取，戴玉瓏璁。

雖無一般花間派的蘊藉之致，卻也殊有別趣。在這一方面，文錫的影響確是很不少的。詞中「別調」，文錫已導其先路了。

魏承班（一作斑，誤）大約是最早的蜀地詞人之一罷。他的父親弘父，為王建養子，封齊王。承班為駙馬都尉，官至太尉。他的詞也明白曉暢，而較毛文錫為尖麗。《柳塘時話》謂：「承班詞較南唐諸公更淡而近，更寬而盡，人人喜效為之。」然像「王孫何處不歸來？應在倡樓酩酊。……夢中幾度見兒夫，不忍罵伊薄倖。」（《滿宮花》）云云，真情坦率，也正不易效為之。同時尹鶚、李珣諸人所作，也都是同樣的明淺簡淨。尹鶚，成都人，事王衍為翰林校書，累官參卿。李珣字德潤，先世本波斯人。他妹妹李舜弦為王衍昭儀。他自已為蜀秀才，大約不曾出仕過。有《瓊瑤集》一卷，今已亡佚。然《花間》、《尊前》二集，錄他的詞多至五十四首，也自可成為一集。他雖以波斯人為我們所注意，然在其詞裡卻看不出有什麼異國的情調來。像《浣溪沙》：

入夏偏宜澹薄妝，越羅衣褪鬱金黃，翠鈿檀注助容光。想見無言還有恨，幾回判卻又思量，月窗香逕夢悠颺。

徹頭徹尾仍是《花間》的情調。

顧夐、鹿虔扆、閻選、歐陽炯諸人，也皆為由前蜀入後蜀者。炯和虔扆、選、文錫及韓琮，時號「五鬼」，頗不為時人所崇戴。然就詞而論，炯實為《花間》裡堪繼溫、韋之後的一個大作家。他益州人，初事王衍。前蜀亡後，又事孟氏，進侍郎，同門下平章事。後孟昶降宋，炯也隨之入宋，授左散騎常侍。他的詞，色彩殊為鮮妍，刻劃小兒女的情態也甚為動人。像左二闋的《南鄉子》：

嫩草如煙，石榴花髮海南天。日暮江亭春影綠，鴛鴦浴。水遠山長看不足。

岸遠沙平，日斜歸路晚霞明。孔雀自憐金翠尾，臨水，認得行人驚不起。

其風調是在溫庭筠的門庭之內的，似較韋莊尤為近於庭筠。

顧夐，字裡未詳；前蜀時官刺史，後事孟知詳，官至太尉。《蓉城集》（《歷代詞話》引）謂：「顧太尉《訴衷情》云：『換我心為你心，始知相憶深。』雖為透骨情語，已開柳七一派。」這話不錯，像「換我心為你心」那樣的露骨的深情語，《花間》裡是極罕見的。又像「記得那時想見，膽顫，鬢亂四肢柔，泥人無語不抬頭」（《荷葉杯》）；「隔年書，千點淚，恨難任！」（《酒泉子》）其恣狂的放蕩，也不是溫、韋的「蘊藉微茫」之所能包容得下的。

鹿虔扆字裡未詳。事孟昶為永泰軍節度使，進檢校太尉，加太保。《樂府紀聞》謂他「國亡不仕，多感慨之音。」像《臨江仙》：

金鎖重門荒苑靜，綺窗愁對秋空，翠華一去寂無蹤。玉樓歌吹，聲漸已隨風。煙月不知人事改，夜闌還照深宮。藕花相向野塘中，暗傷亡國，清露泣香紅。

誠有無限感慨淋漓處，置之《花間》的錦繡堆裡，真有點像倚紅偎翠，紙醉金迷的時候，忽群客中有一人淒然長嘆，大為不稱！此作當為前蜀亡時之作。評者或牽涉到孟昶事，卻忘記了時代的絕不相及。此詞被選入西元940年所編輯的《花間集》裡，而孟蜀之亡則在西元965年。虔扆當然不會是預先作此亡國之吟的。

閻選字裡也未詳。《花間集》稱之為「閻處士」。當廣政時代，他或未及仕途。然其後則和歐陽炯等同秉朝政，有「五鬼」之目。選詞直率無深趣，與毛文錫等。

又有毛熙震者，蜀人，官祕書監。他們亦作「暗傷亡國」之語，想也是悼傷前蜀的。像「自從陵谷追遊歇，畫梁塵黦。傷心一片如圭月，閒鎖宮闕」（《後庭花》），足和鹿虔扆的《臨江仙》，同為《花間》裡的奇葩異卉。熙震所作也甚高雋，像「四支無力上秋遷。群花謝，愁對豔陽天」（《小重山》），「天含殘碧融春色，五陵薄倖無訊息。……寂寞對屏山，相思醉夢間」（《菩薩蠻》）云云，顯然也是溫、韋的同流。

後蜀主孟昶，是一位天才很高的詞人皇帝。他是當時許多重要文人的東道主；但他的詞卻來不及被選入《花間》，在別的選本裡也極罕見。這是極大的一個損失！他的一闋《玉樓春》，蘇軾僅記住兩句，已為之驚賞不已。嘗為足成《洞仙歌》，也不能勝之。《玉樓春》云：

冰肌玉骨清無汗，水殿風來暗香滿。繡簾一點月窺人，倚枕釵橫雲鬢亂。起來瓊戶啟無聲，時見疏星渡河漢。屈指西風幾時來，只恐流年暗中換。

寫夏景是絕鮮有匹的。

四　花間派詞人與其詩詞藝術

荊南詞人孫光憲，其所作曾被選入《花間集》中。光憲字孟文，貴平人。唐時為陵州判官。天成初避地江陵。高季與據荊南，署為從事。累官荊南節度副使，檢校祕書，兼御史中丞。後降宋為黃州刺史。他自號葆光子。著《北夢瑣言》及《荊台》、《筆傭》諸集。在「花間派」詞人們裡，他是足以和溫、韋在一條水平線上的。像「早是銷魂殘燭影，更愁聞著品弦聲，杳無訊息若為情」「攬鏡無言淚欲流，凝情半日懶梳頭，一庭疏雨溼春愁」（《浣溪沙》）；「小庭花落無人掃，疏香滿地東風老。春晚信沉沉，天涯何處尋？」（《菩薩蠻》）；「泛流螢，明又滅，夜涼水冷東灣闊。風浩浩，笛寥寥，萬頃金波澄澈」（《漁歌子》）云云，都是溫、韋所不能屈之於下座的窈渺清雋之什。

和凝是中原詞人裡唯一的被選入《花間集》裡的一位。中原文學，五化時極不足重。韋莊、韓偓、陳陶諸人皆去而之他。真實的偉大作家，不過寥寥可數的幾個而已。在其中，和凝無疑的是高出於眾人的。凝字成績，鄆州須昌人。他似是一位和馮道同科的謹慎小心的老官僚，故皇帝們的姓氏雖屢次改易，而他始終不失為元老。他在後唐天成中為翰林學士，知貢舉。《花間集》的編成，約在此後不久（約後十一二年），故稱他為「學士」。石晉時為中書侍郎同門下平章事。劉漢及周初皆為太子太傅。世宗顯德二年卒（898～955）。他所作詩文甚富，有集百卷。嘗自篆於版，模印數百帙分贈於人。少好為曲子，布於汴、洛。及入相，契丹號他為「曲子相公」。他的詞，較為直率，像「卻愛藍羅裙子，羨他長束纖腰」（《河滿子》）「不是昔年攀桂樹，豈能月裡索姮娥」（《柳枝》）之類，但《薄命女》一闋：

天欲曉，宮漏穿花聲繚繞，窗裡星月光。冷霞寒侵帳額，殘月光沉樹杪，夢斷錦幃空悄悄，強起愁眉小。卻是《花間》裡最好的篇什之一。

未為《花間集》編才所注意的中原詞人，還有一位更重要的李存勗（後唐莊宗）。存勗為李克用長子，其先本西突厥人。同光元年，滅梁即皇帝位。他酷好音樂，自己能為曲子，與伶人暱遊。在位四年，為伶人高從謙所殺（885～926）。伶人們將他的屍首雜著樂器，一同焚化。《五代史》謂他「既好俳擾，又知音能度曲。至今汾、晉之俗，往往能歌其聲，謂之御制者，皆是也。」（卷三十七）惜當時無人為之蒐集，故傳者寥寥可數。然即就這些寥寥可數的篇什裡，也可看出其為一個大詞人無疑。像「長記別伊時，和淚出門相送。如夢，如夢，殘月落花煙重」（《如夢令》），像：

一葉落，搴朱箔，此時景物正蕭索。畫樓月影寒，西風吹羅幕。吹羅幕，往事思量著。

——《一葉落》

都是可歸在五代的最好的篇什之列的。他和西蜀的李珣同為華化的外國人，但二人同樣的華化已深，故在他們的作品裡一點都看不出異國的情調來。

五　五代南唐詞人與其詩詞藝術

五代文學的中心，西蜀外便要數到江南。然江南的詞人，《花間集》裡是來不及注意到的。（《花間》結集時，南唐建國方才四年。）江南又沒有一個趙崇祚來做這種結集的工作，故詞人之傳者不過三數人而已。二主外，馮延巳、成彥雄並稱作家。其他便無聞焉。（《花間》中之張泌，非南唐人，見前。）然南唐文學，「自成片段」，非《花間》所得包括。除成彥雄外，二主，正中無不是真實的大詞人，各有其千秋不磨的鉅作在著。僅這寥寥三數詞人，已足使南唐成為五代文壇最重要的一箇中心了。

李璟（中主）在西元943年繼他父親李昪為皇帝。周世宗時，去帝號，稱唐國主。宋太祖建隆二年卒（916～961）。年四十六。元宗嘗戲問馮延巳道：「吹皺一池春水，干卿底事？」延巳對道：「未若陛下『小樓吹徹玉笙寒』也。」可見江南君臣之注意於詞，乃至以此為戲。惜璟所作，傳者不多。其《攤破浣沙》二首：「青鳥不傳雲外信，丁香空結雨中愁」，「細雨夢迴雞塞遠，小樓吹徹玉笙寒」，最負盛名。

李煜（後主）字重光，為璟第六子。建隆二年嗣位。開寶八年，曹彬克金陵，煜降於宋。終日以眼淚洗面。太平與國三年卒，相傳系宋太宗以毒藥殺之。年四十二（936～978）。他天才極高，善屬文，工書畫，尤長於音律。嘗著《雜說》百篇，時人以為曹丕《典論》之流。又有集十卷。今皆不傳。今所傳者，僅零星詩詞五十餘首而已。他的詞人生活，可以天然的劃分為兩個時期：第一期是少年皇帝的生活，「酒惡時拈花蕊嗅，別殿遙聞簫鼓奏」（《浣溪沙》）；「歸時休放燭光紅，待踏馬蹄清夜月」（《玉樓春》），可謂極人間的富貴豪華。其間且又有些戀愛的小喜劇，「一向偎人顫」、「相看無限情」（《菩薩蠻》）。恰有如恬靜的綠湖，偶有粼粼的微波，更增其動人之趣。這時代的詞，無不清麗可喜。但第二期的詞卻於清麗之外，更加以沉鬱；他的風格遂大變了。第二期是降王的囚居的生活。刻刻要堤防，時時遭猜忌。恣情的歡樂的時代是遠了，不再來了。他的詞便也另現了一個境界。鹿虔扆諸人所作是「暗傷亡國」，韋莊所作是故鄉的憶念，到了李後主，卻是嗷咷痛哭了。他家國之思，更深更邃，遭際之苦，更切更慘；這個多感的詩人，怎能平息憤氣以偷生苟活呢？「故國不堪回首月明中」（《虞美人》）；「燭殘漏滴頻欹枕，起坐不能平」（《烏夜啼》）；「故國夢重歸，覺來雙淚垂」（《子夜歌》）；「多少淚，斷臉復橫頤。心事莫將和淚說，鳳笙休向淚時吹，腸斷更無疑」（《望江南》）；「金劍已沉埋，壯氣蒿萊。晚涼天淨月華開；想得玉樓瑤殿影，空照秦淮」（《浪淘水》）！這樣的不諱飾的不平的呼號，都是足以召致猜忌，使他難保令終的。又像《烏夜啼》一闋：

無言獨上西樓，月如鉤，寂寞梧桐深院鎖清秋。剪不斷，理還亂，是離愁！別是一般滋味在心頭。

其沉鬱淒涼的情調，都是《花間集》裡所找不到的。

馮延巳一名延嗣，字正中，廣陵人。與弟延魯皆極得南唐主的信任。延巳初為翰林學士，後進中書侍郎同平章事。有《陽春集》一卷。延巳似未及事後主，故其卒年當在西元 961 年之前（?～691?）延巳詞，蘊藉渾厚，並不一味以綺麗為歸，是詞中的高境。溫、韋、後主之外，五代中殆無第四人足和他並肩而立的。像「庭際高梧凝宿務，捲簾雙鵲驚飛去」（《鵲踏枝》）；「誰道閒情拋拋棄久，每到春來，惆悵還依舊」（《蝶戀花》）；「疏星時作銀河渡，華景臥鞦韆，更長人不眠」（《菩薩蠻》）；「路遙人去馬嘶沉；青簾斜掛裡，新柳萬枝金」（《臨江仙》）；又像：

風乍起，吹皺一池春水。閒引鴛鴦芳徑裡，手挼紅杏蕊。斗鴨闌干獨倚，碧玉搔頭斜墜。終日望君君不至，舉頭聞鵲喜。

——《謁金門》

都是慣以淺近之語，寫深厚之情，難狀之境的。較之五色斑讕，徒工塗飾而少真趣者，當然要高明得多了。

成彥雄字文乾，與延巳同時，也仕於南唐。延巳和中主以《吹皺一池春水》句相戲的事，或以為系彥雄事。他別有《楊柳枝》詞十首，見於《尊前集》，其中像「馬驕如練纓如火，瑟瑟陰中步步嘶」，其意境也是很高妙的。

六　敦煌石室發現的漢文民間雜曲

在敦煌石室所以現的漢文卷子裡，有《雲謠集雜曲子》一種，凡錄《鳳歸雲》、《天仙子》、《竹枝子》、《洞仙歌》、《破陣子》、《柳青娘》、《漁歌子》、《長相思》、《雀踏枝》等曲子數十餘首，當是晚唐、五代之作。惜皆無作者姓氏。這數十餘首曲子的以見，並不是小事。我們所見的初期的詞，皆是有名的文人學士之作，大都皆以典雅為歸，淺鄙近俗者極少。這數十餘首曲子卻使我們明白初期的流行於民間的詞調是甚等樣子的。其中也有很典雅的辭語，但民間的土樸之氣終流露於不自覺。這是真正的民間的詞，我們不能不特別加以注意的。像「往把金釵卜，卦卦皆虛。魂夢天涯無暫歇，枕上長噓，待卿回，故日容顏憔悴，彼此何如」（《鳳歸雲》）；「不施紅粉鏡台前，只是焚香禱祝天」（《竹枝子》）；「塵土滿面上，終日被人欺」（《長相思》）等等，其設想鑄辭，都未脫田間的泥土的氣息。除了拜倒在「典雅詞」之前的人們外，對於這種渾樸的東西，也絕不會睡棄之的。其中，最好的篇什，像《雀踏枝》：

> 叵耐靈鵲多滿語，送喜何曾有憑據！幾度飛來活捉取，鎖上金籠休共語。比擬好心來送喜，誰知鎖我在金籠裡？欲他征夫早歸來，騰身卻放我向青雲裡。

少婦和靈鵲的對語，是如何的俏皮可喜！這種風趣，文人學士們的詞裡，似還不曾擬仿到過呢。

與《雲謠集雜曲子》同時在敦煌被發現者，尚有《嘆五更》、《孟姜女》、《十二時》等民間雜曲。這些雜曲，如《嘆五更》、《孟姜女》等，今尚流行於世，想不到其淵源是如此的古遠！像「一更初，自恨長養枉生軀。耶孃小來不教授，如今爭識文與書」（《嘆五更》），「雞鳴丑，摘木看窗牖。明來暗自知，佛性心中有」（《禪門十二時》）之類，似通非通，是其特色。《雲謠集雜曲子》尚為「斗方名士」之作，此則誠出於初識之無的和尚或平民之手下的了。

七　五代詩壇的多彩風景

這時代的五七言詩壇也並不落寞。晚唐的諸派競鳴的盛況，此時代仍然繼續下去。不過詩人們因中原喪亂之故，已多散之四方。老詩人韓偓則避地於閩，司空圖則隱於中條山，羅隱則遷於浙，韋莊、貫休諸人則西走於蜀。若說起這時代詩壇的情形來，也很值得費一點篇幅。先從詩人最多的蜀中說起。韋莊自然是領袖人物。他的《秦婦吟》是在未入蜀以前所作的。他站在封建統治者的立場上，刻劃出「亂離」的景象來。「東鄰有女眉新畫，傾城傾國不知價。長戈擁得上戎車，回首香閨淚盈把。旋抽金線學縫旗，才上雕鞍教走馬。有時馬上見良人，不敢回眸空淚下！」而「亂」後，則「大道俱成棘子林，行人夜宿長安月。明朝曉至三山路，百萬人家無一戶。」如此比較真實的描狀，是統治階級所嫌忌的，固不僅「內庫燒為錦繡灰，天街踏盡鮑卿骨」云云，為時人所駭怪也，《秦婦吟》之不傳，殆因此故。今始隨敦煌諸漢文書籍的發現而復出現。他的《浣花集》裡的他詩，也都很可誦。

和尚詩人貫體字德隱，俗姓姜氏，蘭溪人。七歲出家。初客吳、越，與錢王相忤。於天復中西走益州。王建父子禮遇甚隆。署號禪月大師，終於蜀。年八十一。有《禪月集》。他的詩多清苦之趣。

詞人歐陽炯曾做著幾首精心結構的長詩，像《貫休應夢羅漢畫歌》、《題景煥畫應天寺壁天王之歌》，皆是空前罕見的偉弘精工之篇什，足為五代的詩壇生光彩。

女作家花蕊夫人以《宮詞》著稱。她青城人，姓徐氏（一作費氏），幼能文。孟昶深愛之，賜號花蕊夫人。後昶降宋，夫人也隨去。相傳她在宋，甚為趙匡胤所愛幸，一旦被匡義引箭射殺之。作《宮詞》

者，自唐王建外，代有其人，然大都出外臣之手，往往記載失實。花蕊夫人之作，卻是以宮中人寫宮中事，故很可注意。

南唐詩人也甚多。後主及馮延巳、成彥雄皆能作五七言體。此外又有韓熙載、李建勛、張泌、伍喬、沈彬、孟貫諸人。熙載字叔言，北海人，仕南唐為虞部員外。建勛字致堯，隴西人，仕南唐為中書侍郎同平章事。他們皆是北人仕南者。熙載有《奉使中原署館壁》一詩：「僕本江北人，今作江南客。再去江北遊，舉目無相識」云云，是很足為這時代許多離鄉背井的詩人們寫出胸臆中事來的。

張泌（一作泌），淮南人，其詩很鮮妍。沈彬是一個老詩人。曾仕吳為祕書郎。伍喬，廬江人，南唐時舉進士第，仕至考功員外郎。孟貫字一元，建安人，後入仕於周。

又有徐鉉、徐鍇兄弟，也善詩。鉉字鼎臣，與韓熙載齊名江東，謂之韓、徐。仕南唐為吏部尚書，降宋，為散騎常侍。有《騎省集》。鍇字楚金，仕唐為集賢殿學士。他嘗作《說文系傳》四十卷，至今猶為文字上的經典。

中原的詩人們，初期有老作家杜荀鶴、曹唐、胡曾、方乾等，後又有和凝、王仁裕、馮道、李濤諸人。他們都是老官僚，意境自不曾高雋。馮道的《但知行好事，莫要問前程》（《天道》）云云，正可作為代表作。其中唯和凝、李濤二人所作較為清麗。

此外，閩地詩人，有顏仁鬱（字文傑，泉州人），王延彬（審知弟之子）等；長沙詩人，有徐仲雅（一作東野，其先秦中人，事馬氏為天洲府學士）；荊南詩人有僧齊已。齊已和貫休齊名，是五代的兩個大詩僧。他名得生，姓胡，潭州益陽人。嘗欲入蜀，經江陵，為高從晦所留，居龍興寺。自號衡嶽沙門。有《白蓮集》十卷。他的詩殊多清韻。像「幽院才容個小庭，疏篁低短不堪情。春來猶賴鄰僧樹，時引流鶯送好聲。」（《幽齊偶作》）頗不似僧人之作。

八　五代時期的散文與史書

五代的散文殊無足述。江南的徐鉉，曾作《稽神錄》六卷。談神說鬼，殊無情趣。史虛白作《釣磯立談》，紀南唐瑣事，也沒有什麼重要。譚峭的《化書》，較有名，是當時散文壇上的罕見之作。石晉時，劉昫奉詔撰《唐書》二百卷，也可算是混亂的五代裡最偉大的一部史籍。

變文的出現

這一章深入研究了敦煌寫本中的變文，將這些珍貴的文學發現帶入文學研究的視野。以下是本章的主要內容：

敦煌寫本的珍貴發現與文學研究：本章開始介紹了敦煌寫本的價值和重要性，以及這些寫本對文學研究的貢獻。

敦煌的民間敘事歌曲與變文：章節中討論了敦煌寫本中的民間敘事歌曲，並解釋了這些故事的特點。

敦煌的變文：一種重要的文學珍寶：這一部分深入探討了敦煌的變文，介紹了變文的文學特點和重要性。

敦煌的變文：一種新的文學珍寶：章節中繼續討論了變文，強調了這種文學形式的獨特之處，並探討了不同變文的主題和風格。

敦煌寫本中的佛教變文：本章提及了敦煌寫本中的佛教變文，並探討了這些文學珍寶對佛教研究的貢獻。

敦煌寫本中的非佛教變文：最後，本章繼續探索敦煌寫本中的非佛教變文，揭示了這些文學珍寶的多樣性和文化價值。

整體來說，這一章帶領讀者深入了解敦煌寫本中的變文，突顯了這些文學珍寶對文學研究和文化了解的重要性。

一　敦煌寫本的珍貴發現與文學研究

在二十幾年前（1907 年 5 月），有一位為英國政府做工作的匈牙利人斯坦因（A.Stein）到了中國的西陲，從事於發掘和探險。他帶了一位中國的通事蔣某，進入甘肅敦煌。他風聞敦煌旨洞石室裡有古代各種文字的寫本的發現，便偕蔣某同到了千佛洞，千方百計，誘騙守洞的王道士出賣其寶庫。當他歸去時，便帶去了二十四箱的三代寫本與五箱的圖畫繡品及他物。這事與中世紀的藝術、文化及歷史關係極大。其中圖畫和繡品都是無價之寶，而各種文字的寫本尤為重要。就漢文的寫本而言，已是近代的最大的發現。在古典文學，在歷史，在俗文學等等上在，無在不發現這種敦煌寫本的無比的重要。這訊息傳到了法國，法國人也派了伯希和（Paul Pelliot）到千佛洞去搜求。同樣的，他也滿載而歸。他帶了不多的樣本到北京，中國官廳方才注意到此事。行文到甘肅提取這種寫本。所得已不多。大多數皆為寫本的佛經，其他略略重要些的東西，已盡在英、法二國的博物院、圖書館裡了。又經各級官廳的私自扣留，精華益少（今存北京圖書館）。但期坦因第二次到千佛洞時，王道士還將私藏的寫本，再掃數賣給了他。這個寶庫遂空無所有，敦煌的發現，至此告了一個結束。

千佛洞的藏書室，封閉得很早。今所見的寫本，所署年月，無在西元第十世紀（北宋初年）之後者。可見這庫藏是在那時閉上了的。室中所藏卷子及雜物，從地上主堆到十英呎左右。其容積約五百立方英呎。除他種文字的寫本外，漢文的寫本，在倫敦者有六千卷，在巴黎者有一千五百卷，在北京者有八千五百卷。散在私家者尚有不少，但無從統計。這萬卷的寫本，尚未全部整理就緒，在倫敦的最重要的一部分，也尚未有目錄刊出。其中究竟有多少藏寶，我們尚沒有法子知道。但就今所已知者而論，其重要已是無匹。研究中國任何學問的人們，殆無不要向敦煌寶庫裡作一番窺探的工夫，特別是關於文學的一方面。

二　敦煌的民間敘事歌曲與變文

上文已說到敦煌所發現的民間俗曲及詞調。此外尚有更重要的民間敘事歌曲及「變文」。民間歌曲今所見者有《孝子董永》、《季布歌》、《太子贊》等，都是氣魄很弘偉的大作；雖然文辭很有些粗率的地方，但無害其想像的賓士，描狀的活潑。《太子贊》敘述釋迦牟尼出家修道事，以五七言相間成文，組織另具一體，像：「車匿報耶殊，太子雪山居。路遠人稀煙火無，修道甚清虛」云云，當是以五七言體去湊合了梵音而歌唱著的，故不得不別創此新體。《孝子董永》敘董永行孝事。民間熟知的二十四孝，便有董永的一「孝」在著。此故事最早的紀載，見於傳為劉向作的《孝子傳》。（《太子御覽》卷四百十一引，又見《漢學堂叢書》）干寶的《搜神記》也有之。董永父母死，無錢葬埋他們，乃賣身於一富翁家。中作遇天女降下，嫁他為妻。生一子後，又騰空而去。這大約是一個很古遠的民間傳說，和流行於世界最廣的「鵝女郎」型的故事是很相同的。但《孝子董永》後半所說董仲尋母事，卻是他處所未有的。後來的民間傳說，乃以董錘為漢初的董仲舒，更是可笑。《孝子董永》全篇皆用七言，白字連篇，間有不成語處。但無害其為很偉大的敘事詩。《季布歌》也是如此，全篇也都是七言的。敘的是：季布助項羽以敵劉邦，漢得天下後，到處緝捕布。布卒得以智自脫。尚有一種《季布罵陳詞》，當是本文的前半段。

三　敦煌的變文：一種重要的文學珍寶

但敦煌寫本裡的最偉大的珍寶，還不是這些敘事歌曲以及民間雜曲等等。它的真實的寶藏乃是所謂「變文」者是。「變文」的發現，在我們的文學史上乃是最大的訊息之一。我們在宋、元間所產生的諸宮調、戲文、話本、雜劇等等都是以韻文與散文交雜的組成起來的。我們更有一種弘偉的「敘事詩」，自宋、元以來，也已流傳於民間，即所謂「寶卷」、「彈詞」之類的體制者是。他們也是以韻、散交組成篇的。究竟我們以韻、散合組成文來敘述、講唱，或演奏一件故事的風氣是如何產生出來的呢？向來只當是一個不可解的謎。但一種新的文體，絕不會是天上平空落下來的；若不是本土才人的創作，便當是外來影響的輸入。在唐以前，我們所見的文體，俱是以純粹的韻文，或純粹的散文組織起來的。（《韓詩外傳》一類書之引詩，《列女傳》一類書之有「贊」，那是引用「韻文」作為說明或結束的，並非韻散合組的新體的起源。）並沒有以韻文和散合組起來的文體。這種新文體究竟是如何產生的呢？在什麼時候產生的呢？最可能的解釋，是這種新文體是隨了佛教文學的翻譯而輸入的。重要的佛教經典，往往是以韻文散文聯合起來組織成功的；像「南典」裡的《本生經》（Jataka），著名的聖勇（Aryasura）的《本生鬘論》（JATAKA MALA）都是用韻、散二體合組成功的。其他各經，用此體者也極多。佛教經典的翻譯日多，此新體便為我們的文人學士們所耳濡目染，不期然而然的也會擬仿起來了。但佛教文學的翻譯，也和近來的歐洲文學的翻譯一樣，其進行的階段，是先意譯而後直譯的。初譯佛經時，只是利用中國舊文體，以便於覽者。其後，才開始把佛經的文體也一併擬仿了起來。所以佛經的翻譯，雖遠在後漢、三國，而佛經中的文體的擬仿，則到了唐代方才開始。這種擬仿的創端，自然先由和佛典最接近的文人們或和尚們起頭，故最早的以韻、散合組的新文體來敘述的故事，也只限於經典裡的故事。而《變文》之為此種新文體的最早的表現，則也是無可疑的事實。從諸宮調、寶卷、平話以下，差不多都是由《變文》蛻化或受其影響而來的。

《變文》是什麼東西呢？這是一種新發現的很重要的文體。雖已有了千年以上的壽命，卻被掩在西陲的斗室裡，已久為世人所忘記。——雖然其精靈是蛻化在諸宮調、寶卷、彈詞等等裡，並不曾一日滅亡過。原來「變文」意義，和「演義」是差不多的。就是說，把古曲的故事，重新再演說一番，變化一番，使人們容易明白。正和流行於同時的「變相」一樣；那也是以「相」或「圖畫」來表現出經典的故事以感動群眾的。「變文」和「變相」在唐代都極為流行；沒有一個廟宇的巨壁上，不繪飾以「地獄變相」等等壁畫的。（參看張彥遠的《歷代名畫記》）同樣的，大約沒有一個廟宇不曾講唱過「變文」的罷。

其初，變文只是專門講唱佛經裡的故事。但很快的便為文人們所採取，用來講唱民間傳說的故事，像伍子胥、王昭君的故事之類。最早的變文，我們不知其發生於何時；但總在開元、天寶以前吧。我所藏的一卷《佛本生經變文》，據其字型，顯然是中唐以前的寫本。又《降魔變文》序文上有：「伏唯我大唐漢朝聖主，開元、天寶聖文神武應道皇帝陛下，化越千古，聲超百王；文該五典之精微，武析九夷之肝膽」云云的頌聖語，其為作於玄宗的時代無疑。王定保的《唐摭言》記張祜對白樂天說道：「明公亦有『目連變』。《長恨詞》云：『上窮碧落下黃泉，兩處茫茫皆不見。』豈非『目連訪母』耶？」是《目連變》之類的東西，在貞元、元和時代，在士大夫階級裡也已成為口談之資巴黎國家圖書館藏的《維摩詰經變文》第二十卷之末，有「於州中應明寺開講極是溫熱，云云的題記。當是在應明寺講唱此變文，大得聽眾的歡迎後所寫的罷。《盧氏雜記》（《太平廣記》卷二百四引）載《文宗善吹小管。時法師文漵為入內大德。一日，得罪流之。弟子入內收拾院中籍入家具籍，猶作法師講聲。上採其聲為曲子，號《文漵子》。」《樂府雜錄》也載：「長慶中，俗講僧文敘，善吟經，其聲宛暢，感動裡人。」文敘競有「俗講僧」之稱，可見中晚唐時代，僧徒之為俗講是很流行的事。這些都可見供講唱的變文，在中晚唐時代的流行是並非模糊影響之事。至於變文到了什麼時候才在社會上消失了勢力了呢？宋真宗（998～1022年）曾禁止除了道、釋二教之外的一切異教，而僧侶們的講唱變文，也被明令申禁。我們可以說，在西元第十世紀之末，隨了敦煌石室的封閉，「變文」也一同遭埋入了。然宋代有說經、說參請的風氣，和說小說、講史書者同列為「說話人」的專業，則「變文」之名雖不存，其流衍且益為廣大的了。所謂宋代說話人的四家，殆皆是由《變文》的講唱裡流變出來的罷。

四　敦煌的變文：一種新的文學珍寶

「變文」的名稱，到了最近，因了幾種重要的首尾完備的「變文」寫本的發現，方才確定。在前幾年，對於「變文」一類的東西，是往往編目者或敘述者任意給他以一個名目的。或稱之寫「俗文」，或稱之為「唱文」，或稱之為「佛曲」，或稱之為「演義」，其實都不是原名。又或加「明妃變文」以「明妃傳」之名，「伍子胥變文」為「伍子胥」，或「列國傳」，也皆是出於懸度，無當原義。我在商務版的《中國文學史》中世卷第三篇第三章《敦煌的俗文學》裡，也以為這種韻、散合體的敘述文字，可分為「俗文」和「變文」。現在才覺察了其錯誤來。原來在「變文」外，這種新文體，實在並無其他名稱，正如「變相」之沒有第二種名稱一樣。

這種新文體的「變文」，其組織和一部分以韻、散文二體合組起來的翻譯的佛以完全相同；不過在韻文一部分變化較多而已。翻譯的佛經，其「偈言」（即韻文的部分）都是五言的；而變文的歌唱的一部分，則採用了唐代的流行的歌體或和尚們流行的唱文，而有了五言、六言、三三言、七言，或三七言合成的十言等等的不同。在一種變文裡，也往往使用好幾種不同體的韻文。像：《維摩詰經變文》第二十卷：

我見世尊宣敕命，令問維摩居士病。初聞道著我名時，心裡不妨懷喜慶。
金口言，堪可敬，無漏梵音本清淨。依言便合入毗耶，不合推辭阻大聖。
願世尊，慈悲故，聽我今朝墾詞訴。

這是以七言為主，而夾入「三三言」的。像《大目乾連冥間救母變文》：

或有劈腹開心，或有面皮生剝。目連雖是聖人，急得魂驚膽落。

目連啼哭念慈親，神通急速若風雲。

這是以七言、六言相夾雜的。但大體總是以七言為主體。這種可唱的韻文，後來便成了「定體」。在寶卷和彈詞一方面，其唱文差不多都是如此布置著的。鼓詞的唱文，也不過略加變化而已。

說到「變文」的散文一部分，則更有極可注意之點在著。我在上文說到唐代傳奇文及古文運動時，皆曾提起過，唐代的通俗文乃是駢儷文，而古文卻是他們的「文學的散文」。這話似乎頗駭俗。但事實是如此。以駢儷體的散文來寫通俗小說，武后時代的張鷟在《遊仙窟》裡已嘗試過。今日所見的敦煌的變文，其散文的一部分，幾沒有不是以駢儷文插入應用的。更可證明瞭這一句話的真實性。自六朝以至唐末好幾百年的風尚，已使民間熟習了駢偶的文體。故一使用到散文，便無不以對仗為宗。儘管不通，不對，但還是要一排一排的對下去。這是時代的風氣，無可避免的。只有豪傑之士，才開始知道用「古文」。古文之由「文學的散文」解放而成為民間的通用的文字，那是很後來的事呢。像中晚唐時代，所用的散文，殆無不是如下列一樣的：

阿修羅執日月以引前，緊那羅握刀槍而從後。於時風師使風，雨師下雨，隰卻囂塵，平治道路。神王把棒，金剛執杵。簡擇驍雄，排比隊伍。然後吹法螺，擊法鼓，弄刀槍，振威怒。動似雷奔，行如雲布。

——《降魔變文》

五　敦煌寫本中的佛教變文：一窺文學珍寶

「變文」之存於今者，就已發現者而言，已有四十餘種。現尚陸續在出現。她不僅是敦煌寫本裡最重要的東西，也將是敦煌寫本裡除佛經外，最常見的東西了。今蔣講唱佛經故事的變文與講唱非佛經故事的變文，分為兩部分，擇其重要者略敘於下。

講唱佛經故事的變文，最重要者是《維摩詰經變文》。《維摩詰經》原是釋經裡最富於文學的趣味者之一，復被講唱者將這故事作為「變文」，放大了許多倍，更成為一部弘偉無比的傑作；可以說我們文學史裡未之前見的一部大「史詩」。今所知者，已有二十卷之多，但其間殘缺了不少。經文的一百餘字，這位偉大的講唱者總至少要把她演成三四千字，寫得又生動，又工細，又雋妙。可惜我們至今僅獲讀其數卷，尚不能將所殘存者鈔錄得全耳。《文殊問疾》第一卷，藏上虞羅氏，敘述佛使文殊到維摩詰處問疾事。佛先在會上，問五百聖賢，八千菩薩，皆曰不任，無人敢去，結果是文殊應命而去巴黎所藏的，有第二十卷，敘的是，佛使彌勒菩薩、光嚴童子等去問疾，而彼等皆不欲去，並追述往事，聲訴所以不能去之故。卷末有「廣政十年八月九日在西川靜直禪院寫此第廿卷」云云。當是抄寫者的所記。

北京圖書館藏有《持世菩薩第二卷》，敘述持世菩薩堅苦修行，魔王波旬欲破壞其道行，便幻為帝釋之狀，從二千天女，鼓樂絃歌，來詣持世修行之所，但持世不為所惑事。其描狀極絢麗雋好之致：

波旬自乃前行，魔女一時從後。擎樂器者，喧喧奏曲，響聒青霄；爇香火者，澹澹煙飛，氤氳碧落。莫作奢衣美貌，各申窈窕儀容。擎鮮花者，共花色無殊；捧珠珍者，共珠珍不異。琵琶弦上，韻合春鶯；簫笛管中，聲吟鳴鳳。杖敲羯鼓，如拋碎玉於盤中，手弄秦箏，似排雁行於弦上。輕輕絲竹，太常之美韻莫偕。浩浩喝歌，胡部之豈能比對。妖容轉盛，豔質更豐。一群群若四色花敷，一隊隊似五雲秀麗。盤旋碧落，宛轉清霄。遠看時意散心驚，近睹者魂飛目斷。從天降下，若天花亂雨於乾坤；初出魔宮，似仙娥芬霏於宇宙。天女咸生喜躍，魔王自己欣歡。此時計較得成，持世修行必退。容貌恰如帝釋，威儀一似梵王。聖人必定無疑，持世多應不怪。天女各施於六律，人人調弄五音。唱歌者詐作道心，供養者假為虔敬。莫遣聖人省悟，莫交菩薩覺知。發言時直要停藤，稅調處直如穩審。各請擎鮮花於掌內，為吾燒沉麝於爐中。呈珠顏而剩逞妖容，展玉貌而更添豔麗。浩浩簫韻前引，喧喧樂韻齊聲。一時皆下於雲中，盡入修禪之室內。（吟）魔王隊仗利天宮，欲惱聖人來下界。廣設香花申供養，更將音樂及絃歌。清冷空界韻嘈嘈，影亂雲中聲響亮。胡亂莫能相比並，龜慈不易對量他。遙遙樂引出魔宮，隱隱排於霄漢內。香爇煙飛和瑞氣，花擎寮亂動祥雲。琵琶弦上弄春鶯，簫笛管中鳴錦鳳。

又有《降魔變文》，本於《賢愚經》，敘舍利弗和六師鬥法事。六師凡五次輸敗，遂服佛家的威力，不復與佛為梗。前在《敦煌零拾》裡，僅見到一小部分，已驚其弘偉奇麗，不可迫視。今得讀全文，更為快心！其描述佛家與六師的鬥法，以《西遊記》的孫行者，二朗神的鬥法對讀之，《西遊記》只有「甘拜下風」耳。姑舉一段：

六師聞語，忽然化出寶山，高數由旬。欽岑碧玉，崔嵬白銀，頂侵天漢，叢竹芳薪，東西日月，南北參辰。亦有松樹參天，藤蘿萬段。頂上隱士安居，更有諸仙遊觀，駕鶴乘龍，仙歌聊亂。四眾誰不驚嗟，見者咸皆稱嘆。舍利弗雖見此山，心裡都無畏難。須臾之頃，忽然化出金剛。其金剛乃作何形狀？

其金剛乃頭圓像天，天圓只堪為蓋，足方萬里，大地才足為鑽。眉郁翠如青山之兩崇，口啜啜猶江海之廣闊。手執寶杵，杵上火焰沖天。一擬邪山，登時粉碎。山花萎悴飄零，竹木莫知所在百僚齊嘆希奇，四眾一時唱快。故雲，金剛智杵破邪山處。若為：

六師忿怒情難止，化出寶山難可比，嶄巖可有數由旬，紫葛金藤而覆地。山花鬱翠錦文成，金石崔碧雲起。上有王喬丁令威，香水浮流寶山裡。飛仙往往散名華，大王遙見生歡喜！舍利弗見山來入會，安詳不動居三昧。應時化出大金剛，眉高額闊身軀礧。手持金杵火沖天，一擬邪山便粉碎。於是帝王驚愕，四眾忻忻。此度既不如他，未知更何神變？

但在許多講唱佛教故事的變文裡，最為流行者還是「目連救母變文」，這變文有種種不同的本子。倫敦有《大目乾連冥間救母變文》一卷，巴黎有《目連緣起》，北京有《目連救母變文》數卷；事實皆大同小異，文句也多相同的。可見這故事在當時流傳的普遍，固不僅張祜之戲白居易以《目連變》云云也。在這些異本裡，以倫敦的一本為最完備，首有序，敘七月十五日「天堂啟戶，地獄門開」，盂蘭會的緣起。末有「貞明七年辛巳歲四月十六日淨土寺學郎薛安俊寫」云云。這故事成為後寶卷、戲文的張本，至今在民間尚有很大的勢力。這變文敘述佛的凝子目連，出家為僧，以善因得證阿何漢果。借了佛力，他上了天堂，見到父親，但母親卻不知何在。佛說：「她在地獄中呢。」目連便遍歷地獄，歷睹慘狀，最後到了阿鼻地獄，才見到他母親青提夫人。她借佛力，出了這地獄，但不能出餓鬼道，見食即化為火。目連悲感，無法可施。佛乃教他於七月十五日建蘭盆大會，可以使她一飽。但她飽後，忽又不見。乃已轉生人世，變為黑狗之身。最後，目連又借佛力，使她脫離了狗身，到天上去受快樂。這部變文，雖沒有

《維摩詰》、《降魔》的弘奇麗，但關係極大。在中國的一切著作裡，這可以說是最早的詳盡的敘述周歷地獄的情況的；其重要有若《奧物賽》（Odyssey）、《阿尼特》(Aeneid) 及《神曲》諸史詩。

此外，尚有《佛本行集經變文》、《八相成道經變文》、《有相夫人昇天變文》、《佛本生經變文》、《地獄變文》等等，皆較為簡短，且俱首尾殘闕，不知其原名為何。在其間，《佛本生經變文》敘述釋迦牟尼以身喂餓的事，其結構也殊弘麗，且就其字型看來，實是中唐的寫本，今所見的變文的寫本，時代無在其前者。

六　敦煌寫本中的非佛教變文：文學珍寶的探秘

講唱非佛教故事的變文，今所知者有：《列國志變文》敘述伍子胥的故事（巴黎也藏有一卷《伍子胥》），《明妃變文》，敘述王昭君的番事；《舜子至孝變文》，敘述舜的故事，《舜子至孝變文》恐怕是最早的把舜的故事，傳說化了的；寫那瞽叟歷次的受了後妻的鼓弄，要想設計陷害舜。而舜也每次都得脫逃出來。頗富於「神仙故事」的趣味。大約其中是附加了上不少民間故事的成分進去了罷。最奇特的結構，是每次後母要陷害舜時，總是說著：

自從夫去遼陽，遣妾勾當家事，前家男女不孝。

瞽叟聽完了後妻的陷害之計後，也總是說道：

娘子雖是女人，設計大能精細。

這是任何變文裡所不曾見過的格調。《列國志變文》也極有堪以注意處。其間敘伍子胥逃難時，見到他的妻子，但不敢相認。他妻子乃舉藥名以暗示他：「妾是仵茄之婦，細辛早仕於梁。就禮未及當歸，便妾閒居獨活」云云，這大約也是民間所最喜愛的「文章遊戲」的一端罷。《明妃變文》已缺首段，其結束，則敘明妃在胡，抑抑不樂而死。死後，漢使祭她的青塚。這大約便是後來的明妃投黑水而死的傳說的前驅。《明妃變文》分上下二卷，在上卷之末，有云：

上卷立鋪畢，此入下卷。

這是一個很重要的訊息，使我們可以明白後來的許多「欲知後事如何，且聽下回分解」的云云，在中國的最早的根源是在什麼地方。宋人「話本」之由「變文」演變而來，這當也是例證之一罷。

西崑體及其反動

這一章主要探討了宋朝初期文學的盛衰，以及與西崑體詩人和《西崑酬唱集》相關的文學現象。以下是本章的主要內容：

宋初文學的盛衰：本章開始討論了宋朝初期文學的發展和變遷，並介紹了一些與這一時期相關的文學作品和詩人。

西崑體詩人與《西崑酬唱集》：章節中深入介紹了西崑體詩人以及他們的作品在《西崑酬唱集》中的地位，探討了這些詩人的詩風和影響。

楊億、劉筠及昆體詩風的興衰：本部分闡述了楊億、劉筠等詩人的詩風以及昆體詩風的發展和變遷。

未入楊、劉網羅的詩人們：章節中討論了一些未被納入楊億和劉筠所編《西崑酬唱集》的詩人，並介紹了他們的文學作品。

蘇舜欽及其他詩人的風格：這一部分介紹了蘇舜欽等詩人的詩風和文學特點，並對他們的影響力進行了探討。

王安石、石延年、邵雍的詩風：本章繼續討論了王安石、石延年、邵雍等詩人的詩風和其在宋初文學中的地位。

蘇軾及其影響力：最後，本章深入探討了蘇軾的文學成就和影響力，並強調了他在宋初文學中的重要地位。

整體來說，這一章旨在介紹宋初文學的多樣性和變遷，特別關注了西崑體詩人以及一些重要詩人的詩風和影響力。

一　宋初文學的盛衰：西崑體詩人與《西崑酬唱集》

宋初文學，全襲五代餘蔭，其重要的作家，殆皆是西蜀、江南諸地的降王降臣。到了太平興國以後，方才有新的作家起來。最早的重要的文人們，有所謂「西崑體」諸家者，以追蹤於李商隱、唐彥謙諸詩人之後為極則。其領袖為楊億、劉筠、錢唯演等，從而和之者甚眾。以新詩更相屬和。後合為一集行世，即有名之《西崑酬唱集》是。在《西崑酬唱集》裡，於楊、劉、錢三人外，尚有李宗諤、陳越、李維、劉騭、刁衎、任隨、張詠、錢唯濟、丁謂、舒雅、晁迥、崔遵度、薛映、劉秉等，共十七人。而其間唯億、筠及唯演三人為大家。《西崑集》所選這三人的詩也獨多。餘人不過附庸而已。楊億序《西崑集》謂：「余景德中忝佐修書之任，得授群公之遊。」則其結集當在景德（西元 1004 ～ 1007 年）以後不久。我們如以 1014 年左右為「西崑」結集之時。或不會相差得很遠吧。

楊億字大年，建州浦城人。七歲善屬文。雍熙初，年十一，召試詩賦，授祕書省正字。淳化中命試翰林，賜進士第。真宗朝歷官知制誥。天禧中拜工部侍郎，翰林學士兼史館修撰。卒謚曰文。劉筠字子儀，大名人，咸平元年（西元998年）進士。累遷御史中丞，知制誥，翰林承旨，兼龍圖閣直學士卒。錢惟演字希聖，吳越王錢ㄈ之子。少補牙門將。歸宋，累遷翰林學士，樞密使。後為保大軍節度使，知河陽。入朝，加同中書門下平章事。坐事落職，為崇信軍節度使卒，謚曰思。當《西崑》結集的時候，他們三個人正在館職，文名甚著。又其他屬和之者，也大都皆在朝之士，並有聲望。故《西崑》一集，對於當時的文壇影響甚大。億的序的說：「今紫微錢君希聖，祕閣劉君子儀，併負懿文，尤精雅道，調章麗句，膾炙人口」云云，正是他們的自讚之語。為了他們的在朝的地位，又是那樣的一吹一唱，互相酬答，故「昆體」的作風遂廣被於天下，成為宋初最有力的文派。在《西崑酬唱集》裡，我們很可以看得出，李商隱所給予他們的影響是很大的。除了詠《禁中庭樹》、《館中新蟬》、《始皇》、《漢武》一類的題目之外，便是《代意》、《無題》、《宣曲》、《淚》、《七夕》、《夕陽》、《前檻》等等很迷離閃豔的題材了。像楊億的《無題》：「曲池波暖蕙風輕，頭白鴛鴦占綠萍。才繼歌雲成夢雨，鬥迴笑電噴雷」；錢惟演的《無題》：「誤語成疑意已傷，春山低斂翠眉長；鄂君鄉被朝猶掩，荀令薰爐冷自香」；劉筠的《無題》：「簾聲竹影浪多疑仙谷何能為解迷！藻井風高蛛環網，杏梁春晚燕爭泥」云云，都可使我們約略的知道其作風的趨向來。他們慣以靡豔之意，著為靡豔之辭，老是追逐在濃妝淡抹的藻飾之後。他們是嘆離惜別，傷春悲秋，無事而忙的王孫公子，除了作詩以外不知有別的事。有時曾產生很俊逸的句子，有時也頗為繁詞縟意的所累。他們曾各作著名為《宣曲》的一詩，詩意也如其題似的迷離惝恍，不可深究。楊億《宣曲》的起聯：「宣曲更衣寵，高堂薦枕榮」云云，當即為《宣曲》命名之所在。溫、李的詩也常是以首數語名題的。他們所作隱約裡似皆詠宮廷中事，而劉筠的《宣曲》裡更有「取酒臨邛遠，吞聲息國亡」云云，恰好當時被寵幸的二妃皆蜀人。祥符中（西元 1008 ~ 1016 年）遂下詔禁文體浮豔。或謂詔意蓋指這幾篇傳盛傳都下的《宣曲》而言。因劉、楊方幸，故得不興文字獄。

二　楊億、劉筠及昆體詩風的興衰

楊、劉諸人的提倡「昆體」，其來源是很深遠的。自唐末溫、李以來，此體便頗為流行於世，尤給極大的影響於新體詩的「詞」。楊、劉諸人不過廓大這種趨勢而已。在詞一方面，這種影響還是繼續下去。但在詩的一方面，立刻便碰到反抗了。楊、劉諸人，天才都不甚高，徒知以粉澤華飾號召於人，自然會特別的引起許多人的反感，當時有陳從易的，好古，深嫉楊億之作，曾進策說時文之弊道：「或下里如會粹，或從脞如《急就》。」也正深中其病。《古今詩話》謂「後進效之，多竊取義山語。嘗御賜百官宴。優人有裝為義山者，衣服敗裂，告人曰：為諸館職撏撦至此！聞者大噱。」後石介作《怪說》，尤力詆楊億，不遺餘力：

昔楊翰林欲以文章為宗於天下，憂天下未盡信己之道，於是盲天下人目，聾天下人耳。使天下人目盲，不見有周公、孔子、孟軻、揚雄、文中子、吏部之道。使天下人耳聾，不聞有周公、孔子、孟軻揚雄、文中子、吏部之道……今天下有楊億之道四十年矣……今楊億窮妍極態，綴風月，弄花草，淫巧侈麗，浮華纂組，刓鎪聖人之經，破碎聖人之言，離析聖人之意，蠹傷聖人之道。使天下不為《書》之。

《典》、《謨》、《禹貢》、《洪範》，《詩》之《雅》、《頌》，《春秋》之經，《易》之繇、爻、十翼，而為楊億之窮妍極態，綴風月，弄花草，淫巧侈麗，浮華纂組，其為怪大矣！介的話，不偏重的攻擊「西崑派」的散文。但「西崑派」的流行天下四十年，也已是盛極而衰了。就同有介的攻擊，也不會再盛行下去了。這時候，有真實的天才的大詩人們也已接踵而出，竟毫不費力的承繼了「西崑派」的詩的寶座。

三　未入楊、劉網羅的詩人們

在「西崑體」流行的前後，未入楊、劉們之網羅的詩人們很不在少數，不過其聲勢都沒有劉、楊諸人的浩大耳。較早的時候，有九僧。九僧者，劍南希晝、金華保暹、南越文兆、天台行肇、汝州簡長、青城唯鳳、江東宇昭、峨眉懷古、淮南惠崇。其中唯惠崇為最著。歐陽修嘗稱之。他們嘗相酬和，別具一體。歸心禪門之人。其所寫的詩篇，總要帶些寒峻之色。像「落日懸秋樹，寒蕪上廢城」（簡長：《晚次金陵》）；「河分岡勢繼，春入燒痕青」（惠崇：《訪楊雲卿》）云云，都是精思錘煉以出之的。

又有寇準、王禹偁、林逋、魏野、潘閬、陳堯佐、越湘、錢易諸人，皆以詩名，而俱清真平談，不為靡豔之音。準字平仲，華州下邽人。太平興國中進士。淳化五年參知政事。真宗朝，封萊國公。乾興初，貶雷州司戶，徒衡州司馬卒。謚忠愍。有《巴東集》。《苕溪漁隱從話》謂：「忠愍公詩，含思淒惋，蓋富於情者也。」他的詩，像：「日落汀州一望時，柔情不斷春如水」（《江南春》）；「山深微有徑，樹老半無枝」（《題巴東寺》）之類，都是貌若清淡而中實膏腴的。王禹偁字元之。鉅野人。太平興國中進士拜左司諫。因事貶商州團練副使。真宗時，召知制誥。出知黃州卒。有《小畜集》。所作像《泛吳松江》：「葦篷疏薄漏斜陽，半日孤吟未過江。唯有鷺鷥知我意，時時翹足對船窗」，已開後來宋詩的風趣。林逋字君復，隱西湖之孤山。真宗聞其名，詔長吏歲時勞問。卒，賜諡和靖先生。歐陽修甚稱其《山園小梅詩》：「疏影橫斜水清淺，暗香浮動月黃昏。」其實像「衡茅林麓下，春氣已微茫」（《山村冬暮》）；「秋山不可盡，秋思亦無垠。碧澗流紅葉，青林點白雲」（《宿洞霄宮》），也不能謂不工。而詠《西湖》的「春水淨於僧眼碧，晚山濃似佛頭青」云云，尤為即景而得的奇句。魏野字仲先，號草堂居士，蜀人，後居陝州東郊。真宗聞其名，遣中使召之。野閉戶逾垣而遁。天禧三年（西元 1019 年）卒。他雖是隱居不仕，但常與達官貴人相往返，故詩名重於一時。他的詩質實平常，不事虛語。像「驚回一覺遊仙夢，村巷傳呼宰相來」（《謝寇萊公見訪》）云云，讀之。頗可為他的隱士生活發一笑。潘閬字逍遙，大名人。太宗時賜進士第。嘗因事被追捕，不得。咸平初，來京，為吏所收。真宗釋其罪，以為滁州參軍。《皇朝類苑》謂：「好事者以閬遨遊浙江，詠潮著名，以輕綃寫其形容，謂之《潘閬詠潮圖》。」他的詩，平樸而有風味。為的是，皆從經歷與肺腑中出，故不至踏襲前人片語。像「好是雨餘江上望，白雲堆裡發濃藍」（《九華山》）；「繞寺千千萬萬峰，滿天風雪打杉松」云云，（《宿靈隱寺》）皆未經人道過。他又有過《華山詩》云：「帚頭吟望倒騎驢，旁人大笑從他笑」云云，長安許道寧乃為畫《潘閬倒騎驢圖》（見《圖畫見聞錄》）。後來八仙傳說裡，有張果老倒騎驢之說（唐人《張果傳》無倒騎驢的事），或系由此轉變而出。陳堯佐字希元，端拱二年進士。歷官同中書門下平章事，卒諡文惠。所作如「雨網蛛絲斷，風枝鳥夢搖」云云，甚為司馬光所稱（見《續詩話》）。趙湘字叔靈，衢州西安人，淳化三年進士。所作殊有清韻。錢易字希白，歸宋，中咸平二年進士。仕為翰林學士卒。他嘗作擬唐詩百篇，備諸家之體。但像《西遊曲》：「花銷秋老白日短，敗戲荒綠迷空館，擬將清血灑昭陵，幽谷蛇啼半山晚」云云，已深具宋詩的清險的風趣。

四　蘇舜欽及其他詩人的風格

但自歐陽修、梅堯臣諸人起，「西崑體」方才不掃而自空。真實的偉大的詩才，正如紅日的東昇似的，爝火之光自不足以當其一照。與歐、梅同時者，更有蘇舜欽、石延年、邵雍、王安石諸人。稍後，則蘇軾挺生於西蜀，尤為承前啟後的一個大師。

歐陽修字永叔，廬陵人，天聖中進士。累擢知制誥，翰林學士，參知政事。神宗時，以太子少師致仕卒（1001 ～ 1060）。諡文忠。修晚號六一居士。為宋代古文運動的中心人物。他嘗在錢唯演幕中，但並未受「西崑派」的影響。《西林詩話》云：「歐公矯昆體，專以氣格為主」他蓋以大力洗盡脂粉綺靡之氣，而以平易近人的眉目，與讀者想見的。不事雕飾，自然清高，昆體的沒落，未必由石介諸人的攻擊，而實由於歐陽、梅、蘇的別創一調，帶領作者們向別一條更寬暢的大路上走去之故。修有《廬山高》一詩：「廬山高哉，幾千仞兮！幽花野草不知其名兮，風吹露溼香澗谷」云云，最為梅堯臣們所稱嘆。而平談之什，若「無嘩戰士銜枚勇，下筆春蠶食葉聲」（《閱進士試》）；「夜涼吹笛千山月，路暗為人百種花」（《夢中作》）云云，也很有雋趣。

梅堯臣字聖俞，宣城人，以蔭補太廟齋郎。召試，賜進士。歷尚書都官員外郎卒（1002 ～ 1060）。

有《苑陵集》。歐陽修極稱其詩，以為「聖俞覃思精微，以深遠閒淡為意。」張藝叟評之云：「如深山道人，草衣捆屨，王公大人，見之屈膝。」（《韻語陽秋》引）相傳他日課一詩，寒暑未嘗易。蓋他的詩，風格同永叔，而功力過之。像「月出繼岸口影照別舸背。且獨與婦飲，頗勝俗客對」（《舟中與家人飲》）；「朔風三日暗吹沙，蛟龍卷沫噴成花。花飛萬里奪曉月，白日爛堆愁女媧」（《春雲》）；「五更千里夢，殘月一聲雞」（《夢後寄永叔》）云云，我們皆可於閒淡之中，見出他的努力來。

蘇舜欽的詩，風格較堯臣為雄放。歐陽修說的「筆力豪俊，以超邁橫絕為奇。」舜欽字子美，梓州桐山人。景祐元年進士。累遷集賢校理，坐和除名。居蘇州，作滄浪亭以自適。終湖州長史（1008～1048）。其所作，像「綠楊白鷺俱自得，近水遠山皆有情」（《過蘇州》）；「時時攜酒只獨往，醉倒唯有春風知」（《獨步滄浪亭》）；「曙光東向欲朧明，漁艇縱橫映遠燈。濤面白煙昏落月，嶺頭殘燒混疏星」（《長橋觀魚》）云云其氣魄都是很闊大的。

五　王安石、石延年、邵雍的詩風

王安石字介甫，臨川人，慶曆二年進士。神宗朝累除知制誥，翰林學士，拜同中書門下平章事。封荊國公，卒諡曰文（1026～1070）。有《臨川集》。他是一位大政治家。厲行新法，頗為守舊者所嫉視。他的詩才殊高，所作皆以險絕為功，多未經人道語。他有《題金陵此君亭詩》云：「誰憐直節生來瘦，自許高才老更剛」，正是他的自讚。黃庭堅深喜安石晚年的詩，正以其格律有相合處。像「空山水渟千秋，不出嗚咽聲。山風吹更寒，山有相與清」（《寒穴泉》）；「荒埭隸暗雞催月曉，空場老雉挾春驕」（《自金陵至丹陽道中有感》）；「晴日暖風生麥氣，綠陰幽草勝花時」（《初夏即事》）云云，都是很清瘦，而且是出之以艱辛的。

石延年字曼卿，一字安仁，其先幽川人。家宋城。真宗朝，中進士。歷太子中允。《隱居詩話》說誕年「長韻律，詩善敘事，其他無好上處。」但像《後村詩話》所引：「行人晚更急，歸鳥夕無行」；天寒河影淡，山凍瀑聲微」諸句，也殊不易及。

邵雍的詩，在北宋諸作裡，顯出特殊的風味，與時格格不能相入。他於「西崑」固攀附不上。於歐、梅也去之甚遠。歐、梅雖力矯靡豔而趨於閒淡，但並沒有淡到像白開水似的無韻無味。雍的詩卻獨往獨來的做到這一層了。有歸如格言，有時如說理，像「我若壽命七十歲，眼前見汝二十五。我欲願成大賢，未知天意肯從否？」（《生男吟》）誠是王梵志以來最大膽的詩人。如此明白如話的詩語，就是顧況、杜荀鶴諸人也還不敢下呢。而像「頻頻到口微成醉，拍拍滿懷都是春」；「卷舒千古興亡事，出入幾重雲水山」；「恍惚陰陽初變化，氤氳天地乍迴旋。中間些子好光景，安得工夫入語言」云云，也都不是一般詩人們所可同群的。其蒼茫獨立的風度，頗有些宗教主的氣味。

六 蘇軾及其影響力

蘇軾是歐陽、梅、蘇後最有天才的詩人。他是一位多方面的作家，詩、詞、古文，無不精好，隨手拈來，皆成妙諦。而他的詩的情緒與風格，也是多方面的，有的清新，有的瘦削，有的豐腴，有的險峻。他上迫梅、歐，下啟山谷、後山。他的筆鋒是那麼樣的無施不可，他的才調是那麼樣的無所不能。像「雨過浮萍合，蛙聲滿四鄰」（《雨晴後》）之類，是頗似梅、歐閒澹之什的。但像「君來扣門如有求，頎然病鶴清而修」（《送晁美叔》）云云，便大似黃、陳一派的音調了。故蘇軾在宋詩的壇坫上，乃是一位承前啟後的大家。其地位和杜甫的在唐是沒有二致的。其才情的浩莽，也恰是異代相對的雙璧。軾字子瞻，眉州眉山人，洵子；與弟轍，並稱「三蘇」。嘉祐二年進士。歷端明殿學士，禮部尚書。紹對初，坐訕謗，安置惠州。徽宗立，赦還，提興趣玉局觀。建中靖國元年，卒於常州（1036～1101）。

同時又有「三孔」、「三沈」也皆以詩名。「三孔」者，武仲、平仲、文仲兄弟。三沈者，沈遘、沈遼、沈遜兄弟。三孔為臨江新喻人，三沈為錢塘人。沈遼兄弟們常和王安石唱和。又有文同字與可，梓州人；米芾字元章，太原人（徙居襄陽）；皆善畫，也能詩，俱和蘇軾相唱和。

受蘇軾影響最大者，有所謂蘇門四學士的，蓋指黃庭堅、秦觀、張耒、晁補之的四人。或更加上了陳師道和李チ，稱為「蘇門六君子」。在其間，黃庭堅和陳師道是闢了一個門戶的，當於下文詳之。而秦觀、張耒晁補之、李チ諸人也名有所樹立，各有其特殊的風格。秦觀字少遊，高郵人，最工於長短名，而於詩也很有成就（1049～1100）。王安石以為他「清新婉麗，有似鮑、謝。」張耒字文潛、楚州淮陰人。有《宛丘集》；其散文最有名。晁補之字無咎，鉅野人，有《雞助集》。李チ字方叔，濟南人。他們二人也皆工於古文。

北宋詞人

這一章主要涵蓋了北宋詞的發展和北宋詞人的特色。以下是本章的主要內容：

北宋詞的黃金時代與日落黃昏：本章開始討論了北宋詞的鼎盛時期，並提到了詞在後來時期的衰落。

北宋詞壇的三個時期：章節中介紹了北宋詞壇的三個主要時期，以及每個時期的特色。同時，對趙佶和李清照的特色也進行了探討。

宋代詞人的多樣風采：本部分深入介紹了一些著名的宋代詞人，包括晏殊、范仲淹、歐陽修等，以及他們各自的詞風。

柳永與東坡：章節中討論了柳永和蘇東坡這兩位極具代表性的詞人，並強調了他們的不同藝術風格和成就。

蘇門四學士的詞藝風華：這一部分介紹了蘇門四學士，包括蘇洵、蘇轍、蘇軾和蘇轍，以及他們在詞壇上的卓越表現。

宋代文壇諸多詞人的藝術風華：本章總結了宋代詞壇上眾多詞人的藝術成就，強調了北宋詞壇的繁榮。

北宋詞人與其代表作品：最後，章節中列舉了一些北宋詞人以及他們的代表作品，展示了詞壇巨匠的才華。

宋代女詞人李清照：最後一部分則專注於李清照，探討她在詞壇上的獨特地位和她的代表作品。

整體來說，這一章旨在介紹北宋詞的繁榮時期以及詞人們的藝術風采，特別突出了一些著名的詞人和他們的作品。

一　北宋詞的黃金時代與日落黃昏

敦煌俗文學的影響，在北宋的文壇上遠未十分顯著。我們猜想，這些俗文學、敘事詩、民間歌曲與變文等等，必已在民間十分的流行著，然而文人學士卻完全不加以注意。大多數的文人學士卻遠在那里長歌曼吟著流傳於他們的一個階級及與他們的一個階級接觸最繁的歌妓舞女階級之間的詞，提倡著載道的古文與古來相傳的五七言古律詩。詞在唐末與五代，已成了文人學士的所有物，民間雖仍在流行著，然已染上了不少的「文」氣，加上了不少的雅詞麗句，離俗文學的本色日遠，換一句話，即離民間的愛好亦日遠。他們幾乎與文人學士的階級所獨占。他們的不能訴之於詩古文的情緒，他們的不能拋卻了的幽懷愁緒，他們的不欲流露而又壓抑不住的戀感情絲，總之，即他們的一切心情，凡不能寫在詩古文辭之上者無不一洩之於詞。所以詞在當時，是文人學士所最喜愛的一種文體。他們在閒居時唱著，在登臨山水時吟著，他們在絮語密話時微謳著，在偎香倚玉時細誦著，他們在歡宴迎賓時歌著，在臨歧告別也唱著。他們可以用詞來發「思古之幽情」，他們可以用詞來抒寫難於在別的文體中寫出的戀情，他們可以用詞來慶壽迎賓，他們可以用詞來自娛娛人。總之，詞在這時已達到了她的黃金時代了。作家一做好了詞，他便可以授之歌妓，當筵歌唱。「十七八女孩兒按執紅牙拍，歌『楊柳岸曉風殘月』。」這個情境豈不是每個文人學士都所羨喜的。所以，凡能做詞的，無論文士武夫，小官大臣，都無不喜做詞。像秦七，像柳三變，像周清真諸人，且以詞為其專業。柳三變更沉醉於妓寮歌院之中，以作詞給她們歌唱為喜樂。所以我們可以說一句，在詞在黃金時代中，詞乃是文人學士的最喜用之文體。詞乃是與文人學士相依傍的歌妓舞女的最喜唱的歌曲。換言之，詞在這個黃金時代中，乃是盛傳於文人學士的一個階級及與文人學士的一個階級最接近的歌女階級中的一個文體。到了最後，詞之體益尊且貴，且已有了定型，詞的生命便日益鄰於「沒落」了。我們猜想，當時民間或仍流行著唱詞的風氣，非文人學士的階級，或仍儲存了或模擬著文人學士的唱詞的習慣。然而文的詞語已日漸的高雅了，詞的格調已日漸的艱隱了，詞的情緒已日漸的晦暗隱約了。聽者固未必深明其義，即唱者也只能依腔照唱而已。所以這一個時代的民間的聽詞者，或已到了「耳熟其音而心昧其義」之時了。當時的人，往往譏嘲柳三變的詞太俗，然而那一位詞人的詞，有柳氏的詞那樣的流行呢？柳氏的詞所以能夠「有井水飲處，即能歌」之者，正以其詞之淺近，能夠通俗。其實柳氏已太高雅，其音調雖甚諧俗，其辭語恐已未必為當時民間所能懂得。

綜言之，詞的黃金時代恰可當於「北宋」的這一個時期。到了北宋以後，詞的風韻與氣魄便漸漸的近於「日落黃昏」之境了。

二　北宋詞壇的三個時期及趙佶、李清照的特色

北宋的詞壇，約可分為三個時期。第一個時期是柳永以前。這是晏殊、范仲淹、歐陽修的時代。在這個時代裡，《花間》派與二主、馮延巳的影響，尚未能盡脫。真摯清雋是其特色，奔放的豪情卻是他們所缺少的。他們只會做《花間》式的短詞，卻不會做纏綿宛曲的慢調。他們會寫：「寸寸柔腸，盈盈粉淚，樓高莫近危欄倚，平蕪盡處是春山，行人更在春山外」（歐陽修《踏莎行》）；他們會寫：「綠酒初嘗人易醉，一枕小窗濃睡」（晏殊《清平樂》）；他們會寫：「山映斜陽天接水，芳草無情，更在斜陽外」（范仲淹《蘇幕遮》）。他們卻不會寫：「都門帳飲無緒，方留戀處，蘭舟催發，執手相看淚眼，竟無語凝咽，念去去千里煙波，暮靄沉沉楚天闊」（柳永《雨霖鈴》）。他們更不會寫：「便攜將佳麗，乘與深入芳菲裡，撥胡琴語，輕攏慢捻總伶俐，看緊約羅裙，急趣檀板，霓裳入破驚鴻起。正顰月臨眉，醉霞橫臉，歌聲悠揚雲際。任滿頭紅雨落花飛，漸鳷鵲樓西玉蟾低，尚徘徊未盡歡意」（蘇軾《哨遍》）。

第二個時期是創造的時候。這一個時期是柳永的，是蘇軾的，是秦觀、黃庭堅的。但柳永的影響在當時竟籠罩了一切，連蘇門的「秦七、黃九」也都脫不了他的圈套。東坡的詞卻為詞中的一個別支，在當時沒有什麼人去仿效，其影響要過了一百餘年後才在辛棄疾他們的作品裡表現出來。所以這一個時期，我們也可以說她是「柳永的時代」。《吹劍續錄》說：「東坡在玉堂日，有幕士善歌，因問：『我詞比柳耆卿何如？』對曰：『柳郎中詞只好十七八女孩兒按執紅牙拍，歌楊柳岸曉風殘月；學士詞須關西大漢執鐵綽板，唱大江東去。』公為之絕倒。」按此語大約指東坡《念奴嬌》諸詞而言。其實東坡詞亦多綺

麗雋妙者，不盡如「大江東去」之樸質有若史論。柳永詞每諧於音律，東坡詞則為「曲子內縛不住者」。然這兩位大作家，亦有一個同點，即二人皆注意於慢詞，皆趨於豪放宛曲的一途。這是他們與第一個時期中諸作家的不同之點。又，第一期多用舊調，而這一期則多自行創作新調，以便唱歌。前期的諸大家往往非音律家，而這一期中的大家柳永便是一位深通於音律的人。所以他能夠寫許多慢詞，他能夠創許多新調。

第三個時期是深造的時期，也可以說是周美成的時代。在這一個時期裡，音律更為注重，「曲子內縛不住」的作品已經是絕無僅有的了。新的歌調仍在創造，而第二期的豪邁不羈的精神則漸漸的不見了。綜言之，第三期的精神，可以稱她為循規蹈矩的時代。第一期的清雋健樸的特質，他們是沒有的，第二期奔放雄奇的特色，他們又是沒有。他們的特質是嚴守音律，是日益趨於修斫字句，即在嚴格的詞律之中，以清麗婉美之辭章，寫出他們的心懷。他們實開闢了南宋詞人的先路。但在這一期的最後，卻有兩個大詞人出現，其精神與作風卻與周美成他們不同，這兩個大詞人是：皇帝詞人趙佶，與女流作家李清照。宋徽宗詞近似李後主。清照的詞則回覆到第二期的豪放，而不流入粗鄙，有第一期的清雋，而又具豪情逸思，實是這一期裡最大的一個詞人。

三　宋代詞人的多樣風采：晏殊、范仲淹、歐陽修等

第一期的大作家，當以晏殊、歐陽修、范仲淹、張先為首。但他們的崛起，離五代詞人的最後幾個，已經是近一百年了。北宋的初年，東征西討，人不離騎，馬不離鞍，注意於詞者絕少。及曹彬、潘仁美他們削平了諸國，構成了大一統的局面以後，降王降臣奔湊於皇都，文化的事業大為發達。又有《太平御覽》、《太平廣記》、《文苑英華》的編纂，似乎詞壇應該很熱鬧的了。然而當時的詞的作者，除了降王李煜，降臣歐陽炯等之外，卻沒有什麼新興的作家。我們與其以李煜、歐陽炯等為盛代的先驅，遠不如以他為「殘蟬的尾聲」為更妥切些。真實的一個大時代的先驅，乃是晏殊他們，而非李煜他們。

在晏殊之前，有幾個詞人，應一為敘及。徐昌圖，莆陽人，宋太祖時守國子博士，後遷至殿中丞。他的詞不多，然如《臨江仙》之「殘燈孤枕夢，輕浪五更風」諸語，也很美雋。潘閬字逍遙，有《逍遙詞》，僅存《酒泉子》十首，皆詠杭州西湖的景色者。有幾首寫得很好。如「別來幾向畫闌（一作圖）看，終是欠峰巒」，「三三兩兩釣魚舟，島嶼正清秋」，「寒鴉日暮鳴還聚」之類，皆可稱得起是「好句」。寇準的詞，未脫《花間》的衣缽，但較為淺露。王禹偁在北宋初，乃是一位很重要的五七言詩作者。他偶作小詞，也頗有意緒。像《點絳唇》，可為一例：

> 雨恨雲愁，江南依舊稱佳麗。水村漁市，一縷孤煙細。天際征鴻，遙認行如綴。平生事，此時凝睇，誰會憑欄意。

錢唯演雖為降王之子，居大位，然而他的小詞卻甚為動人，不失為一位很好的詩人。他的《玉樓

春》：「城上風光鶯語亂，城下煙波春拍岸。……情懷漸變成衰晚，鸞鏡朱顏驚暗換。昔年多病厭芳樽，今日芳樽唯恐淺。」黃叔扆謂：「此暮年作，詞極悽惋。」但第一個大詞人有意於為詞，且為之而工者當推晏殊。

晏殊字同叔，江西撫州臨川人。他是一個大天才，七歲便能文。「景德初以神童薦。召與進士千餘人並試庭中。殊神氣不懾，援筆立就，賜進士出身」（《宋史》本傳）。帝且使他盡讀祕閣書。每有諮訪、率用方寸小紙，細書問之。後事仕宗，尤加信愛。仕至觀文殿大學士卒（991～1055）。他的生平可算是「花團錦簇」的一位詩人生活。他卒後，贈謚元獻。當時知名之士如范仲淹、孔道輔、歐陽修皆出其門。性剛峻，遇人以誠。一生自奉如寒士。「為文贍麗，尤工詩，閒雅有情意」（《宋史》本傳）。有集二百四十餘卷。然他的最大的成功，他的詩人的真面目，卻完全寄託在他的詞中。他的詩不足以代表他，他的散文更不足以表現他。他的《珠玉詞》雖僅一百數十首，卻完全把這位「花團錦簇」，鐘鳴鼎食的「詩人大臣」的本來面目表現出來了。人生什麼都能夠看得透，只有戀情是參不破的，什麼都能夠很容易的志得意滿，唯有戀情卻終似明月般的易缺難圓。晏殊在這一方面似乎也是深嘗著她的滋味的。他的兒子幾道曾說道：「先君平日小詞誰多，未嘗作婦人語也。」但這話是不對的。「月好漫成孤枕夢，酒闌空得兩眉愁，此時情緒悔風流」（《浣溪沙》）；「為我轉回紅臉面」（同上）；「且留雙淚說相思」（同上）；「落花風雨更傷春，不如憐取眼前人」（同上）；「鬢嚲欲迎眉際月，酒紅初上臉邊霞，一場春夢日西斜」（同上）；「東城南陌花下，逢著意中人」（《訴衷情》）；「何況舊歡新寵阻心期，滿眼是相思」（《鳳銜杯》）；「未知心在阿誰邊？滿眼淚珠言不盡」（《玉樓春》）；「當時輕別意中人，山長水遠知何處」（《鳳銜杯》）；「訊息未知歸早晚，斜陽只送平波遠」（《蝶戀花》）；「濃睡覺來鸎亂語，驚殘好夢無尋處」(同上);「昨夜西風凋碧樹,獨上高樓,望盡天涯路」(同上);「那堪更別離情緒,羅巾掩淚,任粉痕玷汙,爭奈向千留萬留不住」(《殢人嬌》),這些都不是「情語」麼?同叔之未脫這些婦人語,正足見其未脫盡《花間》派的衣缽。《貢父詩話》說:「元獻尤喜馮延巳歌詞,其所自作亦不減延巳樂府。」他的成就的高處,確足以闖入延巳之室。

同時的詞人范仲淹,其詞存者不過寥寥幾首,卻無一首不是清雋絕倫。仲淹字希文,吳縣人,大中祥符八年進士。仕至樞密副使,參知政事。卒謚文正(989～1052)。有集。像下面的二詞,都是使我們讀之唯恐其盡的:

碧雲天,黃葉地,秋色連波,波上寒煙翠。山映斜陽天接水,芳草無情,更在斜陽外。黯鄉魂,追旅思,夜夜除非好夢留人睡。明月樓高休獨倚,酒入愁腸,化作相思淚。

——《蘇幕遮・懷舊》

塞下秋來風景異,衡陽雁去無留意,四面邊聲連角起。千嶂里,長煙落日孤城閉。濁酒一杯家萬里,燕然未勒歸無計,羌管悠悠霜滿地。人不寐,將軍白髮征夫淚。

——《漁家傲・秋思》

歐陽修有《六一居士詞》。我們在他的散文中,只見到他是一位道貌儼然的無感情的學者,在他的五七言詩中,我們也很難看出他是怎樣富於感情的一位詩人。但在他的詞中,卻不意將他的道學假面具全都卸下來了。他活潑潑的,赤裸裸的將他的詩人生活,表現在我們之前。「蓮子與人長廝類,無好意,年年苦在中心裡」;「天與多情絲一把,誰廝惹,千條萬縷縈心下」;「脈脈橫波珠淚滿,歸心亂,離腸便逐星橋斷」（以上皆《漁家傲》）。我們可想見他的戀情，也必是有一段苦趣的。宋人小說裡，因有永叔盜甥之說。王銍《默記》載永叔的《望江南》，他說：「奸黨因此誣公盜甥。公上表自白云：喪厥夫而無託，攜孤女以來歸。張氏此時，年方十歲。錢穆父素恨公，笑曰：此正學簸錢時也。歐知貢舉，下第舉人，復作《醉蓬萊》譏之。」此說在當時流傳一定很盛，所以許多人竭力為他辨明。陳質齋說：「歐陽公詞，多有與《花間》、《陽春》相混。亦有鄙褻之語廁其中。婁是仇人無名字所為也。」羅長源說：「公嘗致意於《詩》，為之本義，溫柔寬厚，所得深矣。今詞之淺近者。前輩多謂是劉輝偽作。」我們看，在《醉翁琴趣外編》裡，有許多為《六一詞》所不收的詞，很可怪，像：「更問假如事遠成後，亂了雲鬟，被娘猜破」（《醉蓬萊》）；「空淚滴，真珠暗落。又被誰，連宵留著？不曉高天甚意：既付與風流，卻憑薄情！細把身心自解，只與猛拚卻。又及至，見來了，怎生教人惡」（《看花回》）；「相思字一時滴損，便直饒伊家總無情，也拚了一生，為伊成病」（《洞仙歌令》）；「才會面，便相思，相思無盡期。這回想見好相知，相知已是遲」（《阮郎歸》）。這似和《六一詞》的作風，太不相同了，顯然不是出於同一詞人的手筆。當便是所謂劉輝的偽作罷。但這一類的詞，實在不壞，在《花間》、《陽春》裡，我們找不到那麼真情而樸質的東西。假如果是劉輝所作，則他也當是一位大詞人了。或他僅是集了當時的民歌也難說。像《六一詞》裡的：

柳外輕雷池上雨，雨聲滴碎荷聲，小樓西角斷虹明。闌干倚處，待得月華生。燕子飛來窺畫棟，玉鉤垂下簾旌，涼波不動簟紋平。水精雙枕，旁有墮釵橫。

——臨江汕

和劉輝之作（?）較之，當然立刻便可見到其不同來的。

張先字子野，吳興人，為都官郎中（990～1078）。有《安陸詞》一卷。先與柳永齊名。《古今詩話》載有一段故事：「有客謂子野曰：人皆謂公張三中，即心中事，眼中淚，意中人也。公曰：何不目之為張三影？客不曉。公曰：雲破月來花弄影；嬌柔懶起，簾壓卷花影；柳徑無人，墮飛絮無影；此余平生所得意也。」而「三影」中尤以「雲破月來花弄影」為最著於人口，其全文如下：

水調數聲持酒聽，午醉醒來愁未醒。送春春去幾時回？臨晚鏡，傷流景，往事後期空記省。沙上並禽池上暝，雲破月來花弄影。重重簾幕密遮燈。風不定，人初靜，明日落紅應滿徑。

——《天仙子》

在先的小詞裡，有許多句子真是嬌媚欲泛出紙面，像「聞人話著仙卿字，嗔情恨意遠須喜。何況草長時，酒前頻見伊」（《菩薩蠻》）；「牡丹含露真珠顆，美人折向簾前過。含筆問檀郎：花強妾貌強？檀郎故相惱，剛道花枝好。花若勝如奴，花遠解語無」（《菩薩蠻》）；「密意欲傳，嬌羞未敢。斜偎象板遠偷瞼。輕輕試問借人麼？佯佯不覷雲鬟點」（《踏莎行》）諸語，那一個字不是若十七八女郎之倩笑的。他亦間作慢詞，卻都未見得好。他有技巧而沒有豪邁奔放的氣勢，有纖麗而沒有健全創造的勇力，仍是第一期的詞人。

更有幾個人也可附在第一期中。晏幾道字叔原，殊幼子，監潁昌許田鎮。有《小山詞》。黃庭堅稱共詞能「寓以詩人之句法，清壯頓挫，能動搖人心。」後來論者亦稱其詞聰後，出入於溫，韋之間，而尤勝於大晏。程叔徹說：「伊川聞誦晏叔原『夢魂慣得無拘檢，又踏楊花過謝橋』，笑曰：『鬼語也。』意亦賞之。」他是一個十足的詩人，所以「常欲軒輊人，而不受世之輕重。」雖因此不得在上位，而詞亦因此日工。像：

彩袖殷勤捧玉鍾，當年拚卻醉顏紅。舞低楊柳樓心月，歌盡桃花扇底風。從別後，憶相逢，幾回魂夢與君同。今宵剩把銀釭照，猶恐相逢是夢中。——《鷓鴣天》

可作為他的代表作。

宋祁字子京，安州安陸人。天聖中進士。累官翰林學士承旨。卒贈尚書，諡景文（998～1061）。有《出麾小集》，西洲猥稿。子京詞名甚著，然其詞傳者不多。像《玉樓春》：

東城漸覺風光好，縠縐波紋迎客棹。綠楊煙外曉雲輕，紅杏枝頭春意鬧。浮生長恨歡娛少，肯愛千金輕一笑，為君持酒勸斜陽，且向花間留晚照。

最為膾炙人口，竟使他得了「紅杏枝頭春意鬧尚書」之號。

王安石有詞一卷。以他這樣的一位用世的名臣，宜乎氣格與別的詞人們不同。他的詞脫盡了《花間》的習氣，推翻盡了溫、韋的格調，另自有一種桀傲不群的氣韻，足為蘇、辛作先驅。像《桂枝香》，是其一例：

登臨送目，正故國晚秋，天氣初肅。千里澄江似練，翠峰如簇。征帆去棹殘陽裡，背西風酒旗斜矗。彩舟雲淡，星河鷺起，畫圖難足。念往昔繁華競逐，嘆門外樓頭，悲恨相續。千古憑高，對此漫嗟榮辱。六朝舊事隨流水，但寒煙芳草凝綠。至今商女，時時猶唱《後庭》遺曲。

其實安石的詞，也盡有十分清雋的，像：「晚來何物最關情，黃鸝三兩聲」（《菩薩蠻》）；「塵不到，時時自有春風掃」（《漁家傲》）；「山桃溪右兩三栽，為誰零落為誰開」（《浣溪沙》）諸語。也盡有許多深情繾綣的，如「而今誤我秦樓約，夢闌時，酒醒後，思量著」（《千秋歲引》）；「紅箋寄與煩惱，細寫相思多少。醉後幾行書字小，淚痕都搵了」（《謁金門》）。

四　柳永與東坡：宋代詞人的不同境界

第二期的詞，是慢詞最盛的時代。柳永雖未必為慢詞的創造者，卻是慢詞的代表人。與他抗立的大詞人是蘇軾。軾的門下，如秦七（觀）、黃九（庭堅）等，都是很受永的影響的。所以我們可以說，這一期是柳永及其跟從者的時期。

蘇軾可以說是「非職業」的詞人，柳永則為「職業的」的詞人。蘇軾的一生，愛博而無所不能，以其絕代的天才，雄長於當時的「詞壇」，詩壇，文壇。然柳永的一生，卻專精於「詞」。他除詞外沒有著作，他除詞外沒有愛好，他除詞外沒有學問。相傳宋仁宗留意儒雅，深斥浮豔虛華之文。永則好為淫冶之曲，傳播四方。嘗有《鶴沖天》詞云：「忍把浮名，換了淺斟低唱。」及臨軒放榜時，特落之，說道：「且去淺斟低唱吧，何要什麼浮名。」其後，他另改了一個名字，方才得中。永的初名是三變，字耆卿，樂安人。景祐元年進士。官至屯田員外郎，故世號「柳屯田」。有《樂章集》。他的一生生活，真可以說是在「淺斟低唱」中度過的。他的詞大都在「淺斟低唱」之時寫成了的，他的靈感大都是發之於「倚紅偎翠」的妓院中的，他的題材大都是戀情別緒，他的作詞大都是對妓女少婦而發的，或代少婦妓女而寫的。他的文辭因此便異常淺近諧俗，深投合於妓女階級的口味，為這些妓女階級所能傳唱，所能口唱而心知其意，所能欣賞而深知其好處，所能受感動而悵惘不已。所以他的詞才能流傳極廣，「凡有井水飲處，即能歌柳詞。」但頗為學人所鄙。李端叔說：「耆卿詞，鋪敘展衍，備促無餘。較之《花間》所集，韻終不勝」。孫敦立說：「耆卿詞雖極工，然多親以鄙語。」黃叔暘說：「耆卿長於纖豔之詞，然多近俚俗。」對於他的能諧俗之一點，大約是當時的許多詞人所同意詬病於他的。例如「平生自負風流才調，口兒裡道知張、陳、趙……閻羅大伯曾教來道，人生但不須煩惱，遇良辰，當美景，追歡買笑」（《傳花枝》）；「幾多狎客看無厭，一輩舞童功不到……而今長大嫩婆娑，只要千金酬一笑」（《木蘭花》）之類，誠不免於鄙俗無詩趣。然他的詞格卻不止於這個境地。這些原是他的最下乘的東西。他的名作，其蘊藉動人處，真要「十七八女孩兒按執紅牙拍」以唱之，才能盡達得了來的。蘇軾曾拈出「霜風淒緊，關河冷落，殘照當樓」，以為「唐人佳處，不過如此」。他的情調，幾乎是千篇一律的「羈旅悲怨之辭，閨帷淫媟之語。」然千篇的情調雖為一律，千篇的辭語卻未有相同的。他的詞，百變而不離其宗的是旅思閨情，然卻能以千樣不同的方法，千樣不同的辭意傳達之，使我們並不覺得他們的重複可厭。我們如果讀《花間》、《尊前》過多，往往有雷同冗復之感。在柳永的《樂章集》中，這個缺點，他卻常能很巧妙的避去了。這是他的慢詞最擅長之一點，也是他的最足以使我們注意的一點。我們試讀下面的幾首詞：

洞房記得初相遇，便只合長相聚。何期小會幽歡，變作離情別緒。況值闌珊春色暮，對滿目亂花狂絮，直恐好風光，盡隨伊歸去。一場寂寞憑誰訴？算前言總輕負。早知憑地難拋，悔不當時留住。其奈風流端正外，更別有系人心處。一日不思量，也攢眉千度。

——《晝夜樂》

寒蟬淒切，對長亭晚，驟雨初歇。都門帳飲無緒，方留戀處，蘭舟催發，執手相看淚眼，竟無語凝咽。念去去千里煙波，暮靄沉沉楚天闊。多情自古傷離別，更那堪冷落清秋節。今宵酒醒何處？楊柳岸曉風殘月。此去經年，應是良辰好景虛設。便縱有千種風情，更與何人說。

——《雨霖鈴》

耆卿詞的好處，在於能細細的分析出離情別緒的最內在的感覺，又能細細的用最足以傳情達意的句子傳達出來。也正在於「鋪敘展衍，備足無餘」。《花間》的好處，在於不盡，在於有餘韻。耆卿的好處卻在於盡，在於「鋪敘展衍，備足無餘」。《花間》諸代表作，如絕代少女，立於絕細絕薄的紗簾之後，微露豐姿，若隱若現，可望而不可即。耆卿的作品，則如初成熟的少婦，「偎香倚暖」，恣情歡笑，無所不談，談亦無所不盡。所以五代及北宋初期的詞，其特點全在含蓄二字，其詞不得不短雋。北宋第二期的詞，其特點全在奔放鋪敘四字，其詞不得不繁辭展衍，成為長篇大作。這個端乃開自耆卿。

耆卿的影響極大。秦少游本以短雋擅場，卻也逃不了耆卿的範圍。《高齋詞話》說：「少遊自會稽入都，見東坡。東坡曰：『不意別後，公卻學柳七作詞。』少遊曰：『某雖無學，亦不至如是。』東坡曰：『銷魂當此際，非柳七語乎？』」少遊至此，也只好愧服了。少遊如此，其他更可知了。東坡詞雖取境取意與柳七絕異，然在奔放鋪敘一方面，當也是暗受耆卿勢力的籠罩的。

蘇軾的的影響，在當時雖沒有柳七大，然實開了南宋的辛、劉一派，成為詞中的一個別支。故論者每以為東坡的小詞似詩，又以為東坡「以詩為詞，如雷大使之舞，雖極天下之工，要非本色」（陳師道語）。東坡他自己也嘗說：「生平有三不如人。」謂著棋，吃酒，唱曲也。他的詞「雖工而多不入腔，蓋以不能唱曲故耳。」晁補之也說：「東坡居士詞，人謂多不諧音律。然橫放傑出，自是曲子中縛不住者。」但東坡詞實有兩個不同的境界。這兩個境界，固不同於《花間》，也有異於柳七。一個境界是「橫放傑出」，不僅在作「詩」，直是在作史論，在寫遊記。例如《念奴嬌》：

> 大江東去，浪淘盡千古風流人物。故壘西邊，人道是三國周郎赤壁。亂石穿空，驚濤拍岸，捲起千堆雪。江山如畫，一時多少豪傑。遙想公瑾當年，小喬初嫁了，雄姿英發。羽扇綸巾談笑間，強虜灰飛煙滅。故國神遊，多情應笑我早生華髮。人生如夢，一尊還酹江月。

以及「如老夫聊發少年狂，左牽黃，右擎蒼」（《江城子》），「荷蕢過山前，曰，有心也哉此賢」（《醉翁操》）諸詞皆是。這一個境界，所謂「橫放傑出」者，誠不是曲中所能縛得住的。不過像《減字木蘭花》：「賢哉令尹，三仕己之無喜慍。我獨何人，猶把虛名玷縉紳。不如歸去，二頃良田無覓處。歸去來兮，待有良田是幾時？」卻有點過於枯瘠，無絲毫詩意含蓄著，乃是他的詞最壞的一個傾向。

然東坡的詞境，遠有另一個境地，另一種作風。這便是所謂「清空靈雋」作品。這使東坡成了一個絕為高尚的詞人。黃庭堅謂東坡的《卜運算元》一詞：「語意高妙，似非吃煙火食人語。」胡寅謂：「詞在東坡，一洗綺蘿香澤之態，使人登高望遠，舉首浩歌，超乎塵埃之外。於是《花間》為皁隸，柳氏為輿台矣。」張炎說：「東坡詞，清麗舒徐處，高出人表，周、秦諸人所不能到。」這些好評，非在這一個境界裡的詞，不足以當之。像：

月掛疏桐，漏斷人初靜。時見幽人獨往來，縹渺孤鴻影。驚起卻回頭，有恨無人省。揀盡寒枝不肯棲，寂寞沙洲冷。

——《卜運算元》

冰肌玉骨，自清涼無汗。水殿風來暗香滿。繡簾開，一點明月窺人，人未寢，欹枕釵橫鬢亂。起來攜素手，庭戶無聲，時見疏星渡河漢。試問夜如何？夜已三更。金波淡，玉繩低轉。但屈指西風幾時來，又不道流年暗中偷換。

——《洞仙歌》

讀了這一類的詞，我們還忍說他須「關西大漢」執銅琵琶，鐵綽板來唱麼？還忍責備他不諧音律麼？將這些清雋無倫的諸詞，雜置於矯作「綺羅香澤之態」的諸詞中，真如逃出金鼓喧天的熱鬧場，而散步於「一天涼月清於水」，樹影倒地，花香微聞的僻巷，其雋永誠可久久吟味的。他的詞集，有東坡居士詞。

五　蘇門四學士的詞藝風華

黃庭堅、秦觀、晁補之、張耒四人，被稱為蘇門四學士。然在詞一方面，他們四個人，差不多都可以說不曾受過東坡什麼影響。庭堅自有其獨到之處。觀則雜受《花間》、柳七之流風而融治之於一爐。晁、張二人則間有可喜的雋語而已，並不是什麼大家。

黃庭堅（1045～1105）有《山谷詞》。他的詞，可分為兩個完全不同的方面。第一方面是傳統的作品，第二方面卻是他自己所大膽特創的作風。他的傳統的詞，頗有人批評之，如晁補之所謂：「黃魯直小詞固高妙，然不是當行家語，是著腔子詩。」至於第二方面的作品，論者則直以「時出俚淺，可稱傖父」（陳師道語）二語抹煞之而已。但像「銀燈生花如紅豆，占好事如今有。人醉曲屏深，借寶瑟輕招手。一陣白蘋風，故滅燭教相就」（《憶帝京》）云云，即在一般傳統的作品中也不能不算是佳作。若他的第二方面的特創之作，則恐怕除了當時的俗客歌伎之外，所謂雅士文人是再也不會賞識她們的了。在這方面的作品裡，他儘量的引用了當時的方言俗語入詞；更儘量的模擬著當時流行的民歌的作風。他的大膽的解放，可說是「詞史」上所未曾有的。柳永曾被論者同聲稱為「鄙俗」，然《東章集》中引用俗語方言之處，如庭堅之「奴奴睡也奴奴睡」（《千秋歲》）；「有分看伊，無分共伊宿，一貫一文蹺十貫，千不足，萬不足」（《江城子》）諸句，卻從來不曾見過。永的詞，畢竟遠是文人學士的詞。若庭堅的詞，則真寫一般市井人所完全明白，所完全知道其好處者。

> 對景還銷瘦，被個人把人調戲，我也心裡有。憶我又喚我，見我喚我。天甚教人怎生受！看承幸廝勾，又是樽前眉峰皺。是人驚怪，冤我忒撋就，拚了又舍了，一定是這回休了。及至相逢又依舊。
>
> ——《歸田樂引》

更有許多首，雜著好些北宋時代的方言俗語，非今日所能解，只好不引之了。他有時也染豐最壞的民歌的習氣，以文字為遊戲。例如：「你共人女邊著子，爭知我門裡挑心」（《兩同心》）；「似合歡桃核，真堪人恨，心兒裡有兩個人人」（《少年心》）。「女邊著子」是「好」字，「門裡挑心」是「悶」字，「人」

字蓋即「仁」字的諧音。庭堅自言，法秀道人曾誡他說：「筆墨勸淫，應墮犁舌地獄。」他答曰：「不遇空中語耳。」他又說，晏幾道詞較他尤為纖淫，應墮何等地獄！其實幾道的情語戀辭，那裡有他那麼樣的深刻。

秦觀（1049～1100）有《淮海詞》。晁補之說：「近來作者皆不及少遊。如『斜陽外，寒鴉數點，流水繞孤村』，雖不識字人亦知是天生好言語。」蔡伯世說：「子瞻辭勝乎情，耆卿情勝乎辭，辭情相稱者唯少遊而已。」然他的氣魄卻沒有耆卿大，他的韻格卻沒有子瞻高，在大膽創造一方面，他的能力，竟也沒有魯直那麼雄厚。他是一個謹慎小心的作者，是一個深刻尖峻的詩人，最善於置景藉辭，遣情使語的。他的小令，受《花間》及第一期作家的影響很深，確有許多不可磨滅的名言雋語，足以令人諷吟不已，像：

遙夜沉沉如水，風緊驛亭深閉。夢破鼠窺燈，霜送曉寒侵被。無寐無寐，門外馬嘶人起。

——《憶仙姿》

他的慢詞，則頗受影響於柳永；子瞻曾經指出，他自己也曾預設。但他的慢詞畢竟不是柳永的；他自有一種婉約輕圓的作風，為永所不能及。

今試舉一例如下：

山抹微雲，天黏衰草，畫角聲斷譙門。暫停征棹，聊共引離尊。多少蓬萊舊事，空回首煙靄紛紛。斜陽外，寒鴉數點，流水繞孤村。消魂當此際，香囊暗解，羅帶輕分，漫贏得青樓薄倖名存。此去何時見也，襟袖上空染啼痕。傷情處，高城望斷，燈火已黃昏。

——《滿庭芳》

相傳少遊性不耐聚稿，間有淫章醉句，輒散落青簾紅袖間。故今傳者並不甚多。

晁補之（1053～1101）有《雞肋詞》、《逃禪詞》。陳質齋以為補之詞，佳者不遜於秦七、黃九。然補之的詩才本不甚高，即其最佳的作品，視之秦七，黃九也實在不及。他沒有秦七那麼婉約多姿，也沒有黃九那麼蒼勁有力。

張耒（1052～1112）在元祐諸詞人中，作詞最少。諸人皆有詞集，耒則無之。計其所作，僅《風流子》及《少年遊》、《秋蕊香》三詞傳於世而已。然此三詞皆甚有風致。像《秋蕊香》：

簾幕疏疏風透，一線香飄金獸。朱闌倚遍黃昏後，廊下月華如晝。別離滋味濃如酒，令人瘦。此情不及牆東柳，春色年年依舊。

六　宋代文壇諸多詞人的藝術風華

這時代的詞人如夏雲春雨似的綿綿不絕。蘇、柳、黃、秦外，更有賀鑄、李之儀、陳師道、毛滂、程垓、謝逸、周紫芝、晁沖之、陳克、李廌、王觀、張舜民諸家。

賀鑄字方回，衛州人。元祐中，通判泗州，又倅太平州。退居吳下，自號慶湖遺老（1063～

1120）。有《東山寓聲樂府》。張耒謂：「賀鑄《東山樂府》妙絕一世。盛麗如遊金、張之堂，妖治如攬嬙、施之怯，幽索如屈、宋，悲壯如蘇、李。」陸游云：「方回狀貌奇醜，俗謂之賀鬼頭。其詩文皆高，不獨工長短句也。」鑄月小築，在姑蘇盤門之外十餘里，地名橫塘。方回往來其間，作《青玉案》云：

> 凌波不過橫塘路，但目送芳塵去。錦瑟年華誰與度？月台花榭，綺窗朱戶，唯有春知處。碧雲冉冉蘅皋暮，彩筆新題斷腸句。試問閒愁都幾許？一川菸草，滿城風絮，梅子黃時雨。

此詞盛傳於世。後黃庭堅贈以詩云：「解道江南腸斷句，只今唯有賀方回。」周紫芝云：「方回少為武弁。小詞有『梅子黃時雨』之句，人呼為賀梅子。」

李之儀字端叔，無棣人。歷樞密院編修官，通判原州。徽宗初，提舉河東常平。坐事編管太平。遂居姑熟。有《姑溪詞》。他的小詞，殊「清婉峭蒨」。毛晉說，之儀的小令「更長於淡語，景語，情語」。之儀的「淡語」或未為當時鬥紅競綠的詞人們所賞。然像《卜運算元》：「我住長江頭，君住長江尾。日日思君不見君，共飲長江水。此水幾時休？此恨何時已？只願君心似我心，定不負相思意。」直是《子夜辭》、《讀曲歌》中的最好之作。

陳師道有《後山長短句》。他自己於詞頗自矜許。但實未足以與秦、黃並驅。毛滂字澤民，江山人。嘗知武康縣，又知秀州。有《東堂詞》。其中，小令特多，但慢詞亦有甚工者。程垓字正伯，眉山人，為東坡中表之戚。有《書舟詞》。其「沉木熨香年似日，薄雲垂帳夏如秋」（《望江南》）諸語，為《古今詞話》所賞；楊慎也甚稱其《酷相思》諸作。謝逸字無逸，臨川人，第進士。有《溪堂詞》。他的《花心動》：「風裡楊花輕薄性，銀燭高燒心熱。香餌懸鉤，魚不輕吞，辜負釣兒虛設。桑蠶到老絲長絆，針灸眼淚流成血。思量起黏枝花朵，果兒難結。」沈天羽謂：「此詞句句比方，用《小雅．鶴鳴》篇體也。」

周紫芝字少隱，宣城人。舉進士。為樞密編修，守興國。有《竹坡詞》。孫競序他的詞，以為「竹坡樂章，清麗婉曲，非苦心刻意為之。」既非苦心刻意為之，故頗饒自然之趣。像《醉落魄》：

江天雲薄，江頭雪似楊花落。寒燈不管人離索，照得人來，真個睡不著。歸期已負梅花約，又還春動空飄泊。曉寒誰看伊梳掠？雪滿西樓，人坐闌干角。

晁沖之字叔用，一字川道，鉅野人，有《具茨集》。他是補之的從兄弟。他的詞，也頗有情致。

陳克字子高，臨海人，僑寓金陵。元豐間，以呂安老薦入幕府，得官。有《赤城詞》。陳質齋以為「子高詞格頗高麗，晏、周之流亞也。」以「高麗」二字評克的詞，克誠足以當之無愧。如他的《菩薩蠻》：

綠蕪牆繞青苔院，中庭日淡芭蕉卷。蝴蝶上階飛，風簾自在垂。玉鉤雙語燕，寶甃楊花轉。幾處簸錢聲，綠窗春夢輕。其情韻頗清峻。他亦間有感時憤語，像「四海十年兵不解，……疏髩渾如雪，衰涕欲生冰，……別愁深夜雨，孤影小窗燈」（《臨江仙》），當是晚年過亂以後的作品。李廌字方叔，不第，遂絕意進取。定居長社，有《月岩集》。他的詞時有佳句，不同凡響。杜安世字壽域，京兆人，有詞一卷。他的《卜運算元》：「樽前一曲歌，歌裡千重意。才欲歌時淚已流，恨更多於淚！試問緣何事，不語渾如醉。我亦情多不忍聞，怕和我成憔悴。」意雖淺近，情卻甚深。王觀字通叟，官翰林學士。賦應制詞，宣量仁太后以其近褻謫之。自號逐客。有《冠柳詞》。黃昇以為「通叟詞名《冠柳》，至《踏青》一詞，風流楚楚，又不獨冠柳詞之上也。」陳質齋則深貶之，以為「逐客詞風格不高；以《冠柳》自名，則可見矣。」他當然受了不少柳永的影響，像「晴則個，陰則上，飽飣得天氣有許多般。須教撩花撥柳，爭要先看，不道吳綾繡襪，香泥斜沁幾行斑。東風巧。盡收翠綠，吹上眉山。」（《慶清朝慢》）還不顯然的是柳詞麼？韋驤字子駿，錢塘人。皇祐五年進士。累官尚書主客郎中，夔州路提點刑獄。有詞一卷。其作風頗帶些激昂豪放之氣，顯然可見出其為第一二期中間的人物。那時《花間》的影響已微，柳、蘇的變調方始，像韋氏那樣的疏暢明白的小詞，恰正是「及時當令之作」。

生可意，只說功名貪富貴。遇景開懷，且盡生前有限杯。韶華幾許，鶗鴂聲殘無覓處。莫自因循，一片花飛減卻春。

——《減字木蘭花》

張舜民字藝叟，邠州人。元佑初，除監察御史。徽宗朝為吏部侍郎。以龍圖閣待制，知同州。坐元祐黨，貶商州卒。舜民自號浮休居士，又號齋齊。娶陳師道之姊。有《畫墁集》，詞附。他「為文豪重，有理致。最刻意於詩。晚年為樂府百餘篇。自序云：年逾耳順，方敢言詩白世之後，必有知音者」（《郡齋讀書志》）。

宗室貴戚能詞者，在這個時代亦甚多。如安定郡王趙令時及駙馬都尉王詵等，皆是當代很著名的作家。令時字德麟，燕懿王玄孫。元佑中，簽書潁州公事，歷右朝請大夫。後為寧遠軍承宣使，同知行在大宋正事。有《聊復集》。德麟詞輕圓嬌憨，很有些傳誦人口之作。嘗夜過東坡家，飲梅花下，曾有題《會真記鳳棲梧》云：「錦額重簾深幾許，只是低頭，怕受他人顧。強出嬌嗔無一語，絳綃頻掩酥胸素。」

王詵字晉卿，太原人，徙開封，尚英宗女魏國大長公主。歷官定州觀察使，開國公，駙馬都尉。謚榮安。黃庭堅以為：「晉卿樂府清麗幽遠，工在江南諸賢季孟之間。」他有歌姬名囀春鶯。他得罪外謫，姬為密縣人所得。晉卿南還至汝陰道中，聞歌聲，曰：「此囀春鶯也。」訪之，果然。因賦詩云：「佳人已各沙吒利，義士曾無古押衙。」尋復歸晉卿。晉卿嘗作《憶故人》：「燭影搖紅向夜闌，乍酒醒心情懶。尊前誰為唱陽關，離恨天涯遠」云云。徽宗喜其詞意，遂令大晟府別撰腔。周邦彥增益其詞，即名為《燭影搖紅》。

又有婦人作家魏夫人，所作詞殊為蘊藉秀媚。朱熹道：「本朝婦人能文者唯魏夫人及李易安二人而已。」夫人，襄陽人，道輔之姊，曾布丞相之妻，封魯國夫人。《雅編》云：「魏夫人有《江城子》，《卷珠簾》諸曲，膾炙人口。其尤雅正者則《菩薩蠻》……深得《國風．卷耳》之遺」（《詞林紀事引》）。

七　北宋詞人與其代表作品：詞壇巨匠的華麗時代

第三期是北宋詞的成熟期。慢詞到此，已成了最流行的一體，在意境上，在情調上，皆已無所增長。於是只好在遣辭用句上著意，只好在音律上留心，只好在撫寫物態上用力。這一期，周邦彥的影響籠罩了一切。

周邦彥字美成，錢塘人。歷官祕書監。進徽猷閣待制，提舉大晟府。出知順昌府，徙處州卒。有《清真集》。強煥序其詞道：「美成詞摹寫物態，曲盡其妙。自題所居日顧曲堂。」邦彥以進《汴都賦》得官。提舉大晟府時，每制一詞，名流輒為賡和。方千里及楊澤民全和之，或合為《三英集》行世。美成與汴妓李師師繼著，師師欲委身而未能。一夕，徽宗幸師師家，美成倉卒不能出，匿複壁間，遂制《少年遊》以紀其事。徽宗知而譴發之。師師餞送他，美成復作《蘭陵王》詞，有「長亭路，年去歲來，應折柔條過千尺」之句。師師於徽宗前歌之。徽宗即復招他回來。自此便很寵待他。美成詞大抵皆「圓美流轉如彈丸」。長調尤善鋪敘，富豔精工，紆徐反覆，能道盡所蓄之意，而下字用韻又皆有法度。故沈伯時說：「作詞當以《清真集》為主。」後人以美成詞為圭臬的真是不少。然他每用唐人詩語，隱括入律。劉潛夫說：「美成頗偷古句。」張叔夏說：「美成詞渾厚和雅，善於融化詩句。」這一點頗足以見出他想像的枯窘。然他雖偷古句，而每使人仍覺其新鮮可喜。

像六醜：

正單衣試酒，恨客裡光陰虛擲。願春暫留；春歸如過翼，一去無跡。為問家何在？夜來風雨，葬楚宮傾國。釵鈿墮處遺香澤，亂點桃蹊，輕翻柳陌，多情為誰追惜？但蜂媒蝶使時叩窗隔。東園岑寂，漸蒙籠暗碧，靜繞珍叢底，成嘆息。長條故惹行客，似牽衣待話，別情無極。殘英小，強簪巾幘，終不似一朵釵頭顫裊，向人欹側。漂流處，莫趁潮汐；恐斷鴻尚有相思字，何由見得。

可算是他的典型之作。

同時的作家，有晁端禮、万俟雅言、呂渭老、向子諲、曹組、蔡伸、趙長卿、葉夢得、向鎬、王灼、陳與義、吳則禮諸人。

晁端禮字次膺，熙寧六年進士。晚以承事郎為大晟府協律，有《閒適集》。万俟雅言自號詞隱，崇寧中充大晟府制撰，與晁端禮按月律進詞。有《大聲集》。呂渭老（一作濱老）字聖求，秀州人，宣和末朝士。有《聖求詞》。趙師秀說：「聖求詞婉（媚）深窈，視美成、耆卿伯仲。」楊慎謂：「呂聖求在宋不甚著名，而詞極工……諸調佳處不讓少遊。」

向子諲字伯恭，臨江人。建炎初，直龍圖閣，江淮發運副使。為黃潛善所斥。後遷戶部侍郎（1086～1153）。他自號薌林居士，有《酒邊集》。胡致堂說：「薌林居士步趨蘇堂，而嚌其胾者也。」以今觀之，他的詞實在是追隨東坡不上；但有一個好處，便是不刻琢。像《鷓鴣天》：

說者分飛百種猜，泥人細數幾時回。風流可慣長孤冷，懷抱如何得好開。垂玉箸，下香階，並肩小語更兜鞋。再三莫遣歸期誤，第一頻教入夢來。

曹組字元寵，潁昌人，宣和三年進士。有寵於徽宗，曾賞其《如夢令》：「風弄一枝花影」，及《點絳唇》：「暮山無數，歸雁愁邊度」句。蔡伸字仲道，莆田人，宣和中，官彭城倅。歷左中大夫。有《友古詞》。伸喜引古句入詞，往往是生硬不化。趙長卿自號仙源居士，南豐宗室，有《惜香樂府》。頗多淡而有致的情語，如：「人道長眉如遠山，山不似長眉好」（《卜運算元》）；「客路如天杳杳，歸心特地寧寧」（《朝中措》）。葉夢得字少蘊，吳縣人。紹聖四年進士，除戶部尚書，以崇信軍節度使致仕（1077～1144）。有《石林詞》。關子東說：「葉公妙齡，詞甚婉麗。晚歲落其華而實之，能於簡淡，時出雄傑，合處不減東坡。」但像他的「疊鼓鬧春曉，飛騎引雕弓」（《水調歌頭》）之類，實並不「雄傑」。還是「江南夢斷橫江渚，浪黏天，葡萄漲綠，半空煙雨」（《賀新郎》）之類，比較得當行些。向鎬字豐之，河內人，有《喜樂詞》。他和黃庭堅一樣，也頗喜用當時的白話寫詞，因此，很有些今已不能懂得的句子。

像《如夢令》：「誰伴明窗獨坐？我和影兒兩個。燈燼欲眠時，影也把人拋躲。無那，無那，好個恓惶的我。」其作風和時人是格格不相入的。朱敦儒字希真，洛陽人。少年時以布衣負重名。靖康間，召至京師，不肯就官。南渡後，為祕書省正字。秦檜當國，以他為鴻臚少卿。檜死，他遂廢黜。有《樵歌》。《宋史》本傳稱他：「素工詩及樂府。婉麗清暢。」黃昇稱他：「天資曠逸，有神仙風姿。」汪叔耕說他的詞：「多塵外之想；雖雜以微塵，而其清氣自不可沒。」像《好事近》：

搖首出紅塵，醒醉更無時節。活計綠蓑青笠，慣披霜沖雪。晚來風定釣絲閒，上下是新月。千里水天一色，看孤鴻明滅。

乃是他的代表作。王灼字晦叔，遂寧人，有《頤堂詞》。他作《碧雞漫志》，對於詞的製作，頗有些可存的意見。但他自己所作，卻不過「平穩」而已。

陳與義字去非，本蜀人，後徙居河南葉縣。紹興中，拜翰林學士，知制誥，參知政事（1090～1138）。有《無住詞》。黃昇云：「去非詞雖不多，語意超絕。識者謂可摩坡仙之壘。」但他的詞，實不能「摩坡仙之壘。」像《臨江仙》：「憶昔午橋橋上飲，坐中都是豪英。長溝流月去無聲。杏花疏影裡，吹笛到天明」云云，已是最好的例子了。吳則禮字子副，富川人，官至直祕閣，知虢州。晚居豫章，自號北湖居士。有《北湖集》五卷，附詞。則禮詞多慷慨激昂之作，像《江樓令》：「憑欄試覓紅樓句，聽考考城頭暮鼓。數騎翩翩度孤戍，盡雕弓白羽。」當已開了辛棄疾的先路。

八　宋代女詞人李清照：詞作與生平一瞥

但在這個時代裡，如雙白玉柱似高出一般詞人之上者卻有趙佶和李清照二人。

趙佶（宋徽宗）的天才，不下於李煜，其生平際遇，也很有似於李煜。他初期的生活，在極綺麗清閒中度過。他知道如何的享樂。他是一個最好的文人學士，但可惜他卻是一位必要擔負天下事的皇帝。因此，他一放鬆了自己，而天下事便弄得不可收拾。金人乘機而入，他遂與他的兒子欽宗一同被虜北去。他後半期的生活，便在北地度過極人世不堪忍受的種種痛苦。他的詞集不傳，今所有者，皆從時人筆記選本中零星見到。後期的作品尤為寥寥可數。所以我們研究他的作品，最痛苦的便是覺得材料太少。但即就那些少數的作品中，他的天才也已深為我們所認識了。他的生活，既有截然不同的兩個時期，他的作風與情調，便也有了兩個截然不同的方面。在他的第一期倚紅偎翠的皇家生活裡，他的詞是舒緩的，是綺麗的，是樂生的，是「絳燭朱籠相隨」，是「籠樓一點玉燈明，簫韶遠，高宴在蓬瀛」，是「共乘歡，爭忍歸來，疏鐘斷，聽行歌猶在禁街」，是「鳳帳籠簾縈嫩風，御坐深翠金間繞」。到了他的第二期「終日以眼淚洗面」的俘虜時代，他的情緒便緊張了，便淒涼了，便迫切了；他不再作快樂的夢了；他也學李煜一樣的在遠離祖國的北地作著悲憤的詞：

玉京曾憶舊繁華，萬里帝王家。瓊樓玉殿，朝喧絃管，暮列笙琶。花城人去今蕭索，春夢繞胡沙。家山何處？忍聽羌管，吹徹梅花！

——《眼兒媚》

這還不與李煜的「無限江山，別時容易見時難」如出一模麼?至如佶的《燕山亭》：

裁翦冰綃，輕疊數重，冷淡燕脂勻注。新樣靚妝，豔溢香融，羞殺蕊珠宮女。易得凋霧，更多少無情風雨。愁苦，閒院落，淒涼幾番春暮，憑寄離恨重重，這雙燕何曾會人言語。天遙地遠，萬水千山，知他故宮何處！怎不思量，除夢裡有時曾去。無據，和夢也新來不做！

則似乎比李煜的「遠似舊時游上苑，車如流水馬如龍」更為深入一重了。

李清照是宋代最偉大的一位女詩人，也是中國文學史上最偉大的一位女詩人。她的詞集凡六卷，她的文集也有七卷。今所傳的詩詞，不過寥寥的數十首而已。這個損失，大有類於希臘之損失了她的最大的女詩人莎孚（SAPHO）的大部分的作品一樣。然即在那些殘餘的「劫灰」裡，仍可充分的見出她的晶光照人的詩才來。她的五七言詩並不甚好；她的歌詞卻是她的絕調。像她那樣的詞，在意境一方面，在風格一方面，都可以說是「前無古人，後無來者」。她是獨創一格的，她是獨立於一群詞人之中的。她不受別的詞人的什麼影響，別的詞人也似乎受不到她的什麼影響。她是太高絕一時了，庸才的作家是絕不能追得上的。無數的詞人詩人，寫著無數的離情閨怨的詩詞。他們一大半是代女主角立言的。這一切的詩詞，在清照之前，直如糞土似的無可評價。她自號易安居士，濟南人。父名格非，也是一位很有名的文士。母王氏，也能寫文章。她於二十一歲時嫁給太學生趙明誠，明誠又是一位文士。他們的家庭生活，據易安的自述，是十分的快樂的。在這個時候，她的詞似乎是已達到了最高的境界。所有好詞，在這時作的最多。他們結縭未久，明誠便出遊。易安奇他之小詞很多。有一次她以《重陽醉花陰》詞函致明誠。明誠思勝之，一切謝客，廢寢忘食者三日夜，得五十餘闋，雜易安作以示友人陸德夫。德夫玩誦再三，說道：「有三句乃絕佳。」明誠詰之，他道：「莫道不消魂，簾卷西風，人比黃花瘦。」正是易安之作！在金兵南侵之時，他們流徙四方以避之，家業喪失十之七八。明誠又病死。此時以後，她的生活便很艱苦。在這時候，她的詞，也寫得不少。我們在她的詞裡，還約略看得出她這一個時期的生活情形。要引起例來，真該引得不少。這裡姑舉幾首：

尋尋覓覓，冷冷清清，淒淒慘慘戚戚。乍暖還寒時候，最難將息。三杯兩盞淡酒，怎敵他晚來風急！雁過也，正傷心，卻是舊時相識。滿地黃花堆積，憔悴損，而今有誰堪摘？守著窗兒，獨自怎生得黑！梧桐更兼細雨，到黃昏點點滴滴。這次第，怎一個愁字了得。

——《聲聲慢》

風住塵香花已盡，日晚倦梳頭。物是人非事事休！欲語淚光流。聞說雙溪春尚好，也擬泛輕舟。只恐雙溪舴艋舟，載不動許多愁。

——《武陵春》

江西詩派

這一章主要討論了宋代文學中的江西詩派，以下是本章的主要內容：

江西詩派：宋代詩壇的真實詩人：章節開始介紹江西詩派，強調他們是宋代詩壇上真實的詩人，具有獨特的詩風和文學傳統。

江西詩派：宋代文壇的真實詩人傳承：本部分探討江西詩派的文學傳統，以及他們如何承襲了前人的文學遺產並發展出獨特的風格。

江西詩派的諸大詩人及其作品特色：章節中介紹了江西詩派的一些重要詩人，並突出了他們各自詩風的特色，包括陸游、辛棄疾、文天祥等。

江西詩派的後續詩人及其詩風特色：本部分繼續討論江西詩派的後續詩人，探討他們如何繼承了該派的傳統，並發展出自己的詩風。

江西詩派的影響及對後來詩壇的評價：最後，章節中討論江西詩派對後來詩壇的影響，以及他們在文學史上的地位和評價。

整體來說，這一章旨在探討江西詩派在宋代文學中的重要性，以及他們獨特的詩風和影響力。

一　江西詩派：宋代詩壇的真實詩人

宋代的五七言詩，經過了「西崑體」，經過了梅、蘇、歐陽，經過了蘇軾，已是風格屢變了；但還沒有一派規模極大，足以影響到後來詩人們的詩派出來。「西崑體」雖獨霸詩壇四十年，但只是台閣體。且他們也並不是什麼了不得的天才作家們，足以引道了一大群人走的，故對於一般詩人們無甚重大的印象與壓迫。當時歐陽修雖在錢唯演的幕中，卻也不受其所染。蘇軾雖是一位天才的詩人，他的風格卻是不名一宗的。他是行雲流水似的馳騁其橫絕一代的詩才，完全為了自適其趣，並沒有要提倡什麼的意思。蘇門諸子，雖一時奔湊其門庭，卻各有其特殊的風格，並不怎樣跟隨了蘇軾走去，——其實他的闊大流轉的風格也真不容易學。在他的詩裡，曾有一部分是寫得很深澀險峻，大似黃庭堅、陳師道的所作。但到底是東坡無意中受他們的影響呢，還是黃、陳是推演了東坡這一種的作風而發揚光大之的，卻還不可知。真實的為宋詩開闢了一條大道的，乃是黃、陳二人所領導著的江西詩派。在江西詩派裡，包括了蘇軾以後的許多偉大的詩人，其影響直到了南宋而未已。較之「西崑派」，其勢力是更為可觀的；其活動是更深入於文人的社會裡的，不僅僅表現於浮面的館閣之士中間而已。他們並不以詩為戲，並不以詩為唱酬敷衍之具。他們是真實的以詩為其第二生命的。他們苦吟，他們專心一志的要將其全心全意表現在詩裡，他們寫出他們自己所要說的話，而又那樣的千錘百煉以出之。有一段故事，最足以表現這一派作家的精神。朱熹《語錄》說：「黃山谷詩云：閉門覓句陳無己，對客揮毫秦少游。陳無己平時出行，覺有詩思，便急歸擁被，臥而思之，呻吟如病者。或累日而後起。真是閉門覓句者也。」《文獻通考》也說：「石林葉氏曰：世言陳無己每登覽得句，即急歸臥一榻，以被蒙首，惡聞人聲，謂之吟榻。家人知之，即貓犬皆逐去，嬰兒稚子亦抱寄鄰家。徐待詩成，乃敢復常。」這和唐詩人賈島的驢上吟詩，李賀的「嘔出心肝」的情形是無殊的。為了他們是這樣認認真真的做著詩，一點也不苟且，一步也不放鬆，直是以整個生命赴之的，故遂卓然有了一個特殊的詩的風趣，成為後人追蹤逐跡的中心之一。

二　江西詩派：宋代文壇的真實詩人傳承

所謂江西詩派，於黃、陳二人外，更有不少詩人們附於其中。宋陳振孫的《直齋書錄解題》（卷十五）著錄《江西詩派》一百三十七卷，《續派》十三卷，「自黃山谷而下三十五家（？）。又曾紘、曾思父子詩，詳見詩集類。」是所謂江西詩派者，連曾氏父子在內，共包括了三十七人了。陳氏不著此二書的編者。《宋史·藝文志》則著錄著：「呂本中《江西宗派詩集》一百十五卷，曾紘《江西續宗派詩集》二卷」（雖卷數有異，當即同書）。是二書的編者為呂本中與曾紘。但據宋人的記載，呂本中所作者為《江西詩社宗派圖》，其有無同時並編作此詩集，則不可知。或是書坊見呂氏《宗派圖》而集了派中詩人們之所作而編就的罷。本中《宗派圖》所列為二十五人。《苕溪漁隱叢話》說：「呂居仁近時以詩得名，自言傳衣江西。嘗作宗派圖。自豫章（黃庭堅）以降，列陳師道、潘大臨、謝逸、洪芻、饒節、僧祖可、徐俯、洪朋、林敏修、洪炎、汪革、李錞、韓駒、李彭、晁沖之、江端本、楊符、謝薖、夏倪、林敏功、潘大觀、何覬、王直方、僧善權、高荷合二十五人，以為法嗣，謂其源流皆出豫章也。」《雲麓漫抄》曾載居仁《宗派圖序》的大略：

古文衰於漢末。先秦古書存者為學士大夫剽竊之資。五言之妙，與《三百篇》、《離騷》爭烈可也。自李、杜之出，後莫能及。韓、柳、孟郊、張籍諸人，自出機杼，別成一家。元和之末，無足論者。衰至唐末極矣。然樂府長短句有一倡三嘆之致。國朝文物大備。穆伯長、尹師魯始為古文，盛於歐陽氏。歌詩至於豫章始大，出而力振之。後學者同作並和，盡發千古之祕，亡餘蘊矣。錄其名字曰「江西宗派」。其源流皆出豫章也。這把江西詩派的源流說得很明白。但居仁所錄者，並黃庭堅只有二十六人。陳振孫所謂「三十五家」，除呂居仁外（陳氏將呂氏列入宗派內），今已不知其他八人為何姓名。或者，這八人乃是曾紘《續宗派》裡所選錄的罷。但曾氏《續宗派詩集》僅十三卷（《宋史》僅作二卷），未必便錄有八九人之多。也許陳氏所謂「三十五家」乃是「二十五家」的錯誤罷。曾氏所錄的《續宗派詩集》或僅增加了呂本中一家，或僅僅是補苴罅漏的罷。我們看了陳氏所著錄的江西派諸詩人的詩文集（陳氏著錄林敏功到江端本諸人詩集，明注出「皆入詩派」云云），無出二十六人（連呂本中）外者，便知這個假定是很有可能的。故現在所知的江西詩派，其中包括著黃山谷以下，到呂本中及曾氏父子，共計有二十九人。在這二十九人裡，當時雖各有詩集，但今日所存者則不過寥寥數人而已。

三　江西詩派的諸大詩人及其作品特色

黃庭堅是江西詩派的開山祖。庭堅字魯直，洪州分寧人，舉進士。為葉縣尉，歷祕書丞。紹聖初，坐事貶涪州別駕，黔州安置。建中靖國初召還，知太平州。復除名，編管宜州卒。自號山谷老人，後又自號涪翁。有《豫章集》。庭堅與蘇軾交往甚密，世以為蘇門六君子之一。他的詩極得時譽，或以為在軾之上。王直方《詩話》說：「山谷舊所作詩文，名以《焦尾》、《弊帚》。秦少游云：每覽此編，輒悵然終日，殆忘食事，邈然有二漢之風。今交遊中以文墨稱者，未見其比。」《苕溪漁隱叢話》說：「元祐文章稱蘇、黃。時二公爭名，互相譏誚。東坡嘗云：魯直詩文，如蝤蛑江瑤柱，格韻高絕，盤餐盡廢。然不可多食。多則發風動氣。山谷亦云：蓋有文章妙一世而詩句不逮古文者。此指東坡而言也。張巨山云：山谷古律詩酷學少陵，雄健太過，遂流而入於險怪。要其病在太著意，欲道古今人所未道語也。」《詩林廣記》也載著：「《豫章先生傳贊》云：山谷自黔州以後，句法尤高，筆勢放縱，實天下之奇作。自宋興以來，一人而已。」時人是那樣的讚頌著他，而他的詩的謹嚴整密，別具風趣，也實足以傾倒了當時的許多人。陳無己為詩高古，目無古人，獨自言師庭堅。這可見庭堅造詣的深邃程度了。像《題花光為曾公究作水邊梅》：

梅蕊觸人意，冒寒開雪花。遙憐水風晚，片片點汀沙。

雖是短短的一首小詩，也是錘煉得很細密的。又像《題竹石牧牛圖》：

野次小崢嶸，幽篁相依綠阿童三尺箠，御此老觳觫。石吾甚愛之，勿遣牛礪角。牛礪角尚可，牛殘門我竹。

句法雄健，體制甚新，宜其足以開創了一大派。

陳師道也是蘇門六君子之一，卻自言其詩師庭堅，足見其對於庭堅的傾倒的程度。《後村詩話》說：「或曰：黃、陳齊名，何師之有？余曰：射較一鏃，弈角一著，唯詩亦然。後山地位去豫章不遠，故能師之。」這話頗為公允。他字無己，一字履常，彭城人。號後山居士。元祐初，以蘇軾等薦，授徐州教授。紹聖初歷祕書省正字。以疾卒。有集。敖陶孫《集評》說：「陳後山如九皋獨唳，深林孤芬，沖寂自妍，不求賞識。」《詩林廣記》也說：「或言後山之詩，非一過可了，近於枯淡。彼其用意直追騷雅，不求合於世俗。亦唯恃有東坡、山谷之知也。自此兩公外，政使舉世無領解者，渠亦安暇恤哉。」然以這樣的一位孤芳自賞，不求諧俗的詩人，他的影響卻能夠那麼偉大，誠是他自己所想不到的。這是常有的事：一位寂寞自甘的天才的詩人，像無己，其所享的榮譽，往往是會出於自己所意想以外的，而喧然的在自己宣傳著的空虛的作家，卻終於無聞於世。群眾的賞鑒常是不會很錯誤的。無己的所作，雖若不經意的以淡墨寫就，卻是極為飽滿豐腴的。像絕句：

> 書當快意讀易盡，客有可人期不來。世事相違每如此；好懷百歲幾回開？

雖是澹然的數語，卻以足耐人吟味而已。他的《妾薄命》二首中有：「葉落風不起，山空花自紅……天地豈不寬，妾身自不容」云云，也是蘊深情於常語裡的。至若《答黃生》：

> 我無置錐君立壁，舂黍作糜甘勝蜜。綈袍不受故人意，樂餌肯為兒輩屈！割白鷺股何足難，食鸕鷀肉未為失。暮年五斗得千里，有愧寒簷背朝日。

其風趣更有如以燒焦的筆頭，蘸淡墨作速寫，雖若枯瘠，而實清韻無窮。無己又喜用俚語入詩，像：「昔人剜瘡今補肉，百孔千窗容一罅」「巧手莫為無麵餅」，「驚雞透籬犬升屋」云云，卻仍無損其高古的風趣。為的是用得很恰當。不像王梵志一流人，慣如插科打諢似的，以專說俚語俗言，談道德訓條為其極致。故雖是俚語，一放在他手上，也會和他的詩思融合而為一了。

潘大臨字邠老，齊安人。有《柯山集》。弟大觀，字仲達，皆在江西詩派中。惜所作傳者甚少。大觀至一語不存。大臨最有名的「滿城風雨近重陽」一詩，也僅存此一句而已。謝逸嘗用其語，作為三絕句，以吊大臨。逸有《溪堂集》。其從弟薖，字幼槃，詩文媲美於逸，時稱「臨川二謝」。有《竹友集》。薖所作像《鳴鳩》：

雲陰解盡卻殘暉，屋上鳴鳩喚婦歸。不見池塘煙雨裡，鴛鴦相併溼紅衣。

也很有深遠之趣。逸嘗有《蝴蝶詩》三百首，人號謝蝴蝶。像：「狂隨柳絮有時見，舞入梨花何處尋」，又「江天春晚暖風細，相逐賣花人過橋」云云，《豫章詩話》頗稱賞之。

洪朋、洪芻、洪炎兄弟三人，俱有才名，他們是南昌人，黃庭堅之甥。朋字龜父，舉進士不第，有《清非集》。芻字駒父，紹聖元年進士。金人陷汴，他坐為金人括財，流沙門島卒，有《老圃集》。炎字玉父，元祐末登第。南渡後，官祕書少監。有《西渡集》。王直方《詩話》曾稱朋的「一朝厭蝸角，萬里騎鵬背」一聯，「最為妙絕。山谷亦嘗嘆賞此句。」又芻的「深秋轉覺山形瘦，新雨能添水面肥」，為《雪浪齋日記》所引。他竄海島時所作的「天山不陋還家夢，風月猶隨過海身」云云，也為《老學庵筆記》所稱。

徐俯也是山谷的外甥，七歲能詩。山谷嘗道：「洪龜父攜師川《上藍莊》詩來，詞氣甚壯，筆力絕不類年少書生。熟讀數過，為之喜而不寐。老舅年衰力劣不足學。師川有意日新之功，當於古人中求之耳。」（見《豫章詩話》）他是如此的期望著師川。師川，俯字，洪州分寧人。以父禧死王事，授通直郎。紹興初，賜進士出身。累官端明殿學士，簽書樞密院事，權參知政事。有《東湖集》。《雪浪齋日記》稱其「佳樹冬不凋，橫塘春更綠」為「頗平淡，無雕鐫氣」。呂居仁列他於宗派中，他嘗不平道：「我乃居行間乎！」（見《雲麓漫抄》）是不甘為黃、陳下也。

韓駒為江西詩派中黃、陳以外的一個大詩人。他也頗不甘於在這詩派中。《後村詩話》：「子蒼蜀人，學出蘇氏，與豫章不相接。呂公強之入派，子蒼殊不樂。」《雲麓漫抄》也引其言道：「我自學古人！」駒字子蒼，蜀之仙井監人。政和中，賜進士出身。除祕書省正字。高宗時，知江州。有《陵陽集》。駒對於作詩，和無己的態度是很相同的。《後村詩話》說：「其詩有磨淬剪截之功，終身改竄不已。有已寫寄人數年而追取更易一兩字者。故所作少而善。」像《和李上舍冬日》：「北風吹日書多陰，日暮擁階黃葉深。倦鵲繞枝翻凍影，飛鳴摩月墮孤音。推愁不去如相覓，與老無期稍見侵」云云，是很得人推賞的。

晁沖之在江西詩派中也是佼佼的一個。他字叔用，濟北人。授承務郎。紹聖以來，黨禍既作，他便不復出仕。有《具茨集》。劉後村《詩話》說道：「余讀叔用詩，見其意度宏闊，氣力寬餘，一洗詩人窮餓酸辛之態。」觀其「少年使酒走京華，縱步曾遊小小家」（《追往昔》）云云，固與嘆窮說苦者有別。他雖不第，而過著隱居的生活。因其家世很好，又是貴遊弟子，所以沒有窮餓酸辛之態。

呂本中是始倡江西詩派的這個名稱者，後人也以他附於這詩派裡。他字居仁。靖康初，官祠部員外郎。紹興中，歷中書舍人，權直學士院。以劾罷。學者稱東萊先生。謚文靖。有《東萊集》、《紫薇詩話》及《江西宗派圖》。《苕溪漁隱叢話》稱其詩「清駛可愛」。並引其雋句如「樹移午影重簾靜，門閉春風十日閒」，「往事高低半枕夢，故人南北數行詩」「殘雨入簾收薄暑，破窗留月鏤微明」，這確都是值得留連吟誦的。

四　江西詩派的後續詩人及其詩風特色

南豐曾紘，字伯容，及其子思，字顯道，皆有官而高亢不仕。陳振孫云：「楊誠齊序其詩以附詩派之後。」而曾紘嘗編《江西續宗派詩集》，固是以江西派為宗的者。

宋末方回撰《瀛奎律髓》，也以江西詩派為歸往。他更推廣呂本中之說，倡為一祖三宗的主張。祖是杜甫，三宗是黃庭堅、陳師道、陳與義。與義生與本中同時，但本中不列之於詩派裡，而其詩實亦宗仰黃、陳的。與義字去非，號簡齋，有《簡齊集》。《鶴林玉露》謂：「自陳、黃之後，詩人無逾陳簡齋。其詩由簡古而發繇纖。遭值靖康之亂，崎嶇流落，感時恨別，頗有一飯不忘君之意。」劉後村《詩話》更推尊著他：「元祐後，詩人迭起。一種則波瀾富而句律疏，一種則煅煉精而性情遠，要之不出蘇、黃二體而已。及簡齋出，始以老杜為師。以簡嚴掃繁縟，以雄渾代尖巧。第其品格，當在諸家之上。」但他走的路，究竟和黃、陳走的一樣——同是學杜的尖新骨突處。所以方回把他列為江西派三宗之列是不錯的。他所作，像《江南春》：

> 雨後江上綠，客悲隨眼新。桃花十里影，搖盪一江春。朝風逆船波浪惡，暮風送船無處泊。江南雖好不如歸，老齊繞牆人得肥。

又像：「泊舟華容縣，湖水終夜明。淒然不能寐，左右菰蒲聲。窮途事多違，勝處心亦驚。三更螢火鬧，萬里天河橫。腐儒憂平世，況復值甲兵。終焉無寸策，白髮滿頭生」云云，都是經過了大悲大痛的號呼，其窮愁之態是非出於作偽的。

五　江西詩派的影響及對後來詩壇的評價

江西詩派的影響，不僅在宋，且也深切的蟠據於後來的詩壇裡。金王若虛大不滿之，嘗有詩罵之道：

文章自得方為貴，衣鉢相傳豈是真。已是祖師低一著，紛紛嗣法更何人！

這話把一般自命為江西派衣鉢的詩人們挖苦得盡被了。但那實在是那班「偽擬古」的詩人們的罪過。黃、陳諸人，其高處，本來便都在「文章自得方為貴」一語上。《漁洋詩話》道：「蘇、黃唯在不屑擬古，故自成一派。」這話很對。後來凡是無病而呻，故作窮餓酸辛之態的詩人們，無不遁入江西派中，而江西派遂為人詬病到今。其實，黃、陳是不任其咎的！

古文運動的第二幕

這一章主要探討北宋時期古文運動的第二幕，以下是本章的主要內容：

北宋散文的發展和古文運動的影響：本部分開始討論北宋時期散文的發展，以及古文運動對這一發展的影響。它強調了散文在這一時期的興盛。

北宋古文運動的興起和代表人物：章節中介紹了北宋古文運動的興起，並介紹了一些代表性的古文作家，他們在文學史上留下了深刻的印記。

北宋古文運動的延續與蘇軾及其門下的文學成就：本部分討論了北宋古文運動的延續，特別是蘇軾及其門下的文學成就。蘇軾在這一時期的文學貢獻被強調。

宋代道學家的文學成就及其與古文家的區別：最後，章節中討論了一些宋代道學家的文學成就，並將其與古文家做了區別，強調了不同文學流派的特點。

整體來說，這一章旨在深入了解北宋時期古文運動的第二幕，以及這一時期文學的發展和特點。

一　北宋散文的發展和古文運動的影響

北宋的散文，殆為古文家獨霸的時代。韓愈以其熱情的呼號，開始古文運動的第一幕。但當時駢儷文的流毒尚深中於人心，一時無法擺脫。除了有志於不朽之業的文人們外，罕有光顧到所謂「古文」之門庭的。一般人仍是以駢儷文作為通行的文字。宋初「西崑派」的諸作家，在散文方面也仍沿襲了這條通行的大路走去的。但到了歐陽修諸人起來後，形勢卻大變了。駢文經歷了千年的生命，已是衰老得不堪了，經不起這一而再，再而三的攻擊，遂在古文運動的第二幕裡，被古文家們一踣之而不復能再爬起來。這古文運動的第二幕遂奠定了「古文為散文之主體」的基礎。從此以後，幾有千年，無復有人敢向古文問鼎之輕重。當時，考試文及奏議，雖在公式上仍有必須作四六文者，但四六文的運命，也被僅限於此而已。她是永不復能再登文壇的主座之上的了。

二　北宋古文運動的興起和代表人物

宋初為古文者有柳開。開生於晉末，字仲塗，大名人。開寶六年進士。他少慕韓愈、柳宗元為文，因名肩愈，字始元。然他的影響卻很小。真實的掀開了古文運動的第二幕者乃是歐陽修、石介諸人。石介是一位十足的黑旋風式的人物，具有韓愈似的衛道的熱情與宣傳的伎倆。他嘗寫了一篇《怪說》，專門攻擊楊億諸人。這個聲勢赫赫的呼號，便是古文運動的正式的開幕。同時有祖無擇、李覯、尹洙、穆修、蘇舜卿諸人，也皆為古文，非韓、柳之言不道。覯有《盱江集》，在當時雖未甚有大名，而其文章實在尹、穆諸人之上。但其影響與勢力遠在他們之上者，則為歐陽修。歐陽修在北宋散文壇上的地位，大類韓愈之在唐。石介雖大聲疾呼，但力量究竟太小。歐陽修則居高臨下，以衡文者的身分，主持著這個運動，天然的自會把整個文壇的風氣變更過來了。修有《書韓文後》一文，敘述當時古文運動的經過頗詳：

予少家漢東，有大姓李氏者，其子堯輔頗好學。予遊其家，見其敝篋貯故書在壁間。發而視之，得唐《昌黎先生文集》六卷。脫落顛倒無次序。因乞以歸讀之。是時天下未有道韓文者。予亦方舉進士，以禮部詩賦為事。後官於洛陽。而尹師魯之徒皆在。遂相與作為古文。因出所藏《昌黎集》而補綴之。其後天下學者亦漸趨於古。韓文遂行於世。

雖是記載著韓文的今昔，而韓文的行於世，便代表了古文運動的成功。在此時之前，有一段開於古文的事，頗可笑。《五朝名臣言行錄》說道：「穆參軍家有唐本《韓柳集》。乃丐於所親，得金，用工鏤板印數百帙，攜入京師相國寺，設肆鬻之。有儒生數輩至肆，輒取閱。公奪取，怒謂曰：『先輩能讀一篇，不失一句，當以一部相送。』遂終年不售。」有這樣熱忱的宣傳者，乘了「西崑體」之弊而出現，古文自然是終於要大行於天下了。一種風氣的流行，雖未必該完全歸功於一二人。然那一二人代表了時代的趨勢，而出來打先鋒，在蔓草叢中，硬闢出一條道路來，其自信不惑的勇氣自是很值得敬重的。

歐陽修肆力為古文，其成就確在尹、穆諸人以上。其集中所有，以敷腴溫潤之作為多，一洗當時鎪刻駢偶之習。相傳他主持考政時，凡遇雕琢刓削之作，一概棄之不顧。天下風氣為之一變。朱熹嘗極稱其《豐樂亭記》。他又作《本論》，以攻佛家，其論旨和態度，正和韓愈的《原道》一般無二。凡是古文家便都是衛「道」者。這似已成了一個定例。

與歐陽修並時為古文者，尚有范仲淹、宋祁、劉敞、司馬光諸人。祁與修同修《唐書》。司馬光作《資治通鑒》，以數十年之力赴之，積稿盈屋，久乃寫定。他敘事詳贍有法，又善於剪裁古人的材料，故《通鑒》遂成為重要的史書之一。

三　北宋古文運動的延續與蘇軾及其門下的文學成就

略後於歐陽修之古文家，有曾鞏、王安石及眉山的三蘇。鞏出於歐陽修的門下，字子固，建昌南豐人，登嘉祐二年進士。少與王安石相善。及安石得志，乃相違。石為文遒勁有力。鞏則穩妥而已。

實際上大暢古文運動的弘流者不得不推蘇軾。軾與父洵、弟轍皆有才名。洵字明允，年二十七，發憤為學。歲餘，往應試不第。歸盡焚舊所作文，閉戶讀書。遂成通淹。轍字子由，性沉靜簡潔。為文亦澹遠有致。然唯軾最為雄傑。軾是一位充溢著天才的詩人，為古文也富有詩意。他嘗自說道：「作文如行雲流水，初無定質，但常行於所當行，止於所不可不止。」這話恰可以拿來做他的文章的確評。

軾門下有黃庭堅、秦觀、張耒、晁補之、陳師道、李廌的六君子。在其中，補之、耒和廌尤以善古文稱。補之有《雞肋集》，耒有《宛丘集》，廌有《濟南集》。秦觀雖以詞掩其古文，但其所作，卻通贍可喜，富於風趣。《淮海集》裡固不僅以「詞」為獨傳也。

四　宋代道學家的文學成就及其與古文家的區別

凡古文家無不以衛「道」自命，自韓、柳以來皆然。但宋代的理學家，卻究竟自成為一系，不和做古文的文士們同科。《宋史》也於《儒林》、《文苑》之外，別立《道學》一傳。原來古文家們雖然口口聲聲說是衛「道」，究竟不脫文士的習氣。至所謂道學家的，方真實的以「道」為主，以文為輔。故許多的道學家，其文章往往自成為一個體系，正像邵雍的詩一樣。在其間，有周敦頤、張載、程顥、程頤諸人。張載作《正蒙》、《西銘》，周敦頤作《太極圖說》及《通書》，其文辭尚為雅整。而二程之作，尤為通贍，並不像後來「語錄」式的文章之好拖泥帶水。

鼓子詞與諸宮調

這一章主要探討了宋代文學中的新文體，包括鼓子詞和諸宮調。以下是本章的主要內容：

「變文」的影響及其對中國文學的貢獻：本部分開始討論「變文」（前文提到的變文）對中國文學的影響，以及它如何為後來的文學創作提供了靈感和範例。

宋代文學的發展：這一節強調了宋代文學的發展，特別是在新文體方面的突破。它提到了大麴、鼓子詞和諸宮調這些新文體。

宋代新文體：鼓子詞：章節中介紹了鼓子詞，這是宋代的一種新興文學形式，其特點和發展得到了探討。

宋代新文體：諸宮調的誕生和特點：本部分討論了諸宮調的誕生，以及這一文學形式的特點，包括其音樂性質和故事情節。

宋金時代的諸宮調：這一節討論了宋金時代的諸宮調，以及一個具有激烈情感的故事，強調了團圓結局。

劉知遠諸宮調：章節中介紹了這部作品，它被視為流傳千古的文學珍品。

王伯成的天寶遺事諸宮調：這一部分提到了元代流傳短暫但具有極高文學價值的作品。

賺詞：大麴文學的音樂革新：最後一節討論了元代後期的文學創新對諸宮調和其他歌曲產生的深遠影響，強調了音樂在文學創作中的重要性。

整體來說，這一章探討了宋代文學中的新文體和音樂文學，以及它們對中國文學的貢獻和影響。

一 「變文」的影響及其對中國文學的貢獻

敦煌發現的「變文」，雖沉埋於中國西陲千餘年，但其生命在我們的文壇上並不曾一天斷絕過。——且只有一天天的成長孳生，而孕育出種種不同的文體出來。在宋的時代，由變文所感化而產生的新文體，種類很多，而鼓子詞與諸宮調的二種，最為重要。我們的敘事詩，最不發達。但自變文的一體，介紹進來了之後，以韻、散交錯組成的新敘事歌曲卻大為發達。這增加了我們文壇的極大的活氣與重量。原來我們視《孔雀東南飛》、《木蘭辭》、《長恨歌》諸作為絕大的珍異者，但若以自變文出現以來所產生的敘事的種種大傑作與之相較量，則《孔雀東南飛》等等誠不免要慊然的自覺其童稚。在其間，變文與諸宮調，尤為中世幻文學裡的最偉大的新生的文體，足以使後來的諸作家，低首於他們之前的。

諸宮調的產生，約在北宋的末年。在其前，則有同性質的「大麴」和「鼓子詞」的出現。在其略後，則更有「謙詞」的創作。這些文體，不僅在宋代是新鮮的創作，即在今日，對於一般的讀者似也還都是很陌生的。本章當是任何中國文學史裡最早的講到她們的記載罷。

二　宋代文學的發展：大麴、鼓子詞和調笑轉踏的新文體

先說「大麴」。《宋史·樂志》曾載教坊所奏十八調四十大麴的名目。其中的名稱，與唐代燕樂大麴的名目，頗有幾個相同的，像《梁州》、《伊州》、《綠腰》等。這些大麴，最原始的方式是怎樣的，今已不可知。但我們在宋人著作裡，所見的大麴，像董穎的詠西子事的《道宮薄媚》，曾布的詠馮燕事的《水調歌頭》等，都是長篇的敘事歌曲。《道宮薄媚》從《排遍第八》起，到《第七煞袞》止，共有十遍，《水調歌頭》則從《排遍第一》起，到《排遍第七》、《攧花十八》止，共有七遍。姑舉《水調歌頭》的首二遍於下：

（排遍第一）魏豪有馮燕，年少客幽、並。擊球鬥雞為戲，游俠久知名。因避仇來東郡，元戎逼屬中軍。直氣凌貔虎，須臾叱吒，風雲懍懍座中生。偶乘佳興，輕裘錦帶，東風躍馬，往來尋訪幽勝，遊冶出東城。堤上鶯花撩亂，香車寶馬縱橫。草軟平沙穩，高樓兩岸，春風笑語隔簾聲。

（排遍第二）袖籠鞭敲鐙，無語獨閒行。綠楊下，人初靜，煙澹夕陽明。窈窕佳人，獨立瑤階。擲果潘郎，瞥見紅顏。橫波盼，不勝嬌，軟倚雲屏曳紅裳。頻推朱戶，半開還掩。似欲倚伊啞聲裡，細訴深情。因遣林間青鳥，為言彼此心期，的的深相許，竊香解佩，綢繆相顧不勝情。

這當是宋詞發展的自然的結果。「詞」在這時已不甘終老於抒情詩的範圍以內，而欲一試身手於敘事詩的場地上了。所謂唐的大麴，或和宋初的大麴，同是有「聲」而無「辭」，只是幾遍的舞曲，和《水調歌頭》諸作，當是大殊的。

別有所謂《調笑轉踏》者，也是大麴的一流。曾紆造《樂府雅詞》曾錄無名氏的《調笑集句》，鄭彥能的《調笑轉踏》，晁無咎的《調笑》，皆是以詩與曲相間而組合成之的。先陳「入隊」的致詞，然後是一首詩，然後是一首曲，以後皆是以一詩一曲相間，末則結以「放隊」詞。這種體裁，已較大麴為進步，似是由大麴到鼓子詞的一種過渡。

三　宋代文學的新文體：鼓子詞

「鼓子詞」是最明顯的受有「變文」影響的一種新文體。在歌唱一方面，似頗受大麴的體式的支配，但其以散文和歌曲交雜而組合成之的方式，則全然是「變文」的格局。在文體的流別上說來，「大麴」是純粹的敘事歌曲，「鼓子詞」卻是「變文」的同流了。

宋人的鼓子詞，傳者絕少。今所知者，有趙德麟《侯鯖錄》中所載的詠《會真記》故事的《商調蝶戀花》一篇。德麟採用唐元稹的《會真記》原文，成為其中「散文」的一部分，而別以《商調蝶戀花》十章，歌詠其事。他將《會真記》分為十段，每段系以《蝶戀花》一章。如此構成了所謂「鼓子詞」的一體。姑舉其中的一段於下：

傳曰：余所善張君，性溫茂，美風儀，寓於蒲之普救寺。適有崔氏孀婦，將歸長安，路出於蒲，亦止茲寺。崔氏婦，鄭女也。張出於鄭。敘其女，乃異派之從母。是歲，丁文雅不善於軍，軍之徒，因大擾，劫掠蒲人。崔氏之家，財產甚厚，惶駭不知所措。張與將之黨有善，請吏護之，遂不及難。鄭厚張之德，因飾饌以命張。謂曰：姨之孤嫠未亡，提攜弱子幼女，猶君之所生也，豈可比常恩哉！今俾以仁兄之禮奉見。乃命其子曰歡郎，女曰鶯鶯，出拜爾兄。崔辭以疾。鄭怒曰：張兄保爾之命，寧復遠嫌乎！又久之，乃至。常服　容，不加新飾，垂鬟淺黛，雙臉桃紅而已。顏色豔異，光輝動人。張驚，為之禮。因坐鄭旁。凝眸麗絕，若不勝其體。張問其年幾？鄭曰：十七歲矣。張生稍以詞道之，宛不蒙對。終席而罷。奉勞歌伴，再和前聲：「錦額重簾深幾許？繡履彎彎，未省離朱戶。強出嬌羞都不語，絳綃頻掩酥胸素。黛淺愁深妝淡注，怨絕情凝，不肯聊回顧。（媚）臉未勻新淚汙，梅英猶帶春朝露。」

四　宋代新文體：諸宮調的誕生和特點

但在這些新文體中，最重要，且最和「變文」有直接的淵源關係者，當為「諸宮調」的一體。在結構的弘偉和局勢的壯闊上，也只有「諸宮調」方可和「變文」相拮抗。像鼓子詞和大麴等，實在只是簡短的歌曲，不足與他們列在同一的水平線上。諸宮調出現於北宋之末。王灼《碧雞漫志》（卷二）說道：「熙、豐、元祐間，兗州張山人以詼諧獨步京師，時出一兩解。澤州孔三傳者，首創諸宮調古傳，士大夫皆能誦之。」孟元？老東京夢華錄？（卷五）記載，崇、觀以來，在京「瓦肆伎藝」中，也有「孔三傳，耍秀才諸宮調」的云云。其他耐得翁的《都城紀勝》，吳自牧的《夢粱錄》裡也都提到孔三傳和諸宮調的事。是諸宮調乃是熙、豐、元祐間的一位才人孔三傳所創作的了。但像這樣一位偉大的作家，我們在今日卻不能知道他的生平，並不能得到片言隻語的遺文，誠是一件憾事！三傳所首創的諸宮調古傳，既是「士大夫皆能誦之」，則必定是很有可觀的，其佚失似不是無足輕重的！

諸宮調是講唱的。其講唱的方式，當大類今日社會上的講唱彈詞、寶卷；也當正像唐代和尚們的講唱「變文」。《西河詞》話說：「《西廂》彈詞，則有白有曲，專以一人彈幷，並念唱之。」當和當日的實際情形，相差不遠。張元長《筆談》說：「董解元《西廂記》曾見之盧兵部許。一人援弦，數十人合座，分諸色目而遞歌之，謂之磨唱。」（焦循《劇說》引）這話很靠不住。當是盧兵部的「自我作古」，或「想當然」的可笑的復古的舉動。我們如果讀了石君寶的《諸宮調風月紫雲亭》一劇（見《元刊雜劇三十種》），當可於諸宮調的講唱的情形略略的明瞭了。

諸宮調的名稱，從何而來呢？諸宮調的結構，和「變文」是全然不殊的。其所不同者，乃在歌唱的一部分。「變文」用的是七言或間以三三言，而「諸宮調」則用的是很複雜的「宮調」。原來大麴和鼓子詞，皆用同一宮調裡的同一曲牌，反覆的來歌詠一件故事。像上文所引的《道宮薄媚》，便是用「道宮」裡的《薄媚》一調，反覆到十遍，以歌詠西子故事。但諸宮調則不是這樣的。她是無限量的使用著各個宮調裡的各個曲調以歌詠一個很長篇的故事的。像《劉知遠諸宮調》的第二卷的首一部分，其歌唱的部分便是這樣的布置著的：

《中呂調．牧羊關》，《仙呂調．醉落托》，《黃鐘宮．雙聲疊韻》，《南呂調．應天長》，《般涉調．麻婆子》，《商角．定風波》，《般涉調．沁園春》，《高平調．賀新郎》，《道宮．解紅》……

這比較所謂大麴和鼓子詞的單調的布置是進步得多少呢？難怪孔三傳一創作了這種新聲出來，便要哄動一時了。且這也是第一次把「諸宮調」聯絡起來敘述一件故事的嘗試。這個嘗試的成功，對於後來雜劇的產生和其結構是極有影響的。

五　宋金時代的諸宮調與張生鶯鶯的故事：情感激烈的團圓結局

「諸宮調」在宋、金的時候，流傳得很廣。《夢粱錄》和《武林舊事》所記載的以講唱諸宮調為業的人也不少。《諸宮調風月紫雲亭》劇裡有：「我唱的是《三國志》，先饒十大麴；俺娘便《五代史》，添續《八陽經》」的云云，又董解元《西廂記》的開卷，也有：（太平賺）⋯比前覽樂府不中聽，在諸宮調裡卻著數。一個個旖旎風流濟楚，不比其餘。（柘枝令）也不是《崔韜逢雌虎》，也不是《鄭子遇妖狐》，也不是《井底引銀瓶》，也不是《雙女奪夫》，也不是《離魂倩女》，也不是《謁漿崔護》，也不是《雙漸豫章城》，也不是《柳毅傳書》。

諸語，是諸宮調的著作，在那個時代是有很多種的。但今日所見者，除董解元的《西廂記諸宮調》、無名氏的《劉知遠諸宮調》、王伯成的《天寶遺事諸宮調》以外，卻別無第四本了。

董解元生世不可考，關漢卿所著雜劇有《董解元醉走柳絲亭》一本（今佚），說的便是他的故事罷。陶宗儀說他是金章宗（西元 1190 ~ 1208）時人。鍾嗣成的《錄鬼簿》列他於「前輩已死名公，有樂府行於世者」之首，並於下註明：「金章宗時人，以其創始，故列諸首。」涵虛子的《太和正音譜》也說他「仕於金，始制北曲。」毛西河詞話則謂他為金章宗學士。大約董氏的生年，在金章宗時代的左右，是無可置疑的。但他是否仕金，是否曾為「學士」，則是我們的不能知道的。他大約總是一位像孔三傳、袁本道似的人物，以製作並說唱諸宮調為生涯的。《太和正音譜》說他「仕於金」，恐怕是由《錄鬼簿》「金章宗時人」數字附會而來的。而毛西河的「為金章宗學士」云云，則更是曲解「解元」二字興附會「仕於金」三字而生出來的解釋了。「解元」二字，在金、元之間用得很濫，並不像明人之必以中舉首者為「解元」。蓋為對讀書人之通稱或尊稱，猶今之稱人為「先生」，或宋時之稱說書者為某「書生」、某「進士」、某「貢士」，未必被稱者的來歷，便真實的是「解元」、「進士」等等。

《西廂記諸宮調》的文辭，凡見之者沒有一個不極口的讚賞。明胡應麟《少室山房筆叢》說：

《西廂記》雖出唐人《鶯鶯傳》，實本金董解元。董曲今尚行世，精工巧麗，備極才情，而字字本色，言言古意，當是古今傳奇鼻祖。金人一代文獻盡此矣。

這話並不是瞎恭維。我們看，董解元把那麼短短的一篇傳奇文《會真記》放大到如此浩浩莽莽的一部偉大的弘著，其著作力的富健誠是前無古人的。其故事的大略如下：

貞元十七年二月，張珙至蒲州，尋旅舍安止。有一天，遊蒲東普救寺，見寄居於寺中的崔相國女鶯鶯，莽欲追隨其後，闖入宅中，為寺僧法聰從後拖住，責其不可造次。

張生因此絕不移寓於寺中之西廂。是夜，月明如晝，生行近鶯庭，口占二十字小詩一首。不料鶯鶯在庭間也依韻和生一詩。生聞之驚喜。便大踏步走至跟前。被紅娘來喚鶯鶯歸寢而散。

自此以後，張生渾忘一切，日夜把鶯鶯在念。但千方百計，無由得見意中人。夜間，生與長老法本談禪。紅娘來問長老說，明日相國夫人待做清醮。法本令執事準備。生亦備錢五千，為其亡父尚書作分功德。長老諾之。

第二天，生來看做醮，見一位六旬的老婆娘，領著歡郎及鶯鶯來上香。鶯鶯一來，僧俗皆為其絕代的容光所攝，無不情神顛倒。直到第二天的日將出，道場方罷。——以上第一卷

崔夫人和鶯鶯歸去。眾僧正在收拾鋪陳來的什物，見一小僧慌速走來，氣喘不定，口稱禍事。眾僧大驚。原來，唐蒲關乃屯軍之處。是年渾瑊死，丁文雅不善治軍。其將孫飛虎半萬兵叛，劫掠蒲中。叛兵過寺，欲求一飯。僧眾商議。主迎主拒者不一。或以為有崔相國的夫人及女寄住於此，迎賊實為不便。法聰也力主拒之。聰本陝右蕃部之後，少好弓劍，武而有勇，遂鼓動僧眾，得三百人，出與飛虎為敵。聰勇猛異常，賊眾不能敵。但聰見賊眾難勝，便沖出重圍而去。三百僧眾，被賊兵殺死甚眾。飛虎捉住走不脫的和尚，問其何故拒敵。和尚說是為了鶯鶯之故。飛虎便圍了寺，指名要索鶯鶯。

崔氏一門大震，飲泣無計。鶯鶯欲自殺以免辱。卻有人在眾中大笑。笑者誰？蓋張生也。生自言有退兵之計。夫人許以繼子為親。生便取出其所作致白馬將軍一信，讀給眾聽。夫人謂：白馬將軍去此數十里，如何趕得及來救援？生說：適於法聰出戰之時，已持此書給白馬將軍了。夫人聞言，始覺寬心。

不久，果然看見一彪人馬飛馳而來，賊眾出不意，皆大驚投降。白馬將軍遂斬了孫飛虎，赦其餘眾，入寺與張生敘話而別。

賊兵退後，生託法本到夫人處提親。夫人說，方備蔬食，當與生面議。第二天，夫人差紅娘來請生赴宴。生以為事必可諧。不料夫人命歡郎、鶯鶯皆以兄禮見生。生已失望。夫人最後乃說起相國在日，已將鶯鶯許配鄭恆事。生遂辭以醉，不終席而退。紅娘送之回室。生贈以金釵，紅娘不受奔去。

異日，紅娘復至，致夫人謝意。生說：今當西歸，與夫人訣絕了。便在收拾琴劍書囊。紅娘見了琴，忽有觸於中，說道：鶯鶯喜聽琴，若果以琴動之，或當有成。生喜而笑，遂不成行。——以上第二卷

夜間，月色皓空，張生橫琴於膝，奏《鳳求凰》之操。鶯鶯偕紅娘逐琴聲來聽。聞之，大有所感，泣於窗外。生推琴而起，火急開門，抱定一人，仔細一看，抱定的卻是紅娘，鶯鶯已去。

那一夜，鶯鶯通宵無寐。紅娘以情告生。生託紅娘致詩一章於鶯。鶯見之大怒。隨筆寫於籤尾，令紅娘持去給生。紅娘戰恐的對生述鶯發怒事。但待得他讀了籤時，他卻大喜。原來寫的卻是約他夜間逾垣相會的詩。

生巴不得到夜。月上時，生逾牆而過。鶯至，端服嚴容，大訴生一頓。生憤極而回。勉強睡下。方二更時，驀聽得隔窗有人喚門。乃鶯自至。正在訴情，瑲瑲的聽一聲蕭寺疏鐘，鶯又不見，方知是夢。

生自此行忘止，食忘飽，舉止顛倒。久之成疾。夫人令紅娘求視疾。生託她致意於鶯，要她破工夫略來看覷他。紅娘去不久，夫人、鶯鶯便同去看他。夫人命醫來看脈。他們既歸，無一人至。生念所望不成，雖生何益。以條懸楝，便欲自盡。驀一人走至拽住了他。乃紅娘送鶯的藥至。這藥是一詩，說她晚間將自至。生病頓愈。

那一夜，鶯果至。成就了他們的私戀。自是朝隱而出，暮隱而入，幾有半年。

夫人生了疑，一夜急喚鶯。鶯倉惶而歸。夫人勘問紅娘。紅訴其情。併力主以鶯嫁生。夫人允之。

夫人令紅召生，說明許婚的事。但以鶯服未闋，未可成禮。生留下聘禮，說：今蒙文調，將赴省

闈，姑待來年結婚。鶯聞之，愁怨之容動於色。自此不復見。數日後，生行。夫人及鶯送於道。經於蒲西十里小亭置酒。——以上第三卷

生與鶯徘徊不忍離別。終於在太陽映著楓林的景色裡，勉強別去。生的離愁，是馬兒上馱也馱不動。

那一夜，生投宿於村店。殘月窺人，睡難成眠。他開門披衣，獨步月中，忽聽得女人聲道，快走罷。生見水橋的那邊，有兩個女郎映月而來。大驚以為怪。近來視之，乃鶯與紅娘，說：她與紅娘乘夫人酒醉，追來同行。正在進舍歸寢，但見群犬吠門，火把照空，人聲藉藉。一人大呼道，渡河女子，必在此間。一個大漢，執著刀，踹破門要來搜。生方待賺揣，卻撒然覺來。

那邊，鶯鶯在蒲東，也淒淒惶惶的在念著張生。

明年春，張生殿試以第三人及第。即命僕持詩歸報鶯。鶯正念生成疾，見詩大悅，夫人亦喜。但自是至秋，杳無一耗。鶯修書遣僕寄生，隨寄衣一襲，瑤琴一張，玉簪一枝，斑管一枝。生那時，以才授翰林學士，因病閒居，至秋未癒。為憶鶯鶯，愁腸萬結。及讀鶯書，感泣。便欲治裝歸娶。

生未及行，鄭相子恆，至蒲州，詣普救寺，欲申前約。夫人說，鶯鶯已別許張珙。鄭恆說：張生登第後，已別娶衛尚書女。鶯聞之，悶極僕地，救之多時方蘇。夫人陰許恆擇日成親。不料，這時張生也到。夫人說：「喜學士別繼良姻。但生力辨其無」。夫人說今鶯已從前約嫁鄭恆。生聞道撲然倒地。過了半晌，收身強起，傷自家來得較遲。又不欲與故相子爭一婦人。但欲一見鶯。鶯出默然。四目相視，內心皆痛。生坐止不安，蘧然而起。

法聰邀生於客舍，極力的勸慰他。但生思念前情，心中不快更甚。聽說：足下儻得鶯，痛可已乎？便獻計欲殺夫人與鄭恆。正在這時，鶯、紅同至望生。他們各自準備下萬言千語。及至相逢，卻沒一句。鶯念及痛切處，便欲懸樑自縊，生亦欲同死。但為紅及聰所阻。聽說：別有一計，可使鶯與生偕老：白馬將軍今授了蒲州太守，正可投奔他處。二更時，生遂攜鶯宵奔蒲州。白馬將軍允為生作主。鄭恆如爭，必斬其首。恆果爭奪，將軍嚴斥之。恆羞憤，投階而死。這裡張生、鶯鶯美滿團圓，還都上任。——以上第四卷

這裡和《會真記》大不同者，乃在結局的團圓。《會真記》的結果，太不近人情。張生無故的拒絕鶯鶯，自從寄書之後，便不再理會她。反以君子善於改過自詡。以後男婚女嫁，各不相知。實是最奇怪的結束。這不能算是悲劇，實是「怪劇」。像《董西廂》的崔、張的大團圓，當是世俗的讀者們所最歡迎的，且也較合情理。自王實甫以下諸《西廂記》，其結構殆皆為董解元的太陽光似的偉著所籠罩，而不能自外。

六　《劉知遠諸宮調》：一部流傳千古的極具藝術價值的文學珍品

劉知遠諸宮調是一個殘本，今存四十二葉，約當全書三之一。俄國柯智洛夫探險隊於 1907 到 1908 年間，考察蒙古、青海，發掘張掖、黑水故城。得古物及西夏文書籍甚多，於其間乃有此《劉知遠諸宮調》在著。這是一個極偉大的發現。就種種方面看來，這部諸宮調當是宋、金之際的東西。

這書全文當為十二則，今存者為「知遠走慕家莊沙陀村入舍第一」，「知遠別三娘太原投事第二」，「知遠充軍三娘剪髮生少主第三」（此則僅殘存二頁），「知遠投三娘與洪義廝打第十一」，「君臣弟兄子母夫婦團圓第十二」。中間第三的大半和第四到第十的七則，則俱已佚去了。劉知遠事，自宋以來，講述者便已紛紛。今所見的《五代史平話》，已詳寫知遠事，而諸本《白兔記》傳奇，更是專述知遠和三孃的悲歡離合的。大約，這位流氓皇帝的故事，乃是最足以聳動市井的聽聞的。

《劉知遠諸宮調》的作者並不是很平凡的人物。他和董解元一樣，具有偉大的詩的天才，和極豐富的想像力。他能以極渾樸、極本色的俗語方言，來講唱這個動人的故事。其風格的壯遒古雅，大類綠鏞重重的三代的彝鼎，令人一見便油然生崇敬心。姑舉一小段於下：

（《般涉調・麻婆子》）

洪義自約末天色二更過，皓月如秋水，款款地進兩腳，調下個折針也聞聲。牛欄兒傍裡遂小坐，側耳聽沉久，心中暢歡樂。「記得村酒務，將人恁折剉；入舍為女婿，俺爺爺護向著」到此殘生看怎脫：熟睡鼻息似雷作，去了俺眼中釘，從今後好快活！

（尾）團苞用，草苫著，欲要燒燬全小可，堵定個門兒放著火。

論匹夫心腸狠，龐涓不是毒；說這漢意乖訛，黃巢真佛行！哀哉未遇官家，姓命亡於火內。

（《商角・定風波》）

熟睡不省悟，鼻氣若山前哮吼猛虎。三娘又怎知與兒夫何日相遇。不是假也非幹是夢裡，索命歸泉路。當此李洪義遂側耳聽沉，兩回三度，知遠怎逃命。早點火燒著草屋。陌聽得一聲響，謔匹夫急抬頭覷。

（尾）星移鬥轉近三鼓，怎顯得官家福分，沒雲霧平白下雨。苦辛如光武之勞，脫難似晉王之聖。雨溼火煞，知遠驚覺。方知洪義所為，亦不敢伸訴。至次日，知遠引牛驢拽拖車三教廟左右做生活。到日午，暫於廟中困歇熟睡。須臾，眾村老攜節避暑。其中有三翁。

（《般涉調・沁園春》）

拴了牛驢，不問拖車，上得廟階，為終朝每日多辛苦，撲番身起權時歇。侍傍裡三翁守定知遠，兩個眉頭不展開，堪傷處便是荊山美玉，泥土裡沉埋。老兒正是哀哉，忽聽得長空發哄雷聲，驚天霹靂，眼前電閃，諕人魂魄幽幽不在。陌地觀占，抬頭仰視，這雨多應必煞，乖傷苗稼，荒荒是處，饑饉民災。

（尾）行雨底龍必將鬼使差，布一天黑暗雲靄靄，分明是拼著四坐海。

電光閃灼走金蛇，霹靂喧轟撾鐵鼓，風勢揭天，急雨如注，牛驢驚跳，拽斷麻繩，走得不知所在。三翁喚覺知遠，急趕牛驢，走得不見。至天晚，不敢歸莊。

（《高平調・賀新郎》）

知遠聽得道，好驚慌，別了三翁，急出祠堂。不故泥汙了牛皮，且向泊中尋訪。一路里作念千場，那兩個花驢養著牛，繩綁我在桑樹上，少後敢打五十棒！方今遭五代，值殘唐，萬姓失途，黎庶憂徨，豪傑顯赫英雄旺，發跡男兒氣剛。太原府文面做射糧，欲待去，卻徊徨。非無決斷，莫怪頻來往，不是，難割捨李三娘！見得天晚，不敢歸莊。意欲私走太原投事，奈三娘情重，不能棄捨。於明月之下，去住無門，時時嘆息。

（《道宮．解紅》）

鼓掌筍指，那知遠目下長吁氣。獨言獨語，怎免這場拳踢。沒事尚自生事，把人尋不是，更何況今日將牛畜都盡失。若還到莊說甚底！怕見他洪信與洪義。勸人家少年諸子弟，願生生世世休做女婿。妻父妻母在生時，我百事做人且較容易。自從他化去，欺負殺俺夫妻兩個凡女。鳩著嘴兒廝羅執滅良，削薄得人來怎敢喘氣！道是，長貧沒富多不易，酸寒嘴臉只合乞，百般言語難能吃，這般材料怎地發跡！

（尾）大男小女滿莊裡，與我一個外名難揩洗，都受人喚我做劉窮鬼。天道二更已後，潛身私入莊中，來別三娘。

七 《王伯成的天寶遺事諸宮調》：元代流傳短暫但極具文學價值的珍稀作品

王伯成的天寶遺事諸宮調，產生的時代較後。伯成，涿州人。《錄鬼簿》放他在「前輩已死名公」之列。當是西元 1330 年以前的人物。他寫有雜劇二本：《李太白貶夜郎》和《張鶱泛浮槎》（前者今存於世）。而使他成大名者同為天寶遺事的一部偉著。但這部諸宮調從明以來便不傳於世。著者嘗從《雍熙樂府》、《北詞廣正譜》、《九宮大成譜》諸書裡，輯出五十四套曲文，大約相當於全書的四之一，僅能窺豹一斑而已。「天寶遺事」本是詩人們最好的題材之一。自白居易的《長恨歌》以後，宋人有《太真外傳》，元關漢卿有《唐明皇哭香囊》（佚），白仁甫有《秋夜梧桐雨》，而明人傳奇之述及此事者，若《彩毫》、

《驚鴻》諸記尤多。清初洪昇的《長生殿》便是一個總結束。在其間，伯成的《天寶遺事》似最不為人所知。《遺事》的作風，已甚受雜劇作家的影響，非復純粹的諸宮調本色。但遺辭鑄局，卻也甚為渾厚而奔放。其大略，可於下面的《遺事引》裡見到：

（《哨遍．遺事引》）

天寶年間遺事，向錦囊玉罅新開創。風流醞借籍三郎，真妃日夜昭陽恣色荒。惜花憐月寵恩雲，霄鼓逐天杖。繡領華青宮殿，尤回翠輦，浴出蘭湯。半酣綠酒海棠嬌，一笑紅塵荔枝香。宜醉宜醒，堪笑堪嗔，稱梳稱莊妝（麼篇）銀燭熒煌，看不盡上馬嬌模樣。私語向七夕間，天邊織女牛郎，自還想。潛隨葉靖，半夜乘空，遊月窟來天上。切記得廣寒宮曲，羽衣飄渺，仙佩玎璫。笑攜玉箸擊梧桐，巧稱雕盤按霓裳。不提防禍隱蕭牆。（牆頭花）無端乳鹿入禁苑，平欺誑，慣得個祿山野物，縱橫恣來往。避龍情子母似恩情，登鳳榻夫妻般過當。（麼篇）如穿人口，國醜事難遮當。將祿山別遷為薊州長。便興心買馬，軍合下手合朋聚黨。（麼篇）恩多決怨深。慈悲反受殃。想唐朝觸禍機。敗國事皆因偃月堂。張九齡村野為農，李林甫朝廷拜相。（耍孩兒）漁陽燈火三千丈，統大勢長驅虎狼。響珊珊鐵甲開金戈，明晃晃斧鉞刀槍，鞭颩剪剪搖旗影，衡水粼粼射甲光。憑驍健，馬雄如獅豸，人劣似金剛。（四煞）潼開一鼓過元平蕩，哥舒翰應難堵當。生逼得車駕幸西蜀。馬嵬坡簽抑君王。一聲閫外將軍令，萬馬蹄邊妃子亡。扶歸路愁觀羅襪，痛哭香囊。

伯成的《遺事》，殆是諸宮調的尾聲。在西元 1330 年左右編輯的《錄鬼簿》裡，已以能歌唱《董西廂》為可羨詫的事，可見那時諸宮調的歌唱殆已成了秋天的殘蟬之鳴聲了。《張協狀元戲文》的開始，有一段不倫不類的說唱諸宮調的開場。諸宮調在元代或竟已成了幫襯的東西，而不復能獨立的成為一場的罷。

這樣說來，諸宮調的開始，最早當在於宋神宗熙寧（西元 1068 年）間，而其黃金時代的終了，則當在元代的中葉（約西元 1300 年以前）。只不過是兩個多世紀的生命耳。在中國文學裡，這已算是很短壽的一種文體了。但諸宮調雖然生存得不久，流傳的更少（亦有三部），但其生存實為宋、金文學裡最大的一個光彩。像那樣弘偉如宮殿，精粹若珠玉的鉅著，除了其親祖「變文」以外，諸宮調殆以諸宮調敷演之。

八 《賺詞：大麯文學的音樂革新》：元代後期的文學創新對諸宮調和其他歌曲產生的深遠影響

最後，更當一說「賺詞」。「賺詞」並不是諸宮調的同群，乃是「大麯」的一家。其產生較後於諸宮調。但後來諸宮調中的歌曲的結構，似頗受到她的影響。耐得翁的《都城紀勝》說：

唱賺在京師，只有纏令、纏達。有引子、尾聲為纏令。引子後只以兩腔遞且循環間用者為纏達。中興後，張五牛大夫。因聽動鼓板中，又有四太平令或賺鼓板（即今拍板大篩揚處是也），遂撰為賺。賺者，誤賺之義也。令人正堪美聽，不覺已至尾聲。是不宜為片序也。今又有覆賺；又有變花前月下之情為鐵騎之類。凡賺最難，以其兼慢曲、曲破、大麯、嘌唱、耍令、番曲、叫聲諸家腔譜也。

已把「唱賺」的歷史說得很詳細。吳自牧的《夢粱錄》所載，全襲《都城紀勝》，僅加上了杭州能唱賺者竇四官人等二十餘人的姓名。「賺詞」的重要是在把「大麴」的反覆的單以一個曲調來歌唱的格局打破了；而在同一曲調裡，找到許多不同的曲牌，聯合組織起來歌唱的。王國維氏嘗於《事林廣記．戌集》裡，發現了名為《圓社市語》的一篇賺詞；其結構如下：

（中呂宮）《紫蘇丸》——《縷縷金》——《好女兒》——《大夫娘》——《好孩兒》——《賺》——《越恁好》——《鶻打兔》——《尾聲》

這當是今日所見的唯一存在的賺詞了。《西廂記諸宮調》的歌曲裡有用「賺」處，元劇的歌詞裡也有「賺」的使用。其影響是很大的。我頗疑心，張五牛大夫所創作的唱賺，乃是我們文學裡第一次把在同一宮調裡許多不同名的歌曲聯結在一處的嘗試。《劉知遠》、《董西廂》之間有使用這個歌唱的方式，殆皆受其感化的，這話或不會是很錯誤罷。

話本的產生

這一章主要探討了宋代末年至元明時期的文學變革，特別關注了詞話文學的蓬勃發展和話本文學的產生。以下是本章的主要內容：

變文的影響：本部分開始討論變文對宋代文學的影響，特別是在文學變革方面的作用。它提到了從宋代末年至元明時期的文學轉變。

宋代詞話文學的蓬勃發展：這一節強調了詞話文學的蓬勃發展，從《變文》到《詞話》的演變過程得到了探討。

宋代詞話：白話文學的黃金時代：章節中介紹了詞話文學在宋代的黃金時代，強調了這一時期的文學成就。

宋代詞話：作風多樣的文學珍品：本部分討論了不同風格和主題的詞話文學作品，突顯了其多樣性。

宋代文學珍品：這一節提到了除詞話外的其他文學作品，包括詩話、講史等，突顯了這個時期文學的豐富多彩性。

話本文學的「說話人」影響：最後一節討論了話本文學的特點，包括口語敘事的規則和結構，以及「說話人」對故事的影響。

整體來說，這一章深入探討了宋代末年至元明時期文學的變革和發展，以及詞話文學和話本文學的崛起，呈現了這一時期文學的多樣性和豐富性。

一 變文的影響：宋代末年至元明時期的文學變革

在北宋的末年，「變文」顯出了她的極大的影響。「變文」的名稱，在那時大約是已經消失了。講唱「變文」的風氣，在那時也似已不見了。但「變文」的體制，卻更深刻的進入於我們的民間；更幻變的分歧而成為種種不同的新文體。在其間，最重要的是鼓子詞和諸宮調二種。這在上文已經說過了。但變文的講唱的習慣還不僅結果在鼓子詞和諸宮調上。同時，類似變文的新文體是雨後春筍似的聳峙於講壇的地面。講壇的所在，也不僅僅是限於廟宇之中了；講唱的人，也不僅僅是限止於禪師們了。當然禪師們在當時的講壇上還占了一部分的勢力，像「說經」、「說諢經」、「說參請」之類。當時，講唱的風氣竟盛極一時；唱的方面也百出不窮；講唱的人物也「牛鬼蛇神」無所不有；講唱的題材，更是上天下地，無所不談。這種風尚，也許遠在北宋之末以前已經有了。不過，據我們所知道的材料，卻是以北宋之末為最盛。這風尚直到了南宋之末而未衰，直到了元、明而仍未衰。而至今日也還不是完全絕了蹤跡。講唱的勢力，在民間並未低落。講壇也還林立在廟宇與茶棚之中。這可見，變文的軀骸，雖在西陲沉埋了千年以上，而她的子孫卻還在世上活躍著呢；且孳生得更多；其所成就的事業也更為偉大。

在北宋之末，變文的子孫們，於諸宮調外尚有所謂「說話」者，在當時民間講壇上，極占有權威。「說話」成了許多專門的職業；其種類極為分歧。孟元老的《東京夢華錄》記載北宋末年東京的「伎藝」，其中已有：「孫寬、孫十五、曾無黨、高恕、李孝祥等講史；李慥、楊中立、張十一、徐明、趙世亨、賈九等小說；吳八兒，合生……霍四究說三分；尹常賣《五代史》」的話。其後，在南宋諸家的著述，像周密的《武林舊事》，耐得翁的《都城紀勝》及吳自牧的《夢粱錄》，所記載的「說話人」的情形，更為詳盡。《都城紀勝》記載「瓦舍眾伎」道：

說話有四家。一者小說，謂之銀字兒，如煙粉靈怪傳奇，說公案，皆是搏刀趕棒及發跡變泰之事；說鐵騎兒，謂士馬金鼓之事。說經，謂演說佛書；說參請，謂賓主參禪悟道等事。講史書，講說前代書史文傳，興廢爭戰之事。最畏小說人。蓋小說者能以一朝一代故事，頃刻間提破。合生與起令、隨令相似，各占一事。

《夢粱錄》所記，與《都城紀勝》大略相同。《武林舊事》則歷記「演史」「說經、諢經」等等職業的說話人的姓名。「演史」自喬萬卷以下到陳小娘子，凡二十三人；「說經、諢經」自長嘯和尚以下到戴忻庵，凡十七人；「小說」自蔡和以下到史惠英（女流）凡五十二人；「合生」最不景氣，只有一人，雙秀才。大約「說話人」的四家，便是這樣分著的。其中，「小說」最為發達，分門別類也最多。大約每一門類也必各有專家。故其專家至有五十餘人之多。「演史」也是很受歡迎的。《東京夢華錄》既載著霍四究、尹常賣等以說「三分」、「五代史」為專業，而《夢粱錄》裡也說著當時「演史」者的情況道：「又有王六大夫，元系御前供話，為幕客請給，講諸史俱通。於咸淳年間，敷演《復華篇》及《中興名將傳》，聽者紛紛。蓋講得字真不俗，記問淵源甚廣耳。」

凡說話人殆無不是以講唱並重者；不僅僅專力於講。——宋代京瓦中重要的藝伎蓋也無不是如此——這正足以表現出其為由「變文」脫胎而來。今所見的宋人「小說」，其中夾入唱詞不少，有的是詩，有的是詞，有的是一種特殊結構的文章，慣用四言、六言和七言交錯成文的，像：

黃羅抹額，錦帶纏腰。皂羅袍袖繡團花，金甲束身微窄地。劍橫秋水，靴踏狻猊。上通碧落之間，下徹九幽之地。業龍作祟，向海波水底擒來；邪怪為妖，入山洞穴中捉出。六丁壇畔，權為符吏之名；上帝階前，次有天丁之號。

——《西山一窟鬼》

我們讀到這樣的對偶的文章，還不會猛然的想起《維摩詰經變文》、《降魔變文》來麼？但唐人的對偶的散文的描狀，在此時卻已被包納而變成為專門作描狀之用的一種特殊的文章了。大約這種唐人用來講念的，在此時必也已一變而成為「唱文」的一種了。又宋人亦稱「小說」為「銀字兒」。而「銀字」卻是一種樂器之名（見《新唐書．禮樂志》及《宋史樂志》）。白樂天詩有「高調管色吹銀字」，和凝山花子詞有「銀字笙寒調正長」，宋人詞中說及「銀字」者更不少概見。也許這種東西和「小說」的唱調是很有關係的。在「講史」裡，也往往附入唱詞不少。最有趣的是「小說」中，像《快嘴李翠蓮》記（見《清平山堂話本》），像《蔣淑貞刎頸鴛鴦會》（見《清平山堂話本》及《警世通言》），幾皆以唱詞為主體。《刎頸鴛鴦會》更有「奉勞歌伴．先聽格律，後聽蕪詞」及「奉勞歌伴，再和前聲」的話。那麼，說話人並且是有

「歌伴」的了。「合生」的一種，大約也是以唱為主要的東西。《新唐書》卷一百十九《武平一傳》敘述「合生」之事甚詳。但據《夷堅志》八《合生詩詞》條之所述，則所謂「合生」者，乃女伶「能於席上指物題詠，應命輒成者」之謂，其意義大殊。唯宋詞中往往以「銀字合生」同舉，又「合生」原是宋代最流行的唱調之一；諸宮調裡用到它，戲文裡也用到它（中呂宮過曲）。這說話四家中的一家「合生」，難保不是專以唱「合生」這個調子為業的；其情形或像張五牛大夫之以唱賺為專業，或其他伎藝人之以「叫聲」，「叫果子」為專業一樣吧。至於「說經」之類，其為講唱並重，更無可疑。想不到唐代的「變文」到了這個時代，會孳生出這麼許多的重要的文體來。

二　宋代詞話文學的蓬勃發展：從《變文》到《詞話》的文學變革

「合生」和「說經、說參請」的二家，今已不能得其隻字片語，故無可記述。至於「小說」，則今傳於世者尚多，其體制頗為我們所熟悉。「講史」的最早的著作，今雖不可得，但其流甚大，我們也不能不注意及之。底下所述，便專以此二家為主。

「小說」一家，其話本傳於今者尚多。錢曾的《也是園書目》，著錄「宋人詞話」十二種。王國維先生的《曲錄》嘗把她們編入其中，以為她們是戲曲的一種。其後繆荃孫的《煙畫東堂小品》把殘本的《京本通俗小說》刊布了。《也是園書目》所著錄的《馮玉梅團圓》、《錯斬崔寧》數種，竟在其中。於是我們才知道，所謂「詞話」者，原來並不是戲曲，乃是小說。為什麼喚做「詞話」呢？大約是因為其中有「詞」

有「話」之故罷。其有「詩」有「話」者，則別謂之「詩話」，像《三藏取經詩話》是。

錢曾博極群書，其以《馮玉梅團圓》等十二種「詞話」為宋人所作，當必有所據。《通俗小說》本的《馮玉梅團圓》，其文中明有「我宋建炎年間」之語，又《錯斬崔寧》文中，也有「我朝元豐年間」的話。這當是無可疑的宋人著作了。其他《也是園書目》所著錄的十種：

《燈花婆婆》《風吹轎兒》《種瓜張老》《李煥生五陣雨》《簡帖和尚》《紫羅蓋頭》　《小亭兒》（「小」當是「山」之誤）《女報冤》《西湖三塔》《小金錢》

想也都會是宋人所作。在這十種裡，今存者尚有《種瓜張老》（見於《古今小說》，作《張古老種瓜娶文女》），《簡帖和尚》（見於《清平山堂話本》，又見《古今小說》，作《簡帖僧巧騙皇甫妻》），《山亭兒》（見於《警世通言》，作《萬秀娘仇報山亭兒》），《西湖三塔》（見於《清平山堂話本》）等四種。又在殘本的《京本通俗小說》裡，於《錯斬崔寧》、《馮玉梅》二作外，更有左列的數種：

《碾玉觀音》《菩薩蠻》《西山一窟鬼》《志誠張主管》《拗相公》

繆氏在跋上說：「尚有《定州三怪》一回，破碎太甚；《金主亮荒淫》兩卷，過於穢褻，未敢傳摹。」今《定州三怪》（「州」一作「山」）見錄於《警世通言》（作《崔衙內白鷂招妖》）；《金主亮荒淫》也存於《醒世恆言》中（作《金海陵縱慾亡身》），則殘本《京本通俗小說》所有者，今皆見存於世。唯《京本通俗》小說未必如繆氏所言「的是影元寫本」。就其編輯分卷的次第看來，大似明代嘉靖後的東西。故其中所有，未必便都是宋人所作，至少《金主亮荒淫》一篇，其著作的時代絕不會是在明代正德以前的（葉德輝單刻的《金主亮荒淫》系從《醒世恆言》錄出，而偽撰「我朝端平皇帝破滅金國，直取三京。軍士回杭，帶得虜中書籍不少」的數語於篇首，故意說他是宋人之作）。其中所敘的事跡，全襲之於金史卷六十三《海陵諸嬖傳》。《金史》為元代的著作，這一篇當然不會是出於宋人的手筆的。或以為，也許是《金史抄襲》這小說。但那是不可能的。元人雖疏陋，絕不會全抄小說入正史，此其一。以小說與正史對讀之，顯然可看出是小說的敷衍正史，絕不是正史的節取小說，此其二。我以為《金主亮荒淫》筆墨的酣舞橫恣，大似《金瓶梅》；其意境也大相諧合。定哥的行逕，便大類潘金蓮。也許二書著作的時代相差得當不會很遠罷。《金瓶梅》是頗有些取徑於這篇小說的嫌疑。也許竟同出於一人之手筆也難說。

但其他六篇，則頗有宋人作品的可能。《警世通言》在《崔待詔生死冤家》題下，注云「宋人小說，題作《碾玉觀音》」；又在《一窟鬼癩道人除怪》題下，注云：「宋人小說，舊名《西山一窟鬼》」；在《崔衙內白鷂招妖》題下，注云：「古本作《定山三怪》，又雲《新羅白鷂》。」馮夢龍指他們為「宋人小說」，當必有所據。所謂「古本」，雖未必定是「宋本」卻當是很古之作。又《菩薩蠻》中有「大宋高宗紹興年間」云云，《志誠張主管》文中，直以「如今說東京汴縣開封府界」云云引起，《拗相公》文中，有「後人論我宋之氣，都為熙寧變法所壞，所以有靖康之禍」云云，皆當是宋人之作。就其作風看來，也顯然的可知其為和《馮玉梅團圓》諸作是產生於同一時代中的。

但宋人詞話，存者還不止這若干篇。我們如果在《清平山堂話本》、《古今小說》、《警世通言》及《醒世恆言》諸書裡，仔細的抓尋數過，便更可發現若干篇的宋人詞話。在《清平山堂話本》裡，至少像《陳巡檢梅嶺失妻記》（文中有「話說大宋徽宗宣和三年上春間，皇榜招賢，大開選場，去這東京汴梁城內虎異營中一秀才」的話），像《刎頸鴛鴦會》（一名《三送命》，一名《冤報冤》，文中引有《商調醋葫蘆》小令十篇，大似趙德麟《商調蝶戀花》鼓子詞的體制，或當是其同時代的著作罷），像《楊溫攔路虎傳》，像《洛陽三怪記》（文中有「今時臨安府官巷口花市，喚做壽安坊，便是這個故事」的話），像《合約文字記》（文中有「去這東京汴梁離城三十里有個村」的話）等篇，都當是宋人的著作，且其著作年代有幾篇或有在北宋末年的可能（像《合約文字記》）。在《古今小說》裡，像《楊思溫燕山逢故人》（文中有「至紹興十一年，車駕幸錢塘，官民百姓皆從」的話），像《沈小官一鳥害七命》（文中有「宣和三年，海寧郡武林門外北新橋」的話），像《汪信之一死救全家》（文中有「話說大宋乾道淳熙年間，孝宗皇帝登極」的話），其作風和情調也很可以看得出是宋人的小說。《警世通言》所載宋人詞話最多，在見於《京本通俗小說》，《清平山堂話本》者外，尚有《三現身包龍圖斷冤》、《計押番金鰻產禍》、《皂角林大王假形》、《福祿壽三星度世》等篇，也有宋作的可能。在《醒世恆言》裡，像《勘皮靴單證二郎神》、《鬧樊樓多情周勝仙》、《鄭節使立功神臂弓》等數篇，也很可信其為宋人之作。

三　宋代詞話：白話文學的黃金時代

就上文所述，總計了一下，宋人詞話今所知者已有左列二十七篇之多（也許更有得發現；這是最謹慎的統計，也許更可加入疑似的若干篇進去）。這二十七篇宋人詞話的出現，並不是一件小事。以口語或白話來寫作詩、詞、散文的風氣，雖在很早的時候便已有之（像王梵志的詩、黃庭堅的詞、宋儒們的語錄等等）。但總不曾有過很偉大的作品出現過。在敦煌所發現的各種俗文學裡，口語的成分也並不很重。《唐太宗入冥記》是今所知的敦煌寶庫裡的唯一之口語的小說，然其使用口語的技能，卻極為幼稚。

試舉其文一段於下：

「判官名甚？」「判官懆惡，不敢道名字。」帝曰：「卿近前來。」輕道：「姓崔名子玉。」「朕當識。」才言訖，使人引皇帝至院門。使人奏曰：「伏唯陛下且立在此，容臣入報判官速來。」言訖，使者到廳前拜了：「啟判官，奉大王處分，將太宗生魂到，領判官推勘。見在門外，未敢引入。」

但到了宋人的手裡，口語文學卻得到了一個最高的成就，寫出了許多極偉大的不朽的短篇小說。這些「詞話」作者們，其運用「白話文」的手腕，可以說是已到了「火候純青」的當兒，他們把這種古人極罕措手的白話文，用以描寫社會的日常生活，用以敘述駭人聽聞的奇聞異事，用以發揮作者自己的感傷與議論；他們把這種新鮮的文章，使用在一個最有希望的方面（小說）去了。他們那樣的勁健直捷的描寫，圓瑩流轉的作風，深入淺出的敘狀，在在都可以見出其藝術的成就是很為高明的。這是中國文學史上第一次用白話文來描述社會的日常生活的東西。而當時社會的物態人情，一一躍然的如在紙上，即魔鬼妖神也似皆像活人般的在行動著。我們可以說，像那樣的雋美而勁快的作風，在後來的模擬的諸著作裡，便永遠的消失了。自北宋之末到南宋的滅亡，大約便可稱之為話本的黃金時代罷。姑舉《簡帖和尚》的一段於下：

那僧兒接了三件物事，把盤子寄在王二茶坊櫃上。僧兒託著三件物事，入棗槊巷來。到皇甫殿直門前，把青竹簾掀起，探一探。當時皇甫殿直正在前面交椅上坐地。只見賣餶飿的小廝兒，掀起簾子。猖狂狂探一探了便走。皇甫殿直看著那廝，震威一喝，便是當陽橋上張飛勇，一喝曹公百萬兵。喝那廝一聲，問道：「做什麼？」那廝不顧便走。皇甫殿直搜開腳兩步趕上，捽那廝回來，問道：「甚意思，看我一看便走？」那廝道：「一個官人教我把三件物事與小娘子，不教把來與你。」殿直問道：「什麼物事？」那廝道：「你莫問。不教把與你。」皇甫殿直捻得拳頭沒縫，去頂門上屑那廝一　道：「好好的把出來，教我看！」那廝吃了一　，只得懷裡取出一個紙裡兒，口裡兀自道：「教我把與小娘子，又不教把與你。」皇甫殿直劈手奪了紙包兒，開啟看，裡面一封落索鐶兒，一雙短金釵，一個柬帖兒。皇甫殿直接得三件物事，折開簡子看時，……皇甫殿直看了簡帖兒，劈開眉下眼，咬碎口中牙，問僧兒道：「誰教你把來？」僧兒用手指著巷口王二哥茶坊裡道：「有個粗眉毛，大眼睛，蹶鼻子，略綽口的官人，教我把來與小娘子，不教我把與你。」皇甫殿直一隻手捽住僧兒狗毛，出這棗槊巷，徑奔王二哥茶坊前來。僧兒指著茶坊道：「恰才在撈裡面打底床鋪上坐地底官人，教我把來與小娘子，又不教把與你，你卻打我！」皇甫殿直再捽僧兒回來，不由開茶坊的王二分說。當時到家裏，殿直把門來關上，搽來搽去，唬得僧兒戰做一團。殿直從裡面叫出二十四歲枝也似渾家出來道：「你且看這件物事！」那小娘子又不知上件因依，去交椅上坐地。殿直把那簡帖兒和兩件物事，度與渾家看。那婦人看著簡帖兒上言語，也沒理會處。殿直道：「你見我三個月日押衣襖上邊，不知和甚人在家吃酒？」小娘子道：「我和你從小夫妻。你去後何曾有人和我吃酒。」殿直道：「既沒人，這三件物從哪裡來？」小娘子道：「我怎知！」殿直左手指，右手舉，一個漏風掌打將去。小娘子則叫得一聲，掩著面哭將入去。

這和《唐太宗入冥記》的白話文比較起來，是如何的一種進步呢！前幾年，有些學者們，見於元代白話文學的幼稚，以為像《水滸傳》那樣成熟的白話小說，絕不是產生於元代的。中國的白話文學的成熟期，當在明代的中葉，而不能更在其前。想不到在明代中葉的二世紀以前，我們早已有了一個白話文學的黃金時代了！

四　宋代詞話：作風多樣的文學珍品

這些「詞話」，其性質頗不同，作風也有些歧異。當然絕不會是出於一二人的手下的。大抵北宋時代的作風，是較為拙質幼稚的，像《合約文字記之》類。而《刎頸鴛鴦會》敘狀雖較為奔放，卻甚受「鼓子詞」式的結構的影響，描寫仍不能十分的自由。但到了南宋的時代卻不然了。其揮寫的自如，大有像秋高氣爽，馬肥草枯的時候，馳騁縱獵，無不盡意；又像山泉出谷，終日夜奔流不絕，無一物足以阻其東流。其形容世態的深刻，也已到了像「禹鼎鑄奸，物無遁形」的地步。在這些「小說」裡，大概要以敘述「煙粉靈怪」的故事為最多。「煙粉」是人情小說之別稱，「靈怪」則專述神鬼，二者原不相及；然宋人詞話，則往往滲合為一，彷彿「煙粉」必帶著「靈怪」，「靈怪」必附於「煙粉」。也許都城紀勝把「煙粉靈怪」四字連合著寫，大有用意於其間罷。我們看，除了《馮玉梅團圓》寥寥二三篇外，那一篇的煙粉小說不帶著「靈怪」的成分在內。《碾玉觀音》是這樣，《西山一窟鬼》、《志誠張主管》是這樣，乃至像《定山三怪》、《洛陽三怪》、《西湖三塔記》、《福祿壽三星度世》等等，無一篇不是如此。唯像《碾玉觀音》諸篇，其描狀甚為生動，結構也很有獨到處，可以說是這種小說的上乘之作。若《定山三怪》諸作，便有些落於第二流中了。自《定山三怪》到《福祿壽三星度世》，同樣結構和同樣情節的小說，乃有四篇之多；未免有些無聊，且也很是可怪。也許這一類以「三怪」為中心人物的「煙粉靈怪」小說，是很受著當時一般聽者們所歡迎，故「說話人」也彼此競仿著寫罷。總之，這四篇當是從同一個來源出來的。宋人詞話的伎巧，當以這幾篇為最壞的了。

像「公案傳奇」那樣的純以結構的幻曲取勝者，在宋代詞話裡也為一種最流行的作風。這種情節複雜的「偵探小說」一類的東西，想來也是甚為一般聽眾所歡迎的。在這種「公案傳奇」裡，最好的一篇，是《簡帖和尚》。而《勘皮靴單證二郎神》的一作，也窮極變幻，其結構一層深入一層，更又一步步的引人入勝，實可謂之偉大的奇作。像《錯斬崔寧》、《山亭兒》之類，雖不以結構的奇巧見長，其描寫卻是很深刻生動的。《合約文字記》當是這一類著作的最早者。《沈小官一鳥害七命》則其結局較為平衍（《古今小說》裡有《宋四公大鬧禁魂張》一篇，其作風頗像宋人，敘的是一個大盜如何的戲弄著捕役的事，和《勘皮靴單證二郎神》一篇恰巧是很有趣的對照）。

《楊溫攔路虎傳》大約便是敘說「摶刀趕棒及發跡變泰的事」的一個例子罷。但，「摶刀趕棒及發跡變泰的事」和「說公案」毫不相干。「說公案」指的是另一種題材的話本（《清平山堂話本》於《簡帖和尚》題下，明注著「公案傳奇」四字）。楊溫的這位英雄，在這裡描寫的並不怎樣了不得；一人對一人，他是很神勇，但人多了，他便要吃虧。這是真實的人世間的英雄。像出現於元代的《水滸傳》上的李逵、武松、魯達等等，又《列國志傳》上的伍子胥，《三國志演義》上的關羽、張飛等，卻都有些超人式的或半神式的。大約在宋代，說話人所描寫的英雄，還不至十分的脫出人世間的真實的勇士型罷。

《汪信之一死救全家》有點像楊溫的同類，但又有點像是「說鐵騎兒」的同類。這是一篇很偉大的悲劇。像汪信之那樣的自我犧牲的英雄，置之於許多所謂「迫上梁山」的反叛者們之列，是頗能顯出在封建社會裡被壓迫者的如何痛苦無告。

最足以使我們感動的，最富於淒楚的詩意的，便要算是《楊思溫燕山逢故人》一篇了。這也是一篇

「煙粉靈怪」傳奇，除了後半篇的結束頗為不稱外，前半篇所造成的空氣，乃是極為純高，極為淒美的。「今日說一個官人，從來只在東京看這元宵。誰知時移事變，流寓在燕山看元宵。」這背景是如何的淒楚呢！楊思溫當金人南侵之後，流落在燕山，國破家亡，事事足以動感。「心悲異方樂，腸斷《隴頭歌》」，恰正好形容他的度過元宵的情況罷。他後來在酒樓上遇見故鬼，終於死在水中，那倒是極通俗的結局。大約寫做這篇的「說話人」，或是一位「南渡」的遺老罷，故會那麼的富於家國的痛戚之感。

《拗相公》是宋人詞話裡唯一的一篇帶著政治意味的小說；把這位厲行新法的「拗相公」王安石罵得真夠了。徒求快心於政敵的受苦，這位作者大約也是一位受過王安石的「紹述」者們的痛苦的虐政的，故遂集矢於安石的身上罷。

五　宋代文學珍品：詩話、講史、和其他

「詞話」以外，別有「詩話」。但二者的結構卻是很相同的；當是同一物。「詩話」存於今者，僅有《大唐三藏取經詩話》三卷，亦名《三藏法師取經記》。共分十七章，每章有一題目，如《行程遇猴行者處第二》，《入王母池之處第十一》之類，正和《劉知遠諸宮調》的式樣相同。這是「西遊」傳說中最早的一個本子，其中多附詩句，像：

僧行七人次日同行，左右伏事。猴行者因留詩曰：「百萬程途向那邊，今來佐助大師前。一心祝願逢真教，同往西天雞足山。」三藏法師答曰：「此日前生有宿緣，今朝果遇大明仙。前途若到妖魔處，望

顯神通鎮佛前。」《取經詩話》以猴行者為「白衣秀才」，又會做詩，大似印度史詩拉馬耶那裡的神猴哈奴曼(Hanuman)。哈奴曼不僅會飛行空中，而且會做戲曲。相傳為他所作的一部戲曲，今尚有殘文存於世上。

宋代「講史」的著作，殆不見傳於今世。曹元忠所刊布的《新編五代史平話》，說是宋板，其實頗有元板的嫌疑。惜不得見原書以斷定之。《新編五代史平話》凡十卷，每史二卷，唯《梁史》及《漢史》俱缺下卷。其文辭頗好。大抵所敘述者，大事皆本於正史，而間亦雜入若干傳說，恣為點染，故大有歷史小說的規模。其中，像寫劉知遠微時事，郭威微時事，都很生動有趣。其白話文的程度，似更在羅貫中的《三國志演義》之上。

又有《大宋宣和遺事》者，世多以為宋人作；但中雜元人語，則不可解。「抑宋人舊本，而元時又有增益」耶？書分前後二集，凡十段，大似「講史」的體裁，唯不純為白話文，又多抄他書，體例極不一致。所敘者以徽、欽的被俘，高宗的南渡的事實為主，而也追論到王安石的變法，其口吻大似《拗相公》。開頭並歷敘各代帝王荒淫失政的事，以為引起。其中最可注意者則為第四段，敘述梁山濼聚義始末。其中人物姓名以及英雄事跡，已大體和後來的《水滸傳》相同：當是《水滸》故事的最早的一個本子。唯吳用作吳加亮，盧俊義作李進義為異耳。

又有《梁公九諫》一卷，北宋人作，文意俱甚拙質。敘武后廢太子為盧陵王，而欲以武三思為太子。狄仁傑因事乘勢，極諫九次。武后乃悟，復召太子回。當是「說話人」方起之時的所作罷。

六　話本文學的「說話人」影響：口語敘事的規則與結構

話本的作者們，可惜今皆不知其姓氏。《武林舊事》雖著錄說「小說」者五十餘人；卻不知這些後期的說話人們曾否著作些什麼。講史的作家們，今所知者有霍四究（說「三分」）、尹常（賣「五代史」）及王六大夫（說《復華篇》及《中興名將傳》）等，而他們所作卻皆隻字不存。

為了「話本」原是「說話人」的著作，故其中充滿了「講談」的口氣，處處都是針對著聽眾而發言的。如「說話的，因甚說這春歸詞」（《碾玉觀音》）；「自家今日也說一個士人，因來行在臨安府取選」（《西山一窟鬼》）；「這員外姓甚名誰？卻做出什麼事來」（《志誠張主管》）。也因此，而結構方面，便和一般的純粹的敘述的著作不同。最特殊的是，在每一篇話本之前，總有一段所謂「入話」或「笑耍頭回」，或「得勝頭回」的，或用詩詞，或說故事，或發議論，與正文或略有關係，或全無關係。這到底有什麼作用呢？我們看，今日的彈詞，每節之首，都有一個開篇（像倭袍傳），便知道其訊息。原來，無論說「小說」或「講史」，為了是實際上的職業之故，不得不十分的遷就著聽眾。一開講詩，聽眾未必到得齊全，不得不以閒話敷衍著，延遲著正文的起講的時間，以待後至的人們。否則，後至者每從中途聽起，摸不到那場話本的首尾，便會不耐煩靜聽下去的了。

到了後來，一般的小說，已不復是講壇上的東西了，——實際上講壇上所講唱的小說也已別有祕本了——然其體制與結構仍是一本著「說話人」遺留的規則，一點也不曾變動。其敘述的口氣與態度，也仍是模擬著宋代說話人的。說話人的影響可謂為極偉大的了！

戲文的起來

這一章主要討論了中國戲曲的起源和發展，探討了戲曲的兩大型式，傳奇和雜劇的起源和區別，以及中國戲曲起源的新思考。以下是本章的主要內容：

口語敘事的巨匠：探析話本文學中「說話人」的影響：本部分探討話本文學中的「說話人」對故事的影響，特別是口語敘事的巨匠如何影響戲曲的發展。

中國戲曲的兩大型式：本節介紹了中國戲曲的兩大主要型式，傳奇和雜劇，並探討了它們的起源和特點。

中國戲曲起源的新思考：這一部分提出了新的觀點，重新思考了中國戲曲的起源，並關注了印度戲曲與中國戲曲之間的關聯。

中國戲曲的印度之影：本節討論了印度戲曲對中國戲曲的影響，包括組織、語言和文化方面的互動。

戲文初期情節的印度共鳴：章節中探討了戲曲初期情節與印度故事的相似性，突顯了跨文化故事的奇妙相似性。

宋代早期的戲文和作者：最後一節介紹了宋代早期的戲文和一些作者，突顯了戲曲在宋代的發展。

整體來說，這一章深入探討了中國戲曲的起源和發展，以及它如何受到口語敘事和跨文化故事的影響，呈現了戲曲這一重要藝術形式的多樣性和豐富性。

一　口語敘事的巨匠：探析話本文學中「說話人」的影響

中國戲曲的產生在諸種文體中為獨晚。在世界產生古典劇的諸大國中，中國也是產生古典劇最晚的一國。當散文已經發生了許多次的變化，詩歌已有了諸般不同的式樣，小說也已表現著發展的趨勢時，中國的戲曲方始漸漸的由民間抬頭而與學士文人想見，方始漸漸的占據著一部分文壇上的勢力。蓋中國最早的戲曲，其產生期，今所知者當在北宋的中葉（約第十一世紀），至宣和間（第十二世紀初半期）方才有具體的戲文，為民眾所注意、所歡迎。金人陷汴京後，北曲一時大盛，而北方的戲曲也便突現出異彩來。寖淫至於宋、金末造，戲曲的勢力，更一天天的熾盛。元代承宋、金之後，其文壇遂有以戲曲為活動的中心之概。戲曲到了這個時代，方才正式的登上了文壇。大約劇本之開始創編，當在宣和的前後。然遺留於今的最早的完全的劇本，則其產生時代不能早於第十三世紀的前半葉（金亡之前的一二「年代」）。這樣看來，中國戲曲在諸古國中誠是一位「其生也晚」的後進。當中國戲曲方才萌芽之時，印度的古典戲曲早已盛極而衰的了（印度古典劇以西元前第六世紀為全盛時代）。希臘的悲劇、喜劇早已被基督教的勢力掃蕩到不知那哪去的了（希臘悲劇以西元前第五世紀為全盛時代）。他們的古典劇已經成了過去的僵硬的化石，而我們的古典劇方才「姍姍其來遲」的出現於世。中國戲曲為什麼會產生得那麼遲晚呢？

第一是：歷來民間所產生的或文士所創造的諸種文體，如駢文，如古文，如五七言詩，如詞，都只能構成了敘事、論議的散文與乎抒情的歌曲（以詩詞來敘事的已甚少），卻沒有一種「神示」或靈感，能使他們把那些詩、詞、駢、散文組織成為一種特殊的複雜的文體，像戲曲的那種式樣的。戲曲遂也不能夠由天上落下來似的出現於世。

第二是：無論宮廷或民間，都秉承著儒教的傳統的見解，極力的排斥著新奇的娛樂。略涉奇異的事物，他們便以為怪誕而放斥之唯恐不速。他們的帝王僅知滿足於少女的清歌妙舞與乎弄人的調謔說笑，民間也僅知備足於清唱、雜耍以及迎神賽會的簡樸的娛樂之中，從不曾進一步而發生所謂戲劇的。古來傳記中所載的優伶的故事，像王國維氏在他的《宋元戲曲史》所蒐集的，大概都是「弄人」的故事，並非真正的「伶人」的故事。他們大概至多隻能想到要將歌舞連合於「故事」，卻不曾想到要將故事搬演出來而成為戲曲的。戲曲原為最複雜的文體，故其產生之難，也獨超於諸種文體之上。

第三：外來的影響，也不容易灌輸進來。中國的音樂早已受外來的影響，宗教也早已為外來教所壟斷。論理，印度戲曲，也應該早些輸入。然戲曲的藝術比較得複雜，其輸入自比較得困難。又佛教徒在古時雖也有所謂佛教戲曲（這幾年在中央亞細亞發現了幾部佛教戲曲的殘文，已印行一部分）。然後期的佛教徒，對於戲曲卻似是持著反對的態度。因此對於印度古典劇固不至於輸入，即佛教劇也是不肯負輸入之責的。印度的戲曲至少受有希臘戲曲的多少的感應。

當亞歷山大東征時，希臘文化是很流行於印度北部的。故其演劇的藝術很容易的便輸入印度去。中國與印度的關係卻比較的遼遠淺薄。一面既隔著高山峻嶺，一面又隔著汪汪無際的大洋，其交通是很不便的。除了帶著殉教精神的佛教留學生以及重利的商人以外，平常很少有人和印度相交往。為了外來影響輸入的不易，也為了戲曲的複雜藝術的更不易於輸入，所謂演劇的藝術，便當然要遠在宗教、音樂以及神話、傳說、變文、小說等等的輸入以後才能夠輸入的了。

二　中國戲曲的兩大型式：傳奇與雜劇的起源和區別

中國的戲曲可分為兩種很不相同的型式：一種名為「傳奇」，別一種名為「雜劇」。「傳奇」在最初是名為「戲文」的。「戲文」流行於中國南方的民間，故所用的曲調，全都是所謂「南曲」的。「雜劇」之名極古，在宋真宗時已有此稱。唯其與今雜劇卻是完全不同的（這將在下文論及）。他們是流傳於北方的，所以用的曲調都是所謂「北曲」的。但最可注意的是：雜劇的唱者嚴格的限於主角一人，其主角或為正末，或為正旦，俱須獨唱到底。與他或她對待的角色只能對白，不能對唱。傳奇的唱者卻不限定於主角一人；凡在劇中的人，都可以唱，都可以與主角和唱、互唱。又傳奇登場時，先要由一個「末」色或「副末」念說一篇開場詞。這些開場詞或為頌讚之語，或為作者說明所以作劇之意，並及那時所欲搬演的那本傳奇的情節。這篇詞，或謂之「副末開場」，或謂之「家門始末」，總之，乃是全劇的一個提綱，用以引起全劇的。雜劇則於劇首沒有此種「開場」。

這兩種不同型的戲曲，各有其不同的起源。而戲文的起源，其時代較雜劇為早，其來歷也較雜劇的來歷為單純。關於雜劇的話，將在下文再提到，這裡先說「戲文」。

三　中國戲曲起源的新思考：輸入說與印度戲曲的關聯

「戲文」起源的問題，似乎還不曾有人仔細的討論過。王國維氏在《宋元戲曲史》上，雖曾辛勤的蒐羅了許多材料，但其研究的結果，卻不甚能令人滿意。不過亦很有些獨到之見解。他說：「南戲之淵源於宋，殆無可疑。至何時進步至此，則無可考。吾輩所知，但元季既有此種南戲耳。然其淵源所自，或反古於元雜劇」（《宋元戲曲史》頁一百五十五）。這種見解，較之一般人的「傳奇源於雜劇」的意見，自然要高明得多。然究竟並未將中國戲劇的真來源考出。我們如欲從事為戲劇的真來源的探考，則非先暫時拋開了舊有的迷障與空談，而另從一條路去找不可。我們要有完全撇開了舊說不顧的勇氣，確切的知道一切六朝、隋、唐以及別的時代的「弄人」的滑稽嘲謔，絕不是真正的戲曲，也絕不是真正的戲曲的來源。我們更要能遠矚外邦的作品，知道我們的戲曲，和他們的戲曲，這其間究竟有如何的關係。我對於這個問題，曾有七八年以上的注意與探討，但自己似乎覺得還不曾把握到十分成熟的結論。今姑將自己所認為還可以先行布露的論點，提出來在此敘述一下。

我對於中國戲曲的起源，始終承認傳奇決非由雜劇轉變而來，如一般人所相信的。傳奇的淵源，當反「古於（元）雜劇」。當戲文或傳奇已流行於世時，真正的雜劇似尚未產生。而傳奇的體例與組織，卻完全是由印度輸入的。在佛教徒或史官的許多記載上，我們看不出一點的這樣的戲曲輸入的痕跡。但我們要知道，戲曲的輸入，或未必是由於熱心的佛教徒之手的。而其輸入的最初，則僅民間流布著。這些戲曲的輸入，或系由於商賈流人之手而非由於佛教徒，或竟系由於不甚著名的希佛教徒的輸入也說不定。原來中國與印度的交通，並非如我們平常所想像的那麼罕而艱難的。經由天山戈壁的陸路，當然有如法顯、玄奘他們所描寫的那麼艱險難行。然而這裡卻另有一條路，即由水路而到達了中國的東南方。這一條路雖然也苦於風波之險，然重利的商人卻總是經由這條比較容易運輸貨物的路的。玄奘的《大唐西域記》曾記載著，他去謁見到名的印度戒日王時，戒日王卻命人演奏著「秦王破陣樂」給他聽，並問及小秦王的近況。玄奘剛剛經過千辛萬苦的由中國來到印度，而這個「秦王破陣樂」卻早已安安舒舒的傳輸到了那邊了。究竟是什麼樣的人將它傳達到印度去的呢？且由北方的陸路走是不會的，那條路是那麼難走。除了異常熱忱的且具有殉教精神的玄奘們以外，別的人是不會走的。那麼，這個「秦王破陣樂」的流布於印度當然是由於商賈們的力量了。他們既會由中國傳了音樂、歌舞到印度去，便也會由印度輸了戲曲、音樂到中國來。這是當然的道理。且在法顯諸人的記載上，也曾頗詳細的描寫著中、印的海上交通的情形。大抵印度南方的人民，不信佛者居多，而戲曲又特別的發達。則印度的戲曲及其演劇的技術之由他們輸入中國，是沒有什麼可以置疑的地方。我猜想，當初戲曲的輸入來，或並非為了娛樂活人，當系海客們作為禱神、酬神之用的（至今內地的演劇還完全為的是酬神）。其成為富室王家的娛樂之具，卻是最後的事。

更有一件很巧合的事，足以助我證明這個「輸入說」的。前幾年胡先驌先生曾在天台山的國清寺見到了很古老的梵文的寫本，攝照了一段去問通曉梵文的陳寅恪先生。原來這寫本乃是印度著名的戲曲

《梭康特拉》（Sukantara）的一段。這真要算是一個大可驚異的訊息。天台山！離傳奇或戲文的發源地溫州不遠的所在，而有了這樣的一部寫本存在著！這大約不能是一件僅僅被目之為偶然巧合的事件罷。

四　中國戲曲的印度之影：組織、語言、和文化的互動

其實，就傳奇或戲文的體裁或組織而細觀之，其與印度戲曲逼肖之處，實足令我們驚異不置，不由得我們不相信他們是由印度輸入的。關於二者組織上相同之點，這裡不能詳細的說明、引證，但有幾點是必須提出的：

第一，印度戲曲是以歌曲、說白及科段三個元素組織成功的。歌曲由演者歌之；說白則為口語的對白，並非出之以歌唱的；科段則為作者表示著演者應該如何舉動的。這和我們的戲文或傳奇之以科、白、曲三者組織成為一戲者完全無異。

第二，在印度戲曲中，主要的角色為：（一）拿耶伽（Nayaka），即主要的男主角，當於中國戲文中的生，這乃是戲曲中的主體人物；（二）與男主角相對待者，更有女主角拿依伽（Nayika），她也是每劇所必有的，正當於中國戲文中的旦；（三）毗都娑伽（Vidusaka），大抵是裝成婆羅門的樣子，每為國王的幫閒或侍從，貪婪好吃，每喜說笑話或打諢插科，大似中國戲文中的丑或淨的一角，為主角的清客、幫閒或竟為家僮；（四）男主角更有一個下等的侍從，常常服從他的命令，蓋即為戲文中家僮或從人；（五）印度戲曲中更有一種女主角的侍從或女友，為她效力，或為她傳遞訊息的；這種人也正等於戲文中

的梅香或宮女。此外尚有種種的人物，也和我們戲文或傳奇中的腳色差不多。

第三，印度的戲曲在每戲開場之前必有一段「前文」，由班主或主持戲文的人，上台來對聽眾說明要演的是什麼戲，且介紹主角出場來。最初是頌詩祝福，或對神，或對人；其次是說明戲名，與戲房中出來的一個人相問答；再其次是說明劇情的大略或主角的性格（大抵是用詩句）。然後後台中主角說話的聲音可以聽得見。這位班主至此便道：「某某人（主角）正在做什麼事著呢」而退去。於是主角便由後台上場。這正和我們的傳奇或戲文中的「副末開場」或「家門始末」一模一樣。我們的「開場」是：先由「末」或「副末」唱念一首《西江月》等歌詞，這歌詞大抵總是頌賀，或說明要及時行樂之意。然後他向後房問道：「請問後房子弟，今日敷演甚般傳奇？」後台的人（不出場）答曰：「今日搬演的是某某戲。」他便接著說道：「原來是某某戲。」於是便將此戲的始末大概，用詩詞念唱了出來。唱完後，他用手指著後台道：「道猶未了，某某人早上。」便向下場門退去，而主角因以上場。為了這是一場過於熟套了，所以通常刻本的傳奇常以「問答照常」四字，及必需每劇不同的唱念的《西江月》及「家門」等詩句了之，並不完全將這幕「開場」寫出。這便是中、印劇二者之間最逼肖的組織之一。

第四，印度戲曲於每戲之後必有「尾詩」（Epiloge）以結之。這些「尾詩」大都是讚頌勸戒之語，或表示主角的願望的。唱念著這「尾詩」的必是劇中人物，且常常是主角。如《梭康特拉》唱念「尾詩」的乃是主角國王。如 The Little Clay Cart 唱念「尾詩」的乃是主角 Charudatta。他們的辭句，不外是禱求風調雨順，人民快樂，君主賢明，神道昭靈一類的話。這還不和我們戲文中的「下場詩」很相同的麼？所略異的，我們戲文中的下場詩，大都是總括全劇的情節的，如《琵琶記》的「自居墓室已三年，今日丹書下九天。官誥頒來皇澤重，麻衣換作錦袍鮮。椿萱受贈皆瞑目，鸞鳳銜恩喜並肩。要識名高並爵顯，須知子孝共妻賢」，《張協狀元》的「古廟相逢結契姻，才登甲第沒前程。梓州重合鸞鳳偶，一段姻緣冠古今」，《殺狗記》的「奸邪簸弄禍相隨，孫氏全家福祿齊。奉勸世人行孝順，天公報應不差移」都是。但說著「子孝共妻賢」及「奉勸世人行孝順」諸語，卻仍是以勸戒之語結的，與印度戲曲的「尾詩」性質仍相肖合。

第五，印度戲曲在一劇中所用的語言文字，大別之為兩種：一種典雅語，即 Sanscrit，一種是土白語，即 Prakrits。大都上流人物、主角，則每用典雅語，下流人物，如侍從之類，則大都用土白。這也和我們傳奇中的習慣正同。在今所傳的傳奇戲文中，最古用兩種語調的劇本，今尚未見。然在嘉靖年間，陸採的《南西廂記》等，已間用蘇白。而萬曆中沈璟所作的《四異記》，則丑、淨已全用蘇人鄉語（見鬱藍生《曲品》）。今日劇場上的習慣更是如此。丑與淨大都是用土白說話的，即原來戲文並不如此者，他們也要將他改作如此。如今日所演李日華的《南西廂記》，法聽諸人的話便全是蘇白，全是伶人自改的。但主角，正當的腳色，則完全用的是典雅的國語，絕不用土白。這個習慣，絕不會是創始於陸採或沈璟的，必是劇場上很早的已有了這種習慣。不過寫劇者大都為了流行他處之故，往往不欲仍用土語寫入劇中。而依了劇場習慣，把土語方言寫入劇本中者，則或當始於沈、陸二氏耳。這與印度戲曲之用歧異語以表示劇中人物身分者，其用意正同。

在這五點上講來，已很足證明中國戲曲自印度輸來的話是可靠的了。像這樣的二者逼肖的組織與性質，若謂其出於偶然的「貌合」或碰巧的相同，那是說不過去的。波耳的《支那事物》（Dyer Ball Things

Chinese）說：「中國劇的理想完全是希臘的，其面具、歌曲、音樂、科白、出頭、動作，都是希臘的。……中國劇底思想是外國的，只有情節和語言是中國的而已。」如將「希臘的」一語，改為「印度的」似更為妥當。

五　戲文初期情節的印度共鳴：探索跨文化故事的奇妙相似性

最後，在題材上，也可以找出更有趣的奇巧可喜的肖合來。我們最早的戲文今所知者為《趙貞女蔡二郎》、《王魁負桂英》等等。這些戲文雖或已全佚，或僅存零星的一二殘曲，不足使我們完全明瞭其內容。然據古人的記載看來，其情節是約略可知的。《趙貞女蔡二郎》敘的是蔡二郎得第忘歸，其妻歷盡艱苦，前往尋他，二郎卻拒之不見，不肯認她為妻。《王魁負桂英》的情形也約略相同。王魁與桂英誓於海神廟，願偕白首，無相捐棄。但王魁中第得官以後，桂英派人去見他。魁卻沒煞前情，嚴拒於她，不給理睬。又，今存於《永樂大典》中的戲文，《張協狀元》，寫的也是張協得第後，變了心腸，棄了王氏女不顧。王氏女剪髮籌資，前往京師尋他，他卻命門子打她出去。為什麼最初期的戲曲中，會有那麼多的「痴心女子負心漢」的故事呢？當然，像這樣的情事，在實際的社會上是不會很少的。但這種不約而同的情節，為什麼在「戲文」一開始的時候就會用的那末多呢？我們如果一讀印度大戲劇家卡里台莎（Kalidasa）的《梭康特拉》，我們大約總要很驚奇的發現，梭康特拉之上京尋夫而被拒於其夫杜希揚太（Dushyanta），原來和《王魁》、《趙貞女》乃至《張協》的故事是如此的相肖合的。如果我們更知道梭康特拉的劇文曾被傳到天台山上的一個廟宇裡的事，則對於這種情節所以相同的原因，當必然有以瞭然於心吧。

又，在最早的戲文《王煥》，及《崔鶯鶯西廂記》上（這些戲文也已佚，我們僅能在別的形式的劇文上約略的知道其情節），其描寫王煥與賀憐憐在百花亭上的相逢，與乎鶯鶯與張生在佛殿上的想見，其情形與杜希揚太初遇梭康特拉於林中的情形也是很相同的；而《王煥中》的王小三和《崔鶯鶯》中的紅娘，則也為印度戲曲中所常見的人物。

又，最早的戲文，《陳巡檢梅嶺夫妻》（《永樂大典》作《陳巡檢妻遇白猿精》），其情節與印度的大史詩《拉馬耶那》（Ramayna）很有一部分相類似。而《拉馬耶那》的故事，卻又是印度戲曲家們所最喜歡採用的題材。這其間也難保沒有多少的牽連的因緣在內。

六　宋代早期的戲文和作者

據徐渭的《南詞敘錄》，著錄「宋、元舊篇」凡六十五部，全都是宋、元遺留下來的戲文。最後的幾篇，是元末明初人高則誠等所作的《蔡伯喈琵琶記》、《王俊民休書記》等。作者大抵無姓氏可考。《永樂大典》第一萬三千九百六十五捲至一萬三千九百九十一卷，凡二十七卷，皆錄戲文，都凡三十三本。其中與《南詞敘錄》所著錄的名目相同者凡二十四本。其餘九本，則為徐渭所未知者。這一類的戲文，除了《琵琶記》盛行於世外，其餘皆淹沒無聞。近幸在《永樂大典》第一萬三千九百九十一卷中，發現了戲文三部。又沈璟的南九宮譜及張祿的《詞林摘豔》，無名氏的《雍熙樂府》中也載有戲文的殘文不少。大抵，我們研究宋、元的戲文，所知的材料已略盡於此的了。唯其中以元人所作者為最多。我們所確知的最早的宋人所作的戲文，不過下列數種而已。

一、《趙貞女蔡二郎》，作者無考。徐渭云：「即蔡伯喈棄親背婦，為暴雷震死，裡俗妄作也。實為戲文之首。」此戲蓋即高則誠《琵琶記》的祖本。則誠因其結局的荒誕，故特易之為團圓，而名之曰：《忠孝蔡伯喈琵琶記》。將不忠不孝，易為又忠又孝，當然是出於不忍見「古人的被誣」的一念。南宋陸放翁詩，有「斜陽古道趙家莊，負鼓盲翁正作場。死後是非誰管得，滿街聽說《蔡中郎》」，則當時不僅有《趙貞女》的戲文，且有《蔡中郎》的盲詞了。此戲殘文，今隻字無存。

二、《王煥》，宋黃可道撰。劉一清《錢唐遺事》云：「湖山歌舞，沈酣百年。賈似道少時，挑撻尤甚。自入相後，猶微服間或飲於伎家。至戊辰、己巳間（西元 1268 ~ 1269 年），《王煥》戲文，盛行於都下。始自太學，有黃可道者為之。一倉官諸妾見之，至於群奔。遂以言去。」《永樂大典》卷一萬三千九百七十八，載有《風流王煥賀憐憐》（今佚），大約即是此劇。元人雜劇中，亦有《百花亭》一本，敘及此事。《南詞敘錄》中載有《賀憐憐煙花怨》及《百花亭》各一本，不知是否也敘此事，或竟系《王煥》的別名。《王煥》的殘文，見《南九宮譜中》。

三、《王魁負桂英》，宋無名氏作。「明葉子奇《草木子》云：俳優戲文，始於《王魁》，永嘉人作之。」徐渭云：「王魁名俊民，以狀元及第，亦裡俗妄作也。周密《齊東野語》辨之甚詳。」其殘文今亦存於《南九宮譜》中。

四、《樂昌分鏡》，宋無名氏作（《永樂大典》及南詞敘錄均作《樂昌公主破鏡重圓》，大約即是此戲）。周德《清中原音韻》云：「沈約之韻，乃閩、浙之音而制中原之韻者。南宋都杭，吳興與切鄰，故其戲文如《樂昌分鏡》等類，唱念呼吸，皆如約韻。」此戲今已全佚，殘文未見。

五、《陳巡檢梅嶺失妻》，未知撰人。此故事蓋亦南宋時盛傳於民間的。宋人詞話中，亦敘及此事。《永樂大典》作《陳巡檢妻遇白猿精》，大約即是此本。其殘文今存於《南九宮譜》中。

南宋詞人

這一章主要講述了南宋詞的發展與演變，以及南宋詞人的抒情之路。以下是本章的主要內容：

南宋詞的發展與演變：本節探討了南宋詞在文學史上的發展與演變，包括詞的流派變化、風格特點、文學環境等方面的變化。

南宋詞人的抒情之路：這一部分深入分析了南宋詞人在其詞作中表達抒情情感的方式和技巧，特別著重於他們對愛情、自然、人生等主題的處理。

南宋詞人的多彩風采：章節中介紹了一些南宋詞人，並突顯了他們各自的風格和成就，包括蘇轍、李清照、辛棄疾等。

南宋第二期詞派及詞人特色：本部分討論了南宋第二期詞派的出現，以及這一時期的詞人們在詞壇上的特色和影響。

宋代詞人與其悲憤之作：最後一節聚焦於南宋詞人們的悲憤之作，探討了他們在動盪時局下的詞作以及對社會和政治的反應。

整體來說，這一章深入探討了南宋詞的發展歷程和南宋詞人的抒情藝術，展示了這一時期詞壇上的多樣性和豐富性。

一　南宋詞的發展與演變

南宋詞與北宋的一樣，亦可分為三個時期。第一個時期是詞的奔放的時期。這時期恰當於南渡之後，偏安的局面已成，許多慷慨悲歌之士，目睹半箇中國陷於「胡」人，古代的文化中心，千年以來的東西兩都，俱淪為「異域」，無恢復的可能，頗有些憤激難平，「髀肉復生」之感。在這樣的一個局勢之下，詩人們當然也很要感受到同樣的刺激的。這個時候的詩人，做著「鼓舞昇平」或「漁歌唱晚」的詞，以塗飾為工，以造美辭雋句為能的當然也很有幾個。然而幾位可以代表時代的大詩人，如辛棄疾，如陸游，如張孝祥他們，卻是高唱著「馬作的盧飛快，弓如霹靂弦驚」（辛棄疾《破陣子》）的，高唱著「底事崑崙傾砥柱，九地黃流亂注，聚萬落千村狐兔」（張元幹《賀新郎》）的，高唱著「念腰間箭，匣中劍，空埃蠹，竟何成！時易失，心徒壯，歲將零」（張孝祥《六州歌頭》）的，高唱著「胡未滅，鬢先秋，淚空流。此生誰料，心在天山，身老滄州」（陸游《訴衷情》）的。總之，他們是奔放的，是雄豪的，是不屑屑於寫靡靡之音的。柳永直被他們視為輿台。周美成的影響，也不很顯著。蘇軾的第一類的詞，即「大江東去」一類的政論似的詞，在這時卻大為流行。一時有許多人在模仿著。最初是幾位慷慨激昂的政治家在寫著，以後是有天才的辛與陸，再後是劉過諸人。這一類的詞的流行，完全是時代所造成。一方面為了金人的侵陵，一方面也為了蘇氏的作品，受了久厭之後，自然的會引起了許多人的奔湊似的去欣讚他、模仿他了。

第二個時期是詞的改進時期。在這個時期裡，外患已不大成為緊迫的問題了。因為金人有了他們的內亂與強敵，更無暇南下牧馬。南宋的人士，為了昇平已久，也便對於小朝廷安之若素。於是便來了一個宴安享樂的時代。像陸放翁、辛稼軒的豪邁的詞氣，已自然的歸於淘汰。當時的文人，不是如姜白石之著意於寫雋語，便是如吳文英之用全力於遣辭造句。這時代的作家自姜、吳以至高（觀國）、史（達祖）都是如此。他們唱的是「苔枝綴玉，有翠禽小小，枝上同宿」（姜夔《疏影》）；唱的是「柳邊深院，燕語明如剪」（盧祖皋《清平樂》）；唱的是「燕子重來，往事東流去。征衫貯舊寒一縷，淚溼風簾絮」（吳文英《點絳唇》）；唱的是「倦客如今老矣，舊遊可奈春何！幾曾湖上不經過。看花南陌醉，駐馬翠樓歌」（史達祖《臨江仙》）。這時候，蘇東坡氏的影響已經過去了，「大江東去」，「甚矣吾衰矣」一類的作品已被視為粗暴太過而遭唾棄。周邦彥的作風卻是恰合於時人胃口的東西。於是如姜氏，如吳氏，如高氏，如史氏，便都以雕飾為工，而不以粗豪為式了，便都以合律為能，而不以寫「曲子內縛不住」的作品自喜了。他們精琢細磨，他們知律審音，他們絮語低吟，他們更會體物狀情，務求其工緻，務求其勝人。他們都是專工人詞人。他們除了詞之外，一無所用心。他們為了做詞而做詞，一點也沒有別的什麼目的。他們有時寫得很好，很深刻真切，有時卻不過是美詞豔句的堆砌而已，一點內容也沒有。張炎評吳文英的詞，以為「如七寶樓台，眩人眼目，拆碎下來，不成片段。」這話最足以傳達出這時代一部分的詞的裡面的真相。

第三個時期是詞的雅正的時期。這一個時期，看見了元人的渡江與南宋的滅亡，應該是多痛哭流涕，感嘆悲愁之作；應該是多憤語，多哀歌的，應該滿是「藕花相向野塘中，暗傷亡國，清露泣香紅」的句子的。然而出於我們意料之外，目睹蒙古人的侵入與占據，且親受著他們的統治之痛楚的幾個大詞人，如張炎、周密、王沂孫諸人的詞，卻在表面上看不大出來他們的痛苦與哀悼。如張炎的詞頗多隱含著亡國之痛，卻都寓意於詠物。為什麼他們發出的號呼，卻是那樣的隱祕呢？這個原因，第一點，自然是為了蒙古人的鐵蹄所至，言論不能自由；第二點，卻也因為詞的一體，到了張炎、周密之時，已經是凝固了，已經是登峰造極，再也不能前進了。他們只能在詠物寓意上用功夫。只能以「意內言外」的作風為極則。張炎說：「詞欲雅而正。志之所至，詞亦至焉。一為物所役，則失其雅正之音。」雅正二字，便是他們的風格。他們為了要求雅正，要求一種詞的正體，所以排除了一切不能裝載於「詞」之中的題材。他們於音律諧合之外，又要文辭的和平工整，典雅合法。此外，所謂「詞人」多不過翻翻舊案，我學蘇、辛你學周、張，他學夢窗、白石而已；很少有真性情的作家。

詞到了這個時期，差不多已不是民間所能了解的東西了。詞人的措辭，一天天的趨向文雅之途，一天天的諱避了鄙下的通俗的習語不用。像柳永、黃庭堅那樣的「有井水飲處無不知歌之」的樣子已是不可再見的盛況了。即像毛滂、周邦彥那樣的一歌脫手，妓女即能上口的情形也是很少見的了。她獨自在「雅正」，在「修辭」上做工夫。而南曲在這時已產生於南方的民間，預備代之而興。金、元人所占領的北方，也恰恰萌芽著北曲的嫩苗。

二　南宋詞人的抒情之路

南渡之初，前代的詞人，都由已淪為異域的京城，奔湊於南方的新都裡來。朱敦儒仍在寫著，李清照也仍在寫著。更有幾個別的作家，像康與之，像趙鼎，像張元幹，像洪皓，像張掄諸人也都在寫著。趙鼎是中興的一位很有力的名臣，但也善詞。他字元鎮，聞喜人。崇寧初進士。累官尚書左僕射，同中書門下平章事，兼樞密使。謚忠簡（1085～1147）。有得全居士集，詞一卷。黃昇以為他的「詞章婉媚，不減花間。」我們在其詞裡，一點也看不出當時的大變亂的感觸。同時的名將岳飛，所作的詞卻活現出一位忠勇為國的武將的憤激心理來。飛字鵬舉，湯陰人。累官少保，樞密副使。秦檜主和，首先殺死了他，天下痛之（1103～1141）。後追謚武穆，封鄂王。成了一個悲痛的傳說裡的中心人物。他的《滿江紅》：「靖康恥，猶未雪，臣子恨，何時滅？駕長車，踏破賀蘭山缺！壯志饑餐胡虜肉，笑談渴飲匈奴血。待從頭收拾舊山河，朝天闕。」為我們所熟知。張元幹字仲宗，長樂人。紹興中，以送胡銓及寄李綱詞除名，亦以此得大名。有《歸來集》及《蘆川詞》一卷，他的《送胡邦衡待制赴新州》一詞：「夢繞神州路，悵秋風連營畫角，故宮離黍。底事崑崙傾砥柱，九地黃流亂注，聚萬落千村狐兔。天意從來高難問！況人情易老悲難訴，更南浦送君去」（《賀新郎》）。其情緒是很悲壯的。曾覿也頗寫這一類的詞。他的《金人捧露盤》（《庚寅春奉使過京師感懷作》）淒然有黍離之感：

記神京繁華地，舊遊蹤，正御溝春水溶溶，平康巷陌，繡鞍金勒躍青驄，解衣沽酒醉絃管，柳綠花紅。到如今，餘霜鬢。嗟前事，夢魂中。但寒煙滿目飛蓬，雕欄玉砌，空餘三十六離宮。塞笳驚起暮天雁，寂寞東風。

——《金人捧露盤》

覿字純甫，汴人，紹興中，為建王內知客。孝宗受禪，以覿權知閣門事。後為開府儀同三司，加少保。有《海野詞》一卷。

康與之字伯可。為渡江初的朝廷詞人，高宗很賞識他，官郎中，有《順庵樂府》五卷。他也很感受時勢喪亂的影響，然他的許多詞卻是異常的婉靡的。黃昇說：「伯可以文詞待詔金馬門。凡中興粉飾治具，及慈寧歸養，兩宮歡集，必假伯可之歌詠，故應制之詞為多。」王性之以為：「伯可樂章，令晏叔原不得獨擅。」沈伯時則以他與柳永並稱，以為二人「音律甚協，但未免時有俗語。」陳質齋也斥之為「鄙褻之甚」，然他的慢調之合律，卻與秦、柳、周並肩，非餘子所可比擬。在宋詞的幾個大作家中，他是無暇多讓的。

張孝祥字安國，烏江人。紹興二十四年廷試第一。後遷中書舍人，領建康留守。有《於湖集》以及《於湖詞》，詞一卷。湯衡為他的《紫微雅詞》作序，稱其「平昔未嘗著稿。筆酣興健，頃刻即成，卻無一字無來處。」唯其出於自然，所以他的詞頗饒自然之趣，沒有一點雕鏤的做作的醜態。這是南宋詞中所不多見的。他的題為《聽雨》的《滿江紅》：「無似有，遊絲細，聚復散，真珠碎。天應分付與別離滋味。破我一床蝴蝶夢，輸他雙枕鴛鴦睡。當此際別有好思量，人千里。」是很可愛的。他的《六州歌頭》尤為激昂慷慨。當他在建康留守席上，賦歌此闋時，張魏公竟為罷席而入（見《朝野遺記》）。

長淮望斷，關塞莽然平。征塵暗，霜風勁，悄邊聲，黯消凝。追想當年事，殆天數，非人力，洙泗上，絃歌地，亦羶腥。隔水氈鄉，落日牛羊下，區脫縱橫。看名王宵獵，騎火一川明，笳鼓悲鳴，遣人驚。念腰間箭，匣中劍，空埃蠹，竟何成。時易失，心徒壯，歲將零。渺神京千羽，方懷遠，靜烽燧，且休兵；冠蓋使，紛馳騖，若為情。聞道中原遺老，常南望翠葆霓旌。使行人到此，忠憤氣填膺，有淚如傾。

——《六州歌頭》

三　南宋詞人的多彩風采

辛棄疾是這一期中的最大作家。詞到了周邦彥，已可急轉直下而到了吳文英、史達祖、周密、張炎他們的一條路上去了；棄疾卻以隻手障狂瀾，將這個趨勢的速率，減低了若干度。他與蘇軾同樣的被人稱為豪放的詞的代表。但蘇軾的詞最重要的，卻是他的清雋的名作。辛棄疾也是如此。他的代表作，絕不是「我見青山多嫵媚，料青山見我應如是」，「不恨古人吾不見，恨古人不見吾狂耳」（《賀新郎》），與夫「千古江山，英雄無覓孫仲謀處。……憑誰問，廉頗老矣，尚能飯否」（《永遇樂》）之屬，而是那些很纏綿，很多情的許多作品，不過這些纏綿多情的調子卻被放在奔放不羈，舒捲如意的浩莽的篇頁之上罷了。我們且讀底下的一首詞：

東風夜放花千樹，更吹隕星如雨。寶馬雕車香滿路，鳳簫聲動，玉壺光轉，一夜魚龍舞。蛾兒雪柳黃金縷，笑語盈盈暗香去。眾裡尋他千百度，驀然回首，那人卻在燈火闌珊處。

——《青玉案》

我們還忍責備他的粗豪麼？我們還忍以「掉書袋」譏他麼？即他的悲憤慣慨之作，像：

醉裡挑燈看劍，夢迴吹角連營八百里分麾下炙，五十弦翻塞外聲，沙場秋點兵。馬作的盧飛快，弓如霹靂弦驚，了卻君王天下事。贏得生前身後名。可憐白髮生。

——《破陣子》

又何嘗有什麼粗豪的蹤影在著。棄疾字幼安，歷城人。初為耿京掌書記。後奉表南歸。高宗授為承務郎，累遷樞密都承旨。有《稼軒長短句》十二卷。

陸游與棄疾齊名，時人並稱為辛、陸。遊字務觀，山陰人。隆興初，賜進士出身。范成大帥蜀，為參議官。人或譏其頹放，因自號放翁。後為寶章閣待制。有《劍南集》（1125～1210），詞一卷。他與棄疾同被譏為「掉書袋」。但他的詞有許多實是靡豔婉曬的，像《春日遊摩訶池》的《水龍吟》：「惆悵年華暗換，黯銷魂雨收雲散。鏡奩掩月，釵樑折鳳，秦爭斜雁。身在天涯，亂山孤壘，危樓飛觀。嘆春來只有楊花，和恨向東風滿。」

他娶妻唐氏，伉儷相得。但他的母親卻與唐氏不和。他不得已而出之。不久，她便改嫁了同郡趙士程。春日出遊，相遇於禹跡寺南之沈園。唐語其夫，為致酒餚。陸悵然賦《釵頭鳳》云：

紅酥手，黃藤酒，滿城春色宮牆柳。東風惡，歡情薄，一懷愁緒，幾年離索，錯，錯，錯！春如舊，人空瘦，淚痕紅浥鮫綃透。桃花落，閒池閣。山盟雖在，錦書難託，莫，莫，莫！唐也和之。未幾，即怏怏卒。放翁復過沈園時，更賦一詩道：「落日城頭畫角哀，沈園非復舊池台。傷心橋下春波綠，曾見驚鴻照影來」（見《耆舊續聞》）。

這真是一件太可悲慘的故事了！

此外尚有好幾位詞人要在此一提及的。朱翌字新仲，龍舒人。政和中進士，歷官中書待制，有《灊山集》（1096～1167）。張掄字才甫，亦南渡的故老。有《蓮社詞》一卷。曾慥、曾惇為故相布的後裔，皆能詞。慥字端伯，編《樂府雅詞》頗有功於詞壇。

范成大字致能，吳郡人，紹興中進士。後參知政事，又帥金陵。謚文穆（1125～1204）。有《石湖集》。詞一卷。中多可喜之作。像《萍鄉道中》：

> 酣酣日腳紫煙浮，妍暖破輕裘。困人天氣，醉人花氣，午夢扶頭。春慵恰似春塘水，一片縠紋愁。溶溶曳曳，東風無力，欲皺還休。
>
> ——《眼兒媚》

其恬淡而多姿的風調和他的五七言詩很相類。葛立方字常之，丹陽人，紹興八年進士。官至吏部侍郎。有《歸愚集》，詞一卷。姚寬字令威，剡川人。為六部監門，有《西溪居士樂府》一卷。陳同甫，名亮，永康人。有《龍川集》詞一卷。劉過字改之，襄陽人。有《龍洲詞》一卷。他的詞，學稼軒，真是一個「肖徒」。黃昇說：「改之，稼軒之客，詞多壯語，蓋學稼軒者也。」學稼軒而至於高唱著「被香山居士，約林和靖與東坡老，駕勒吾回。坡謂西湖正如西子，淡抹濃妝臨照台。」真是稼軒的末日到了。岳珂詆之為「白日見鬼」，真是的評。但他亦有好句，像《沁園春》：「有時自度歌句悄，不覺微尖點拍頻」，「鳳鞋泥汙，偎人強剔，龍涎香斷，撥火輕翻」，這都是很纖麗可愛的。趙彥端者，字德莊，為宋宗室。乾道、淳熙間以直寶文閣，知建寧府。有《介庵詞》四卷。相傳孝宗趙昚讀他的《謁金門》，到「波底夕陽紅溼，送盡去雲成獨立，酒桓愁又入」，大喜，問誰詞。答云：彥端所作。孝宗云：「我家裡人也會作此等語！」

曹勛字功顯，陽翟人。仕宣和，官至太尉，提舉皇城司，開府儀同三司。終於淳熙初。有《松隱樂府》三卷。多應制應時及詠物之作。洪适，中博學宏詞科。累官尚書右僕射，同中書門下平章事，兼樞密使。謚文惠。有《盤洲集》，詞二卷。楊無咎字補之，清江人。高宗朝累徵不起。自號清〔大弓〕長者。有《逃禪集》，詞一卷。無咎喜作情語，其麗膩風流，迴腸蕩氣之處，不下於三變。楊炎號止濟翁，廬陵人，有《西樵語業》一卷。他與辛稼軒為友。其詞間涉粗豪，也許是受稼軒的影響吧。王千秋字錫老，東平人。有《審齊詞》一卷。他嘗自稱道：「少日羈孤，百口星分於異縣。長年憂患，一身蓬轉於四方。」其鑄辭間有甚為新巧者，已是盧祖皋、吳文英他們的同道了。黃公度字師憲，號知稼翁，世居莆田。紹興八年，大魁天下。除尚書考功員外郎。不久病卒，年四十八。有《知稼翁集》十一卷，又詞一卷。洪邁評其詞，以為：「宛轉清麗，讀者咀嚼於齒頰間而不得已。」

四　南宋第二期詞派及詞人特色

開南宋第二期詞派的，遠者為姜夔，近者為康與之。與之豔麗白石清雋。然白石究竟氣魄不大。他的詞往往是矜持太過。他選字，他練句，他要合律。如他的盛傳於世的《暗香》、《疏影》二詞，不過是詠物詩的兩篇名作而已，也未見得有多大的意義。趙子固說：「白石，詞家之申、韓也。」此言卻甚得當。賙濟也說：「吾十年來服膺白石，而以稼軒為外道。由今思之，可謂捫籥也。稼軒鬱勃故情深，白石放曠故情淺；稼軒縱橫故才大，白石侷促故才小。」夔字堯章，白石其號，鄱陽人，流寓吳興。有《白石詞》五卷。他的最好的作品，像：

過春風十里，盡薺麥青青。自胡馬窺江去後，廢池喬木，猶厭言兵。漸黃昏，清角吹寒，都在空城……

——《揚州慢》

漸吹盡枝頭香絮，是處人家，綠深門戶。遠浦縈迴，暮帆零亂向何許？閱人多矣，誰得似長亭樹。樹若有情時，不會得青青如此！……只算有並刀，難剪離愁千縷。

——《長亭怨慢》

盧祖皐和高觀國、史達祖三人都是這期內的大作家。盧祖皐字中之，永嘉人，一云邛州人。慶元中登第。嘉定中為軍器少監。有《蒲江詞》一卷。黃昇說：「《蒲江詞》樂章甚工，字字可入律呂。」

高觀國字賓王，山陰人，有《竹屋痴語》一卷。陳唐卿評他與史達祖的詞，以為「要是不經人道語。其妙處，少遊、美成亦未及也。」張炎則以他與白石、邦卿、夢窗並舉，以為「格調不凡，句法挺異，俱能特立清新之意，刪削靡曼之詞，自成一家。」但觀國詞的佳者，像：「春蕪雨溼，燕字低飛急。雲壓前山群翠失，煙水滿湖輕碧」（《清平樂》），也未能通首相稱。

史達祖在三人中是最好的一個。達祖字邦卿，汴人，有《梅溪詞》。張鎡以為他的詞：「織綃泉底，去塵眼中，妥帖輕圓，辭情俱到。有瑰奇警邁，清新閒婉之長，而無訑蕩污淫之失。端可分鑣清真，平睨方回。」姜夔也很恭維他，以為「邦卿之詞，奇秀清逸，有李長吉之韻。蓋能融情景於一家，會句意於兩得者。其『做冷欺花，將煙困柳』一闋，將春雨神色拈去，『飄然快拂花梢，翠影分開紅影』，又將春燕形神畫出矣。」

做冷欺花，將煙困柳，千里偷催春暮，盡日冥迷，愁裡欲飛還住。驚粉重蝶宿西園，喜泥潤燕歸南浦。最妨他佳約風流，鈿車不到杜陵路。沉沉江上望極，還被春潮晚急。難尋宮渡，隱約遙峰，和淚謝娘眉嫵。臨斷岸新綠生時，是落紅帶愁流處。記當日門掩梨花，剪燈深夜語。

——《綺羅香》

吳文英在這期詞人裡，聲望特著。有許多人推崇他為集大成的作家。他字君特，四明人。有夢窗《甲》、《乙》、《丙》、《丁》稿四卷。尹唯曉云：「求詞於吾宋，前有清真，後有夢窗。此非予之言，四海之公言也。」然論詩才，夢窗實未及清真。清真的詞流轉而下，毫不費力，而佳句如雨絲風片，撲面不絕。夢窗的詞則多出之於苦吟，有心的去雕飾，著意的去經營，結果是，偶獲佳句，大損自然之趣。張炎說得最好：「吳夢窗如七寶樓台，眩人眼目，拆碎下來，不成片段。」真實的詩篇是永遠不會被拆碎的。沈伯時說：「夢窗深得清真之妙。但用事下語太晦處，人不易知。」他所以喜用晦語，便是欲以深詞來蔽掩淺意的。而深詞既不甚為人所知，淺意也便因之而反博得一部分評者的讚頌了。他的《唐多令》頗為張炎所喜，以為「最為疏快不質實。」但頭二句，「何處合成愁，離人心上秋」，便不是十分高明的句法。民歌中最壞的習氣，就是以文字為遊戲，或拆之或合之。夢窗不幸也和魯直他們一樣，竟染上了這個風氣。但像「黃蜂頻撲鞦韆索」（《風入松》）之類的話，卻的確是很雋好的。

何處合成愁？離人心上秋。縱芭蕉不雨也颼颼。都道晚涼天氣好，有明月，怕登樓。年事夢中休，花空煙水流。燕辭歸客尚淹留。垂柳不縈裙帶住，漫長是系行舟。

——《唐多令》

聽風聽雨過清明，愁草瘞花銘。樓前綠暗分攜路，一絲柳，一寸柔情。料峭春寒中酒，交加曉夢啼鶯。西園日日掃林亭，依舊賞新晴。黃蜂頻撲鞦韆索，有當時纖手香凝。惆悵雙鴛不到，幽階一夜苔生。

——《風入松》

我們如果不責望夢窗過深，我們讀了他的詞便不至失望過甚。我們如以他為一個集大成的同時又是開出祖的一個大詞人，我們便將永不會得到了他的什麼，只除了許多深晦而不易為人所知的造語。我們如視他為一個第二期中的一位與姜、高、史、盧同流的工於鑄詞，能下苦工的作家，則我們將看出他確是一位不凡的人物。他的詞平均都是過得去的，且也都頗多好句。白石清瑩，他則工整，梅溪圓婉，他則妥帖。他是一個精熟的詞手，卻不是一位絕代的詩人。他是精細的，謹慎的，用功的，然而他卻不是有很多的詩才的。後來的作詞者多趨於他的門下，其主因大約便在於此。

這時代的詞人更有幾個應該一提的。陳經國的詞，也頗多感慨語，超脫語，言淡而意近，與當時的作風很不相類。經國，嘉熙、淳祐間人，有《龜峰詞》一卷。他的《丁酉歲感事》的《沁園春》：「誰思神州，百年陸沉，青氈未還。悵晨星殘月，北州豪傑，西風斜日，東帝江山。說和說戰都難算，未必江沱堪晏安。」也未必遜於張孝祥的悲憤，辛稼軒的激昂。方岳字巨山，祁門人。理宗朝為文學掌教。後出守袁州（1199 ~ 1262）。有《秋崖先生小稿》。吳潛字毅夫，寧國人。嘉定間，進士第一。淳祐中參知政事，拜右丞相，兼樞密使，封許國公。後安置循州卒。有《履齋詩餘》三卷。他的詞多半是感傷的調子，如「歲月無多人易老，乾坤雖大愁難著」（《滿江紅》）；「歲月驚心，風埃眯目，相對頭俱白」（《酹江月》）之類，都是很平凡的。然《鵲橋仙》一首，卻是傑出於平凡之中，頗使我們的倦眼為之一新：

扁舟乍泊，危亭孤嘯，目斷閒雲千里。前山急雨過溪來，盡洗卻人間暑氣。暮鴉木末，落鳧天際；都是一番愁意。痴兒騃女賀新涼，也不道西風又起。

——《鵲橋仙》

黃昇字暘，號玉林。曾編《花庵詞選》，他自己也有《散花庵詞》一卷。識者稱其人為「泉石清士」。遊受齋則亟稱其詩，為晴空冰柱。他的詞，雖未見得有多大的才情，卻是不雕飾的。韓淲字仲止，穎川人，元吉之子。有高節。從仕不久即歸。嘉定中卒（1159 ~ 1224）。有《澗泉詩餘》一卷。淲詞纏綿悱惻，時有好句，且在麗語之中，尚能見出他的個性來，這是時流所少有的。

張輯字宗瑞，鄱陽人。有《東澤綺語債》二卷。朱湛盧云：「東澤得詩法於姜堯章，世謂謫仙復作。不知其又能詞也。」輯詞多淒涼慷慨之音。然與辛、陸之作，其氣韻已自不同。像《月上瓜州》：

江頭又見新秋，幾多愁！塞草連天，何處是神州？英雄恨，古今淚，水東流。唯有漁竿，明月上瓜洲。

王炎字晦叔，婺源人，有《雙溪詩餘》（1138～1208）。炎自序其詞曰：「今之為長短句者，字字言閨閫事，故語懦而意卑。或者欲為豪壯語以矯之。夫古律詩且不以豪壯語為貴。長短句命名曰曲，取其曲盡人情，唯婉轉嫵媚為善。豪壯語何貴焉！不溺於情慾，不蕩而無法，可以言曲矣。此炎所未能也。」這些話頗可以看出作司的態度來。他慣欲在詞中處處以青春的愉樂，烘托出老境的頹放來，這卻是他的特色。

渡口喚扁舟，雨後青綃皺。輕暖相重護病軀，料峭還寒透。老大自傷春，非為花枝瘦。那得心情似少年，雙燕歸時候。

——《卜運算元》

戴復古字式之，天台人，遊於陸放翁門下。有《石屏集》，詞一卷。他的詞，深深染著稼軒的粗豪的影響。趙以夫字用甫。長樂人，端平中，知漳州（1189～1256）。有《虛齋樂府》一卷。以夫詞，小令佳者絕少，慢調則頗多美俊者。像如：「欲低還又起，似妝點滿園春意」（《徵招雪》）「雲雁將秋，露螢照夜，涼透窗戶。星網珠疏，月奩金小，清絕無點暑」。（《永遇樂．七夕》）。

魏了翁字華父，號鶴山，蒲山人，慶元五年進士。理宗朝，官資政殿學士，福州安撫使。卒謚文靖（1178～1237）。有《鶴山長短句》三卷。鶴山雖為理學名儒，然其詞則殊清麗，語意高曠。像《八聲甘州》：「多少曹苻氣勢，只數舟燥葦，一局枯棋。更元顏何事，花玉困重圍。算眼前未知誰恃！恃蒼天終古限華夷。還須念，人謀如舊，天意難知」云云，氣勢卻甚淒豪。在慄慄自危之中，已透露出對於強敵無可抵抗的訊息來了。郭應祥字承禧，臨江人。嘉定間進士。官楚、越間。有《笑笑詞》一卷，壽詞頌語，頗凡庸可厭。南宋詞家蜂起，唯女流作家則獨少。當其中葉，僅有一朱淑真而已。淑真，海寧人，或以為朱熹之侄女。她自稱幽棲居士。以匹偶非倫，弗遂素志，心每鬱鬱，往往見之詩詞，其集名《斷腸》，詞一卷。其小詞，佳者至多：

山亭水榭秋方半，鳳幃寂寞無人伴。愁悶一番新，雙蛾只舊顰。起來臨繡戶，時有疏螢度。多謝月相憐，今宵不忍圓。

——《菩薩蠻》

獨行獨坐，獨倡獨酬還獨臥。佇立傷神，無奈輕寒著摸人。此情誰見？淚洗殘妝無一半。愁病相仍，剔盡寒燈夢不成。

——《減字木蘭花》

五　宋代詞人與其悲憤之作

第三期的詞人，大都是生丁亡國之際，身受亡國之痛的。他們或託物以寓意，或隱約以陳詞。在實際的生活上，江南人的生活真是要另起了一番變化。——一番很大的變化。蒙古民族的紛紛的南下，臨安全為他們所占領。江、浙一帶，南歌消歇，北曲喧騰。漢人或他們所謂為「蠻子」的地位，不必說在蒙古人之下，且也一切色目人之下！科舉停了，學校廢了，什麼政策的施行，都是漢人所不慣受的。在那麼困苦的境地之下，詞人們的心緒，自不能不受到深切的感動。在第二期中還有幾個人在叫著：「天下事可知矣！」在叫著：「說和說戰都難算，未必江沱堪晏安！」在叫著：「望長淮猶二千里，縱有英心誰寄！」在這一個時期，作家卻都半遁入細膩的詠物寓意的「寄託」的一條路上去，不能有什麼明顯的憤語的呼號。他們雕飾字句，以纖麗為工，他們致力新語，以奇巧為妙。而在其間，則隱藏著深刻的難言之痛。

這期的詞人以蔣捷、周密、張炎、王沂孫為四大家。這四大家的詞，都是純正的典雅詞。他們的選辭擇語，真都是慎之又慎的。他們如一顆顆的晶瑩的明珠，我們在那裡找不出一點的疵病。其時時可遇的雋句，如「數枚櫻桃葉底紅」，又可使我們吟味不盡。然而他們的美妙不公在外表，在辭章。他們沒有雄豪的奔放的辭句兒，他們沒有足以動人心肺，撼人的魂魄的火辣辣的文章。但他們卻是幾個「意內言外」的詞人，表面上，是以鑄美詞造雋語為專長，其實卻是具有更深、更厚、更沉痛悲苦的。

蔣捷字勝欲，義興人，有《竹山詞》一卷。在四大家中，他的詞是最有自然之趣的。像：「搔首窺星多少？月有微黃籬無影，持牽牛數朵青花小。秋太淡，添紅棗」，（《賀新郎》）「少年聽雨歌樓上，紅燭昏羅帳。壯年聽雨客舟中，江闊雲低，斷雁叫西風。而今聽雨僧廬下，鬢已星星也。悲歡離合總無情，一任階前點滴到天明，」（《虞美人》）「紅了櫻桃，綠了芭蕉，送春歸，客尚蓬飄。昨宵谷水，今夜蘭皋。奈雲溶溶，風淡淡，雨瀟瀟」（《行香子》），都可以見出其清雋疏蕩的風趣來。

周密字公謹，濟南人，僑居吳興。自號弁陽嘯翁，又號蕭齋。有《草窗詞》（一名《蘋州漁笛譜》）二卷。又編《絕妙好辭》。他的詞，無論小令、慢調都是很纖麗隱約，言中有物的，像：「晴絲罥蝶，暖蜜酣蜂，重簷卷春寂寂。雨萼煙梢，壓闌干、花雨染衣紅濕」（《解語花》）「往事夕陽紅，故人江水東。翠衾寒，幾夜霜濃。夢陋屏山飛不去，隨夜鵲，繞疏桐。」（《南樓令》）

張炎字叔夏，為南渡名將張俊的後裔。居臨安，自號樂笑翁。有《玉田詞》三卷。仇仁近以為：「叔夏詞意度超玄，律呂協洽，當與白石老仙相鼓吹。」以玉田較白石，玉田當然未暇多讓。玉田頗有憤語，卻深藏之於濃戲淡綠之中，如「只有一枝梧葉，不知多少秋聲」；「恨喬木荒涼，都是殘照」之類。而「十年舊事翻疑夢」的一闋《台城路》，讀者尤為感動。在小令一方面，像「葉密春聲聚，花多瘦影重」，那樣的自然而多趣的調子，也是有近於《花間》的。

十年舊事翻疑夢，重逢可憐俱老！水國春空，山城歲晚，無語相看一笑。荷衣換了，任京洛塵沙，冷凝風帽。見說吟情，近來不到謝池草。歡遊曾步翠窈，亂紅迷紫曲，芳意今少。舞扇招香，歌橈喚玉，猶憶錢塘蘇小，無端暗惱。又幾度流連，燕昏鶯曉。回首妝樓，甚時重去好！

——《台城路》

王沂孫字聖與，號碧山，又號中仙。會稽人。有《碧山樂府》（一名《花外集》）二卷。沂孫的詞，詠物很工，有時意境也極高雋。如「聽粉片簌簌飄階」之類：

屋角疏星，庭陰暗水，猶記藏鴉新樹。試折梨花，行入小欄深外，聽粉片簌簌飄階，有人在夜窗無語。料如今門掩孤燈，畫屏塵滿斷腸句。佳期渾似流水，還梧桐幾葉，輕敲朱戶。一片秋聲，應做雨連愁緒。江路遠，歸雁無憑，寫繡箋，倩誰將去。漫無聊，猶掩芳樽，醉聽深夜雨。

——《綺羅香》

於蔣、周、張、王外，尚有：陳允平字君衡，號西麓，明州人，有《日湖漁唱》二卷。劉克莊字潛夫，號後村，莆田人。淳祐初，物賜同進士出身。累官龍圖閣學士。致仕卒。謚文定（1189～1269）。有《後村別調》一卷。像《玉樓春》（《呈林節推》）一詞，真乃是有稼軒之豪邁而無放翁的頹放者：

年年躍馬長安市，客裡似家家似寄。青錢喚酒日無何，紅燭呼盧宵不寐。易挑錦婦機中字，難得玉人心下事。男兒西北有神州，莫灑水西橋畔淚。

——《玉樓春》

盧炳字叔陽，自號醜齋。有《烘堂詞》。許棐字忱父，海鹽人，嘉熙中隱居秦溪。於水南種梅數十樹，自號梅屋。環室皆書。有《梅屋稿》、《獻醜集》及《梅屋詩餘》。汪元量字大有，號水雲，錢塘人。以善琴，為宮妃之師。宋亡，隨三宮留燕。後為黃冠南歸。有《水雲集》、《湖山類稿》。他的詞多故國之思，像：

淒淒慘慘，冷冷清清，燈火渡頭市。慨商女不知興廢，隔江猶唱庭花，餘音亹亹。傷心千古，淚痕如洗。烏衣巷口青蕪路，認依稀王謝舊鄰里。臨春、結綺，可憐紅粉成灰，蕭索白楊風起。

——《鶯啼序》

這是時人所罕有的！

柴望字仲山，號秋堂，有《秋堂集》，詞一卷。他長於慢詞，所作情緒宛曲，大有周美成的風調。劉學箕字習之，崇安人，有《方是閒居士詞》一卷。其詞圓穩熟練，足與當時諸大家相抗。劉辰翁字會孟，廬陵人，舉進士。值世亂，隱居不仕（1234～1297）。有《須溪集》，附詞。辰翁所作甚多，小令、慢詞，皆有雋篇，秉豪邁之資，得自然之趣，新意亦多。傷的感事之作，尤淒然有黍離之痛。

長欲語，欲語又蹉跎！已是厭聽夷甫頌，不堪重省越人歌。孤負水雲多。羞拂拂，懊惱自摩挲。殘煙不教人徑去，繼雲時有淚相和。恨恨欲如何！

——《雙調望江南》

陳德武，三山人，有《白雲遺音》一卷。德武懷古之作如《水龍吟》、《望海潮》，皆慷慨激昂，有為而發：「樂極西湖，愁多南渡，他都是夢魂空。感古恨無窮。嘆表忠無觀，古墓誰封！棹艤錢塘，濁醪和淚灑秋風。」（《望海潮》）

文天祥和他的幕客鄧剡都是能以詞寫其悲憤的。天祥字宋瑞，又字履善。舉進士第一。歷官右丞相，兼樞密使，封信國公。為元兵所執，留燕三年，不屈而死（1263～1282）。有《文山集》。他的《驛中言別友人》：「水天空闊，恨東風不借世間英物。蜀鳥吳花殘照裡，忍見荒城頹壁。銅雀春情，金人秋淚，此恨憑誰雪！堂堂劍氣，鬥牛空認奇傑。」（《大江東去》）悲憤之情如見。鄧郯字光薦，廬陵人。宋亡，不仕，有《中齋集》。他有詞像《賣花聲》的「不見當時王謝宅，菸草青青」，《南樓令》的「說興亡燕入誰家？」也俱有興亡之感。

南宋詩人

這一章主要探討了南宋詩人以及他們的詩作。以下是本章的主要內容：

南渡詩人與田園詩風：本節介紹了南渡詩人，他們在南宋時期以田園詩風為主要特色，描述了詩人們對自然景色和田園生活的賞析與抒情。

南渡詩人與他們的詩作：章節中列舉了一些南渡詩人，包括岳飛、辛棄疾等，並深入討論了他們的詩作，以及詩中所表達的思想情感。

江西詩派的永嘉四靈及其他詩人：這部分介紹了江西詩派的永嘉四靈，即傅山、楊萬里、祝允明、杨万里，以及其他江西詩人的作品和特點。

江西詩派的後繼者與女流作家朱淑真：本節討論了江西詩派的後繼者，以及女流作家朱淑真在南宋詩壇上的傑出成就。

南宋末年詩人：面對蒙古入侵與亡國的悲壯抒情：最後一節探討了南宋末年詩人面對蒙古入侵和國家亡國的悲壯抒情詩作，反映了這一時期的動盪和抗爭。

這一章將讓讀者更深入地了解南宋時期詩壇上的各種詩人和詩歌風格，並體會他們在不同背景下的創作和情感表達。

一 南渡詩人與田園詩風

南渡詩人，陳與義最為老師。繼他之後的有陸游、楊萬里、范成大三大家，皆多少受有江西詩派的影響者。又有號為「永嘉四靈」之徐照、徐璣、翁卷、趙師秀四人，為反抗「江西派」而主張復晚唐之詩風的。

陸游、范成大、楊萬里俱為江西派詩人曾幾的弟子，所以都受些黃庭堅的影響。陸游詩存者不下萬首，當為古今詩人最多產的一人。他能別樹一風格，表白出他自己的創造的性格。他意氣豪邁，常欲有所作為。所以灝漫熱烈的愛國之呼號，常見於他的詞與詩裡，而在詩中尤其活躍。像「半年閉戶廢登臨，直自春殘病至今。帳外昏燈伴孤夢，簷前寒雨滴愁心。中原形勝關河在，列聖憂勤德澤深。遙想遺民垂泣處，大梁城闕又秋砧」（《秋思》）。他的詠寫「田野」的詩也甚著名，像「避雨來投白版扉，野人憐客不相違。林喧鳥雀棲初定，村近牛羊暮自歸。土釜暖湯先濯足，豆藉皆吹火旋烘衣。老來世路渾諳盡，露宿風餐未覺非」（《宿野人家》）。

楊萬里字廷秀，吉州吉水人，為祕書監，嘗自號其室曰誠齋。他的詩，自言始學江西，繼學後山、半山，晚學唐人。後忽有悟，遂謝去前學而後渙然自得。時目為「誠齋體」。他亦善於描寫田野景色，像「一晴一雨路乾溼，半淡半濃山疊重。遠草平中見牛背，新秧疏處有人蹤」（《過百家渡》）。又頗多閒澹自得語，像：「雨歇林間涼自生，風穿徑裡曉逾清，意行偶到無人處，驚起山禽我亦驚」（《松徑曉步》）；「百千寒雀下空庭，小集梅梢語晚晴。特地作團喧殺我，忽然驚散寂無聲」（《寒雀》）。

范成大為詠寫田園的大詩人。楊萬里於詩無當意者，獨推服成大之作。像：「已報舟浮登岸，更憐橋踏平池。養成蛙吹無謂，掃盡蚊雷卻奇」；「柳花深巷午雞聲，桑葉尖新綠未成。坐來睡覺來無一事，滿窗曉日看蠶生」，「晝出耘田夜績麻，村莊兒女各當家。兒童未解供耕織，也傍桑陰學種瓜」，「靜看簷蛛結網低，無端妨礙小蟲飛，蜻蜓倒掛蜂見窘，催喚山童為解圍」，「秋來只怕雨垂垂，甲子無雲萬事宜，獲稻畢工隨曬穀，直須晴到入倉時」（《四時田園雜興》）之類，都是未經人寫過的景色。

二　南渡詩人與他們的詩作

同時的詩人，又有沈與求、王庭珪、汪藻、孫覿、葉夢得、張元幹、張九成、劉子翬、程俱、吳儆等，而以葉夢得為最著。沈與求字必先，湖州德清人，南渡後嘗參知政事，有《龜溪集》。王庭珪字民瞻，安福人，有《盧溪集》。汪藻字彥章，德興人，有《浮溪集》。孫覿字仲益，以嘗提舉鴻慶宮，故自號鴻慶居士。葉夢得字少蘊，吳縣人，南渡後為江東安撫大使，兼知建康府。他經過南渡的大事變，然其詩卻蕭閒疏散，像：「澗下流泉澗上松，清陰盡處有層峰。應知六月冰壺外，未許人間得暫逢。」張元幹字仲宗，永福人，有《蘆川歸來集》。張九成字子韶，開封人，學者稱之為橫浦先生。劉子翬字彥仲，學者稱之為屏山先生。程俱字致道，開化人，為中書舍人，其詩蕭散古澹。吳儆字益恭，為朝散郎，學者稱之為竹洲先生。

三　江西詩派的永嘉四靈及其他詩人

「永嘉四靈」是江西詩派的第一次反抗者。「四靈」者，徐照、徐璣、翁卷、趙師秀四人。趙東閣汝回道：「唐風不競，派沿江西。永嘉四靈，乃始以開元、元和作者自期，冶擇淬練，字字玉響。雜之姚、賈中，人不能辯也。」四靈確是以姚合、賈島為宗的。他們的苦吟的風趣，也大似姚、賈。葉適志徐照墓道：「山民有詩數百，琢思尤奇。皆橫絕欻起，冰懸雪跨，使讀者變踔憀慄，肯首吟嘆，不能自已。然無異語，皆人所知也，人不能道耳。」這不獨是對山民一人的贊語，也可以移以贈璣、卷、師秀諸人。他們的詩，像「千年流不盡，六月地常寒。灑水跳微沫，沖崖作怒湍」（徐照《石門瀑布》）；「又取沙衣換，天時起細風。清陰花落後，長日鳥啼中」（徐璣《初夏遊謝公巖》）；「一天秋色冷晴灣，無數峰巒遠近閒。自上山來看野水，卻於水底見青山」（翁卷《野望》）；都是於淡語淺語中，見出深厚的情趣來的。

徐照字道暉，永嘉人。他的詩，「初與君相知，便欲肺腸傾，自擬君肺腸，與妾相似生。徘徊幾言笑，始悟非真情。妾情不可收，悔思淚盈盈」（《妾薄命》），又頗有些像張籍諸人。徐璣字文淵，從晉江遷永嘉，為長泰令。翁卷字靈舒，亦永嘉人。徐照等因卷字靈舒，亦各改字為靈暉（照）、靈淵

（璣）、靈秀（師秀）。「四靈」之號，即因是而起。趙師秀字紫芝，嘗出仕，但也不達。他們都喜作五言律體詩。師秀嘗言：「一篇幸止有四十字，更增一字，吾末如之何矣。」所以他們對於江西派的長詩甚致不滿。

同時又有尤袤，詩名與陸、范、楊並盛。陳造字唐卿，高郵人，自號江湖長翁，陸游、范成大俱甚稱許他。周必大字子充，一字洪道，廬陵人，為樞密使右丞相。朱熹字元晦，一字仲晦，徽州婺源人，為寶文閣待制。他是南宋大理學家，雖自稱不能詩，然如：「擁衾獨宿聽寒雨，聲在荒庭竹樹間。萬里故園今夜永，遙知風雪滿前山」（《夜雨》）之類，並不弱於當時諸大詩人。陳傅良字君舉，居溫州瑞安，習經世之學，其詩蒼勁。薛季宣字士龍，永嘉人，其詩質直暢達。葉適字正則，也是永嘉人，其詩用工苦而造境生。樓鑰字大防，自號攻愧主人，鄞人，其詩雅贍。黃公度字師憲，莆田人，洪邁謂其詩「精深而不浮巧，平澹而不近俗」。裘萬頃字元量，豫章人，其詩也有閒適之趣。

四　江西詩派的後繼者與女流作家朱淑真

略後於他們的大家，有劉克莊，戴復古、嚴羽及方岳。嚴羽為宋代重要的文學批評家。「四靈」要將江西詩派的作風推輓到姚、賈，羽則主張更求「大乘法」於盛唐諸詩人。他乃是江西派的第二次的反抗者。唯其自作，未必便符其所標榜者。故頗為時人所疵病。然像「朝亦出門啼，暮亦出門啼。蛛網掛風裡，搖思無定時」（《懊惱歌》），其風格卻也不甚卑弱。劉克莊字潛夫，號後村，莆陽人，在當時為最負盛名的詩人。初為建陽令，後為福建提刑。他的詩初受「四靈」派之影響，後則自成一家，例如：「夜深捫絕頂，童子旋開扉。問客來何暮，雲僧去未歸。山空聞瀑瀉，林黑見螢飛。此境唯予愛，他人到想稀。」（《夜過瑞香庵作》）戴復古字式之，天台黃巖人，負奇尚氣，慷慨不羈。嘗學詩於陸游，復漫遊於四方。以詩鳴江湖間五十年。方岳字臣山，新安祁門人，為吏部侍郎。其詩主清新，工於鏤琢。

這時代的女流作家朱淑真，亦善為五七言詩，音甚苦楚。然像《馬塍》：「一塍芳草碧芊芊，活水穿花暗護田。蠶事正忙農事急，不知春色為誰妍」之類，也頗具閒澹的趣味。

五　南宋末年詩人：面對蒙古入侵與亡國的悲壯抒情

劉克莊死後數年，蒙古人由北方侵入南方，宋室便為他們所破滅。許多詩人都不忍見少數民族之成為南方的主人，或隱遁於山林，或悲楚的漫遊於四方，或則以死來泯滅一己的悲感。這些詩人之著者，有文天祥、謝枋得、謝翱、許月卿、林景熙、鄭思肖、真山民及汪元量等。文天祥字履善，廬陵人。南宋末年為右丞相，至蒙古軍講解，為所留。後得脫逃歸，起兵為最後的戰鬥。兵敗，復為他們所執。居獄四年，終於不屈而死。謝枋得字君直，號疊山，信州弋陽人。南宋亡後，嘗起兵圖恢復。兵敗，隱於閩。元累次徵，聘，俱辭不就。後為他們所迫脅，不食死。有《疊山集》。謝翱字皋羽，長溪人。自號晞髮子。嘗為文天祥諮議參軍。天祥被殺，他亡匿，漫遊於各處，所至輒感哭。此時之詩，情緒絕沉痛悲憤，例如：《遊釣台》：「百台臨釣情，遺像在蒼煙。有客隨槎到，無僧依樹禪。風塵侵祭器，樵獵避兵船。應有前朝跡，看碑數漢年。」許月卿字太空，婺源人，宋亡後，深居一室，十年而卒。林景熙字德舊，號霽山，平陽人，宋亡不仕，著《白石樵唱》詩集。鄭思肖字憶翁，號所南，福州連江人。宋亡後，坐臥不北向。他的詩，清雋絕俗，例如：「石竇雲封隱者家，一溪流門繞門斜，滿山落葉無行路，樹上寒猿剝蘚花。」真山民不知其真名，但自號山民。其詩澹贍，張伯子謂他為「宋末一陶元亮」。汪元量字大有，號水雲，錢塘人。宋亡後，隨王室北去。後為道士南歸。其詩愴惻，如《幽州歌》：「漢兒辮髮籠氈笠，日暮黃金台上立。臂鷹解帶忽放飛，一行塞雁南征泣。」在這裡所蘊蓄著的是多少的亡國淚！

批評文學的復活

這一章主要探討了古代文學批評的復興，包括以下主題：

古代文學批評與詩話：本節從梁代到宋代的角度，回顧了古代文學批評的發展。這包括了詩話等文學評論的出現和發展，以及對文學作品的評價和解讀。

宋代文學批評的復興：這一部分深入探討了宋代文學批評的復興，特別關注了朱熹在文學解釋方面的重要作用。朱熹提出了一系列文學批評方法和詮釋原則，對宋代文學研究產生了深遠影響。

宋代文學批評中的獨立聲音：本節介紹了嚴羽的詩話以及他在文學批評領域中的主張。嚴羽的觀點對當時的文學評論有一定影響力，並在文學批評中提供了一個獨立的聲音。

這一章將幫助讀者了解古代文學批評的演變，特別是在宋代的復興和發展過程中所取得的進展。朱熹和嚴羽等重要人物在文學批評領域的貢獻也將得到詳細介紹。

一　古代文學批評與詩話：從梁代到宋代的發展

批評文學從梁代仲、劉二家以後，便消沉下去。類似《詩品》和《文心雕龍》的有系統著作，不再有第三部出現。直到唐代，還不曾產生什麼重要的批評的名著。唐以詩取士，故唐人所作，以通俗的如何寫詩的方法的書為最多。《新唐書．藝文志》所載，有元兢、宋約《詩格》一卷，王昌齡《詩格》二卷，僧皎然《詩式》五卷，王起《大中新行詩格》一卷，姚合《詩例》一卷，賈島《詩格》一卷，炙轂子《詩格》一卷，殆皆為此類。又有范傳正《賦訣》、張仲素《賦樞》、浩虛舟《賦門》等則為指導作賦的方法者。元兢、王昌齡之作，尚存殘文於日本遍照金剛的《文鏡祕府論》裡。皎然《詩式》，今也尚有傳本。他們所論皆取便士子科場之用。故根本上便不會有什麼重要的見解。孟棨的《本事詩》只是綴拾詩人們的故事以為談資，不能算是批評的文學的著作。司空圖的《二十四詩品》，也不過是以漂亮的詩句，虛寫一般的詩的風格的變幻而已。張為的《主客圖》，頗近鍾氏《詩品》，唯只有品第，並元評騭，也不能算是一部批評的著作。倒還是韓愈他們的主張，有可以注意的地方，其影響也很大。他們那些古文運動者，對於文學，有兩種重要的見解：第一是「文以載道」；第二是「文起八代之衰」。換言之，就是，在內容上，求其充實，言之有物，不單以刻劃「風雲月露」為務；在文字上要其復古，反對使用晉、宋、齊、梁以來的駢偶的文體。到了白居易，在他的《新樂府辭序》上，更暢發著「文章合為時而著」的為人生的藝術觀，算是唐代最重的文學論。但可惜他們都不曾寫下什麼專門的大著。

宋人最愛作「詩話」。從歐陽修的《六一詩話》，司馬光的《續詩話》以下，作者無慮百數，即今有者也還有數十餘家，可謂極一時之盛。又有胡仔的《苕溪漁隱叢話》、魏慶之的《詩人玉屑》、阮閱的《詩話總龜》、蔡正孫的《詩林廣記》諸書，分門別類，以總輯諸家的大成。其專關於唐詩者，更有計有功的《唐詩記事》、尤袤的《全唐詩話》諸書。但這些書，大抵都只是記載些隨筆的感想，即興的評判，以及瑣碎的故事，友朋的際遇等等，絕鮮有組織嚴密，修理整飭的著作。

二　宋代文學批評的復興：朱熹與文學解釋

但宋代卻是一個批評精神復活的時代。我們不能因為其「無當大雅」的詩話之多，便抹煞了這個時代的重大的成就。從六朝以後，批評的精神便墮落了。唐代是一個詩歌的黃金時代，卻不是批評文學的一個重要的時期。唐人批評的精神很差；尤其少有專門的批評著作。他們對於古籍的評釋，其態度往往同於漢儒；只有做著章解句釋的工夫，並不曾更進一步而求闡其義理。宋人更不同了。很早的時候，他們便已有勇氣來推翻舊說，用直覺來評釋古書。他們知道求真理，知道不盲從古人，知道從本書裡裡求得真義與本相。於是漢、唐以來許多腐儒的種種附會的像痴人說夢似的解釋，便受到了最嚴正的糾正。這種風氣，從歐陽修作《毛詩本義》，鄭樵作《詩辨妄》以來，便盛極一時。南宋中葉的朱熹，便是這一派批評家的代表。

朱熹字元晦，一字仲晦，婺源人，登紹興進士第。歷事高、孝、光、寧四朝。終寶文閣待制。慶元中致仕，旋卒。寶慶中追封信國公，改徽國公。熹在當時，講正心誠意之學，頗為時人所妒恨。但從遊弟子甚多，其勢力也很大。他對於經典古籍，多有解釋。在其《語錄》及文集裡，也有不少關於文學批評的重要的貢獻。唯其最重要的見解，則在把《詩經》和《楚辭》兩部大的古代的名著，從漢、唐諸儒的謬解中解放出來，恢復其本來面目，承認其為偉大的文學作品。這個功績是極大的。他的批評的主張，在《詩集傳》及《楚辭集註》的兩篇序上，也可以看出一個大體來。他對於詩的起源，有很正確的見解：

或有問於餘曰：詩何為而作也？余應之曰：人生而靜，天之性也；感於物而動，性之慾也。夫既有欲矣，則不能無思；既有思矣，則不能無言；既有言矣，則言之所不能盡而發於諮嗟詠嘆之餘者，必有自然之音響節族而不能已焉。此詩之所以作也。

他的更大的工作，便是找倒了《毛詩序》，發現：「凡詩人所謂風者，多出於里巷歌謠之作，所謂男女相與詠歌，其情者也。」更發現鄭、衛諸風中的情詩的真價，而反對毛氏的美刺之說（他於《集傳》後，更附《詩序辯說》，專辯《詩序》的得失）。這是很痛快的一個真實的大批評家的見解！他不僅發現古代幾十篇的美雋的情歌而已，他直是發現了文學的最正確的真價！他的《楚辭集註》也把《楚辭》的真面目從王逸諸人的曲解裡解脫出來。他說道：「《楚辭》不甚怨君。今被諸家解得都是怨君，不成模樣。」又道：「《楚辭》平易，後人學做者反艱深了，都不可曉。」這些話都是很重要的。他雖是一位「道學家」，卻最能欣賞文學，最知道偉大名著的好處所在。故他的批評論便能夠發前人所未發之見解，糾正前人所久誤的迷信。

三　宋代文學批評中的獨立聲音：嚴羽的詩話與主張

朱熹的跟從者極多。但他的工作，破壞方面做的多；建設的主張便罕見了。但許多的「詩話」作家，卻往往都有些自己的主張。

學詩當識活法。所謂活法者，規矩備具，而能出於規矩之外，變化不測，而亦不背於規矩也。……謝元暉有言：好詩流轉圜美如彈丸。此真活法也。

——呂居仁：《夏均父集序》

建安，陶、阮以前詩，專以言志；潘、陸以後詩，專以詠物；兼而有之者李、杜也。言志乃詩人之本意，詠物特詩人之餘事。……大抵句中若無意味，譬之山無煙雲，春無草樹，豈復可觀。

——張戒：《歲寒堂詩話》

語貴含蓄。東坡云：言有盡而意無窮者，天下之至言也。……若句中無餘字，篇中無長語，非善之善者也。句中有餘味，篇中有餘意，善之善者也。

——姜夔：《白石道人詩說》

他們的話往往過於瑣碎，不成片段。一節一語，或是珠玉。但若要把他們連綴起來，尋得其一貫的主張，便是勞而無功的了。正像碎玻璃片在太陽光底下發亮，遠遠看去，彷彿有些耀煌，迫而視之，便立覺其不成一件東西了。

在許多宋人詩話裡，真實的有積極的見解、一貫的主張者，恐怕只有嚴羽的《滄浪詩話》一部而已。嚴羽對於詩學確有大膽可喜的意見。故他的影響很大。他和朱熹，可以說是：宋代文學批評家裡兩大柱石。朱熹把文學的本來面目從陳舊的曲解中解放出來，嚴羽則更進一步，建設了他自己的文學論。他好以禪語來做譬喻；這正是南宋人的風氣。明胡應麟盛稱其說，比之達摩西來，獨闢禪宗。而清馮班又醜詆之，至作《嚴氏糾謬》一書，斥為「囈語」。但當班的時候，神韻之說正橫流於世，他或有所激而為此書罷。

羽字儀卿，一字丹丘，自號滄浪逋客，邵武人。有《滄浪詩集》。他的《滄浪詩話》是很有組織的著作。首《詩辨》，次《詩體》，次《詩法》，次《詩評》，次《詩證》，凡五門，末並附《與吳景仙論詩書》。《詩體》一門，敘述自建安到當代的各種不同的詩體，「以時而論，則有：建安體，黃初體，……元祐體，江西宗派體。以人而論，則有：蘇、李體，曹、劉體，……陳簡齋體，楊誠齋體；又有所謂選體，……宮體」。並及用韻對句等等。《詩法》一門，敘述作詩之法：「須是本色，須是當行」，「下字貴響，造語貴圓」……這兩門大似皎然、王昌齡諸人的《詩式》、《詩格》的體式。《詩評》雜論六朝、唐、宋諸詩人的得失；《詩證》雜錄關於詩篇的考訂之語；這兩門也是諸宋人詩話裡常見的東西。其全書的精華所在，乃在《詩辨》一門，及所附的《答吳景仙書》。羽的批評主張，皆集中於此二部分。

夫詩有別材，非關書也；詩有別趣，非關理也。然非多讀書多窮理則不能極其至。所謂不涉理路，不落言筌者上也。詩者吟詠情性也。盛唐諸人唯在興趣。羚羊掛角，無跡可求。故其妙處透澈玲瓏，不可湊泊，如空中之音，相中之色，水中之月，鏡中之象，言有盡而意無窮。近代諸公，乃作奇物解會，遂以文字為詩，以才學為詩，以議論為詩。夫豈不工，終非古人之詩也。蓋於一唱三嘆之音，有所歉焉。

當江西詩派、永嘉四靈蟠踞著文壇上的時代，竟有這樣的獅子吼似的呼聲，誠是大膽的挑戰。難怪他是那樣的自信著，自負著：「雖獲罪於世之君子不辭也。」（《詩辨》）「僕之《詩辨》，乃斷千百年公案，誠驚世絕俗之譚，至當歸一之論。其間說江西詩病，真取心肝劊子手。以禪喻詩，莫此清切。是自家實證實悟者，是自家閉門鑿破此片田地，即非傍人籬壁，拾人涕唾得來者。……我論詩若哪吒太子，析骨還父，析肉還母。」（《答吳景仙書》）大批評家自非有這種精神不可。

南宋散文與語錄

在這一章中，主要涵蓋了以下主題：

南宋散文壇的兩大派別：本節介紹了南宋時期的散文壇，特別強調了兩大派別，即功利派和道學派的作家。這兩個派別在南宋散文發展中有著不同的文學風格和主題。

朱熹及其他南宋道學家的散文成就：章節中討論了朱熹等南宋道學家的散文作品，並探討了他們的文學主張和風格。朱熹的散文作品被視為南宋散文的代表之一，他的作品深受道學思想影響。

南宋時期的其他散文作家：本節介紹了南宋時期的一些其他散文作家，並探討了他們的文學觀點和創作特色。這些作家對當時的文學發展和文學理論貢獻了不少。

宋代道學家的口語文和語錄：最後，這一節關注了南宋時期道學家的口語文學和語錄。這些語錄以平易近人的語言闡述了道學的思想，對後代影響深遠。

這一章將帶領讀者深入了解南宋時期的散文風格、道學思想在文學中的體現，以及一些傑出的文學家的作品和貢獻。

一　南宋散文壇的兩大派別：功利派與道學派作家

南宋的散文壇，殆為古文家們所獨占。古文運動到了這個時候已是大功告成，穩坐江山的了。凡非正統派則概以「野狐禪」斥之。這時，古文選集的刊行，盛極一時；種種皆為士子學習的讀本。最著名者，像呂祖謙的《古文關鍵》，真德秀的《文章正宗》，最後，尚有謝枋得的《文章規範》，皆傳誦到千百年而未衰。

南宋上半葉的散文作家，最重要的可分為二派，一是功利派，一是道學派。道學派以朱熹、呂祖謙為代表。功利派則以陳亮、陳傅良、葉適為代表。功利派的作家們，為文務求適合世用，才氣也奔放雄贍，不屑屑於句斟字酌。他們可以說是，政治家的文人。恰好在南宋的初期，喘息已定，議論蜂起。有志從政的志士們，競言恢復，言世務，言經濟。陳亮的文章，可以代表了這一班志士們。亮字同父，永康人。才雄氣壯，有志功名。其文才辨縱橫，不可控勒，有「開拓萬古之心胸，推倒一時之傑豪」的雄姿。亮與朱熹相友善，然議論則相左。有《龍川文集》三十卷。他嘗上書孝宗道：「今世之儒士，自謂得正心誠意之學者，皆風痺不知痛癢之人也。舉一世安於君父之大讎，而方且揚眉拱手，以談性命。不知何者謂之性命乎？」這一席話正足以表現出功利派的作家們和道學家們的分野來。

陳傅良，字君舉，瑞安人，也喜談經世之學。有《止齋文集》。他的文章頗切實合世用，而漸少像陳亮似的發揚踔厲的光彩。

葉適字正則，永嘉人，有《水心集》。他的文章，頗富於才情，尤長於考證與研究。他的《學習記言》乃是一部學術上的偉作。他嘗自言，為文之道，譬如人家觴客，雖或金銀器照座，然不免出於假借。唯自家羅列者，即僅瓷缶瓦杯，然都是自家物色。蓋他不是喜傍人門戶的一人。

二　朱熹及其他南宋道學家的散文成就

朱熹的散文，功力深到，理致周密，不矜才使氣，而言無餘蘊，物無遁形。在許多道學家的文章裡，他的所作是最可稱為無疵的。他的論學的書札，整理古籍的序文，尤其是精心經意之作，看來似是平淡無奇，卻是很雅厚簡當，語語動人的。有《朱子大全集》。他嘗說道：「古人文章大率只是平說而意自長。後人文章務意多而酸澀。如《離騷》，初無奇字，只是恁說將去，自是好。後來如魯直，恁地著力做，卻自是不好。」（《朱子語類》）這足以見他為文的主張來。

道學家們大概都是作古文的，於朱熹外，最重要者，前期有呂祖謙，後期有真德秀、魏了翁。呂祖謙字伯恭，隆興元年進士。累除直祕閣著作郎，國史院編修。他和朱熹是好友，唯他頗有些辨士之風，不盡同諸道學家之醇雅。真德秀字景希，慶元五年進士。嘉定中拜參知政事，進資政殿學士。學者稱西山先生。了翁字華父，號鶴山，與德秀同年進士。理宗朝累官資政殿學士。他們的文章皆條暢雅正，有類朱熹諸人之作。

三　南宋時期的散文作家及其文學主張

道學派和功利派的作家們，皆不甚著意於文章，他們並不自視為古文家而止。他們有比文章更重要的事業在著。功利派以政治上的活動為目的，而道學家們則以闡道說理為根本。朱熹嘗道：「道者，文之根本；文者，道之枝葉。唯其根本乎道，所以發之於文皆道也。」（《朱子語類》）這便是道學家的文學主張。

其不以功名或「性命」之道相標榜者，尚有王十朋、周必大、洪邁、樓鑰諸人，皆為重要的散文作家。王十朋字龜齡，永嘉人。紹興中，中進士第一。孝宗時為吏部侍郎。有《梅溪集》。明人傳奇《荊釵記》，嘗以他為中心人物。洪邁與兄適、遵並稱三洪，皆仕於孝宗朝。邁字景盧，謚文敏。文名尤盛。有《容齋五筆》。雖是瑣碎的隨筆，篇幅卻是很浩瀚的，其中很有些重要的材料。周必大字子元，號平園叟，紹興中進士。孝宗朝歷右丞相，拜少保。有《周益公大全集》。樓鑰字大防，號攻愧。隆興初進士，累官中書舍人，寧宗朝參知政事。洪邁、樓鑰、周必大等又工於四六。南宋初的汪藻、孫覿尤專工此體。

陸游以詩名。鄭樵以所作的偉大的《通史》、《通志》著。皆不甚有文名。然遊的古文和他的詩一樣，極見才情。樵的所作，則浩浩莽莽，雄辨無垠，深入顯出，舒捲如意。我們觀其《詩辨妄》以及《通志》中二十略的文章，幾無不要為其滔滔的辨難所折服，為其雄健的議論所沉醉。南宋重要的散文家，恐怕倒要首先屈指數到他呢！

四　宋代道學家的口語文和語錄：平易淺近的說理之道

道學家們的古文，並不怎樣重要，而他們自己也並不以此為重。道學家們在宋代散文壇上所建立的殊勛，卻不在此而在彼。道學家們為了談道說理的方便計，嘗以淺近平易的口語，來抒陳他們的意見。這些意見往往為門人弟子所記下，且都是儲存了原來的問答語的。這種口語的答問體的記載，即所謂「語錄」者是。

「語錄」的來源很古。《論語》、《孟子》都是這一類的著作。為了宣揚佛教計，和尚們也很早的便有了語錄（唐時《神會和尚語錄》今有亞東圖書館新印本）。宋儒復活了「語錄」的這個體載，大約多少總受有些和尚們的影響。

宋儒的語錄，據《宋史・藝文志》所載者，有《程頤語錄》二卷，《劉安世語錄》二卷，《謝良佐語錄》一卷，《張九成語錄》十四卷，《尹惇語錄》四卷，《朱熹語錄》四十三卷。但實際上並不止這幾種。周敦頤的《通書》，張橫渠的《經學理窟》，雖非問答的記靈，也甚近語錄之體。

語錄大都談性命的大道理，論主敬或修養的工夫，頗為無聊。但也有論學論文之語，寫得很不壞的。姑引數例：

> 學者好語高，正如貧人說金，說黃色，說堅軟。道他不是又不可，只是好笑。不曾見富人說金如此。
>
> 與學者語，正如扶醉人，東邊扶起卻倒向西邊，西連扶起倒向東邊；終不能得他卓立中途。

問人之學有覺其難而有退志，則如之何？曰：有兩般。有思慮苦而志氣倦怠者，有憚其難而止者。向嘗為之說。今人之學如登山麓，方其易處，莫不闊步，及到難處便止。人情是如此。山高難登，是有定形，實難登也。聖人之道，不可形，非實難為也；人弗為耳。顏子言：仰之彌高，鑽之彌堅。此非是言聖人高遠實不可及，堅固實不可人也。此只是譬喻卻無事，大意卻是在瞻之在前，忽焉在後上。又門人少有得而遂安者，如何？曰：此實無得也。譬如以管窺天，乍見星斗燦爛，便謂有所見，喜不自勝。此終無所得。若有大志者，不以管見為得也。

——以上《二程語錄》

大凡人讀書，且當虛心一意，將正文熟讀，不可便立見解，看正文了，卻落深思熟讀，便如己說，如此方是。今來學者，一般是專要作文字用，一般是要說得新奇。人說得，不如我說得較好。此學者之大病。譬如聽人說話一般，且從他說盡，不可剿斷他說，便以己意見抄說。若如此，全不見得他說是非。只說得自家底，終不濟事。久之，又曰：須是將本文熟讀，字字咀嚼，教有味。若有理會不得處，深思之。又不得，然後卻將註解看，方有意味。如人饑而後食，渴而後飲，方有味。不饑不渴而強飲食之，終無益也。又曰：某所集註《論語》，至於訓注，皆子細者，蓋要人字字與某著意看，字字思索到，莫要只作等閒看過了。

因說僧家有規矩嚴整，士人卻不循禮。曰：他卻是心有用處。今士人雖有好底，不肯為非，亦是他資質偶然如此。要之其心實無所用。每日閒慢時多。如欲理會道理，理會不得，便掉過三五日，半月日，不當事。鑽不透，便休了。既是來這一門，鑽不透，又須別尋一門。不從大處入，須從小處入，不從東邊入，便從西連入。及其入得，卻只是一般。今頭頭處處鑽不透，便休了。如此，則無說矣。有理會不得處，須是皇皇汲汲然，無有理會以不得者。譬如人有大寶珠，失了，不著緊尋，如何會得！

——以上《朱子語類》

從這些語錄裡，我們可以看出他們所用的口語文，是很平易淺近的。雖不能和「詞話」的漂亮的文章相比，在使用口語文於說理文一方面，卻是有相當的成就的。

遼金文學

在這一章中，將探討以下主題：

遼代：中國北部的強大統治者和文化淡薄：本節將介紹遼代，這是一個在中國北部建立的國家，其統治者為遊牧民族契丹人。儘管統治者強大，但該時期的文化發展相對較淡薄。

金朝文學：中國北部的璀璨文化：章節將討論金朝的文學發展，該朝是遼代的繼承者，同樣位於中國北部。金朝文學在這一時期取得了璀璨的成就。

金朝文學巔峰：這部分會深入探討金朝文學的巔峰時期，包括諸如趙秉文、党懷英、楊雲翼等著名文學家的作品和貢獻。

元好問：金代文學之巔峰：最後，章節將介紹元好問，他被認為是金代文學的代表性文學家之一，並深入討論他的文學成就。

透過這一章，讀者將了解遼金時期在中國文學史上的地位，以及該時期一些傑出文學家的重要作品和影響。

一　遼代：中國北部的強大統治者和文化淡薄

遼起於中國北部，始稱契丹。當唐末、五代時，馬肥兵壯，乘中國內部的割據、分裂，諸統治者每結強鄰以自固，便深入中原，施其縱橫排闔的手段。石敬瑭至稱子侄於契丹主，並賂以燕、雲十六州，求其助力，以得帝位。自此，契丹的勢力蟠踞於中國北部者約有一百六七十年之久，成為宋代最恐怖的敵人。後來徽宗聯絡金人，來攻遼邦，遂滅之。但不久，此後來的強敵，便又以滅遼的手段來滅了北宋。遼建國凡二百餘年，然文物則絕鮮可稱者。沈括說，遼時禁其國文書傳入中土，故流布者絕罕。近人競於繼簡殘編之中，爬搜遼代文獻，也不過存十一於千百則已(像周春的《遼詩話》，繆荃孫的《遼文存》，皆是沒有第二部的著作)。《遼史．文學傳》所載，也不過蕭韓家奴、王鼎等寥寥數人。或這個北方的民族，原來對於中原文化便不甚著意，所以，強占據中國北部至二世紀，卻一點也沒有什麼文學上的重要的成就。

二　金朝文學：中國北部的璀璨文化

金人便不同了。金本稱女真，也興於北方。她的興起很快，滅亡得也很快，傳國僅只一百二十餘年，便為蒙古人所滅。然在文學史上，金人的地位卻遠較遼人為重要。金之稱帝，始於完顏阿骨打。不久便滅遼，亡宋，占據了中國的北部及中原，與小朝廷的南宋隔江相持，各成為南北文化的中心。

當時金人的文化是承襲了遼與宋的。諸宮調的弘偉的體制，在金代最為流行，成了金文學最大的光榮。這在上文已經敘述到了。及其後，又有「雜劇」的一種重要的新文體創製出來，對於元代戲曲有極重大的貢獻。這也將在下文詳之。今所論者，僅及其詩詞和散文。

金的詩詞，幾盡於元好問的《中州集》。清人編輯《全金詩》，所增入無幾。其散文，則當時馮清甫所輯者，今已亡佚。但清人也輯有《金文雅》等書，略足窺其一斑。

金文學的初期，作者以吳激、蔡松年二人為最著。他們皆長於樂府，時號「吳、蔡體。」吳激字彥章，自號東山。米芾婿。工詩能畫。使金，被留。仕為翰林待制。出知深州，三日而卒。激情同徐陵、痍信，文望亦相埒。所作頗多憶國懷鄉之什。像《歲暮江南四憶》（詩），像《人月圓》；

南朝千古傷心事，猶唱後庭花。舊時王謝堂前燕子，飛向誰家？恍然一夢，仙肌勝雪，宮髻堆鴉，江州司馬，青衫淚溼，同是天涯。

都是中寓沉痛的。唯他的詩也有很富風趣的，像：「捲上疏簾無一事，滿地春水照薔薇」（《宿湖城簿廳》）像：「煙拂雲梢留淡白，雲蒸山腹出深青」（《愈甫索水墨以詩寄之》）；像：「山侵平野高低樹，水接晴空上下星」（《三衢夜泊》）。

蔡松年字伯堅。父靖，由宋入金，仕為翰林學士。伯堅官至尚書右丞相。自號蕭閒老人。他的詩詞皆甚豪放，而《大江東去》：「《離騷》痛飲，問人生佳處，能消何物！江左諸人成底事，空想巖巖青壁」云云，尤為時人所稱。

更有宇文虛中、高士談、韓昉、王樞、王競諸人，也皆以詩文鳴於當時。

三　朝文學巔峰：趙秉文、党懷英、楊雲翼等名家

其後，則有蔡珪、馬定國、趙秉文、楊雲翼、党懷英、王庭筠、王若虛、王渥、雷淵、李純甫諸人並起，為金文學的全盛時代。而趙秉文、党懷英為尤著。

蔡珪字正甫、松年子，其辨博為天下第一，官至戶部員外郎太常丞。大定十四年出守維州，道卒。元好問以他為金文學「正傳之宗。」在他之前，皆借才異代。自他始，方有金人的文學。

党懷英以文顯於大定、明昌間。懷英字世傑，奉符人。少和辛棄疾同舍。棄疾南歸，懷英則顯於金。大定中進士第，累進翰林學士。趙秉文謂其文似歐公，不為尖新危險之語，其詩似陶、謝，奄有魏、晉。像「細雪吹仍急，凝雲凍未開。牽閒時掠水，帆飽不依桅。岸引枯蒲去，天將遠樹來」（《奉使行高郵道中》），誠頗有閒適之趣，惜他詩未甚可稱。

王庭筠字子端，熊嶽人。官修撰卒，年四十七。平生愛天平、黃華山水，自號黃華山主。元好問謂其詩文有師法，高出時輩之右。

李純甫、雷淵並以氣節著，時號李、雷。純甫以諸葛亮、王猛自期，淵則慕孔融、陳元龍之為人。純甫，尤邃於佛書。

繼党懷英掌一代之文柄者則為趙秉文。秉文以文名於貞祐、正大之間，時人比之宋歐陽修。他字周

臣，滏陽人，自號閒閒道人。大定二十五年進士。官禮部尚書兼侍讀。卒年七十四。他長於古文，於小詩尤精絕。「至五言大詩，則沉鬱頓挫學阮嗣宗，真淳簡澹學陶淵明」（《中州集》）。而其集中擬淵明之作尤多。但像：「樹頭風寫無窮水，天末雲移不定山」（《寄裕之》）；「酒澆墓上吃不得，留與饑鴉作寒食」（《花下落》），皆不類嗣宗、淵明的作風。

楊雲翼和趙秉文齊名，時號楊、趙。他字之美，興定末，拜吏部尚書。

王若虛字從之，槁城人，承安二年經義進士。博學強記，善持論。入翰林，自應奉轉直學士。年七十，猶遊太山，卒。元好問謂：「自從之沒，經學史學文章人物公論遂絕。」若虛自著的詩文，並不怎樣重要，其《滹南遺老集》裡，自《五經辯惑》以下《文辨》、《詩話》，凡四十卷，卻是絕代的鉅作。他承襲了宋人的疑古的精神，慣以直覺來辨析古代的史實、文章，所論常多可喜者。與鄭樵、朱熹，鼎足而三。

四　元好問：金代文學之巔峰

金代文學終於元好問。好問所編的《中州集》，恰好作為金源一代詩人的總集。好問字裕之，號遺山，太原秀容人，興定五年進士。嘗作《箕山》、《琴台》二詩，趙秉文時為天下文宗，見而奇之，謂少陵以後無此作。因而名震京師，號為元才子。官至尚書省左司員外郎。金亡不仕，以著作自任，構野史亭於家。卒年六十八。好問詩「專以單行，絕無偶句，構思窅渺，十步九折，愈折而意愈深，味愈雋。」

（趙翼語）金代諸詩人蓋皆所不及。緣其身經亡國之痛，故情緒益為深摯，「慷慨悲歌，有不求工而自工者。」像《醉後走筆》：

建茶三碗冰雪香，離騷九歌日月光。
腰金更騎揚州鶴，雋永不羨大官羊。……
山鬼獨一腳，拊掌笑我旁。
湘累歸來吊故國，遺台老樹山蒼蒼。
掩書一太息，夜如何其夜未央！
東家女兒繡羅裳，銀瓶瀉酒勸客嘗，……
愛茶愛書死不徹，乃以冰炭貯我腸！世間唯有麴生風味不可忘。

遺山集中，類此之作是不希見的。他的短詩，風韻也絕佳，大似摩詰的所作，像《山居雜詩》：

瘦竹籐斜掛，幽花草亂生。
林高風有態，苔滑水無聲。
潮落沙痕出，堤摧岸口斜。
繼橋堆聚沫，高樹閣浮槎。

他的文章獨步天下者三十年，為金詩人之殿，元文章之祖。當時學者幾盡趨其門。房祺編《河汾諸老集》，所載金之遺老，麻革、張宇、陳賡、陳揚、房皞、段克己、段成己、曹之謙等八人，也都是從好問遊的。

雜劇的鼎盛

在這一章中，我們將探討以下主題：

宋代的雜劇詞與後來的戲曲的關係：我們將研究宋代雜劇詞與後來元代戲曲之間的關聯，包括它們的起源和共同之處。

雜劇的起源和演變：我們將追溯雜劇的起源，從早期的歌舞戲演變到成為真正的戲曲的過程，並深入探討其演變過程。

元代雜劇的興盛原因：我們將探討為什麼元代成為雜劇的鼎盛時期，並討論其中的一些原因，如反思和文化探討。

元代雜劇的興盛及其作者分期：我們將研究元代雜劇的興盛時期，並按照作者分期，了解不同時期的特點。

關漢卿的藝術成就：這部分將深入探討元代劇作家關漢卿的藝術成就，以及他對雜劇的貢獻。

馬致遠：元代文人之劇作評析：我們將討論馬致遠作為元代文人在戲劇創作方面的評價和影響。

元劇中的英雄形象：我們將探討元代雜劇中的英雄形象，特別關注鄭廷玉和尚仲賢筆下的人物塑造。

元代雜劇作家及其傳世作品簡析：這一部分將簡要介紹一些元代雜劇作家以及他們的重要作品。

元劇之大師心：最後，我們將討論無名氏對雜劇的貢獻，並深入探討雜劇中的珍貴元素。

透過這一章，讀者將更深入地了解中國雜劇的發展過程、作家和重要作品，以及元代成為雜劇鼎盛時期的原因。

一　宋代的雜劇詞與後來的戲曲的關係

如果我們相信傳統的見解的話，則雜劇的起源時代，是遠較傳奇為早的。史載宋真宗（西元998～1022年）已為「雜劇詞」，但未嘗宣布於外。宋末周密的《武林遺事》，著錄「官本雜劇段數」至二百八十本之多。其中且有北宋人之作在內。但這些「雜劇詞」，這些「官本雜劇段數」，是否即為後來的「雜劇」，如元人之所作的，卻是一個大疑問。且先將那二百八十本的「官本雜劇段數」的名目細看一下。在此二百八十本的「官本雜劇段數」中，有可考知其為「大麴」或「法曲」等組成者。如以大麴組成凡一百零三本：其中名「六麼」者二十本，如《爭曲六麼》、《扯攔六麼》、《崔護六麼》、《鶯鶯六麼》、《女生外嚮六麼》等等皆是；名「瀛府」者六本，如《索拜瀛府》、《醉院君瀛府》等皆是；名「梁州」者七本，如《四僧梁州》、《詩曲梁州》、《法事饅頭梁州》等等皆是；名為「伊州」者五本，如《鐵指甲伊州》、《裴少俊伊州》等等皆是；名為「新水」者四本，如《桶擔新水》、《新水爨》等皆是；名為「薄媚」者九本，如《簡帖薄媚》、《鄭生遇龍女薄媚》皆是；名為「大明樂」者三本，如《土地大明樂》等是；名為「降黃龍」者五本，如《列女降黃龍》、《柳砒比上官降黃龍》等皆是；名為「胡渭州」者四本，如《看燈胡渭州》等是；名為「石州」者三本，如《單打石州》等是；名為「大聖樂」者三本，如《柳毅大聖樂》等是；名為「大中樂」者四本，如《霸王中和樂》等是；名為「道人歡」者四本，如《越娘道人歡》等是。此外尚有名「萬年歡」、「熙州」、「長壽仙」、「劍器」、「延壽樂」、「賀皇恩」、「採蓮」、「保金枝」、「嘉慶樂」、「慶雲樂」、「君臣相遇樂、」「泛清波」、「彩雲歸」、「千春樂」、「罷金鐙」等，或一本，或二本，或三本不等。共凡大麴之名二十八，而其中的二十六之名，見於《宋史·樂志》所記的《教坊部》四十大麴之中。餘如「降黃龍」、「熙州」二曲，雖不見於「樂志」，卻也有宋人之說，可證其亦為大麴。以「法曲」組成的凡四本，如《棋盤法曲》等。以普通詞曲調組成的凡三十九本，如《崔護逍遙樂》、《四季夾竹桃》、《賣花黃鶯兒》、《三教安公子》、《三哮上小樓》、《賴房書啄木兒》等皆是。以諸宮調組成者凡二本，即《諸宮調霸王》及《諸宮調卦冊兒》。如此，可確知其為曲調組成者，凡一百五十餘本。這一百五十餘本的法曲、大麴或雜曲調組成的「官本雜劇段數」（關於諸宮調見後），果即為後來的「雜劇」麼?第一，在名稱上是絕對不類的。最早的雜劇，如元代諸作家所作的，其名稱從來不是那麼樣的以曲名作為題目的一節，附於前或附於後的。第二，「官本雜劇段數」既題著《崔護逍遙樂》、《霸王中和樂》等等，則其所組成的曲調，當然是限於《逍遙樂》及《中和樂》等的，而元劇所用的曲調則比較複雜得多。且更有可以使我們明瞭這些「官本雜劇段數」的性質的東西在。《樂府雅詞》捲上載有一篇《薄媚》（《西子詞》）大麴，詠唱西子事，其內容性質只是以此歌連合了舞而演唱著的西施故事，絕對不是在劇場上搬演的戲曲。名為「溥媚」的一種大麴，其性質既是如此，則其他「六麼」、「瀛府」、「伊州」、「梁州」等等，當然也不會是兩樣了。

王國維氏在《宋元戲曲史》裡，以《薄媚》（《西子詞》）入於「宋之樂曲」，卻將其他的「薄媚」、「伊州」等大麴當作了兩宋的真正的戲曲而討論著，其故蓋在誤認「官本雜劇段數」為即後代的「雜劇」。又歐陽修曾以十一首的《採桑子》連線起來，詠歌西湖景色，趙德麟曾以十首的《商調蝶戀花》連線起來，歌詠崔鶯鶯的故事。此種《採桑子》、《蝶戀花》，當和周密所著錄的《崔護逍遙樂》，《四季夾竹桃》性質完全相同，我們更不能謂他們為真正的戲曲。

此外一百二十餘本的「官本雜劇段數」，其名目之不類戲曲，也可一望而知。如《門子打三教爨》、《雙三教》、《三教鬧著棋》、《打三教庵宇》、《普天樂打三教》等等，是流行於宋代的雜耍。所謂「三教」的（見《東京夢華錄》），更非真正的戲曲。《迓鼓孤》等則亦為宋代的「訝鼓」的戲，也並非戲曲。「《天下太平爨》及《百花爨》則《樂府雜錄》所謂字舞花舞也」（《宋元戲曲史》）而所謂《論淡》、《醫淡》、《醫馬》等等，也可知其為類乎雜藝的一流。總之，像周密所著錄的這許多名目詭異，今不可盡知的「官本雜劇段數」，實非現在所謂的真正的戲曲。其中或間有頗類「戲曲」的東西，然其產生時代恐絕不會很早。也許這二百八十本的「官本雜劇段數」中，竟連一本真正的「雜劇」也沒有在內。《武林舊事》又載正月五日「天基聖節排當樂次」，即系所謂秩序單一類的東西，其中記載上壽、初坐、再坐時的奏樂的次第極詳。上壽時不做雜劇。初坐時，當第四盞之間，做著「君臣賢聖爨」雜劇。當第五盞時，又做著《三京下書》雜劇。再坐時，第五盞做《揚飯》雜劇，第六盞做《四偌少年遊》如果這些雜劇，即系今之雜劇，則在「一盞」之間，是絕不會做完了全部雜劇的。由此也可知當時所謂「雜劇」，只不過是表演著故事或趣事或其他頌辭的歌舞雜戲而已，並不就是後來的成為真正的戲曲的「雜劇」。至於北宋的「雜劇詞」之非真正的劇本，則更為顯然的事實。

二　雜劇的起源和演變：從歌舞戲到真正的戲曲

宋的雜劇，怎樣才由歌舞戲一變而為真正戲曲的「雜劇」，我們已不能知道。大約總要在南戲盛行之後。這些雜劇本來離真正的戲曲已不甚遠，有歌唱，有舞踏，也有腳色，只不過不曾成為「代言」體的搬演與乎插入散文或口語的對白而已。因受了南戲的影響，於是由舞踏而變為搬演，由第三身的敘述，變而為第一身的搬演。其間的轉變是極快極易的。在當時，傀儡戲甚為發達，影戲也極是流行，二者皆有話本。雜劇之形成，或與他們也不無關係吧。

因為「雜劇」是由原來的歌舞戲變成了的，所以其結構仍帶著極濃厚的本來面目（今日所演之關漢卿《單刀會》的「刀會」一折周倉的跳舞，最可注意）。在唱詞的結構方面，受後期的「諸宮調」的影響尤深。我們看，主角獨唱到底的規則，和末本、旦本之分，至少總受有「諸宮調」的男女唱者的實際的支配吧。而其套類的構成，更是全由「諸宮調」及「唱賺」的套數構成法進展而來的。

陶九成的《輟耕錄》（卷二十五）又著錄「院本」凡七百餘種，其名目之複雜不可稽考，更甚於「官本雜劇段數」。據陶九成的分類，則有：「和麴院本」凡十四種，「上皇院本」凡十四種，「題目院本」凡二十種，「霸王院本」凡六種，「諸雜大小院本」凡一百八十九種，「院麼」凡二十一種，「諸雜院爨」凡一百七種，「衝撞引首」凡一百九本，「拴搐豔段」凡九十二種，「打略拴搐」凡一百八種，「諸雜砌」凡三十種。其中「和麴院本」一部，和周密所著的「官本雜劇段數」中的大麴、法曲組成的雜劇名目很多相同，蓋即是同類的東西。又「打略拴搐」之中，錄及「星象名、棵子名、草名、軍器名」等等，也一望可知其決非戲曲。則其內容的複雜可想而知。在其中，我們相信必有一部分的戲曲真正在內。但絕不會如王國維諸人所相信的，認為全部皆是戲曲。九成的《輟耕錄》作於至正丙午（西元 1366 年），自稱「偶得院本名目載於此，以資博識者之一覽」。則此目並非他自己之所錄的。錄此目者似當為元代中葉前後的人。王國維氏將此種院本皆作為金代的產物，似誤。這些院本產生的時代當極為複雜。有的很古遠的東西，當作於北宋的前後，如「和麴院本」的一部分。但大多數的時代，則當在金末、元初。周密載兩宋時代的「官本雜劇段數」，其中與「和麴院本」同類的東西，多至一百八十餘本，而到了此時（即院本盛行之時），卻只存有「和麴院本」十四種，其凌替之狀，可想而知。就此也可知這些院本並不是很古遠的東西。

所以，雜劇的起源，最早是不能在宋、金末葉之前的。而雜劇的來源，也是很多端的。更簡捷地說來，「雜劇」乃是「諸宮調」的唱者，穿上了戲裝，在舞台上搬演故事的劇本，故仍帶著很濃厚的敘事歌曲的成分在內。

但將這些不同的來源，特別是「諸宮調」，一變而創出一種新體的戲曲來的是誰呢？正如孔三傳之創作「諸宮調」，阿斯齊洛士（Aeschylus）之創作希臘悲劇，雜劇或當也是一位天才作家創作出來的罷？雜劇的出現，最早不能過於金末（約在西元 1234 年之前）。又初期的雜劇作家，其地域不出大都及其左近各地。那麼，我們說，雜劇是金末產生於燕京的，當不會很錯。但在金末的燕京人裡，誰有創作雜劇的可能呢？王實甫麼？關漢卿麼？……時代及地域都很相符。唯實甫創作雜劇之說，不見記載。《錄鬼簿》將關漢卿列為「有所編傳奇行於世者」的第一人，當必有用意。《太和正間譜》也說漢卿是「初為雜劇之始。」又在《錄鬼簿》裡，稱高文秀為「小漢卿」，沈和甫為「蠻子漢卿」。這種種都足以見關氏地位的重要。我們如以關氏為創作雜劇的人物，當不會和事實相去很遠的。

三 元代雜劇的興盛原因：反思與探討

漢卿與實甫的活動期雖大半在元代，然在金代，他們必已開始作劇。王實甫寫《四丞相高會麗春堂雜劇》，事實全為金代的，卻以「從今後四方八荒，萬邦齊仰賀當今皇上」為結。我們如依據於此，而主張著：此劇系實甫作於金代的之話，實大有可能性。如此說法，則金代的雜劇，至少是有幾本流傳於今世的了。總之，金代雜劇已盛，至無代而益為發達。我們研究元代的雜劇，而明瞭了他們的體制與格律，則連金代的雜劇的體制與格律也都可以相當的明瞭的了。

所謂元代的雜劇，蓋指產生於宋端平三年（西元 1234 年）至元順帝至正二十七年（西元 1367 年）的一百餘年間的雜劇的全部；但包括著稍稍前期的著作在內，像關漢卿與王實甫的作品的一部分。這整整一個世紀的時期，可以說是雜劇的黃金時代或全盛期。據明初丹丘先生的《太和正間譜》所載的元代雜劇，總數凡五百六十六種。據元代鍾嗣成的《錄鬼簿》所載的，則其總數凡四百五十八種。鍾氏的著錄，在元末至順元年（即西元 1330 年）。離元亡尚有三十餘年。其所見當然不會有《太和正間譜》著者那麼多的。又他們二人所載的，似都以自己所見者為限。其未見的，當然不曾被收入。如此看來，則元代雜劇總數，決止於五百六十餘種之數可知。即以此數而論，在短短的一世紀之間而有了五百六十餘種劇本的產生，換一句話，即每年在五種以上產生出來，其盛況可知！論者每以為元代白話劇與北曲的發達，實由於少數民族不懂我們的典雅的文句，故作者不得不遷就他們，而北劇因以大盛。其實不然。少數民族的漢語程度，本來即差，竟有許多官吏，是完全不懂得漢語的。即懂得的，也大都是極粗淺之語。像元曲那麼正則雋美的話語，他們一定不會明白的。為了迎合他們而產生北劇的話，可說完全是無根之談。我們看後來雜劇的中心點，不在元都的大都，而在宋代的故都的杭州，便可知雜劇的欣賞者，仍為漢族而非少數民族了。

像臧晉叔、沈德符諸人，又造作元人以劇本取士，故元曲特盛之說。沈氏云：「今教坊雜劇，約有千本，然率多俚淺。其可閱者，十之三耳。元人未滅南宋時，以此定士子優劣。每出一題，任人填曲。如宋宣和畫學，出唐詩一句，恣其渲染。選能得畫外趣者，登高第。以故宋畫、元曲，千古無匹。」（《顧曲雜言》）臧氏云：「元以曲取士，設十有二科。而關漢卿輩，爭挾長技自見，至躬踐排場，傅粉墨，以為我家生活，偶倡優而不辭者，或西晉竹林諸賢托杯酒自放之意，予不敢知。」又云：「或謂元取士有填詞科，若今括帖然，取給風簷寸晷之下，故一時名士，雖馬致遠、喬孟符輩，至第四折，往往強弩之末矣。」（均引《元曲選序》）這二人的話，看似有理，其實也是絕無根據的。元人取士，誠然很雜，甚且星相醫卜，也並有科試。獨以劇本為科試之舉，則記載上絕無見之者。這個強而有力的證據，已足推翻他們的話有餘。且馬致遠的《薦福碑》、鄭光祖的《王粲登樓》之類，滿紙的悲憤牢騷，關漢卿的《竇娥冤》、《魯齋郎》等等，又都是攻擊當代官吏的黑暗的，王實甫的《西廂記》、張壽卿的《紅梨記》、石子章的《竹塢聽琴》等等，又都是濃豔夭麗之至的。這些劇本，怎麼可以去應試呢？且五百餘劇之中，同名者絕少。元代到底舉行了「雜劇考試」多少科？如何會有那麼多的題目呢？這都是不必辭費而可知其絕無是理的。臧、沈二氏，只是模糊影響的說著，恐怕連他們自己也不是必十分確信此說的。

故臧云：「或謂元取士有填詞科。」沈云：「元人未滅南宋時，以此定士子優劣。」這兩語，不啻將他們自己的全部言論都推翻。既雲「或謂」，則他自己也是游移不定的疑心著的了，既云：「元代未滅南宋時」有之，則滅南宋後，此填詞科必已取消的了。何以元劇在滅南宋之後，並未稍衰呢？

以上二說，都可以說是不足信的「想當然」的元劇發達原因論。我以為元劇發達的原因正和他們所言的相反。

第一、元劇之所以發達，當然是因為沿了金代的基礎而益加光大之的原故。

第二、正因為元代考試已停，科舉不開，文人學士們才學無所展施，遂捉住了當代流行的雜劇而一試其身手。他們既不能求得蒙古民族的居上位者的賞識，遂不得不轉而至民眾之中求知己。故當時的劇本的題材大都是迎合民眾心理與習慣的。

第三、少數民族的壓迫過甚漢人的地位，視色目人且遠下。所謂蠻子，是到處的時時刻刻的會被人欺迫的。即有才智之人，做了官吏的，也是位卑爵低，絕少發展的可能。

所以他們便放誕於娛樂之中，為求耳目上的安慰，作者用以消磨其悲憤，聽者用以忘記他們的痛苦。更重要的是，因了元代蒙古大帝國的建立，中外交通大為發達，城市的經濟因之而大為繁榮，又農民們的負擔似有減輕，手工業的銷售量大增，農村的經濟情況，一時似亦頗為好轉。我們觀杜善夫的「莊家不識拘闌」一曲，便知一些其中的真正的訊息。元劇的發達，蓋不外此數因。

四 元代雜劇的興盛及其作者分期：一場南北文化的融合

鍾嗣成的《錄鬼簿》將元劇的作者，分為下列的三期：第一期，「前輩已死名公才人有所編傳奇行於世者」；第二期，「方今已亡名公才人餘相知者，及已死才人不相知者」；第三期，「方今才人相知者，及方今才人聞名而不相知者」。鍾氏是書，成於至順元年（西元1330年）。則方今已亡的名公才人，系卒於至順元年以前者。「方今才人相知者」，當系至順元年尚生存的作者。今為方便計，合併為二期。第一期從關、王到西元1300年，第二期從西元1300年到元末。蓋鍾氏所述之第二三期，原是同一時代，不宜劃分為二。

元代雜劇，其初是以大都為中心的，其後則其中心漸移而南，至於杭州。在第一期中，作者差不多都是大都人，或他處的北方人，南人絕少。到了第二期，則北人漸少，而南人漸多。然在第一期中，馬致遠、尚仲賢、張壽卿諸人，皆系作吏於南方者。第二期的北方人中，也有大多數與南方有關係。如曾瑞晚年定居於杭州，鄭光祖及趙良弼，俱為杭州的官吏，喬吉甫和李顯卿，也都往於南方。所以在實際上講來，在第二期中，北劇的中心，已經移到了南方的杭州，而不復是北方的大都了。

五 元代劇作家關漢卿的藝術成就

第一期的劇作家，以關漢卿、王實甫、馬致遠、白樸、鄭廷玉、吳昌齡、武漢臣、李文蔚、康進之、王伯成等為最重要，而關、王、馬、白為尤著。次之，則王仲文、楊顯之、紀天祥、張國賓、孫仲章、石子章、李好古、戴尚輔、嶽伯川、張壽卿、李壽卿、石君寶、狄君厚、李行甫、李直夫、孔文卿、孟漢卿等，也各有一二劇流傳。

《錄鬼簿》列關漢卿於第一人。涵虛子的《太和正音譜》，對漢卿的劇本，不大滿意。既列之馬致遠、白仁甫、喬夢符、王實甫八九人之下，復評之道：「觀其詞語，乃可上可下之才。蓋所以取者，初為雜劇之始，故卓以前列。」彷彿《正音譜》排列作者次序，原是按其才情為高下，為先後的。假如漢卿不是「初為雜劇之始」，則連這個八九人以下的地位，也得不到了。

漢卿號已齋叟，大都人。太醫院尹（見《錄鬼簿》）。楊維楨《元宮詞》云：「開國遺音樂所傳，白翎飛上十三絃。大金優諫關卿在，《伊尹扶湯》進劇編。」關卿大約是指漢卿。據此，則漢卿當曾仕於金。唯其為太醫院尹，則不知為在元或在金時事耳。陶九成《輟耕錄》，又載他與王和卿相嘲謔的事。漢卿生平事跡之可考者，已盡於此。楊朝英的《朝野新聲》及《陽春白雪》曾載漢卿小令套曲若干首。其中大都為情歌。遊蹤事跡，於其中絕不易考。唯漢卿有套曲《一枝花》一首，題作《杭州景》者，曾有「大元朝新附國，亡宋家舊華夷」之語，藉此可和其到過杭州，且可知其系作於宋亡（西元 1278 年）之後不久耳。大約漢卿於元滅宋之後，曾由大都往遊杭州，或後竟定居於杭州也難說。他的戲劇生活，似可分為二期。前期活動於大都，後期或系活動於杭州。漢卿名位不顯。後半期的生活，或並去太醫院尹之職而僅為伶人編劇以為生。以其既為職業的編劇者，故所作殊夥。「離了利名場，鑽入安樂窩。」（《四塊玉》）蓋為不得志者的常語。《錄鬼簿》稱漢卿為已死名公才人，且列之於篇首，則其卒年，至遲當在

1300年之前。其生年，至遲當在金亡之前的二十年（即西元1214年）。我們假定他的生卒年分為西元1214～1300年，則他來遊杭州之年（約1280年，宋亡以後的一二年），正是他年老去職之時。故得以漫遊於江南的故都，而無所牽掛。

漢卿作品，於小令套曲十餘首外，其全力完全注重於雜劇，所作有六十五本之多。即除去疑似者外，至少亦當有六十本以上。今古才人，似他著作力的如此健富者，殊不多見（唯李玄玉作傳奇三十三本，朱素臣作傳奇三十本，差可以擬耳）。《太和正音譜》評漢卿之詞，以為：「如瓊筵醉客。」又以為：「觀其詞語，乃可上可下之才。」漢卿所作，以流行的戀愛劇為多，如《謝天香》、《金線池》、《望江亭》、《玉鏡台》之類，有天馬行空，儀態萬方之概。此外，像《救風塵》之結構完整，《竇娥冤》之充滿悲劇氣氛，《單刀會》之慷慨激昂，《拜月亭》之風光綺膩，則皆為時人所不及。其筆力之無施不可，比之馬、白、王（實甫），實有餘裕。即其套曲小令，亦溫綺多姿。可喜之作殊多。例如：

碧紗窗外靜無人，跪在床前忙要親。罵了個負心，回轉身。雖是我話兒嗔，一半兒推辭，一半兒肯。

多情多緒小冤家，迤逗得人來憔悴煞。說來的話，先瞞過咱，怎知道一半兒真，一半兒假。——《一半兒·題情》

之類，絕非東籬之一味牢騷的同流。

漢卿的六十餘種劇本，存於今者，凡十四種：《玉鏡台》、《謝天香》、《金錢池》、《竇娥冤》、《魯齋郎》、《救風塵》、《蝴蝶夢》等八種，見於臧晉叔的《元曲選》中；《西蜀夢》、《拜月亭》、《單刀會》、《調風月》等四種，見於《古今雜劇三十種》中；又《緋衣夢》一種，見於顧曲齋刊《雜劇選》中。《續西廂》一本，則附於通行本的王實甫《西廂記》之後。又有殘劇二種，《哭香囊》與《春衫記》，見於我輯的《元明雜劇輯逸》中。元人之善於寫多方面的題材，與多方面的人物與情緒者，自當以漢卿為第一。將漢卿今存的十四種劇本歸起類來，則可分為：（一）戀愛的喜劇，如《玉鏡台》、《謝天香》、《拜月亭》、《救風塵》、《金線池》、《調風月》；（二）公案劇本，如《竇娥冤》、《魯齋郎》、《蝴蝶夢》、《緋衣夢》；（三）英雄傳奇，如《西蜀夢》、《單刀會》；（四）其他，如《望江亭》。最可怪的，是除了兩部英雄傳奇及《玉鏡台》、《魯齋郎》之外，漢卿所創造的劇中主角，竟都是女子。連《蝴蝶夢》、《緋衣夢》那樣的公案劇曲，也以女子為角，可見他是如何喜歡，且如何的善於描寫女性的人物。在漢卿所創造的女主角中，什麼樣的人物都有。肯自己犧牲的慈母（《蝴蝶夢》）；出智計以救友的俠妓（《救風塵》）；從容不迫，敢作敢為，脫丈夫於危險的智妻（《望江亭》）；貞烈不屈，含冤莫伸的少女（《竇娥冤》）；美麗活潑，嬌憨任性的婢女（《調風月》）；因助人而反害人，徒喚著無可奈何的小組；還有歷盡了悲歡哀樂的（《拜月亭》）；任人布置而不自知的（《謝天香》）；等等。總之，無一樣的人物，他是不曾寫到的，且寫得無不雋妙。寫女主角而好的，除了《西廂》、《還魂》等之外，就要算是漢卿的諸劇了。而漢卿能寫諸般不同的人物，卻又是他們所不能的。儘管其題材是很通俗的，很平凡的，未必能動人的，像公案雜劇一類的東西，實在是最難寫得好的，而漢卿卻都會使他們生出活氣來，如今讀之，仍覺得是活潑潑的，當時在劇場上，當然是更為驚心動魄的了。例如《蝴蝶夢》，敘王母不忍見非己出的前妻之二子抵罪而王死，只得將她自己親生的第三子王三去抵罪。這多少是帶著理智的道德的強制的。及到了她知道王大、王二被釋，獨王三已被償命而死時，她的真實情緒卻再也掩抑不住了。她勉強的喚著王大、王二道：

「大哥，二哥，家去來！休煩惱者！」同時卻禁不住的說道：

〔快活三〕眼見的你兩個得生天，單則你小兄弟喪黃泉！

以後，覷著王三的屍身，悲啼的叫道：「教我扭轉身，忍不住淚連連。」然而她聽著王大、王二在哭時，她又下了決心的強自說道：「罷！罷！罷！但留的你兩個呵，（唱）他便死也我甘心情願！」只是一枝短短的曲子卻將一位慈母的心理，寫得那麼曲折，那麼入情入理，真可算是一位極高妙的描寫賢母心理作手。《調風月》寫一位少女，眼見她的情人，快要與別一位階級高於她的少女訂婚，她的主人，一位夫人，卻偏要叫她到小姐跟前去說親。她真要妒忌得發瘋。她巴不得這婚事不成。不料小姐卻一口答應了下去。諸事都違反她的心願的順利的過去。到了結婚的日子，她還要為小姐上裝。這一切都使她思前念後，十分的難過。一面詛咒著，一面卻不能不奉命唯謹。這是如何尷尬的一個境地呵！漢卿卻將這個滿心滿意怨望著、詛咒著的婢女，寫得真切活潑之至。

〔拙魯連〕終身無簸箕星，指雲中雁做羹，時下且口口聲聲，戰戰兢兢，裊裊婷婷，坐坐行行。有一日孤孤另另，冷冷清清，咽咽哽哽，覷著你個拖漢精！（尾）大剛來主人有福牙推勝，不似這調風月媒人背斤。說得她美甘甘枕頭兒上雙成，閃得我薄設設被窩兒裡冷。

我們看慣了紅娘式的婢女，卻從不曾在任何劇本上，見過像這位燕燕那般的一位具著真實的血肉與靈魂的少女。這是漢卿最高的創造！《閨怨佳人拜月亭》，敘王瑞蘭與蔣世隆在亂離中相會而結為夫妻。在他病中，復為她父母所迫，不得已而相離別。後來，瑞蘭雖然生活很安適，卻一心忘不了世隆。悶行散悶，卻愈增悶。「不似這朝昏晝夜，春夏秋冬，這供愁的景物好依時月，浮著個錢來大綠嵬嵬荷葉，葉葉似花子般團欒，陂塘似鏡面般瑩潔。呵，幾時教我腹內無煩惱，心上無縈惹！似這般青銅對面裝，翠鈿侵鬢貼。」（《呆骨朵》）及至他的義妹瑞蓮打趣著她時，她卻強自分說道：「休著個濫名兒將咱來應惹。應待不你個小鬼頭春心兒動也！」她又強自分說，無女婿的快活，有女婿的受苦。「女婿行但占惹，六親每早是說；又道是，丈夫行親熱，耶孃行特地心別。而今要衣呵，滿箱篋，要食呵，盡鋪啜，到晚來便繡衾鋪設。我這心兒裡牽掛處無些。直睡到冷清清寶鼎沉煙滅，明皎皎紗窗月影斜，有甚唇舌！」（《滾繡球》）她雖嘴硬，待得她妹子歇息去時，她卻又在中庭焚香拜月，祈求著，教她「兩口兒早得團圓」。不料瑞蓮卻躲在花底，將她的話都聽見了，上來撞破了她。她不得已，只好「一星星的都索從頭兒說」。這樣的深刻曲折的鋪敘，乃是漢卿的長技。有人說，施君美的《拜月亭傳奇》，其佳處乃全脫胎於漢卿此劇。此語當然未免過當。但君美之受有此劇深切的影響，卻是無可懷疑的。如《拜月亭傳奇》最雋美的《拜月》一折，便是大半沿襲著漢卿的所述的。

但漢卿不僅長於寫婦人及其心理，也還長於寫雄猛的英雄；不僅長於寫風光綺膩的戀愛小喜劇，也還長於寫電掣山崩，氣勢浩莽的英雄遭際。他所寫的英雄，實不在專寫英雄們的高文秀、康進之輩所寫的之下。《關大王單刀會》一劇，其中的第三折、第四折，即俗名為《訓子》、《刀會》者，至今仍還在劇場上演奏著，雖然演者、聽者，都已不知其為漢卿之作。當關大王持著單刀，乘著江舶，而遠入東吳的危地時，他的壯志雄心，大無畏的精神，至今還使我們始而慄然，終而奮然的。「〔新水令〕大江東去，浪千疊，趁西風，駕著那小舟一葉。才離了九重龍鳳闕，早來探千丈虎狼穴。大丈夫心烈，大丈夫心烈！覷著那單刀會，賽村社！〔駐馬聽〕依舊的水湧山疊，依舊的水湧山疊。好一個年少的周郎，憑在何處也！不覺的灰飛煙滅。可憐黃蓋暗傷嗟。破曹檣櫓，恰又早一時絕！只這鏖兵江水猶然熱，好教俺心慘切。這是二十年流不盡英雄血。」這比著讀蘇軾有名的「大江東去」的《念奴嬌》還雄壯得多。軾詞只是虛寫，只是弔古，只是浩嘆。而這劇卻是偉大的英雄，在對景敘說著自己的雄心，卻又不免為浩莽無涯的江天及往事所感動；於壯烈中，帶著慘切。《關張雙赴西蜀夢》，寫張飛的陰魂，來赴舊日的宮庭，而與他的大哥打話時，欲前又卻，欲去又留的自己驚覺著自己乃是與前不同的陰靈的情景，真要令人叫絕。張飛一進了宮門，便大為淒傷。「〔倘秀才〕往常真戶尉見咱，當胸叉手，今日見紙判官，趨前退後。元來這做鬼的比陽人不自由！立在丹墀內，不由我淚雙流，不見一班兒故友！」進了宮，處處回憶起來，都是可傷感的。及見了劉備，備欣然歡容迎接，而他卻只是躲避著，欲前不前。「官裡向龍床上高聲問侯，臣向燈影內恓惶頓首。」這般的情境，連讀者也要為之淒然。當時的劇場上，恐怕是更要挑起了幽泣的。總之，漢卿的才情，實是無施不可的，他是一位極忠懇的藝術家，時時刻刻的，都極忠懇的在描寫著他的劇中人物。在他劇中，看不見一毫他自己的影子。他只是忠實的為作劇而作劇。論到描寫的藝術，他實可以當得起說是第一等。我們很覺得奇怪，元劇作者，大都名有所長。善於寫戀情者，往往不善於寫英雄；善於作公案劇者，往往不善於寫戀愛劇。像實甫寫《西廂》那麼好，寫《麗春堂》時，卻大為失敗，便是一例。漢卿一人，兼眾長而有之，而恰在於眾人的首先，彷佛是戲劇史上有意的要產生出那麼偉大的一位劇作者，來領導著後來作者似的。漢卿所不善寫者，唯仙佛與「隱居樂道」的二科耳。他從不曾寫過那一類的東西。

六　《西廂記》與元劇：探索實甫與漢卿的筆觸

王實甫名德信，也是大都人。王國維據《四丞相高會麗春堂》一劇的末句：「早先聲把煙塵掃蕩，從今後四方八荒，萬邦齊仰賀當今皇上」斷定他和關漢卿一樣，也是由金入元的。此說很可信。金代遺留下來的劇作家，略可考的，只有關漢卿和他二三人而已。其餘也許還有。然已絕對的不可考知的了。涵虛子稱：「王實甫之詞，如花間美人，鋪敘委婉，深得騷人之趣，極有佳句，若玉環之出浴華清，綠珠之採蓮洛浦。」但這只是空泛的贊語，尚不足以盡實甫。實甫之作，涵虛子所著錄者，凡十三種。《錄鬼簿》所著錄的，則有十四種，多《嬌紅記》一種。但若將《西廂記》實作四本，而《破窯記》、《販茶舡》、《麗春園》、（非《麗春堂》）《進梅諫》、《於公高門》又各有二本，則說起來，是有二十二本。今傳於世者，全劇僅《崔鶯鶯待月西廂記》四本，及《四丞相高會麗春堂》一本存，又《絲竹芙蓉亭》及《月夜販茶船》二劇則並有殘文存（見我輯的《元明雜劇輯逸》中）。《芙蓉亭》、《販茶船》皆為當時盛傳之曲，即就今所殘存的各一折裡，也已足以見到作者敘寫戀情的佳妙。《麗春堂》敘金朝丞相完顏，在賜宴時，與李圭相爭。被貶放於濟南。後因盜賊蜂起，復召他入朝。他在麗春堂設宴，李圭也來服罪。事跡很簡單，結構與文辭，也都是很平平的。然《西廂記》的四本，卻使他得了不朽的大名。他的所長，正在寫像《西廂》一類的東西。所以此劇便有如：「初寫黃庭，恰到好處。」相傳實甫著作《西廂》時，是殫了他畢生的精力的。寫以「碧雲天，黃花地，西風緊，北雁南飛」諸語時，思竭踣地而死。這種類乎神話的傳說，當然不可信的。不過也可見一般人對於《西廂》是如何讚頌。由極端的讚頌、稱許之中，而產生出像這樣的傳說，乃是文學史上常有的事。《西廂記》全部五本，相傳實甫只作了四本，其第五本則為關漢卿所續。歷來對於《西廂》的作者，本有種種辨論。或謂關作，或謂王作；或謂關作王續；或謂王作關續。然今則王作關續之說，似占了優勢。《西廂記》這部雜劇，在元劇中是較為特殊的。元劇大都為一本，但也有二本的，如實甫的《破窯記》等是二本的。長至五本的，卻絕少見。今所知者，僅吳昌齡《唐三藏西天取經》，有六本，足與《西廂記》的五本相匹配而已。大約《西廂》的分為五本，是不得已的。像《崔鶯鶯待月西廂記》一類的題材，在元劇中往往是以一本了之的，至多也不過兩本。連《梧桐雨》、《漢宮秋》那麼冗長曲折的故事，也都是一本的。然而《西廂》為什麼竟會有了五本呢？原來《西廂》的故事，從元稹的《會真記》以後，為詩，為詞，為曲者，已不在少數。而董解元的《絃索西廂》，則更敷衍之為二大冊。大董氏之前，或者這故事已被敷衍得那麼冗長也難說。《西廂》的敘述與描寫，既被鋪張敷衍到像《董西廂》的那個樣子，而欲反璞歸源，復行縮小到四折的一本或二本，可以說是做不到的事。所以王實甫的《崔鶯鶯待月西廂記》，便計劃著空前的一個大劇，以五本平常格律的雜劇，連線起來，來敘寫這個故事。至於以何因緣，只寫到第四本而未寫到第五本，卻不是我們所能知的。據我們猜想，大約不外於死亡奪去了實甫的筆。實甫死後，同時代的最善於作劇的關漢卿，便繼其未完之志，將第五本續完了。漢卿之續《西廂》，或由於自動的，或由於同時的讀者與伶人的請求，這都難說。總之，《西廂》分開來，是各自獨立的五本，且各自有「題目正名」，合之則為連結五本而成的一大劇本，仍有一個總括的題目正名：「張君瑞巧做東床婿，法本師主持南禪地，老夫人開宴北堂春，崔鶯鶯待月《西廂記》。」照慣例是，取了題目正名的最後一句作為全劇的名稱：《崔鶯鶯待月西廂記》。其第一本的劇名是：《張君瑞鬧道場》。敘的是張君瑞過蒲城遊於普救寺，在佛殿上遇見了寄居於寺傍的崔相國之女鶯鶯。她頗顧盼留情。君瑞若被電擊了似的受了感動，遂遷住於寺中，不復行。某夜，鶯鶯燒香時，張生曾隔牆故意吟了一詩給她聽。她也依韻和了一首。三月十五日，崔夫人為已故相國做道場。張生藉著搭了一份齋之名，復與鶯鶯一見。第二本的劇名是：《崔鶯鶯夜聽琴》。敘的是，鶯鶯的豔名，為將軍孫飛虎聽聞。他率了五千人馬，圍了寺，要取鶯鶯為妻。崔夫人說道：誰能退得賊兵的，無論僧俗，皆當將鶯鶯嫁他為妻。張生獻了一策，一面用緩兵計，穩住了飛虎，一面遣猛和尚惠明，持書到白馬將軍杜確處求救。確為張生好友，聞耗星夜而來。擒了飛虎，解了圍。至此，張生、鶯鶯、紅娘乃至讀者，皆以為此段煙事可諧了。不料崔夫人卻設了一宴，宴請張生，命鶯鶯以兄妹之禮見。為的是，鶯鶯原已許下了她的內侄鄭恆為妻。張生鬱鬱不樂，連紅娘也為之抱屈。她勸張生於夜間彈琴，以探鶯鶯之心。鶯鶯聽了張生《鳳求凰》之操，也大有所感。第三本的題目是：《張君瑞害相思》。敘的是，張生見了紅娘，將一簡遞給紅娘，託她送交鶯鶯。紅娘不敢將簡帖直接交給小姐，只放在妝盒中，待她自見。鶯鶯見了簡帖，怒責紅娘一番，然後寫覆書，命紅娘交給張生。張生聽了紅娘所訴，大為淒惶。及拆開了覆簡，讀到：「待月西廂下，迎風戶半開」之句，便將一天愁悶，都拋在一邊了。夜間，他依約跳牆而過。鶯鶯見了他，卻責以大義，迫得他羞慚退去。自此，他便得了病。夫人命紅娘去問病。鶯鶯遞給她一張簡帖，約下張生今夜相會。張生見了這，頓時連病也忘了。第四本的題目是：《草橋店夢鶯鶯》。敘的是，當夜，鶯鶯果然依約而到張生的書齋。終夕無一言。天未明，紅娘便來捧之而去。張生如在夢中。自此，二人情好甚篤。但不久，便為老夫人所覺察。她拷問了紅娘，紅娘直訴其事。於是夫人無可奈何，便答應下來這頭親事。唯約定張生必須上京求名。得名後始可成婚。張生不得已，別了鶯鶯上京而去。鶯鶯送他到十里長亭。他們倆不忍別，而又不能不別。低徊留戀，終於不得不別。當夜，張生離了蒲東二十里，歇於草橋店，輾轉不能入寐。朦朧中，見鶯鶯追來，尋他同行。但為軍卒所迫。張生以言嚇退了軍卒，抱了小姐。不料抱的卻是琴童。他始知剛才的乃是一夢。相傳實甫的《崔鶯鶯待月西廂記》，寫到這裡為止。第五本的題目是：《張君瑞慶團圓》。敘的是，半年之後，張生一舉及第。他命琴童齎信回去報告夫人、小姐。鶯鶯那時如何喜悅，是易知的。她將汗衫裹肚等物，交琴童帶給了張生。張生見物，益念鶯鶯。這時他正抱著病，且因奉旨著他在翰林院編修國史，一時不能出京。同時，崔夫人的內侄鄭恆，卻到了蒲東。他意欲前來就婚。及知道鶯鶯已許婚於張生時，便心生一計，對夫人說：張生在京，已另娶一妻，所以不歸。夫人大怒，便允將鶯鶯嫁給了他。張生這時實授了河中府尹，榮歸到崔家。自夫人以下，卻因中了鄭恆的讒言，對於張生，俱不理睬。及杜確將軍來為張生主婚，喝住了鄭恆之時，他們方才消釋了一切的誤會。他們遂舉行著婚禮。而鄭恆因無顏自存，觸樹身亡。張生和鶯鶯的一對有情人，於經歷許多苦辛之後，遂成了眷屬。實甫的《西廂》在元劇中，其地位是很高超的。元劇每以四折為限，多亦不過五折，即有二本，也只有八折。敘事每苦匆促，無蘊蓄徊翔的餘地。描寫也苦於草率，不能儘量的展施著作者的才情。布局也為了這，而少了有曲折幽邃的局面。只有《西廂》，憑藉了傳說的題材，與原有的描敘，卻能以共五劇二十折的大幅，來寫那麼一個戀愛的喜劇。於是作者們便有了可以充分的發展他們的才情的機會。在寫張生一個少年書生的狂戀，作者已是很用心用力的了。從初見到圖謀再見，從退賊到拒婚，從和詩到遞簡，從跳牆到被嗔責，從臥病到佳期，從別離到驚夢，從送書到受物，從鄭恆作梗到團圓，他差不多時時的都在戀愛的驚風駭浪的顛播之中。時喜時憂，時而失望，時而得意。那麼曲折細膩的戀愛描寫，在同時劇本中，固然沒有，即後來的傳奇中，也少有如此細波粼粼，綺麗而深入的描狀的。於少女鶯鶯的心理與態度，作者似乎寫得尤為著力。張生尚易寫，而像鶯鶯那樣嬌澀的少年女郎，卻更難寫。一位嬌貴的相國小姐，平常不大出閨門，不是不認識戀愛的感召，卻只是沉默不言，欲前故卻，欲卻又前，屢欲掩抑其已被喚起的情緒，卻終於不能掩飾得住。及佳期以後，老夫人揭破了她的祕密時，她方才完全放下了處女的情態，而抱著狂戀的少婦的真實面目。自此，相思、寄物等折，無一不是表現著她的熱戀的情緒的。前後的鶯鶯，幾乎是兩個人。《佳期》之前，是寫得那麼沉默含蓄。《拷紅》之後，是寫得那麼奔放多情。久困於禮教之下的少女的整下形象，已完全為實甫所寫出了。無怪乎一般的少年男女，那麼熱烈的歡迎著此作。原來這便是他們自身的一幅集體的映像呢！

《西廂》的頂點，在於第三劇及第四劇，而第四劇寫張生與鶯鶯的別離，尤極淒美之致。

〔端正好〕碧雲天，黃花地，西風緊，北雁南飛。曉來誰染霜林醉，總是離人淚。

〔滾繡球〕恨想見的遲，怨歸去的疾。柳絲長，玉驄難系。恨不得倩疏林，掛住斜暉。馬兒慢慢行，車兒快快隨，恰告了相思迴避，破題兒又早別離。聽得道一聲去也，鬆了金釧；遙望見十里長亭，減了玉肌，此恨誰知！

〔叨叨令〕見安排著車兒馬兒，不由人熬熬煎煎氣，有什麼心情，花兒靨兒打扮的嬌嬌滴滴媚，準備著衾兒枕兒，則索昏昏沉沉睡。從今後衫兒袖兒都　做重重疊疊淚！兀的不悶殺人也麼哥！（同上一句）久已後，書兒信兒索與我淒淒惶惶的寄。

〔小梁州〕我見他閣淚汪汪不敢垂，恐怕人知。猛然見了他把頭低，長吁氣，推整素羅衣。

〔四邊靜〕霎時間杯盤狼藉，車兒投東，馬兒向西。兩外徘徊，落日山橫翠。知他今宵宿在哪裡？有夢也難尋覓。

這是一紙絕妙的抒情詩曲，非出之於一位大詩人之手不辦的。那麼雋美的白描情曲，乃是後來力欲模擬的人所決難能追得上的。《西廂》的盛行，這大約也是原因之一。漢卿的第五劇，本來有些強弩之末，所以不能討好是當然的事。但他也甚為用心的寫，像：

〔醋葫蘆〕我這裡開時和淚開，他那裡修時和淚修。多管是筆尖兒未寫淚先流，寄來書淚點兒兀自有。我將這新痕把舊痕湮透，這的是一重愁番做了兩重愁。

〔梧葉兒〕他若是和衣臥，便是和我一處宿，但黏著他皮肉，不信不想我溫柔。（紅雲）這裏肚要怎麼？（旦兒唱）常不離了前後，守著他左右，緊緊的系在心頭。（紅雲）這襪兒如何？（旦兒唱）拘管他胡行亂走。

之類，也都是很好的詩。

白樸亦為自金入元者。但行輩較後於關、王。樸字仁甫，後改字太素，號蘭谷，真定人。父華，《金史》有傳。《錄鬼簿》云：樸贈嘉儀大夫，掌禮儀院太卿。樸在金亡時，年僅七歲，唯自己以為是金世臣，不欲仕於元，乃屈己降志，玩世滑稽。徙家金陵，從諸遺老，放情山水間。中統初，有欲薦之於朝者，樸力辭之。其詩文有《天籟軒集》。他的雜劇凡十六種，今存者唯《唐明皇秋夜梧桐雨》及《裴少俊牆頭馬上》二種而已（此二種俱有《元曲選》本）。尚有《東牆記》、《流紅葉》及《箭射雙雕》三劇，皆有殘文存，見於我輯的《元明雜劇輯逸》中。樸所作範圍也甚廣，唯以善寫嬌豔的戀愛劇著名。而《梧桐雨》一劇，尤為人人所知。《梧桐雨》以短短的四折，敘貴妃寵冠宮中，安祿山興兵造反，以至明皇幸蜀，馬嵬埋玉等事。而其頂點則在第四折。明皇由蜀回，做了太上皇，深宮無事，鎮日的思念著貴妃。到處的景物，都是添愁的數據。夢中分明見到玉環，請她到長生殿赴宴，醒來時，卻見雨打著梧桐樹，「一會價緊呵，似玉盤中萬顆珍珠落，一會價響呵，似玳瑁筵前幾簇笙歌鬧，一會價清呵，似翠巖頭一派寒泉瀑，一會價猛呵，似繡旗下數面征鼙操。兀的不惱殺人也麼哥！兀的不惱殺人也麼哥！則被他諸般兒雨聲相聒噪。」（以上《叨叨令》「這雨，一陣陣打梧桐葉凋，一點點滴人心碎了，枉著金井銀床緊圍線，只好把潑枝葉做柴燒鋸倒。」（以上《倘秀才》）這一夜，明皇是「雨和人緊廝熬，伴銅壺點點敲。雨更多，淚不少。雨溼寒梢，淚染龍袍，不肯相饒。共隔著一樹梧桐，直滴到曉。」在許多的元曲中，《梧桐雨》確是一本很完美的悲劇。作者並不依了《長恨歌》而有葉法善到天上求貴妃一幕，也不像《長生殿傳奇》那麼以團圓為結束。他只是敘到貴妃的死，明皇的思念為止；而特地著重於「追思」的一幕。像這樣純粹的悲劇，元劇中是絕少見到的。連《竇娥冤》與《漢宮秋》那麼天生的悲劇，卻也勉強的以團圓為結束，更不必說別的了。《裴少俊牆頭馬上》，敘的是裴少俊與李千金的戀愛。始由馬上牆頭的想見，而成為夫婦，中因少俊父親的作梗而拆散，終因少俊中舉得官而復聚。這是一本平常的戀愛的喜劇，寫得卻很出色。

高文秀是很早熟的天才。《錄鬼簿》云：「文秀東豐人，府學，早卒。」然他雖早卒，所著的劇本，卻已有三十四種之多。如果他安享天年，則其成就，恐要較關漢卿為尤偉。文秀所作，題材的範圍也甚廣，而寫得尤多者，則為關於黑旋風李逵的劇本。自《黑旋風鬥雞會》、《黑旋風雙獻功》以下，共有八本之多。今存者唯《黑旋風雙獻功》一本。此外尚存二本，一為《須賈誶范雎》（以上均見《元曲選》），一為《好酒趙元遇上皇》（見《元刊古今雜劇》）。又有《周瑜謁魯肅》一種，今存一折，見於我編的《元明雜劇輯逸》中。《黑旋風雙獻功》敘鄆城縣人孫榮，娶妻郭念兒。念兒與白衙內有些不伶俐的勾當。榮不知。一日，榮夫婦要到泰山神州還神願。他到梁山泊請了李逵下山為護臂。他們落在一家店中。念兒與白衙內約好，捉個空兒，二人便偕逃而去。榮去一個大衙門告狀。不料坐衙的，卻正是白衙內。遂將他下在死牢中。李逵送飯給他。牢子也吃。不知這飯中已下了蒙汗藥在內，牢子吃了，倒地不醒。李逵遂將一牢人都放了。第二天，逵又假扮為一個只候人，進了白衙內家中，殺了衙內與念兒，提了那兩顆人頭上山獻功。這裡的李逵，與《水滸傳》上的頗不相同。《水滸傳》中的李逵，是一味勇猛的，這裡的山兒，卻是很謹慎而且多智計的。《須賈誶范雎》敘的是：須賈在魏齊面前，誣罔范叔，叔因此被打幾死。他逃到秦，改名張祿，做了秦相。須賈恰奉使至秦。叔穿了敝衣去見他。賈贈他以綈袍。叔見其尚有故人之情，遂折辱了他一番，命他傳語魏王，速送魏齊頭來。這劇寫叔屈辱及得意的情形，都很好。《好酒趙元遇上皇》敘趙元因好酒而受了好多苦辛，終於在酒店中遇見上皇，拜為兄弟，做了南京府尹。文秀的諸劇，大抵文字都是素樸之至，連一個典雅綺麗的字眼都不用，然自有一種渾厚之氣。在國語文學中，乃是白描的上乘的作品。

七　馬致遠：元代文人之劇作評析

馬致遠號東籬，大都人，任江浙行省務官。《太和正間譜》列致遠於第一人，頌讚備至：「馬東籬之詞，如朝陽鳴鳳。其詞典雅清麗，可與靈光、景福相頡頏。有振鬣長鳴，萬馬皆喑之意。又若神鳳飛鳴於九霄，豈可與凡馬共語哉。宜列群英上。」致遠作劇凡十四本，大半為文人學士不得志者寫照，小半則為寫山林歸隱，神仙度人的作品，大抵都是與他自己的情緒思想有關係的。寫其他題材的作品如《漢宮秋》等，不過二三本而已。我們如將致遠的散曲，與他的劇本對讀一下，便可知他的劇本，並不是無所謂而寫作的。關漢卿的劇本中，看不出一毫作者的影子。致遠的劇本中，卻到處都有個他自己在著。

儘管依照著當時劇場的習慣，結局是個大團圓，然而寫著不得志時的情景，他卻特別的著力。像《江州司馬青衫淚》和《半夜雷轟薦福碑》（皆有《元曲選》本），都是如此的寫法。連寫神仙度世，山林歸隱的劇本，像《呂洞賓三醉岳陽樓》、《太華山陳摶高臥》、《馬丹陽三度任風子》等等，似乎都是不得意的卿且以遺世孤高為快意的寫法。我們試讀致遠有名的《雙調夜行船》（《愁思》）一曲：

百歲光陰一夢蝶，重回首往事堪嗟。今日春來，明朝花謝，急罰盞夜闌燈滅。〔喬木查〕想秦宮漢闕，都做了衰草牛羊野，不恁麼漁樵沒話說！縱荒墳橫斷碑，不辨龍蛇。〔慶宣和〕投至狐蹤與兔穴，多少豪傑！鼎足雖堅半腰裡折。魏耶？晉耶？……蛩吟罷一覺才寧帖，雞鳴時萬事無休歇。何年是徹！看密匝匝蟻排兵，亂紛紛蜂釀蜜，鬧穰穰蠅爭血。裴公綠野堂，陶令白蓮社，愛秋來時那些：和露摘黃花，帶霜分紫蟹，煮酒燒紅葉，想人生有限杯，渾幾個重陽節。人問我，頑童記者：便北海探吾來，道東籬醉了也。

再看《呂洞賓三醉岳陽樓》中的一支《賀新郎》曲：

你看那龍爭虎鬥舊江山，我笑那曹操奸雄，我哭呵，哀哉霸王好漢！為興亡，笑罷還悲嘆，不覺的斜陽又晚。想咱這百年人，則在這捻指中間。空聽得樓前茶鬧，爭似江上野鷗閒。百年人光景皆虛幻。我覷你一株金線柳，猶兀自閒憑著十二玉闌干。

恰恰是個很好的對照。《太華山陳摶高臥》諸作，也都充滿了這種很淺顯的人人都懂得的因悲觀而玩世的思想。為了致遠的是那樣的一位作家，正足以代表當時一大部分計程車大夫不得志的情思，也正足以代表古今來不少抱著這同樣情思的文人學士。所以文人學士們，對於東籬的這些十分的投合他們胃口的作品，都是異常的頌讚稱許。涵虛子之獨以東籬為詞人之首，而不大看得起關漢卿，也便是這個緣故。總之，東籬的作品，大都是投合士夫的，而漢卿的作品，則大都是投合於一般民眾的。不過像《任風子》、《岳陽樓》一類的東西，在民間卻也有相當的勢力。在東籬作品中，最有名者，為《破幽夢孤雁漢宮秋》一本（有《元曲選》本）。敘的是：漢遠帝命毛延壽遍行天下，刷選宮女。延壽得一位美人王嬙，字昭君的，生得光彩射人，十分豔麗。但他家不肯出錢買囑延壽。他遂將美人圖點上些破綻。元帝因此不曾留意到她。一夜，她幽悶的在彈著琵琶，為元帝所聞，遂得想見，大為寵幸。一面他便要斬延壽之首。延壽逃入匈奴，獻上昭君圖形。單於指名要昭君和番，否則興兵入塞。元帝大驚，只得送昭君出塞。昭君到了黑龍江，遂投江而死。單於驚悼。因禍起毛延壽，遂將他送回漢廷治罪。全劇的頂點則在：昭君去後，元帝思念著她的已往情意，正在煩惱不寐，卻又遇著孤雁一聲聲的在雲間鳴叫著，一發感得情緒淒楚不堪。「早是我神思不寧，又添個冤家纏定。他叫得慢一會兒，緊一聲兒，和盡寒更，不爭你打盤旋，這搭裡同聲相應。可不差言化了四時節令！」這一折的情景，是布置得異常的淒雋的。息機子《雜劇選》中又載他的《孟浩然踏雪尋梅》一本，但那是明周憲王之作，並非他所寫的。

八　元劇中的英雄形象：鄭廷玉與尚仲賢筆下的人物塑造

鄭廷玉，彰德人，生平事跡不可考。所作劇本凡二十四種。今存者凡五種：《楚昭公疏者下船》、《包待制智勘後庭花》、《布袋和尚忍字記》、《看錢奴買冤家債主》及《崔府君斷冤家債主》（皆有元《曲選本》）。廷玉文字，也甚素質，但也並不鄙野。正是所謂雅士與俗人皆能欣賞的著作。《楚昭公疏者下船》敘伍員興兵入楚，楚昭公逃難過江。因風大船小，他的妻與子皆自投於江。後賴申包胥之力，求得秦兵，楚國得以復興。他的妻子也為龍王所救，並未死。《布袋和尚忍字記》乃是一本與馬致遠的《三度任風子》題材結構都很相同的。「仙人度世」劇。《看錢奴買冤家債主》敘賈仁得了周家的財，安享二十年後，乃復為周榮收回的「因果劇」。《崔府君斷冤家債主》也是如此的一劇。張善友的二子，一善積財，一甚浪用。原來其一為負他的債者所投生的，其他則為他欠其人之債者所投生的。經了他友人崔子玉的說明，善友才恍然而悟。這裡的崔子玉大約便是小說與傳說中的崔府君，也即在冥府為唐太宗處分訴狀的崔判官。《包龍圖智勘後庭花》乃是同時代許多包公的公案劇中的一本。這一類的公案劇，在結構上往往是陳陳相因，題材也不外乎家庭慘變，因姦殺人一類的事。

尚仲賢，真定人，江浙行省務官。所作劇本凡十種，十二本。今存者凡四本：《洞庭湖柳毅傳書》、《漢高祖濯足氣英布》各一本，及《尉遲恭三奪槊》二本。此外《越娘背燈》、《歸去來兮》及《王魁負桂英》三劇，有殘文見於我編的《元明雜劇》輯逸中。《尉遲恭三奪槊》有《元曲選》本（其名略異，作《尉遲恭單鞭奪槊》），有元刊《古今雜劇》本。二本內容完全不同。或者二者乃是前後本，都是尚仲賢所著的吧。這是比較容易解釋的一個假定。《元曲選》中的《尉遲恭單鞭奪槊》，敘的是：尉遲恭投唐之後，因曾打了三將軍元吉一鞭，生怕他記恨。果然，元吉乘李世民回京之隙，卻將恭下在死牢，只要死的，不要活的。徐茂公大驚。追了世民回營。元吉說是尉遲恭逃走，故被他捉回。但世民命他們當場試演的結果，元吉卻三次為恭所捉。他才不敢多說。李世民去偷看洛陽城，為單雄信所追迫，無人解救。尉遲恭奮不顧身的，以單鞭奪了雄信的槊，救了世民回來。後來世民在榆科園與雄信戰大敗。又是恭率兵殺得雄信反勝為敗，鼠竄而去。元刊《古今雜劇》本的《尉遲恭三奪槊》，敘的卻是：元吉、建成兄弟，屢欲篡位，怕的是秦王跟前有尉遲恭，無人可敵。便使了一計，於高祖前譖害恭。高祖大怒，捉下恭來。賴劉文靖苦苦的勸住了，只削職放他歸去。後來他與元吉在御園中比武，他赤手空拳的與元吉爭鬥。元吉雖持著武器，卻哪裡是他的對手中。不久，便喪敗於他的手中。高祖也不罪他。這兩本不同的尉遲恭，恰恰是前後不同時的故事，很有是前本、後本的可能。《漢高祖濯足氣英布》，敘楚、漢相持之際，漢高招降了英布。始是濯足不理他，繼則親自獻上牌劍，親自為他推車。布驚喜過度，遂為漢高祖出力攻項羽，大勝而歸。漢皇封他為九江王。《洞庭湖柳毅傳書》，敘柳毅下第而歸，在涇河岸上，遇見龍女，託他帶信到洞庭。其後洞庭君德之，乃以龍女歸他為妻。仲賢善於寫英雄，他所寫的尉遲恭及英布，都是虎虎有生氣的。

武漢臣，濟南府人，未知其生平。所作凡十三種。今存者三種：《散家財天賜老生兒》、《李素蘭風月玉壺春》、《包待制智勘生金閣》。又有《三戰呂布》一劇，有殘文存於《元明雜劇輯逸》中。漢臣的《散家財天賜老生兒》一劇，曾有過英文譯本。這劇的結構頗好。元劇中像《老生兒》那麼饒有迷離惝恍之致的，卻不多。劉從善無子，招張郎為婿。其婢小梅有孕，張郎意欲害她。其妻乃與他同設一計，假說小梅逃走。徒善十分悲哀，遂分散家財給乞丐。清明時，張郎去上墳，卻只上張家墳，不上劉家墳。於是從善淒然，勸說其妻，以侄為子。到了從善壽辰，張郎來拜壽，從善卻不許他們入門。其女引張乃引了小梅和小梅所生之子同來。原來，小梅向是引張供給著的。這事連她丈夫張郎也不知道。於是從善無子而有子，心中大喜，將家財分為三份。《李素蘭風月玉壺春》，敘李斌與妓女李素蘭，情好甚篤。斌因金盡，為鴇母所逐。李素蘭誓志不從他人。後斌得官，二人乃團圓終老。這個戀愛喜劇的題材，乃元劇中所習見的。唯結構甚佳。《包待制智勘生金閣》，雖也是公案劇中的惡霸恃強，鬼魂索命的陳套，卻仍以巧妙的結構見長。漢臣對於結構的特長，乃在能於最後最緊張之時，而將全域性的迷離惝恍的結子，都一齊解開了。但在未解開之前，我們仍不能預知其將如何的解法。像《老生兒》的最後的見子；像《玉壺春》的李素蘭，原來姓張不姓李；像《生金閣》的包拯，請了龐衙內宴會，而突然捉了他，都是使用這個特殊的布局的結果。

康進之也與高文秀一樣，善於寫黑旋風的故事，他的兩本雜劇，《梁山泊黑旋風負荊》與《黑旋風老收心》，全都是寫李逵的。今存《黑旋風負荊》，一本（見《元曲選》）。進之，棣州人，一雲姓張。他的《黑旋風負荊》，實較高文秀所作的《雙獻功》為高。文秀寫黑旋風，其性格尚未很分明，進之所寫的黑旋風，則已活潑潑的將這位黑爺爺面目全般揭出。卻說，有一天，李逵下山喝酒，知道了王林的女兒滿堂嬌為強人宋剛、魯智恩搶去。這二人原是冒著宋江、魯智深之名去的。逵還以為此事真的是他們二人幹的，便氣憤憤的要向二人問罪。一見面，不分青紅皂白，使斧便斫，狀如發瘋。虧得為旁人所阻。宋江聞悉原委，乃允以首級為賭，同到山下王林店中質證。質證的結果，原來搶滿堂嬌去的，並不是他們二人，雖然姓名似乎相同。李逵心中大為驚惶，乃慢騰騰上山而去。他向宋江負荊請罪。但宋江不理，只要他的首級。他不得已取劍來要自刎。正在這時，王林趕來報信，說：宋剛、魯智恩二賊已為他灌醉在家。江乃命逵與魯智深一同下山，捉了二賊上山殺了。此劇結構的緊密，曲白的迫切而雋美，描寫的細膩深刻，實為元劇中最上乘的作品。幾乎無一語是虛下的，無一處是不緊張的。他將魯莽而忠義的黑旋風的性格，整個刻劃在紙上，其力量幾乎要直透紙背。第三折更是特別的好。其初逵非常的自信，直視宋、魯二人如狗羊。和他們一同下山去質證時，只恐他們乘隙脫逃，或前之，或後之，有如解差的監視囚犯。但後來，證實了宋、魯二人並不是真實的強人時，他的盛氣卻不知不覺的消失無存了。先是憤憤的似欲遷怒於王林，繼則懊喪嘆氣，有如一隻鬥敗了的公雞。下山時是趾高氣揚，大跨步而來；如今上山時，卻低頭視地，一步挨一步的，慢慢騰而去。像那樣的情景，讀了真要令人叫絕。

李文蔚也寫有一本《水滸》的劇本：《同樂院燕青博魚》（《錄鬼簿》作《報冤台燕青博魚》。）寫的卻不是李逵，而是燕青。像小乙那樣勇敢伶俐的人物，本來是不容易寫得好的。所以文蔚此劇，所寫的未見得會如何的高超。文蔚，真定人，江州路瑞昌縣尹。所作劇凡十二本，今唯《燕表博魚》一劇存。《博魚》的題材，與高文秀的《黑旋風雙獻功》頗同，左右不過是蕩婦私通衙內，豪傑為友復仇而已。但文蔚所寫的燕青，卻不甚像《水滸傳》上的小乙。他眼瞎求乞，博魚過日，都只是小無賴的勾當。

楊顯之與關漢卿為友，也寫著《黑旋風喬斷案》一劇，但今已不存。存者為《臨江驛瀟湘夜雨》及《鄭孔目風雪酷寒亭》二劇（均見《元曲選》）。《錄鬼薄》云：「顯之，大都人，與漢卿莫逆交。凡有珠玉，與公較之。」《酷寒亭》的題材，頗似《雙獻功》與《燕青博魚》，唯情節羅為曲折淒楚耳。鄭孔目救了殺人犯宋彬，贈銀而別。後來他娶了蕭娥為妻。娥乘他上京，與高成成奸，且虐待他前妻之子，逐他們出去。鄭孔目歸時，遂殺了蕭娥。他到府自首，府尹判他刺配少門島。解差恰是高成。他們到了酷寒亭，風雪交加。兩個孩子要去叫化殘羹剩飯給他吃。其情景至為悲楚。他們遇見了宋彬。這時彬已為山大王。遂帶領了嘍囉，殺死了高成。《臨江驛瀟湘夜雨》也是一個悲喜劇，大似明人平話《金玉奴棒打薄情郎》見（《今古奇觀》），其結局也很相類。張天覺有女翠鸞，因船覆，中途失散。她為崔老所救，後乃與他侄兒崔甸士結婚。甸士上京應試得官，卻別娶了試官之女，一同上任。翠鸞前去尋訪，甸士卻將她當作逃奴，命人押她到沙門島去。她父親天覺，這時已為天下提刑廉訪使。在臨江驛暮雨瀟瀟之中，與翠鸞相遇。翠鸞訴知前事。天覺大怒。翠鸞親自率了父親的只從，去捉甸士及他的新夫人來，要殺壞他們。崔老苦苦哀告，她始復認他為夫。卻迫他將新夫人休了，改作梅香。李壽卿與鄭廷玉同時，太原人，將仕郎，除縣丞。所作劇。本凡十種。今存《說專諸伍員吹簫》與《月明和尚度柳翠》二本。《度柳翠》與馬致遠的《三度任風子》及同人的《三醉岳陽樓》，其題材與結構，皆甚相同。不過月明和尚所度者卻是一個妓女而已。此種仙佛度世劇，千篇一律，總是不會寫得很好的。《伍員吹簫》敘伍員的父伍奢，為費無忌所讒殺。員逃奔鄭國。楚使養由基追他。基射他三箭，皆系咬去箭頭的。因此，他得以脫命至鄭。但在鄭立身不住，又南奔於吳。遇浣紗女，給他飯吃。他深恐女洩出訊息。但此女卻抱石自投於江以自明。又至江邊喚渡，漁父渡了他過去，也自刎而亡，以免他見疑。員到吳，不遇。流落市間。吹簫乞食。遇俠士專諸，拜為兄弟。十八年後，員借得吳師，一戰勝楚。專諸捉了費無忌來。員又欲伐鄭。但鄭子產卻得漁父之子來說他。他方允不去伐鄭。又贍養了浣紗女之母，以報前德。子胥的故事，是民間所最流行的。但元劇中卻僅有壽卿此劇存。我們如將他與敦煌發現的變文《列國志》殘文相對勘，頗可見同伍子胥故事的最早形式是如何的式樣。

紀君祥，大都人，與李壽卿、鄭廷玉同時。所作劇凡六本。今存《趙氏孤兒大報仇》一本（見《元曲選》）。《趙氏孤兒》頗流行於歐洲，曾有德文及法文譯本。此劇事實，本極動人，君祥寫得也很生動。卻說晉國屠岸賈殺了趙家三百口，只有趙朔的妻，是晉國公主，不曾受害。她生了一子。屠岸賈知道此信，即命軍士把守宮門，不讓嬰孩走脫。但程嬰卻進宮救出嬰孩來。把門的下將軍韓厥放出他們後，便自刎而死。岸賈知道此耗，大索全國，命將國內一月以上、半歲以下的嬰孩，都要送來殺了。嬰知事急，便去與公孫杵臼杵商議，將他自己的孩子詐為趙兒，且自去出首，說杵臼藏著趙兒。岸賈在杵臼家中，果然搜出一個嬰孩。連杵臼一併殺了。因此他甚寵任程嬰，並將嬰子過繼為己子。二十年後，趙氏孤兒已經長成。他名程勃，又名屠成。一日，程嬰故遺畫卷於地，由勃拾得。然後嬰才說明前事。程勃大怒，便奏知晉王，捉著岸賈殺了。這樣的血仇的報復，在中國存在很久。「父仇不共戴天」的一語，至今還有人信奉著。而《趙氏孤兒》一劇，卻充分的足以描寫出這種可怖的報仇舉動。岸賈之慾全滅趙族，與孤兒的大報仇，全都是為了這個傳統的道德之故。

石君寶，平陽人，其生平未知。作居凡十本。今存者為《魯大夫秋胡戲妻》及《李亞仙詩酒麴江池》二本（均有《元曲選》本）。《曲江池》的故事，本於唐白行簡的《譙國夫人傳》。當然，君寶此劇，不會及得上明人的傳奇《繡襦記》的。但他的敘寫，也自有其勝處。洛陽府尹鄭公弼有子元和，上京赴選。他在曲江池與妓女李亞仙相遇，顧盼不已，三墜其鞭。遂與亞仙同至她家。一住兩年，金盡，被鴇母所逐，窮無所歸，與人唱輓歌度日。府尹知道此事，親自上京來尋他，將他打死在杏花園。亞仙跑去喚醒了他，卻為虔婆所迫歸。但在大雪飛揚之中，亞仙終於尋了元和回來，一同住著。元和奮志讀書，一舉得第，授為洛陽縣令。他不肯認父。經亞仙的苦勸，方始父子和好如初。《秋胡戲妻》敘的是，劉秋胡娶妻羅梅英，剛剛三日，乃為勾軍人勾去當兵。一去十年，毫無訊息。當地李大戶見梅英貌美，欲娶也為妻。梅英不從。這時秋胡已做了中大夫。他告假回家。魯公又賜他黃金一餅。他微行歸家。見一個美婦在採桑，便以餅金去誘她。但為此婦所斥責。秋胡到了家，母親命他的妻出見，原來便是採桑婦。她抵死不肯認他為夫，只要他一紙休書。後由他母親的轉圜，方才和好如初。李大戶正著人來搶親。秋胡喝左右縛送他到縣究治。這與最初的秋胡傳說，頗不相類。此劇之將秋胡妻的自殺的結局，改為團圓，當然是要投合喜歡團圓無缺憾的喜劇的觀眾的胃口的。

元刊《古今雜劇》更有《風月紫雲庭》一劇，其情節也頗類《曲江池》，敘妓女韓楚蘭守志不屈，終於得到良好結果。按《錄鬼簿》所載石君寶著的劇目中原有此《風月紫雲庭》一種。也許此劇便是《錄鬼簿》所雲和一種。但同書戴善甫名下，卻也著錄有《風月紫雲庭》一本。不知此書究竟誰作。

吳昌齡，西京人，生平未詳。所著雜劇凡十一種。今存《唐三藏西天取經》，《張天師繼風花雪月》，及《花間四友東坡夢》三種。《西天取經》為現存元劇中最長的一部。《西廂記》的五劇，已是元劇中極長的了，但《西天取經》的六本，各有題目正名，每本都是可以獨立的。第一本敘陳光蕊被難，夫人殷氏為賊劉洪所占。洪冒了光蕊之名，赴洪州知府之任。殷氏原已有孕，兒子生出後，又被洪棄入江中。金山寺長老收養著他，剃度為僧，法名玄奘。十八的後，遂捉了劉洪，報了父仇。但其父並未死，乃為龍王所救得。正在他們的團圓歡聚之際，觀音卻來喚玄奘到長安祈雨救民，且到西天求經。第二本敘玄奘被封為三藏法師，奉詔往西天求經。觀音奏過玉帝，差十方保官保唐僧沿途無事。第三本敘花果山有孫行者的，攝了金鼎國公主為妻，又偷了西王母的仙衣仙桃。因此，觀音降伏了他，將他壓於花果山下。唐僧經過花果山，救出行者，收他為徒，取名悟空。觀音將鐵戒箍安於他頭上。師徒經過流沙河，遇見沙僧，也收伏他為徒。中途，行者救了劉太公之女，殺了銀額將軍。卻為紅孩兒所算，乘機攝了唐僧去。行者借了佛力，終於救回師父。第四本敘豬八戒自稱黑風大王，騙了裴海棠禁在山洞中。行者師徒經過此山，救了海棠，但唐僧又為八戒乘隙攝去。行者請了灌口二郎來，方才救出唐僧，降了八戒，同上西天。第五本敘唐僧經過女人國，火焰山，歷遭魔劫。終於得觀音衛護，平安過去。第六本敘師徒們到了天竺，取經回東土。行者、沙僧、八戒卻在天竺圓寂了。佛命另差成基等四人送他回長安。他遵囑閉了眼，果然即刻已至。這時，離去時已在十七年後了。玄奘回後。開壇闡教，功德甚多。最後，佛命飛仙引他入靈山會正果朝元。此劇氣像甚為偉大，唯事跡過多，描寫未免粗率，遠沒有《西廂》那麼細膩婉曲。這也許是為題材所拘，不能自由描寫之故。《張天師》，敘張天師判決了魔人的桂花仙子事；《東坡夢》，敘佛印借神通命柳、梅、竹、桃四友，在夢中與東坡相會，終於折服了東坡，剃度了白牡丹。這二劇帶著很濃厚的仙佛傳道的色彩，這種題材在元劇中是並不罕見的。

戴善甫，真定人，江浙行省條官。所作劇凡五種。於上述《風月紫雲庭》外，尚有《陶學士醉寫風光好》一本，存於《元曲選》中，《詩酒玩江樓》一劇，存殘文二折，見於《元明雜劇輯逸》中。《風光好》敘的是：宋太祖差陶穀至南唐，欲說降李主。李主託疾不朝。由韓熙載擔任招待。穀威儀凜然。熙載設計，命妓女秦弱蘭，冒作驛吏寡婦，乘機挑他。他果為所惑，詠一首《風光好》給她。第二天，南唐相梁齊丘請他宴會，席次命弱蘭出唱《風光好》。穀自知失儀。不能畢其使命，便投奔杭州錢𠃊處。卻與弱蘭約好，要來娶她。曹彬下江南時，弱蘭也逃到杭州去。錢王在湖山堂上設宴，要試弱蘭的心。他使弱蘭自在人叢中尋穀。尋到後，他故意不承。弱蘭欲碰階自殺。錢王連忙阻止了她，使他們團圓。

王仲文，大都人，其生平未知。作劇凡十本。今存《救孝子賢母不認屍》一本。《救孝子》乃是一本「公案劇」，但公正聰明的官府，卻是秦翛然，而不是習見的包拯。李好古，保定人，或云西平人，作劇三本。今存《沙門島張生煮海》一本。宋末元初有兩李好古，皆著《碎錦詞》，恐非即此作劇的李好古。此李好古的生年或當較後。《張生煮海》的曲文殊佳。敘的是天上的金童玉女因思凡而被罰下生世間。男為張羽，女為龍女。張生寄住石佛寺，一夕，彈琴自遣。龍女出海潛聽，大為所動，遂與他約為夫妻，並囑他在八月十五日想見。唯張生等不到八月十五日便去尋她。但人海間隔，任怎樣也見不到她。途遇毛女，她卻送他三件法寶用以降伏龍王，不怕他不送出女兒來給他。張生到了沙門島，取出法寶來用，乃是一銀鍋，一鐵杓子，一金鼎。張生支了行竈，將海水杓入鍋中燒著，海水即便沸滾。龍王大驚。他問明瞭原委之後，便以女瓊蓮給他為妻。不久，東華大仙到了海中，說明二人的本相，仍領了他們迴天去。結構原也平常，然在文辭上，作者卻頗得到了成功，具著元劇所特有的美暢而淺顯的作風。

張壽卿的《謝金蓮詩酒紅梨花》（有《元曲選》本），也是一部戀愛喜劇，在結構上，卻遠勝於《張生煮海》。壽卿，東平人，浙江省掾吏。《紅梨花》的題材，明人曾有兩部傳奇取之，除了描寫的較為綺膩之外，其布局似尚不及壽卿的此劇。壽卿此劇，其巧妙之點，乃在故意將劇情弄得很迷離，明明是個有血有肉的少女，卻故意說她是鬼，以至熱戀著的趙汝州不得不急急的逃去。及至最後團圓的一霎，見了她還連呼「有鬼！有鬼！」其結構的高超，很可與武漢臣諸劇並美。

嶽伯川，濟南府人，或雲鎮江人，作劇二本，今存《呂洞賓度鐵拐李》一本。《鐵拐李》原是一本題材很陳腐的「神仙度世劇」，唯此劇較為新奇之點乃在：嶽壽死後，卻借了李屠的屍身還魂，因此，連他也迷亂不知所措。最後，乃由呂洞度他登仙，以解決一切的糾紛。伯川寫嶽壽初醒時的迷亂，念家時的情緒懇切，發現身體已非本來面目時的驚惶，都寫得很好。

石子章，大都人。作劇二本，今存《秦修然竹塢聽琴》，一本。這也是一部戀愛劇，但超出於一般戀愛劇的常例之外，秦修然所戀者卻是一位少年的女尼（這女尼幼年時本與他訂婚）。其題材與明代高濂的

《玉簪記》完全相同。但在描寫上卻遠及不上《玉簪記》。其中梁州尹故意的傳布著鄭道姑是鬼的巧計，又與張壽卿的《紅梨花》相彷彿。

王伯成，涿州人，作劇三本，今存《李太白貶夜郎》一本（見元刊《古今雜劇》）。他將關於李白的種種傳說都引進劇中。始於貴妃磨墨，力士脫靴，終於水中撈月，龍王水卒迎接他。作者始終將李太白寫成了沉醉不醒的酒徒，口口聲聲離不了酒字醉字。但在沉酣遺俗之中，也未嘗沒有憤世之念在：「〈太平令〉大唐家朝治裡龍蛇不辨，禁幃中共豬狗同眠，河洛間途俗皆現，日月下清渾不變，把謫仙盛貶一年半年，浪淘盡塵埃滿面。」伯成所極力描寫的擬便是那樣的一位有託而逃，「眾人皆醉而我獨醒」的李太白。在這一點，他寫得是很成功的。

孟漢卿，亳州人，作劇一本：《張鼎智勘魔合羅》，今存。孫仲章（或云姓李），大都人，作劇三本。今存《河南府張鼎勘頭巾》一本。（以上二劇皆見《元曲選》）他們所作的這兩本都是「公案劇」，且都是以張鼎為主角的。《魔合羅》敘李德昌妻被誣殺夫，為張鼎勘得真情，出了她的罪。《勘頭巾》敘王小二被誣殺了劉員外，也為張鼎發現其真情，知道殺人者乃系劉妻的情人王知觀而非小二。這二本「公案劇」，其結構頗與一般的「公案劇」不同。一般的公案劇，主角總是「開封府尹」一類的負責大使，不是包拯，便是錢可道，或秦脩然。在這裡，判案的卻是一位小小的孔目張鼎。在元代，孔目原是可以左右官府的。也許這張鼎實有其人，其聰明的判案的故事曾盛傳於當時的。

李行道（一作行甫），絳州人，他的《包待制智賺灰闌記》（見《元曲選》）也是一部公案劇，也以包拯為主角。《灰闌記》敘的是：張海棠嫁了馬員外，生有一子。馬員外死後，他的大婦與海棠爭產爭子，誣告著她。她被屈打成招，解送到開封府治罪。府尹包待制，巧設一計，在地上用石灰畫了一闌，命二婦拽出闌外，拽得出的，便是真母。海棠不忍傷害她兒子，兩次拽不出。包待制知道她必為這孩子的真母，遂申雪了她。這故事與《舊約聖經》中，蘇羅門王判斷二婦爭孩的故事十分相類。也許此劇的題材原是受有外來故事的影響的吧。

孔文卿，平陽人，作劇一本：《秦太師東窗事犯》，今存（見元刊《古今雜劇》）。但第二期的作家金仁傑也有《秦太師東窗事犯》一劇。《古今雜劇》不著作者姓名，不知此劇究竟誰作。《東窗事犯》敘的是：岳飛連破金兵，聲勢極盛。秦檜卻以十三道金牌招他入京，下飛於大理寺獄問罪。檜與妻在東窗下商議，以「莫須有」三字，殺害了他和岳雲、張憲。地藏神化為呆行者，在靈隱寺中洩漏了「秦太師東窗事犯」。何立奉命去拘捉呆行者，誰想人已不見。遂追往東南第一山去，實際上卻入了地獄，見秦檜帶枷受罪。何立回去一說，唬得檜妻王氏腮邊流淚。這時檜已病甚。不久遂被抱入地獄，受諸般苦型，而岳飛等則昇天為神。明代傳奇中，也有《東窗記》一本，也便是敷演此事的。

狄君厚也是平陽人，著《晉文公火燒介子推》一劇（見《古今雜劇》）。敘的是：晉獻公寵愛驪姬，囚公子申生。介子推諫之不聽。後申生被殺，子推隨了重耳出奔。重耳歸國即位，賞了從亡諸臣，獨忘了子推。子推作了一篇龍蛇歌懸於宮門，然後偕母亡入深山。重耳入山求子推不得，便放火燒山，以為他見火必出。不料子推竟抱樹燒死不出。這故事本來是很悲慘的。君厚在第四折中藉著樵夫之口，痛責晉文公一頓。

以上作劇者皆為漢人，獨李直夫則為女真人。直夫本名蒲察李五，德興府住。所作劇凡十二本，今存《武無皇帝虎頭牌》一本（見《元曲選》，但劇名作《便宜行事事虎頭牌》。敘的是：王山壽馬升任為天下兵馬大元帥，以金牌千戶的印子交給了叔叔銀住馬。銀住馬好酒。一日，酒醉，被賊打破山夾口，擄去人口馬匹。但他連忙追去奪回。元帥聞知此事，招他來，判斬。家族、部下環懇以情，元帥俱不從。後知銀住馬曾奪回人馬，便赦死杖百。第二天，元帥擔酒牽羊，與叔叔暖痛。銀住馬其初閉門不納。後經懇說，乃始納他入門。山壽馬說明，昨日打他的不是侄兒，乃是「虎頭牌」。銀住馬遂與他和好如初。此劇敘的都是金代之事，也許其著作的年代乃在元代滅金之前。

在第一期的劇作家中，不僅士大夫爭寫著劇本，即倡夫也都會寫。像張國賓諸人，且都寫得不下於士大夫。《太和正音譜》頗看不起他們，在最後別立一名曰：「娼夫不入群英」，並引趙子昂的話道：「娼夫之詞，名日綠巾詞。其詞雖有切者，亦不可以樂府稱也。」這樣的「娼夫作家」凡四人，一、趙明鏡，二、張酷貧，即張國賓，三、紅字李二，四、花李郎。馬致遠、李時中曾與花李郎，紅字李二合作《開壇闡教黃粱夢》（見《元曲選》）一劇，亦為「神仙度世劇」之一，與《任風子》、《岳陽樓》等沒有什麼特異的地方。時中，大都人，中書省掾，除工部主事。紅字李二，京兆人，教坊劉耍和婿。花李郎亦為劉耍和婿。《黃粱夢》第一折為致遠作，第二折為時中作，第三折為花李郎作，第四折為紅字李二作。趙明鏡之作今不存。張國賓則作劇凡四種，今存者三本，即《相國寺公孫合汗衫》、《薛仁貴榮歸故里》及《羅李郎大鬧相國寺》。國賓（賓一作寶），大都人，「即喜時營教場勾管」。《合汗衫》敘張孝友救了陳虎，虎反將他推入水中，而娶了他妻李玉娥。十八年後，孝友所生之子張豹做了官，方才報得前仇。《羅李郎》敘羅李郎收留了蘇湯哥及孟定奴，將他們配為夫婦。湯哥為侯興所害，陷入官獄，興卻謊報湯歌已死。李郎一氣而病。侯興乘機拐了定奴而逃。後來湯哥、定奴俱遇見自己做了官的父親，侯興也被捉定罪。

他們是團圓著了，卻撇下一位孤零零的羅李郎，暗自悲傷。這一劇略帶有悲劇的意味。《薛仁貴》敘仁貴往絳州投軍，隨張士貴征高麗，打葛蘇文，得了五十四件大功，定了遼國。但其功勞俱為士貴所冒。他與士貴爭辨。二人比箭之後，方以功盡歸仁貴。這一夜，他夢見自己回家，為士貴所捉，要殺壞他，一驚而醒。便懇求徐茂公放他回家省親。茂公許之，且妻之以女。「壯士十年歸」，父母之喜可知！闔家正在團圓歡宴之際，茂公又奉了聖詔，給他們加官進爵。薛仁貴的故事，在小說劇本中流傳得很廣。今所知的，當以此劇為最早。明人的傳奇《跨海征東白袍記》以及小說《說唐征東傳》等，皆出於此劇。

九　元代雜劇作家及其傳世作品簡析

第一期的雜劇作家，有劇本流傳於今者，已盡於此。這一期的年代甚長，故作家最多，其作品流傳於今者也最多。但到了第二期，一面固然是年代較短，一面劇作家似也遠不如第一期內諸作家的努力。以一人之力而寫作六十本三十本以上的劇本的事，已成了過去的一夢。寫作最多的鄭光祖，只寫了十九劇，喬吉甫也只寫了十一劇，其他更可知。

第二期的作家當以楊梓、宮天挺、鄭光祖、喬吉甫為主要者，而鄭光祖尤為著名。或合之前期的關、馬、白三人而稱之為「關、馬、鄭、白」四大家。尚有金仁傑、范康、曾瑞等也很有聲譽。

楊梓，海鹽人。至元三十年，元師征爪哇，梓以招諭爪哇等處宣慰司官，以五百餘人，先往招諭之。大軍繼進。爪哇降。梓後為安撫大帥，官至喜議大夫，杭州路總官。致仕卒，謚康惠。所作有《忠義士豫讓吞炭》、《霍光鬼諫》、《敬德不伏老》三劇。這三劇今皆有傳本。《豫讓吞炭》敘智伯滅了范氏、中行氏，又欲併吞韓、趙、魏三家。但反為三家所乘，滅了他，共分其地。智伯臣豫讓欲為智伯復仇，二次行刺趙襄子。最後一次，漆身吞炭，以毀其形。但終為襄子所覺，被擒而死。《霍光鬼諫》敘霍光赤心為漢，扶立昌邑王為君。但昌邑王即位未及一月，已造下罪一千一百一十七樁。光遂廢了他，改立昭帝為君。昭帝寵任霍山、霍禹，光不以為然。諫之不聽，遂一病而死。死後，知山、禹欲謀逆，遂先期到宮中通知了昭帝，叫他為備。這樣為國忘家，大義滅親的舉動，便是「鬼」也很動人的。光的鬼魂入宮殿一段，頗似關漢卿的《西蜀夢》。唯所創造的幽怖的情景，則遠不如漢卿所創造的那麼淒楚。《不伏老》敘尉遲敬德不肯伏老，仍欲掛印為征東元帥事。其寫「烈士暮年，壯心不已」的情境是竭了心力的。

宮天挺字大用，大名開州人。歷學官，除釣台山長。卒於常州。所著劇本凡六種，今唯《生死交范張雞黍》一本存（見《元曲選》）。又有《嚴子陵垂釣七里灘》一本，見《古今雜劇》，未著作者姓氏。未知與《錄鬼簿》所著錄天挺的《嚴子陵釣魚台》是一是二。但其他元代劇作家並無與此相同的題目，則此劇之為天挺作，也當可信。《范張雞黍》敘范巨卿與張元伯為生死交。臣卿與元伯約定某年月日去訪他。果然如期而至。後來，元伯病死。臨終遺言，非待臣卿來，靈車不動。臣卿夢見元伯告他已死，果然素衣奔喪而來。靈車始動。太守第五倫深重其義，薦他為官。《垂釣七里灘》敘漢嚴子陵為光武舊友，光武為帝，子陵不肯屈節，只在七里灘垂釣過活，蕭閒自得。劇中竭力誇張隱居之樂，而深鄙逐逐於祿利之後者。天挺為官時，曾受過譭謗。如此寫法，或系自己有所深警於中吧。「〔金蕉葉〕七里灘從來是祖居，十輩兒不知禍福，常繞定灘頭景物。我若是不做官，一世兒平生願足。〔調尖令〕巴到日暮春，天隅見隱隱殘霞三百縷。釣的這錦鱗來，滿向籃中貯。正是收綸罷釣漁父，那的是江上晚來堪畫處，抖搜著綠蓑煙去。」其情調甚似馬致遠的《陳摶高臥》諸劇。

鄭光祖字德輝，平陽襄陽人。以儒補杭州路吏。《錄鬼簿》謂：「公之所作，名香天下，聲振閨閣。憐倫輩稱鄭老先生，皆知其為德輝也。惜乎所作貪於俳諧，未免多於斧鑿，此又別論焉。」然就今所知者論之，光祖所作，實未見得具有如何的俳諧之處。他所作凡十九種，今存四種：《㑳梅香翰林風月》、《醉思鄉王粲登樓》、《迷青瑣倩女離魂》（以上見《元曲選》）及《周公輔成王攝政》（見元刊《古今雜劇》）。《周公攝政》敘管、蔡流言，周公戡亂的事。《王粲登樓》敘王粲寄居荊州，鬱鬱不得志，因登樓遠望，浩然長嘆。酒醉之後，幾欲墮樓自殺。恰在這時，朝命到了，宣他為天下兵馬大元帥，兼管左丞相。《㑳梅香》與《倩女離魂》則皆為戀愛的喜劇。《㑳梅香》的情節與《西廂記》甚為相類。不過將張生易為白敏中，鶯鶯易為不蠻，紅娘易為樊素而已，而特著重於傳消遞息的樊素。說起技巧與文辭來，那是離《西廂》不止一箭地而已的。《倩女離魂》一劇，題材比較的新穎。張倩女與王文舉指腹為親。文舉上京應舉，拜過岳母。張夫人卻只命倩女與他以兄妹之禮見。她因此鬱鬱不樂。她們到折柳亭送文舉起行。倩女歸後，一病懨懨，臥床不起。她是靈魂追上了文舉，一同上京。文舉也不知其為出殼的靈魂。他一舉狀元及第，與倩女之魂同歸。這時，已在三年之後。文舉見了夫人，請罪不已，為的是帶了她女兒同行。但夫人卻不信其言，因倩女原是好端端的臥病在床。她到了家，自向內房而去。入房後，便與床上的病者合為一體，病也遂愈。於是大家始知道隨文舉上京，乃是離魂出殼的她。夫人遂命重排婚宴。追隨同行的一段，頗似《西廂》第四本的《草橋驚夢》的一段。此劇本於唐陳玄祐的《離魂記》，情節幾完全相同。光祖似也甚受第一期中諸大家的影響而不能自脫，故其劇本往往在不知不覺之間透露出模似的痕跡來。但其曲文的美好卻確可使他成為一位大家。不過與關漢卿、王實甫相比，則未免有些不稱。後人以他為四大家之一，竟抑實甫與武漢臣、康進之諸人於下，而不得預與其列，實未免有些顛倒得可怪。

喬吉甫字夢符，太原人，號笙鶴翁，又號惺惺道人。所著小令，明人李開先曾為刻板流傳。或以他與張可久合稱為元代的李、杜。他所作的劇本凡十一種，今存者三本：《玉簫女兩世姻緣》、《杜牧之詩酒揚州夢》及《李太白匹配金錢記》（皆見《元曲選》）。此三本皆為戀愛的喜劇，寫得都很光豔動人，嬌媚可喜。題材未必是很新鮮的，布局也很落陳套。唯其新雋的辭藻，卻能救她們出於平凡之中。《金錢記》敘韓飛卿三月三日在九龍池畔見到王府尹的女兒柳眉兒，迷戀不已。柳眉兒也深有相顧之意，只礙著旁人，便拋下金錢五十枚給他。飛卿追趕她，直入王府。為府尹所見，將他吊起。虧得其友賀知章前來解救了他。王府尹留他在家。為門館先生。一日，金錢為府尹所見，知為己物，又將他吊起追究。恰好知章又來救了他。且宣他入朝。飛卿中了狀元，遂與柳眉成婚。

〔醉扶歸〕兀的不妝點殺錦繡香風榻，風流殺花月小窗紗。且休說共枕同衾覷當咱，若得來說幾句兒多情話，則您那嬌臉兒咱根前一時半霎，便死也甘心罷。像那麼的情語，全劇中是很不少的。《揚州夢》敘杜牧之到揚州見牛僧孺，遇見了少女張好好，甚為留戀。後來牧之回京，僧孺方送好好給他。牧之的貪戀花酒之名，為皇帝所知，幾欲因此罰他。賴京兆尹張尚之保奏無事。尚之因勸他此後「早罷了酒病詩魔」。《兩世姻緣》敘韋皋與上廳行首玉簫的情好甚篤。他上京應舉，約定三年歸來。但一去數年，一無音耗。玉簫鬱鬱成病而死。臨危時，自畫一像寄皋。十八年後，韋皋已官至鎮西大將軍。一日，至張延賞處宴會。延賞出其義女玉簫行酒。皋見玉簫貌肖從前的情人，且又同名，乃向延賞求親。他大怒，拔劍欲殺皋。皋乃率兵圍了張府。賴玉簫力勸，始罷圍而去。此事奏知皇帝。帝命延賞將玉簫嫁給了皋。延賞見了前世玉簫的肖像，方知兩世姻緣之言為非虛誑。

金仁傑字志甫，杭州人。作劇凡七本，今存《蕭何月夜追韓信》一本（見元刊《古今雜劇》）。又《秦太師東窗事犯》一本，今也存在，已見前，不知究竟是他作的還是孔文卿作的。《蕭何追韓信》敘韓信窮困時，寄食無所，漂母飯之，又為惡少年所辱，出其胯下。他離了淮陰，投於楚國，不用。投沛公，亦不能重用。於是慨然負劍，不別而去。蕭何知信逃去，大驚，乘月夜追上了他，與他同歸，力薦於沛公。沛公遂拜他為元帥。終於困楚王於九里山前，成了滅楚興漢的大功。作者著力於寫英雄未遇時的淒涼悲憤的氣氛。在這一點上，頗能創造些新鮮的空氣來。

范康字子安，杭州人。所著劇凡二本，今存《陳李卿誤上竹葉舟》一本。這也是一本「神仙度世劇」，與馬致遠眾人所作的《黃粱夢》、《任風子》等劇極為相同。其文辭也未能有新穎傑出的地方。

曾瑞字瑞卿，大興人。自北來南，遂家於杭州。不願仕，自號褐夫。善丹青，能隱語小曲，有《詩酒餘音》行於世。所作劇本，則僅有《王月英元夜留鞋記》一本，今存（見《元曲選》，《錄鬼簿》作《才子佳人誤元宵》）。《留鞋記》敘郭華迷戀著胭脂鋪中的一位女郎王月英，與她約定元夜在相國寺觀音殿相會。不料那夜郭華喝得酒醉，月英推她不醒，便留下繡鞋香帕於他懷中而去。華醒後，懊喪不已，便吞了手帕而死。此事告到包待制衙中，包公訪出了繡鞋的來歷，捉了月英來。月英在華口拉出手帕來，華便復活。由包公的主張，這一對情人便很快活的成了婚。此事似為當時的一件實事。在明人傳奇及皮簧戲中都有敘及此事的。像這樣的戀愛喜劇，在許多同類的劇中，題材是較為清新的。

秦簡夫、蕭德祥、朱凱、王曄四人也有劇傳於後。鍾嗣成自己也寫有雜劇七本，然今俱不傳。《元曲選》中尚載有李致遠、楊景賢二人的劇本。此二人不知生在何時，姑也附於此期之末。又，以作小說傳奇著名的羅貫中，他也著有劇本。

秦簡夫未知其裡居、生平。《錄鬼簿》云：「見在都下擅名。近歲來抗，回。」則簡夫乃系常住於都下者。所作凡五劇，今存《東堂老勸破家子弟》及《宜秋山趙禮讓肥》二本（俱見《元曲選》）。《東堂老》敘趙國器因子揚州奴不肖，臨危時託他給東堂老照管。十年之後，揚州奴將父產用盡。財盡之後，人人便不再理睬他。他方才覺悟，知道勤儉。東堂老見他已迴心轉意，便將他父親所寄託的財產，都還了他。《趙禮讓肥》敘趙孝、趙禮在宜秋山下住。趙禮入山遇強人馬武要殺害他，他哥哥趙孝與他爭死。馬武大為感動，贈以銀米，自己也去邪歸正。光武平定天下後，武已因功封官，遂薦趙氏兄弟入朝為官。

蕭德祥，杭州人，以醫為業，號復齋。著雜劇五本，今存《楊氏女殺狗勸夫》一本（見《元曲選》）。又有南曲戲文等，今未見。《殺狗勸夫》敘孫榮與弟蟲兒不和，屢次欺虐他。但蟲兒並不怨怒。其妻楊氏，欲感悟其夫，便殺了一狗，穿上人衣，放在後門。孫榮酒醉歸來，還以為是人，大吃一驚。去央幾位好友幫同掩埋時，他們都懼禍不肯。只有蟲兒肯。兄弟二人因此和好。但幾位酒肉朋友，卻去告他殺人。府尹審問時，楊氏說出原委。掘出屍身來看時，果然是一隻狗。這與最早的傳奇《殺狗記》題材相同，不知是誰襲用了誰的。在歐洲中世紀的故事書《羅馬人的行跡》中也有這樣的一則故事：是殺了豬，冒作了人遍求好友掩埋。他們都不去。只有他所認為不大喜歡他的一位，卻慨然的肯擔任了去。於是真假的友情遂以試出。像這樣相同的故事，確有轉徙、輸入的可能，但也有可能是偶然的相同。

朱凱字士凱，裡居未詳。所著有《昇平樂府》及《隱語》等。雜劇有二本，今存《昊天塔孟良盜骨殖》一本（見《元曲選》）。「孟良盜骨」至今尚為雜劇上所常演的戲文，雖然所演的並非凱的《昊天塔》。其悲壯豪邁的英雄氣概，乃是人人所感動的。楊令公死節後，屍首被吊在昊天塔上。楊六郎命孟良去盜回來。良使了一計，果然盜回了骨。追兵圍住了五台山，要索六郎。六郎果然寄宿在內。卻被削髮為僧的楊五郎，賺了來將入寺殺壞了。因此，兄弟們就在寺大建道場追薦其父。

王曄字日華，杭州人，能詞章樂府。有與朱士凱題雙漸、小卿回答，人多稱賞。所著雜劇凡三本，今存《桃花女破法嫁周公》一本（見《元曲選》）。此劇的事實，荒唐無稽，處處表現出極幼稚鄙野的氣氛來，文辭也極粗淺。但在民俗學上看來，卻是一部絕好的材料。在其間，頗能充分的看出「陰陽八卦」的極端的作用，還有許多結婚時的禁忌，至今尚沿用未改者，彼亦一一為之解釋其來源，雖不可信，卻都是很可珍貴的參考品。

李致遠之名，未見於《錄鬼簿》，不知其裡居、生平。所作雜劇有《都孔目風雨還牢末》一本（見《元曲選》）。劇中的英雄，是梁山泊上的李逵，事實也是蕩婦私結情人，陷害她的丈夫，賴李逵的搭救而得脫了禍且報了仇。與《雙獻功》、《燕青博魚》諸劇，無大區別。

楊景賢也未見於《錄鬼簿》，所作有《馬丹陽度脫劉行首》一劇（見《元曲選》）。這劇乃是「神仙度世劇」之一，與《月明和尚度柳翠》頗相類。總之，被度者是迷惑不悟，不肯出世的。度她的卻三番兩次的定要度她。終於度人者如願以償，被度者也恍然大悟。一念之轉，便得證果朝元，立地成仙。

羅貫中生平所作小說甚多，《三國志演義》乃是其中最有名的一部。所作雜劇，有《宋太祖龍虎風雲會》、《忠正孝子連環諫》、《三平章死哭蜚虎子》（見賈仲名《續錄鬼簿》）等三本，今只見《風雲會》一種（見《元明雜劇二十七種》）。《龍虎風雲會》敘趙匡胤在陳橋驛被軍士以黃袍加身，遂即了天子之位。然天下未平，他心中殊覺不安。一夕當雨雪紛紛之際，他獨自到丞相趙普家中，與他劃策，征討諸國。他聽了普策，遣將伐國，無不勝利。天下遂以統一。劇中「雪夜訪普」的一折，至今尚在劇場上演奏著。這一折實為全劇的精華，難怪至今還有人欣賞著。但全劇事實殊多，人物紛煩，結構也甚散漫，卻不是什麼上乘的作品。

十　元劇之大師心：探討無名氏與雜劇珍寶

無名氏的許多雜劇，在最後，也應該一提。今存的許多無名氏作品，在《元曲選》中者凡二十三本，在元刊《古今雜劇》中者凡三本，在《元明雜劇二十七種》中者凡三本，在《古今雜劇選》中凡一本。在這些無名氏的作品中，有一部分不下於大名家最好的作品。今且略依了劇題的分類，略述之於下。

第一，「公案劇」有《包待制陳州糶米》、《包龍圖智賺合約文字》、《神奴兒大鬧開封府》、《叮叮噹噹盆兒鬼》（均見《元曲選》）及《鯁直張千替殺妻》（見元刊《古今雜劇》）等數本。其中的主角皆為包拯。題材雖各不同，而結構則大略相似。我們由此頗可以知道包龍圖在那麼早的時候已是神話化了，而且成為聰明的審判官的集體人物。唯《張千替殺妻》布局特異，敘張千與一個員外結拜為兄弟。員外之妻要和他私通。他再三推卻。終乃殺了她以救員外。他被包拯判決了死刑。但臨刑時卻又赦免了他（？）。其文辭頗極勁秀豪放之致。是元劇中的最好的作品之一。

第二，「戀愛劇」有《玉清庵錯送鴛鴦被》、《李雪英風送梧桐葉》、《逞風流王煥百花亭》及《薩真人夜斷碧桃花》等數本（均見《元曲選》）。大抵皆系喜劇，敘的也都是始經分離，艱苦，而終得團圓者。唯《碧桃花》事實略異。敘《張道南》與女鬼碧桃相戀，後她為薩真人所拘。說明原委，真人乃使她借了他人之屍還魂，而與道南結婚。若將此劇與《紅梨花》等以人為鬼的趣劇相對照，頗可顯出一種特殊的情調來。元劇中以女鬼為戀愛的對象者，似僅有《碧桃花》這一劇而已。

第三，歷史及傳說的故事劇最多，有《龐涓夜走馬陵道》、《凍蘇秦衣錦還鄉》、《隨何賺風魔蒯通》、《朱太守風雪漁樵記》、《孟德耀舉案齊眉》、《錦雲堂暗定連環計》、《兩軍師隔江鬥智》（以上均見《元曲選》）、《諸葛亮博望燒屯》（見元刊《古今雜劇》）、《蘇子瞻醉寫赤壁賦》（見《元明雜劇二十七種》）、《小尉遲將鬥將認父歸朝》、《謝金吾詐拆清風府》、《金水橋陳琳抱妝盒》等十餘本。其間如《認父歸朝》、《馬陵道》、《連環計》等都寫得很不壞。而《赤壁賦》一本，稱頌者也頗多。唯《赤壁賦》一味牢騷，並無深意，批評者所以深喜之者，大約因寫的是頗合於他們胃口的文人故事而已。

第四，「仙佛度世劇」，比較的不多，只有《漢鍾離度脫藍采和》、《龐居士誤放來生債》及《龍濟寺野猿聽經》三本而已。《藍采和》與一般度世劇無大差異。《野猿聽經》則題材頗新。向來被度者皆出於被動，而這劇中的野猿，則自動的求人度他。《來生債》則以行善而被度，也未蹈一般度世劇的故轍。

第五，報復恩怨劇，有《馮玉蘭夜月泣孤舟》、《風雨像生貨郎擔》、《爭報恩三虎下山》及《硃砂擔滴水浮漚記》數本。敘的都是天大沉冤，久未昭雪，終於由了英雄，或己子，或己父，而始得報復了宿仇的。唯《硃砂擔》獨由地府的太尉代為報復，為特異耳。

第六，其他，有《小張屠焚兒救母》（見元刊《古今雜劇》）及《二郎神醉射鎖魔鏡》（見《古今雜劇選》）二本。《小張屠》敘張屠因母病久未癒，乃將幼子帶往東嶽廟，拋入醮盆中焚死，以救母病。但神人卻救了張子，先送他回家去。《醉射鎖魔鏡》敘二郎神過訪哪吒，喝醉了酒，與他校射，誤射中鎖魔鏡一面，走了牛魔王與百眼鬼。上帝著他去收服。他收服了這些魔鬼，方得免罪。這劇氣像甚為偉大，一開頭：「喜來折草量天地，怒後擔山趕太陽」二語，便足使讀者如見浩莽偉大之景。元劇中敘天神故事的似僅見此一劇。

又能《趙匡義智娶符金錠》、《張公藝九世同居》二劇，見於息機子的《雜劇選》。唯是否為元人所作則不可知。

元劇之可見者，已盡於以上所述。元劇的最好的地方，乃在能夠連結了民間的質樸的風格與文士們的雋美的文筆。所以大多數的文辭，都是很自然，很真切，很質勁，卻又是很美麗的。他們明白如話，卻又不是粗鄙不能的。他們暢麗雋永，卻又句句婦孺皆懂。他們如素描的畫幅，水墨的山水，絕不用典故，即用也用的是民間所習知，詩文上所絕不用的《販茶船》、《海神廟》一類的民間典故。這正是民間作品與文士的手筆剛剛接觸時代的最好產品，正是雜劇的黃金時代。但正因其剛剛離開民間未久，且仍然還要迎合著廣大人民的心理與喜愛，所以在題材與結構上便往往表現出與前代詩、文、詞裡所不曾有過的東西。例如王粲的《登樓》，白居易的《琵琶》，原是文人們的悲歌，卻都被他們寫成了與《漁樵記》、《凍蘇秦》與《曲江池》、《玉壺春》不相上下的事實了。他們知道諧合當時劇場的習慣，與人民的心理與愛好，不妨拋卻了「題材」的本來面目。也許民間本來已將這些故事形成了那麼樣的一個樣子，所以他們便也不得不隨著走吧。但純粹的悲劇，在元劇中也往往遇之，如《梧桐雨》、《西蜀夢》、《火燒介子推》等。這些，都是後來戲曲所少見者。總之，元劇的好處，在其曲辭的直率自然，而其題材與結構，雖多雷同，落套，卻是深深的投合於當時人民的愛好的。在中國戲曲史上，元一代乃是一個偉大的時代。

中國文學的千年韻律：

從詩詞到現代小說，探索中國文學的藝術與文化

作　　者：鄭振鐸
發 行 人：黃振庭
出 版 者：複刻文化事業有限公司
發 行 者：複刻文化事業有限公司
E-mail：sonbookservice@gmail.com
粉 絲 頁：https://www.facebook.com/sonbookss/
網　　址：https://sonbook.net/
地　　址：台北市中正區重慶南路一段六十一號八樓 815 室
Rm. 815, 8F., No.61, Sec. 1, Chongqing S. Rd., Zhongzheng Dist., Taipei City 100, Taiwan
電　　話：(02)2370-3310
傳　　真：(02)2388-1990
印　　刷：京峯數位服務有限公司
律師顧問：廣華律師事務所 張珮琦律師
定　　價：450 元
發行日期：2023 年 12 月第一版
◎本書以 POD 印製

國家圖書館出版品預行編目資料

中國文學的千年韻律：從詩詞到現代小說，探索中國文學的藝術與文化 / 鄭振鐸 著 . -- 第一版 . -- 臺北市：複刻文化事業有限公司，2023.12
面；　公分
POD 版
ISBN 978-626-7403-53-2(平裝)
1.CST: 中國文學 2.CST: 中國文學史 3.CST: 文學評論 4.CST: 文集
820.7　　112019881

電子書購買

臉書

爽讀 APP